Jonas Wolf
Alles über Elfen



PIPER

Zu diesem Buch

Kein anderes Volk der Fantasy wird so verehrt und zugleich derart gefürchtet wie sie – doch wer sind die Elfen eigentlich? Feingliedrige Wesen von schier überirdischer Anmut, die fernab von uns Menschen in den tiefsten Wäldern leben? Alterslose Bewahrer der Natur, die Zauber wirken, deren Macht unsere Vorstellungskraft übersteigt? Oder spitzohrige Schwätzer, die glauben, epische Schlachten um das Schicksal der Welt ließen sich allein mit Pfeil und Bogen entscheiden? Genrekenner Jonas Wolf verrät in diesem Band alles über die sagenhaften Geschöpfe, über ihre Sitten, Gebräuche und ihre bislang unbekannten Seiten. Ein Fest für alle Elfen-Fans und unverzichtbares Geheimwissen für alle Feinde der Spitzohren!

*Jonas Wolf* wurde in den 1970er Jahren geboren. Seine Helden waren Aragorn, Conan und Han Solo, auf dem Computerbildschirm befreite er holde Maiden aus den Klauen garstiger Orks, am Spieltisch ließ er das Glück in Form zwanzigseitiger Würfel über sein Schicksal entscheiden und nahm dabei so manch kritische Treffer hin. Schließlich arbeitete er für Rollenspielverlage und lehrte an der Universität Hamburg, um kommende Studentengenerationen mit dem Fantasy-Virus zu infizieren. Er lebt umzingelt von Büchern, Comics, Videospielen und Actionfiguren in Hamburg.

Jonas Wolf

# Alles über Elfen

Piper München Zürich

*Mehr über unsere Autoren und Bücher:*
*www.piper.de*

Piper-Fantasy.de

Von Jonas Wolf liegen bei Piper vor:
Heldenzorn
Heldenwinter
Alles über Hobbits
Alles über Elfen

MIX
Papier aus verantwortungsvollen Quellen
FSC
www.fsc.org
FSC® C083411

Originalausgabe
November 2013

Umschlaggestaltung: Guter Punkt, München/www.guter-punkt.de
Umschlagabbildung: Alan Lathwell
Satz: Kösel, Krugzell
Papier: Munken Print von Arctic Paper Munkedals AB, Schweden
Druck und Bindung: CPI Clausen & Bosse, Leck
Printed in Germany ISBN 978-3-492-26918-6

# Inhaltsverzeichnis


**Von den Nöten eines neutralen Elfologen** 9

**Nur der Wald ist älter – Eine kurze Entwicklungsgeschichte der Elfen** 17

Was trennt die Elben von den Elfen? 17

Als Zwerge noch Elfen waren 21

Elfen sind des Teufels! 26

Vorsicht! Jetzt wird's romantisch … 30

Ein Elfologe, sie alle zu retten 35

Bevor jemand fragt: Elfen am Nordpol 36

**Mit spitzem Ohr und Lederstrumpf – Das moderne Bild des Elfen** 37

Gut gewachsen – Der Körperbau des Elfen 38

Schnell, geschickt und zäh – Wie die Elfen von ihrem Körperbau profitieren 41

So zart und fein – Das Antlitz der Elfen 45

Spitz oder nicht spitz – Ist das hier die Frage? 51

Oben hui, unten unbekannt – Elfische Behaarung 53

Porentief rein – Die Haut der Elfen 57

Ich sehe was, was du nicht siehst – Der Scharfsinn der Elfen 59

Welch hehrer Klang – Die Stimmen der Elfen 66

Kleider machen Elfen – Kleidung und Schmuck 67

Der Preis der Schönheit 72

Wenn der Funke überspringt – Vom Verwandtheitsgrad zwischen Menschen und Elfen 76

Sind alle Elfen gleich? – Von den Völkern innerhalb des Schönen Volkes 83
Von verwunschenen Wäldern und Anderswelten – Die Lebensräume der Elfen 88
Frei und doch untertan? – Von der Gesellschaftsordnung der Elfen 98
Wie es die Alten singen – Von den Gesetzen der Elfen 107
Heilende Hände und stumme Stimmen – Von der Magie der Elfen 119
Sphärenklang und Augenschmeichler – Vom Kunstsinn der Elfen 133
Wahrhaftigkeit in warmen Worten – Von der Sprache der Elfen 148
Würziges Wildbret und gesundes Gemüse – Von Speis und Trank der Elfen 162
Unentrinnbares Schicksal und immerwährende Wiedergeburt – Von der metaphysischen Weltsicht der Elfen 169
Zarte Blüten und spitze Dornen – Vom elfischen Gemüt 190
Die bucklige Verwandtschaft? – Elfen und Orks 207

**Ein Ast mit vielen Trieben – Elfen und ihre Verwandten** 213
Afrika 216
Amerika 223
Asien 234
Europa 246
Ozeanien 267

**Dunkle Elfen, hohe Elfen und Elfen aus dem All – Variationen einer bittersüßen Melodie** 271
Besser geht immer – Die Hochelfen 273
Wo Licht ist, ist auch Schatten – Dunkelelfen 278
Elfen im Weltraum? – Was Mister Spock und Legolas gemeinsam haben 291
Eine ganze Elfenwelt in bunten Bildchen – Elfquest 297
Die erste Ikone elfischer Niedlichkeit: Glöckchen (alias Tinker Bell) 307
Zuckersüße Feen für die Allerkleinsten – Prinzessin Lillifee und Mia and Me 310
Von wegen technikfeindlich – Elfen in digitalen Welten 313

**Bin ich dein Traum oder du der meine? – Die elfische Sicht der Dinge** 323
Die Elfen als Symbol für unsere Wünsche, Ängste und Hoffnungen 323
Wachen und Träumen – Die Elfen als Hüter der Schwelle des Fassbaren 327
Sei ein Freund der Welt – Die Prinzipien elfischen Handelns 330
Was würde ein Elf tun? – Praktische Tipps für verschiedenste Lebenslagen 338

**Das Lied der Losen Blätter** 345
Haltung wahren und Stil beweisen – Wie man eine gelungene Zusammenkunft mit dem Schönen Volk ausrichtet 346
Small Talk mit dem Schönen Volk 355

**Test: Sind Sie bereit für eine Begegnung mit Elfen?** 361
Testauswertung 374

**Nachwort** 376

Vorwort

# Von den Nöten eines neutralen Elfologen

Elfen.

Kaum ein anderes Volk ruft bereits bei der bloßen Nennung seines Namens derart widersprüchliche Reaktionen hervor.

»Ah, das Schöne Volk«, seufzen die einen entrückt und beginnen sofort damit, von lauschigen Waldlichtungen zu träumen. Von anmutigen Tänzern, die ihre perfekten Körper zu sphärischen Klängen in harmonischem Einklang mit der Natur bewegen. Von betörenden Antlitzen, deren Lippen sanfte Zauber murmeln, die dennoch die Macht besitzen, über das Schicksal der gesamten Welt zu entscheiden.

»O Gott, die Spitzohren«, murren die anderen auf der Stelle und werden nicht müde, sich über die Objekte ihrer Abscheu auszulassen. Über die weiche, schwächliche Erscheinung. Über das ewige Gesinge zu Ehren irgendwelcher dämlicher morscher Bäume, die längst gefällt gehören. Über die Unart, sich in völlig übertriebener Arroganz von allen anderen Völkern abzuschotten, und die Weigerung, sich den wahren Herausforderungen der Welt tapfer zu stellen, weil man sich lieber den lieben langen Tag das seidige Haar zu Zöpfen flicht oder unnütze Schießübungen mit Pfeil und Bogen veranstaltet.

Ein Elfologe, der sich einer gewissen Neutralität bei der Betrachtung seines Untersuchungsgegenstands verpflichtet fühlt, sieht sich folglich mit einigen Nöten konfrontiert:

Wie wird er beiden Parteien seines tief gespaltenen Publikums gerecht? Wie stellt er die Elfen einigermaßen fair und ausgewogen dar? Wie verhindert er, dass er – vielleicht sogar ohne es zu beabsichtigen – der einen oder der anderen Sichtweise mehr Platz einräumt oder gar versehentlich Halbwahrheiten, Klischees und Vorurteile verbreitet?

Ein naheliegender Ansatz wäre natürlich, die Betroffenen selbst zu Wort kommen zu lassen. Bedauerlicherweise sind Elfen – wie die meisten Völker ihrer Art – notorisch öffentlichkeitsscheu. Begegnungen mit ihnen sind selten, und wenn man das Glück hat, einen Elf in Plauderlaune zu erwischen, steht man vor dem nächsten Problem: Aufgrund ihrer sehr eigentümlichen Weltsicht neigen Elfen dazu, sich in einer Art und Weise auszudrücken, die uns Menschen oftmals verwirrend bis frustrierend scheint. Zwei Beispiele aus meinen Erfahrungen im Felde illustrieren dies hoffentlich zur Genüge.

*Beispiel 1*
Frage meinerseits: »Wie lange leben Elfen denn nun genau?«
Antwort des Elfen: »So lange, bis sie sterben.«

*Beispiel 2*
Frage meinerseits: »Wo liegt denn der Ursprung deines Volks?«
Antwort des Elfen: »In der Morgenröte der Zeit, dicht verwoben mit den Wurzeln der träumenden Bäume.«

Ich halte also fest: Die Aussagen von Elfen über sich selbst helfen uns in unserer Betrachtung dieses Volkes nur sehr bedingt weiter. Noch dazu sind sie nicht geeignet, für einen Ausgleich zwischen Elfenbewunderern und Elfenhassern zu sorgen, denn sie lösen die Widersprüchlichkeiten in unserer Wahrnehmung dieses Volkes schlicht und ergreifend nicht auf.

Deshalb habe ich mich dazu entschieden, eine andere Strategie anzuwenden: Ich werde mich diesen Widersprüchlichkeiten stellen und sie gründlich aufarbeiten. Warum? Nun, womöglich ist es genau diese Wandelbarkeit der Elfen, die ihre wahre Natur ausmacht, und vielleicht hängt es tatsächlich nur vom jeweiligen Blickwinkel eines Betrachters ab, wie die Elfen uns erscheinen.

Wenn dem so ist, dann empfiehlt es sich, beide Seiten gleichberechtigt zu Wort kommen zu lassen. Zu diesem Zweck habe ich Kontakt zu zwei Fachleuten aufgenommen, die in ihrer Beurteilung alles Elfischen kaum zu unterschiedlicheren Einschätzungen gelangen könnten: Christiansen und Plischke, die mich bereits bei meiner gründlichen Erforschung des Hobbittums tatkräftig unterstützten. Der eine ist ein bekennender Freund der Zwerge sowie aller anderen kleinen Völker und hat dementsprechend – wenig überraschend – eine eher kritische Sicht auf Elfen. Beim anderen handelt es sich um einen vehementen Verfechter der These, dass wir Menschen gut daran täten, uns die Elfen und deren Weltanschauung, Sozialgefüge und Umgang mit der Natur zum Vorbild zu nehmen. Sie erklärten sich freundlicherweise bereit, meine eigenen Ausführungen über die Elfen überall dort zu kommentieren, wo es ihrer Auffassung nach dringend angebracht war.[1]

Sie wurden zu meinen Begleitern auf einer Reise, zu der ich nun auch Sie, liebe Leser, herzlich einladen möchte – auf

---

1 Christiansen: Und an solchen Stellen herrschte hier in der Rohfassung wahrlich kein Mangel.
Plischke: Sehr schön, dass wir uns wenigstens in einem Punkt einmal einig sind, Herr Kollege.

einer abenteuerlichen Fahrt in die fremdartige Welt der Elfen.

Der Ausgangspunkt unserer gemeinsamen Expedition liegt gewissermaßen in der Vergangenheit: In *Nur der Wald ist älter – Eine kurze Entwicklungsgeschichte der Elfen* versuchen wir, einen näheren Blick auf die geheimnisvolle Herkunft der Elfen zu erhaschen. Wie lange wissen wir Menschen schon von ihrer Existenz? Was sahen unsere Vorfahren in diesen mysteriösen Geschöpfen? Wo sind sie ihnen begegnet? Und wie ging ein solches Aufeinandertreffen in der Regel aus? Angeleitet von derlei Fragen widmen wir uns auch dem ewigen Zwist, ob man von Elfen nicht eher korrekt als Elben sprechen sollte, sowie den zahlreichen Begriffsverwirrungen, die sich aus dem Umstand ergeben, dass jene Geschöpfe, die wir heute Elfen nennen, Teil einer sehr viel größeren Gruppe von Wesenheiten aus uralten Sagen und Legenden sind – noch dazu Kreaturen, bei denen wir uns heute sehr schwer damit täten, sie mit unserer Vorstellung vom Elfsein in Einklang zu bringen.

In *Mit spitzem Ohr und Lederstrumpf – Das moderne Bild des Elfen* betreten wir dann etwas vertrauteres Terrain. Die zeitgenössischen Darstellungen von Elfen sind bis zu einem gewissen Grad durchaus variantenreich. Dennoch wäre es töricht, irgendwie verleugnen zu wollen, auf wessen besonderen Einfluss das Elfenbild der allermeisten Menschen im frühen 21. Jahrhundert zurückgeht: auf J. R. R. Tolkien. Seine mittelirdischen Elben sind zur festen Schablone geworden, wenn es um Elfen geht – umso mehr seit der Verfilmung von Tolkiens Werken durch Peter Jackson. Der neuseeländische Regisseur und sein Kreativteam haben die herausragende Leistung vollbracht, in unseren Köpfen eine Art Idealtypus des Elfen zu verankern. Noch drastischer ausgedrückt: Fällt heutzutage das Wort »Elf«, haben wir mehr oder minder unweigerlich eine der Figuren Tolkiens vor Augen, wie sie uns auf der großen Leinwand präsentiert wurde – höchstwahrscheinlich ist es der gute Legolas, der flink in unser Bewusstsein vorpirscht.

Daran ist zunächst nichts Schlimmes. Im Gegenteil: Dieses feste Elfenbild ist ein hervorragender Kompass für unsere weitere Reise. Tolkien hat die äußere Erscheinung, die Philosophie und die Gesellschaftsform der Elfen so umfassend beschrieben wie niemand vor ihm. Anhand dieser Vorlage können wir eine Vielzahl äußerst spannender Fragen beantworten: Was essen Elfen? Können sie sich mit uns fortpflanzen? Warum sind sie so weltabgewandt? Singen sie wirklich so viel, wie es immer heißt? Und sind ihre Ohren tatsächlich spitz?

Nachdem wir unseren Blickwinkel zuvor quasi auf die Tolkienschen Elben verengt haben, weiten wir ihn in *Ein Ast mit vielen Trieben – Elfen und ihre Verwandten* anschließend wieder aus. Dies geschieht, um in Mythologie und Volksglaube nach Spuren von Geschöpfen zu suchen, bei denen es sich ihrer Beschreibung nach eventuell um Elfen handeln könnte. Wir spüren Wesen nach, die klassisch elfisches Verhalten an den Tag legen, indem sie Menschen mit ihrer Zaubermacht in den Bann ziehen und dabei die Regeln von Raum und Zeit außer Kraft setzen. Denn genau solche Wesen existieren altem, beinahe in Vergessenheit geratenem Wissen nach zuhauf, und viele von ihnen sind ebenso betörend schön, wie man es den Elfen nachsagt.

Man kann über Elfen an sich geteilter Meinung sein, doch egal, ob man sie nun liebt oder verabscheut, muss man eines eingestehen: Sie üben seit jeher eine große Faszination auf uns Menschen aus. Insofern überrascht es nicht, dass sie auch heute noch in immer wieder neuen Erzählungen auftauchen. Bisweilen nehmen sie dabei eher ungewöhnliche Formen oder Eigenschaften an, die von Tolkiens Schilderungen stark abweichen. In *Dunkle Elfen, hohe Elfen und Elfen aus dem All – Variationen einer bittersüßen Melodie* wenden wir uns einigen dieser Spielarten zu. Wir stellen uns die Frage, was Mister Spock mit Legolas gemein hat, und ob unter der Erde lebende Elfen mit einem Hang zu grausamen Exzessen in Sachen Gewalt und Sexualität am Ende vielleicht nur Ausdruck einer verborgenen, dunklen Seite der Elfen sind. Wo Licht ist, ist auch Schatten, und in der Ehrfurcht, die viele Menschen vor Elfen empfinden, steckt unübersehbar auch eine letztlich gar nicht so unbegründete Furcht vor dem Schönen Volk. Immerhin sind auch Sibirische Tiger schöne und faszinierende Geschöpfe, aber würden Sie je auf den Gedanken kommen, sie wären durch und durch harmlos und wohlmeinend?[2]

Auf dem vorletzten Abschnitt unserer Reise, *Bin ich dein Traum oder du der meine? – Die elfische Sicht der Dinge*, befassen wir uns mit der besonderen Weltanschauung der Elfen. Die eben erwähnte Faszination erwächst nämlich vielfach nicht nur aus reinen Äußerlichkeiten wie seidig glänzendem Haar, porentief reiner Haut und schlankedlem Wuchs, sondern auch aus dem Verhalten, das die Elfen zeigen. Sie erlegen sich oft selbst Regeln und Gesetze auf, die auf uns Menschen fremdartig und unergründlich wirken. Doch ist dem wirklich so? Können wir Menschen niemals begreifen, warum ein Elf handelt, wie er handelt? Oder müssen wir nur tief genug in die Gedankenwelt der Elfen vordringen, damit sich diese Schleier für uns lüften? Und ist es uns dann möglich, an ihrer Weisheit und ihren

2 Plischke: Ich verwehre mich ausdrücklich gegen diesen tendenziösen Vergleich!
Christiansen: Getroffene Hunde bellen, und getroffene Sibirische Tiger fauchen, hm?

tiefen Einblicken in das Dasein selbst teilzuhaben? Wir werden es herausfinden …

Unseren Ausflug in die Anderswelt beschließen wir dann im Kapitel *Das Lied der Losen Blätter*, das zugleich hoffentlich den größten praktischen Nutzen für den geneigten Leser besitzen wird. Wie bereits erwähnt, sind Kontakte zwischen Elfen und Menschen selten, und wenn sie denn einmal stattfinden, kann man nur allzu leicht ins kulturelle Fettnäpfchen treten. Um peinlichen Fehltritten ein wenig vorzubeugen – ganz werden sie sich wahrscheinlich nie verhindern lassen –, behandeln wir Fragen wie: Wie gestalte ich eine Begegnung mit Elfen würdig und in beiderseitigem Respekt? Welche Themen gilt es im Small Talk unbedingt zu vermeiden? Was reiche ich an Speisen und Getränken? Wie deute ich kryptische Äußerungen einigermaßen zutreffend? Muss ich mitsingen, wenn die Elfen singen, und ist es unhöflich, von einem vorgeschlagenen Wettschießen mit Pfeil und Bogen Abstand zu nehmen?

Bevor es endlich losgehen kann, bleibt mir nur noch eines: den innigen Wunsch auszusprechen, dass Ihnen die Lektüre meiner Studien ebenso viel Freude bereiten wird wie mir das Zusammentragen all dessen, was es über Elfen zu wissen gibt.[3]

---

3 Christiansen: Das ist doch schon wieder so ein nerviges Elfending. Von wegen Harmonie und Ausgleich und dass es so aus dem Wald herausschallt, wie man hineinruft!

# Nur der Wald ist älter – Eine kurze Entwicklungsgeschichte der Elfen

Es lohnt sich immer – bei Reisen wie Geschichten – am Anfang zu beginnen. Im Fall der Elfen liegt besagter Anfang in grauester Vorzeit, was uns jedoch nicht weiter schrecken soll. Man sollte sich lediglich bewusst machen, dass im Folgenden häufig die Rede sein wird von einer Phase in unserer eigenen Geschichte, in der unsere Vorfahren ihr Wissen nur mündlich weitergaben. Dabei kam es zwangsläufig zu unabwendbaren Reibungsverlusten. Man kann sich das ungefähr wie Stille Post über den Verlauf von Jahrhunderten oder gar Jahrtausenden vorstellen. Die Zahl der Verhörer zwischen dem, was die frühesten Menschen einmal über die Elfen dachten, und dem, was wir heute noch von diesen Vorstellungen wissen, ist sehr hoch. Vor welche Herausforderungen ein Elfologe dadurch gestellt ist, lässt sich leicht veranschaulichen, indem man auf einen Streit verweist, der unter Elfenfreunden seit Langem schwelt – oder sollte ich besser sagen: unter *Elben*freunden?

## Was trennt die Elben von den Elfen?

Sarkastiker würden behaupten, letzten Endes nur ein einzelner Buchstabe. Der Fall liegt indes ein wenig komplizierter.

Dass diese Debatte überhaupt geführt wird, hängt – wie so vieles in den modernen Diskussionen über Geschöpfe aus alten Mythen und Legenden – unmittelbar mit Tolkien zusammen. Zu jener Zeit, da er seine Werke verfasste, verstand die Mehrheit der Bevölkerung unter »Elfen« noch etwas ganz anderes als heute. Elfen waren bis weit ins 20. Jahrhundert hinein in der Wahrnehmung der Öffentlichkeit niedliche, handtellergroße Wesen mit zarten Gliedern und durchscheinenden Schmetterlingsflügeln – ein Bild, auf das wir später noch etwas näher eingehen werden.[4] Folglich ist es nur verständlich, dass Tolkien Verwirrungen und Missverständnissen vorbeugen wollte, denn die obige Kurzbeschreibung weist ja nun kaum nennenswerte Ähnlichkeiten zu dem von ihm so intensiv erforschten Volk auf. Da Tolkien Sprachwissenschaftler war, bediente er sich auch eines kleinen sprachlichen Tricks, um seine Elben von den Elfen abzugrenzen: Er wählte für seine Elben im Englischen den veralteten Plural *elves* anstelle des damals gebräuchlichen *elfs*. So weit, so gut – und wenn Tolkiens Schriften nie ins Deutsche übersetzt worden wären, hätten wir auch kein Problem. Nun kam es jedoch anders, und Deutsch war zudem nicht die erste Sprache, in die Tolkiens Werke übertragen wurden. Warum dieses Detail wichtig ist? Weil Tolkien mit den zuvor erfolgten Übersetzungen ins Niederländische und Schwedische recht unzufrieden war, legte er kommentierte Listen mit eigenen Übersetzungsvorschlägen für bestimmte Begriffe an. Zu den Sprachen, die er im Zuge dessen berücksichtigte, gehörte das Deutsche, und zu den Begriffen eben auch die Elfen. Oder Elben. Sie wissen schon …

Wie kam Tolkien dabei aber nun ausgerechnet auf Elben? Indem er sich Rat bei einem der frühesten Experten für

---

4 Plischke: Bitte nicht!
Christiansen: O doch! Unbedingt …

Volksglauben und Folklore suchte, der im deutschsprachigen Raum je tätig gewesen war: Jacob Grimm.[5] In dessen *Deutscher Mythologie* dreht sich das zwölfte Kapitel komplett um »Wichte und Elbe«. Er hat allerdings auch zu Elfen etwas zu sagen, nämlich Folgendes: »[...] daneben haben schriftsteller des vorigen jh. die unserer mundart ungerechte englische Form *elf* eingeführt; früher findet man nur den richtigen pl. *elbe* oder *elben* [...].«

Aus diesem Zitat lassen sich einige Schlüsse ziehen:

- Die Forderung, man müsse das Deutsche vor dem Einfluss des Englischen schützen, ist keine moderne Erfindung, sondern war bereits in den 1830er-Jahren in einschlägigen Kreisen weitverbreitet.
- Schuld an der Verrohung der sprachlichen Sitten waren auch damals unter anderem die Fantasyautoren bzw. deren Entsprechungen. Die Schriftsteller, die Grimm hier mit recht unverhohlener Verachtung straft, sind vermutlich frühe Romantiker, die in ihren Erzählungen allerlei phantastische Kreaturen in Erscheinung treten ließen – unter anderem eben Elfen. Einen gehörigen Einfluss auf die Verbreitung von »Elf« hatte auch die deutsche Fassung von Shakespeares *Mittsommernachtstraum*, in dem mit Oberon und Titania ein Elfenkönigspaar eine zentrale Rolle spielt.
- Tolkien hat sich gemeinsam mit der Übersetzerin Margaret Carroux gegen den von Grimm offenbar

---

5 Christiansen: Die eine Hälfte der Brüder Grimm.
Plischke: Die mit den Märchen?
Christiansen: Die beiden Germanisten und Volkskundler mit den berühmten Märchen, die sie für die Nachwelt gesammelt haben.

präferierten Plural »Elbe« und für »Elben« entschieden.[6]

Und so begab es sich also, dass wir uns hierzulande in Expertenrunden darüber in die Haare kriegen, ob nun »Elf« oder »Elb« irgendwie richtiger sei. Man könnte fruchtbarere Auseinandersetzungen führen …

Nur drei kleine Anmerkungen meinerseits zu diesem heiklen Thema:

1. Solange jeder weiß, wovon die Rede ist, halte ich die Unterscheidung von Elfen und Elben größtenteils für überflüssig.
2. Die meisten Menschen verwenden im normalen Sprachgebrauch Elfen statt Elben. Dies liegt unter anderem darin begründet, dass ein Großteil der Autoren und Elfologen, die nach Tolkien wirkten, den Elfen den Vorzug gaben (bzw. die jeweiligen Übersetzer sich bei der Übertragung ins Deutsche für »Elf« und »Elfen« entschieden).
3. Sprachwandel ist ein natürliches Phänomen, und den Elfen ist es wahrscheinlich relativ schnuppe, welche Bezeichnung wir für sie verwenden, sofern sie nicht ins Beleidigende abrutscht.[7]

---

6 Christiansen: Schade. Wenn die Elfen bei Tolkien doch nur so heißen würden wie ein großer Fluss. Dann wären sie definitiv nie so beliebt geworden.

7 Christiansen: Dann darf ich also ungestraft Spitzohren sagen. Spitze Ohren sind auch ein natürliches Phänomen – zumindest bei Elfen – und damit ja wohl auch keine Beleidigung.
Plischke: Zu den spitzen Ohren kommen wir noch. Keine Sorge …

Den letzten Punkt kann ich gar nicht genug betonen: Bedenkt man nämlich die Art und Weise, wie wir Menschen die Elfen betrachten, so haben letztere sich im Lauf der Jahrtausende gewiss daran gewöhnt, dass wir unsere Meinung über sie immer wieder gewaltig ändern.

## Als Zwerge noch Elfen waren

Hält man es wie Tolkien und begibt sich hinsichtlich der Herkunft des Wortes »Elf« auf Spurensuche, stößt man unweigerlich auf das althochdeutsche *alb*. Dessen Wurzeln wiederum sind recht strittig. Zwei Hypothesen werden unter Etymologen und Elfologen gleichermaßen heiß gehandelt.

*Hypothese 1*
*Alb* leitet sich von einem indogermanischen Wort ab – *albh* –, das ungefähr so viel bedeutet wie »hell glänzen« oder »weiß sein«. Es ist vermutlich auch die Wurzel für den Namen des Flusses Elbe,[8] und falls es tatsächlich die »Vorlage« für die Elfen ist, so würde dies belegen, dass schon viele unserer Vorfahren in den Elfen überwiegend positiv belegte, buchstäblich strahlende Lichtgestalten sahen.

*Hypothese 2*
*Alb* geht auf das altindische Wort für ein Dreigestirn aus göttlichen Kunsthandwerkern zurück. Diese »Ribhus« galten als emsig und über alle menschliche Maßen begabt, was die Herstellung bestimmter magischer Gegenstände anbelangt. Dieser Ansatz würde eher die immense schöpferische Kraft unterstreichen, die man den Elfen nachsagt und die

---

8 Christiansen: Ha! Sag ich doch!

sich in der heutigen Vorstellung allerdings eher im künstlerischen als im handwerklichen Bereich Ausdruck verleiht.

Bei beiden Hypothesen bewegt man sich bis zu einem gewissen Grad selbstverständlich im Bereich der Spekulation. Wir sprechen hier schließlich über Sprachen, die vor Tausenden von Jahren gesprochen wurden. Ein etwas klareres Bild, wie früher über Elfen gedacht wurde, lässt sich erst aus Texten gewinnen, die wesentlich jünger sind, wie etwa in der altnordischen *Snorra-Edda,* die um das Jahr 1200 herum niedergeschrieben wurde.

Hier werden die Alben in zwei große Gruppen untergliedert:

- die Lichtalben und
- die Schwarzalben.

Erstere schneiden hinsichtlich dessen, was der Autor über sie zu erzählen weiß, wesentlich besser ab als Letztere. Die Lichtalben wohnen in einem lichtdurchfluteten Ort im Himmel namens Alfheim und sind angeblich noch schöner anzuschauen als die Sonne selbst. Die Schwarzalben hingegen wohnen unter der Erde und sind pechschwarz, was sicher nicht als Kompliment für herausragende Schönheit zu verstehen ist, vor allem da auch darauf hingewiesen wird, Licht- und Schwarzalben seien »ungleich in ihren Gesichtern«.

Wie komme ich nun darauf, dass damals Elfen und Zwerge noch in einen Topf geworfen wurden? Ich gelange nicht nur über die Tatsache zu diesem Schluss, dass die Schwarzalben mit ihrer unterirdischen Lebensweise verdächtig an Zwerge erinnern. Es gibt noch eine Reihe weiterer Indizien:

- Die germanische Heldengestalt Wieland der Schmied wird direkt mit den Alben in Verbindung gesetzt. Er sei ihr Führer und Landsmann gewesen, heißt es in der Sage. Die Perfektion der Schmiedekunst, die man Wieland zusprach, ist wiederum traditionell eines der wesentlichen Merkmale der Zwerge.
- Der Zwerg, der im Nibelungenlied den Hort seines Volkes bewacht und von Siegfried in dessen Dienste gezwungen wird, trägt den Namen Alberich. Alberich lässt sich mit »König der Alben« übersetzen.
- Das englische Wort für Zwerg – *dwarf* – weist eine deutliche Ähnlichkeit zum altnordischen *svartàlfar* für »Schwarzalb« auf.[9]

Jacob Grimm unternahm übrigens den Versuch, dieses Rätsel um Zwerge und Elfen dahingehend zu lösen, dass er neben den Licht- und den Schwarzalben einfach noch eine dritte Kategorie von Alben postulierte: die Dunkelalben, die für ihn sozusagen »waschechte« Zwerge waren.

Bei allen strittigen oder nicht mehr zu klärenden Punkten gab es zu jener Zeit jedoch auch die eine oder andere Eigenschaft der Alben, über die sich offenbar alle damaligen Fachleute einig waren:

- Die Alben sind ein älteres Volk als wir Menschen.
- Sie stehen den Göttern näher als wir.

---

9 Christiansen: Hier wird allerdings sträflich unterschlagen, dass in der altnordischen Mythologie zugleich ziemlich deutlich zwischen *àlfar* und *dvergar* unterschieden wurde. Und in dvergar steckt unser Zwerg ebenso sehr wie der englische *dwarf*.
Plischke: Nicht aufregen. So ist das nun mal mit widersprüchlichen Quellenlagen.

- Ihre Zauberkraft ist der unseren in der Regel weit überlegen.

Diese Charakteristika sind zugegebenermaßen allesamt nicht wirklich überraschend. Spannender wird es da schon bei einigen anderen Dingen, auf die es sich näher einzugehen durchaus lohnt.

*Menschen können zu Alben werden:*
In der Ynglingasaga wird der norwegische König Olaf Geirstad-Alf nach seinem Tod und seiner Bestattung in einem Grabhügel als Alb verehrt. Dieser legendäre Mann war der Sage nach ein mächtiger Krieger, hübsch, groß und stark. Die Vermutung liegt also nahe, dass nicht jeder Sterbliche aus dem nötigen Holz geschnitzt ist, um nach seinem Ableben in diesen besonderen Stand erhoben zu werden.[10]

*Alben unterstehen einem Gott der Fruchtbarkeit:*
Die oben bereits erwähnte Heimat der Lichtalben – Alfheim – wurde von den anderen Göttern einem der ihren zum Geschenk gemacht, als diesem sein erster Zahn wuchs. Es handelt sich dabei um Freyr, einen Fruchtbarkeitsgott, der unter anderem über Regen und Sonnenschein bestimmte.[11] Es ist vermutlich zulässig, die Elfen als eine Art Dienervolk Freyrs zu betrachten – immerhin war er so etwas wie ihr Gutsherr.

---

10 Plischke: Für viele, die nicht an die Existenz von Elfen glauben, ist diese Geschichte ein Hinweis darauf, dass Elfen eher als mythisch verklärte Ahnengeister verstanden werden sollten.

11 Plischke: Dieser Umstand könnte teilweise erklären, woher die enge Verbindung zwischen Elfen und üppiger Vegetation rührt und weshalb sie später oft als Bewohner von Wäldern gesehen wurden, in denen das Unterholz so dicht wuchert, dass sie kaum aufzuspüren sind.

*Alben werden Opfer dargebracht:*
Jedes Jahr zur Erntezeit wurden besondere Riten zu Ehren der Alben abgehalten. Wir wissen leider kaum etwas Genaues darüber, wie dieses *álfablót* vollzogen wurde. Fest steht, dass es selbst zu jenen Zeiten, in denen einige Teile Skandinaviens bereits christianisiert waren, immer noch abgehalten wurde und dass die Rolle des Zeremonienmeisters einer Frau zufiel. Das Ritual wurde zudem anscheinend im Innern von Wohnhäusern hinter verschlossenen Türen zelebriert. Der Zeitpunkt, die Hauptverantwortliche und der Ort: Alles deutet darauf hin, dass dieser Ritus Teil eines Fruchtbarkeitskults um die Alben war. In einer der *Isländersagas* findet man aber einen klaren Hinweis, dass offensichtlich nicht sämtliche Opfergaben an die Alben dazu dienten, auch im nächsten Jahr reiche Ernten zu sichern. Hier offenbart sich, dass es auch andere Albenriten gegeben haben muss, von denen einige mit unserem modernen Bild der Elfen nur bedingt vereinbar scheinen. So konnte man die Alben auch anrufen, um in der Schlacht erlittene Wunden zu heilen. Bis hierhin besteht für einen Elfenfreund unserer Tage noch kein Anlass zur Sorge. Im Gegenteil: Er sieht sich in seinen Vorstellungen eher bestätigt, da ja jeder weiß, dass Elfen versierte magische Heiler sind. Was wird nun aber von einem Menschen verlangt, der sich von den Alben zusammenflicken lassen möchte? Man beschmiert einen Hügel, in dem Alben wohnen, mit dem Blut eines Bullen und bereitet ihnen das Fleisch des Tieres als Festmahl zu. Klingt mehr nach einem Ritual, um Orks oder andere passionierte Fleischfresser gnädig zu stimmen, nicht wahr?[12]

---

12 Plischke: Kollege Wolf hat es doch selbst gesagt – früher wurden einfach viel zu viele Dinge in einen Topf geworfen. Für mich hört sich das – vor

Zeit für eine kurze Zusammenfassung: Die ältesten Überlieferungen über Elfen, auf die wir zugreifen können, belegen, dass wir Menschen eine große Faszination gegenüber diesen Geschöpfen hegen, seit wir ihnen zum ersten Mal begegnet sind. Wir sprechen ihnen von alters her besondere Eigenschaften zu, die die unseren bei Weitem übersteigen – vor allem in den Bereichen Magie und Handwerk. Daher ist es auch dringend erforderlich, ihnen mit einigem Respekt gegenüberzutreten. Hinzu kommt, dass nicht wir, sondern die Elfen von Anfang an darüber bestimmen, ob und wann sie sich uns zeigen. Sie sind quasi eine benachbarte Parallelgesellschaft – sie leben an den Rändern unserer Welt (und vielleicht sogar an den Rändern unserer Vorstellungskraft) und halten sich an ihre eigenen Regeln und Gesetze, da die unseren für sie nicht gelten.

## Elfen sind des Teufels!

Die Schriften, auf die ich mich im obigen Abschnitt bezogen habe, stammen aus dem Mittelalter, beschreiben aber oft viel länger zurückliegende Zeiten. Im Mittelalter selbst begann sich unsere Einstellung zu Elfen in einigen Aspekten langsam zu wandeln. Mit der Ausbreitung des Christentums mussten die Wesen aus heidnischen Sagen und Legenden an die nun vorherrschenden Glaubensvorstellungen und die damit verbundene Weltsicht angepasst werden.

Nun wurde es den Elfen zum Verhängnis, dass sie sich

---

allem wegen des Hügels, in dem die Alben leben – deutlich nach einem Ritual an, das sich an Zwerge richtet.
Christiansen: Netter Versuch der Geschichtsklitterung. Aber seit wann sind Zwerge denn als famose Heiler berühmt? Wenn es ein Ritual wäre, um sich Bier oder Gold zu erbetteln, würde ich das ja fast noch einsehen, aber so?

bei grober Misshandlung oder Einmischung in ihre eigenen Angelegenheiten an den Menschen rächten. Über Jahrtausende hatten sie auf solche Affronts damit reagiert, den Menschen wertvolle Kleinode zu stehlen, Vieh mit Krankheiten zu belegen oder ähnlich lästige Streiche zu spielen. Plötzlich wurde dieses Verhalten anders beurteilt: Aus einer nachvollziehbaren Antwort auf Respektlosigkeiten wurden dämonische Umtriebe. Am deutlichsten lässt sich diese Neubewertung der Elfen an einem bestimmten Begriff ablesen, der bis heute zu unserem Wortschatz gehört: der *Albtraum*. Heute beschreibt dieser Ausdruck für die meisten Menschen nur einen besonders schlimmen, bösen Traum, aus dem man schweißgebadet und mit pochendem Herzen hochschreckt. Man wundert sich womöglich oder ist sogar entsetzt, was das eigene Unterbewusstsein einem da an schrecklichen Visionen vorgegaukelt hat, während man ihm im Schlaf hilflos ausgeliefert war. Früher suchte man den Schuldigen für diese unbehagliche Erfahrung nicht in sich selbst. Dafür hatte man den Alb, der sich nachts ins Zimmer schlich, um sich einem auf die Brust zu setzen und quälende Träume zu bescheren.[13] Beim Alb handelte es sich um eine garstige Kreatur von kleinem Wuchs und mit schwarzer Haut, die wenig mit dem heutigen Elfenbild zu tun hat. Das Phänomen des Albenschusses – das, was man inzwischen als Hexenschuss kennt, da jede Zeit ihre eigenen Vorurteile gegen Randgruppen mit sich bringt – hat da immerhin noch eine lose Verbindung: Der treffsichere, hinterlistige Alb schießt seinen nichtsahnenden Opfern mit seinem Bogen fies in den Rücken.

---

13 Christiansen: Die spürbaren Auswirkungen dieser unfreundlichen Sitzplatzwahl sind im veralteten Begriff Albdruck sehr schön zusammengefasst, der exakt das Gleiche bezeichnet wie Albtraum.

Wo es zuvor noch viele Namen unter den Menschen gab, in denen der Elf steckte, starben diese nun nach und nach aus. Alwin (»der Elfenfreund«) und Alfred (»der den Rat der Elfen hat«) mögen dieser Entwicklung ein wenig getrotzt haben; viele andere – wie etwa der bereits erwähnte Alberich (»der Elfenherrscher«) – taten dies nicht. Und wer würde sein Kind auch schon nach einem Geschöpf benennen wollen, das schlechte Träume bringt?

Bedeutet all das, dass die positiveren Attribute der Elfen in jenen Tagen völlig ignoriert wurden? Überraschenderweise nicht. Die Eigenschaften, die man an Elfen bewunderte – vor allem ihre strahlende Schönheit – wurden einfach auf eine andere Kategorie von Geschöpfen übertragen: auf die Feen.[14]

Diese Wesen, die in der deutschen mittelalterlichen Dichtung auch als die Feien oder Feinen bekannt waren, sind Hybride. Sie vereinen in sich Merkmale und Züge verschiedener, aber dennoch ähnlicher Kreaturen aus Sagen und Legenden. In ihnen verschmelzen Schicksalsgöttinnen, Nymphen und Dryaden, aber auch Lichtalben zu einer neuen Form. Lassen Sie mich einige Eigenschaften auflisten, die als typisch für frühe Feen erachtet werden:

- Sie können sich unsichtbar machen, wenn sie nicht von Menschen gesehen werden wollen.
- Sie leben an entlegenen Orten wie etwa in Felsschluchten oder tief in Wäldern.
- Sie sind von besonderer Schönheit.

---

14 Plischke: Nebenbei findet sich noch längere Zeit im Deutschen das Adjektiv »elbisch«, um Objekte oder Personen als geisterhaft oder überirdisch zu bezeichnen, in dem eine blasse Erinnerung daran mitschwingt, dass an den Elfen eben nicht alles schlecht im Sinne von teuflisch oder dämonisch ist.

- Sie sind mit ewiger Jugend gesegnet.
- Sie verfügen über immense Zauberkräfte.
- Sie tun gern Gutes, aber manchmal muss man als Mensch aufpassen, dass man sich nicht zu lange in ihrer Nähe aufhält: Wer zu lange mit ihnen tanzt, vergisst alles andere, und ehe man sich versieht, sind hundert Jahre vergangen. Hat man Glück im Unglück, bedeutet das »nur«, dass die Braut oder der Bräutigam, der daheim auf einen wartet, längst verstorben ist; hat man Pech, ist man selbst binnen einer einzigen Nacht zum Greis oder zur Vettel geworden.

Darin lassen sich unsere Elfen also noch relativ leicht wiedererkennen. Was in der Folge jedoch für einige Verwirrung sorgte, ist der Umstand, dass nach und nach die Begriffe Fee und Elf(e) auch als Synonyme füreinander verwendet wurden. Daran nicht ganz unschuldig war ein gewisser William Shakespeare, worüber sich ja auch bereits Jacob Grimm indirekt beklagte. Shakespeare ließ in seinen Stücken Feenwesen auftauchen, die gleichermaßen positive wie negative Züge aufwiesen. Sie neigten zu derben Späßen mit unschuldigen Menschen, waren dabei jedoch für gewöhnlich nicht wirklich durch und durch bösartig. Ihr Verhalten hatte eher etwas von gelangweilten Kindern oder Höflingen, die Schabernack mit dem einfachen Volk treiben – beispielsweise den Kopf eines Schlafenden in den eines Esels zu verwandeln. Dabei waren sie körperlich jedoch nicht gerade abstoßend, sondern vielmehr betörend, sodass man sich als Mensch mit Leichtigkeit Hals über Kopf in sie verlieben konnte. Wie man dieser Liebe dann körperlich Ausdruck verliehen hätte, ist ziemlich mysteriös, denn diese Feen waren klein genug, um mit

Insekten verwechselt zu werden und sich in gewöhnlichen Blüten häuslich einzurichten. Ob nun beabsichtigt oder nicht, Shakespeare trug maßgeblich dazu bei, dass sich das Bild des Elfen unter uns Menschen ein weiteres Mal wandelte – und diesmal beinhaltete dieser Wandel eine Einschrumpfung, über die die Elfen erst sehr viel später wieder hinauswachsen sollten.

## Vorsicht! Jetzt wird's romantisch ...

Nachdem die Elfen im Mittelalter nun also verteufelt oder den Feen zugeschlagen worden waren, mussten sie bis zum Ende des 18. Jahrhunderts darauf warten, dass man sich ihrer wieder etwas freundlicher annahm. Überall in Europa wuchs mit Beginn der Industrialisierung und der damit verbundenen, teils ungemein rasanten gesellschaftlichen Umwälzungsprozesse der Wunsch nach einer gewissen Entschleunigung. Die Menschen hatten sich bisher ungekannten Zwängen zu unterwerfen, sich mit neuen Regeln abzufinden und sich in größere soziale Strukturen einzufügen, worauf sich als Gegenreaktion das dringende Bedürfnis manifestierte, aus Zwängen auszubrechen, gegen Regeln zu rebellieren und statt des Kollektivs das Individuum zu feiern. Ausgelebt wurde dieser Drang natürlich auch in der Kunst: Es entwickelte sich nach und nach in den unterschiedlichsten Disziplinen jene Epoche, die man heute als Romantik bezeichnet.

Der für uns vielleicht wichtigste Ansatz im künstlerischen Schaffen jener Zeit ist der folgende: Die Romantiker suchten auch und insbesondere in der Vergangenheit nach Antworten auf die Fragen, die sich ihnen in ihrer Gegenwart stellten. Dabei kamen sie um das Mittelalter natürlich nicht herum, und sie neigten dazu, es mit seinen edlen Rittern, weisen Königen und schönen Burgfräuleins als »gute alte Zeit« zu verherrlichen.[15] Ich möchte an dieser Stelle nicht über Sinn und Unsinn dieser Vorgehensweise sprechen. Für unsere Betrachtungen ist viel relevanter, dass dieses neu erwachte Interesse am Mittelalter sich auch in besonderem Maße auf alten Volksglauben erstreckte – frei nach dem Motto »Was die Ururururgroßmutter noch wusste«. Plötzlich wurde bis dahin nur mündlich Überliefertes über allerlei Fabelwesen schriftlich festgehalten. Die allseits bekannten *Grimms Märchen* sind nur ein Beispiel für diesen Trend. Bei der Aufarbeitung des Vergangenen und teils Vergessenen durch die Romantiker blieben Elfen und Feen nicht unbeachtet. Es wurde allerhand Material gesammelt und einer breiteren Öffentlichkeit zugänglich gemacht. Eine nahezu einmalige historische Chance eröffnete sich, zu den Wurzeln des Elfentums vorzustoßen und es vom Ballast vieler unbeabsichtigter Fehldeutungen sowie boshafter Unterstellungen zu befreien. Studiert man nämlich die Quellen aus der Romantik, findet man dort an so mancher Stelle ein herrlich differenziertes Bild von Feen und Elfen vor. Positives – die Attraktivität, die Heilkunst und die Bereitschaft, magisches Wissen zu teilen – wird mit Negativem – der konsequenten Vergeltung menschlicher Vergehen oder der Gefahr, sich auf elfischem Terrain unrettbar zu verirren, wenn man ungefragt in den Lebensraum dieses Volkes eindringt[16] – versöhnt.

---

15 Christiansen: Um nicht zu sagen: zu *romantisieren*.

16 Christiansen: Da gibt es aber in manchen Geschichten noch weitaus Negativeres. Beispielsweise Elfenritter, die unschuldige Jungfrauen schänden, oder Elfenkönige, die kranken Knaben den Tod bringen.
Plischke: Bedauerliche Einzelfälle, derentwegen man unmöglich die Elfen an sich verdammen kann!

Aus welchem Grund festigte dann aber das Wirken der Romantiker ausgerechnet das Bild vom Elfen als harmlose, niedliche Figur? Weil den Menschen jener Zeit offenbar die alten und neuen Geschichten eher lagen, in denen der Elf in unbedrohlicher Weise auftrat. Sie hatten wahrlich genug, vor dem sie sich fürchteten: die für sie völlig unabsehbaren Gefahren der sich immer schneller entwickelnden modernen Technologien, der beginnende Raubbau an der Natur in einem bislang noch nie dagewesenen Ausmaß und der stetig wachsende Zweifel an der Kirche als verlässliche oberste Moralinstanz. Wer möchte da etwas von unheimlichen, zaubermächtigen Wesen lesen, die unter Umständen grausame Rache üben, wenn man versehentlich gegen eine ihrer Regeln verstößt? Nein, da stürzt man sich doch viel lieber beherzt auf die putzigen kleinen Geschöpfe, die im hauseigenen Garten bei Sonnenaufgang Morgentau von den Blättern schlürfen.

Dieser Eskapismus – diese zeitweise Flucht aus der alltäglichen Welt in ein verwunschenes Feenreich – war am deutlichsten im viktorianischen England zu beobachten.[17] Hier trugen Elfen für gewöhnlich die folgenden Eigenschaften:

- Sie sind derart winzig, dass man sie leicht übersehen kann.
- Sie wohnen in Blüten, ausgehöhlten Baumstümpfen oder Pilzhäusern.
- Sie zähmen allerhand Kleintiere wie Hasen, Frösche, Igel und so weiter, um sich dann von diesen in Kut-

17 Plischke: Woran übrigens die Übersetzung von *Grimms Märchen* ins Englische gehörigen Anteil hatte. Und wir wollen auch nicht vergessen, dass ein Märchen im Englischen *fairy tale* (Feengeschichte) heißt.

schen aus Nussschalen ziehen zu lassen oder sie für vergleichbar würdevolle Zwecke einzusetzen.

- Sie haben ein Faible für spitze Zipfelmützen, die ganz ausgezeichnet zu ihren spitzen Ohren passen.
- Sie besitzen ein ausgemachtes Faible für luftige, fließende Gewänder.
- Viele von ihnen haben Schmetterlings- oder Libellenflügel.
- Von ihren Gesichtszügen her erinnern sie oft an Kinder, und genau wie Kinder treiben sie gerne harmlosen Schabernack.

Fassen wir es doch kurz: In der viktorianischen Gesellschaft wurde das ehedem von Shakespeare gezeichnete Elfenbild noch einmal mit extradickem Pinsel nachgezeichnet. Schlimmer noch: Die Elfen und Feen wurden noch einmal weiter verharmlost.

Da tröstet es kaum, dass die Engländer bis weit ins 20. Jahrhundert hinein von Feen und Elfen regelrecht besessen waren. Das wahre Ausmaß dieser Manie erscheint sogar regelrecht bizarr. Dass große Erzähler von Charles Dickens und Oscar Wilde bis Lewis Carroll und Rudyard Kipling ihre eigenen Geschichten zum ohnehin reichhaltigen Fundus an elfologisch relevanten Texten hinzufügten – geschenkt. Dass bildende Künstler wie Richard Dadd, John Anster Fitzgerald oder Arthur Rackham Hunderte von Elfen in ihren Werken einfingen – erwartbar. Doch dass zahllose Kinder in Elfenverkleidungen gesteckt wurden, um sie vor idyllischer Kulisse fotografisch abzulichten, mutet aus unserer Perspektive seltsam an. Ebenso wie die Tatsache, dass immer wieder behauptet wurde, es wäre gelungen, Schnappschüsse von *echten* Feen und Elfen zu machen, die sich dann hinterher jedoch als dreiste Fälschungen herausstellten, bei denen die eben erwähnten Kinder als Ersatzstars herhalten mussten.[18] Sie möchten noch ein Beispiel für diese absonderlichen Auswüchse des Elfenhypes? Bitte sehr: In der Viktorianik wurden eigens Stücke für die Harfe geschrieben, die die ätherisch-entrückende Musik der Feen und ihrer Verwandten dem menschlichen Ohr nahebringen sollten.

Es soll hier nicht verschwiegen werden, dass auch düsterere Elemente des Themas immer wieder neu verarbeitet wurden: Auf manchem Bild – wie etwa auf vielen Werken Fitzgeralds – entdeckt man unverblümte Hinweise auf durch Drogenkonsum verursachte, traumhafte Rauschzustände, die der Künstler auf die Leinwand gezaubert hat, oder Abbildungen von garstigeren Feengeschöpfen aus der britischen Folklore (unter anderem diverse Varianten von Goblins). Auch die Darstellung einiger Elfenreigen ist von einer unterschwellig bedrohlichen Atmosphäre, als würde der Betrachter dazu aufgefordert, es sich lieber zweimal zu überlegen, ob er in dieser Gesellschaft wirklich das Tanzbein schwingen möchte.

Also ja: Hier und dort taucht eine bösartige Elfe auch in der Viktorianik auf, doch vor den allermeisten braucht man sich als Mensch nicht einmal ansatzweise zu fürchten. Diese bösen Feenwesen sind nämlich in aller Regel von ähnlich winziger Statur wie ihre »gute« Verwandtschaft. Das bedeutet, man kann sich ihrer im Notfall mit den gleichen Mitteln erwehren, mit denen man sich vor aufdringlichen Insek-

---

18 Christiansen: Es mag uns drollig vorkommen, dass irgendjemand angesichts solcher Aufnahmen auch nur länger als fünf Sekunden ernsthaft in Betracht zog, er könne einen hieb- und stichfesten Beweis für die Existenz von Elfen in Händen halten. Dabei sollte man jedoch nicht vergessen, dass selbst schlaue Köpfe wie Arthur Conan Doyle, der geistige Vater von Sherlock Holmes, sich durch diese Aufnahmen ab und an täuschen ließen.

ten schützen würde – zum Beispiel mit einer Fliegenklatsche oder einem Schmetterlingsnetz. Existenzielle Gefährdungen für Leib und Leben sehen jedenfalls anders aus, und Ehrfurcht gebietende Wesen, denen man ab und zu mal einen Bullen opfern müsste, um sie zu besänftigen, sind sie auch nicht. Die Elfen wurden in England von weiten Teilen der Gesellschaft nahezu vollständig in die Rolle von sympathischen, verspielten Naturgeistern gedrängt – harmlose Relikte einer fernen Vergangenheit, in der Mensch und Natur noch im Gleichgewicht miteinander waren, und Sinnbilder einer naiven, rückwärtsgewandten Utopie.

In Frankreich erfuhren Feen und Elfen indes eine etwas weniger herabwürdigende Behandlung: In vielen der dort zu Zwecken des Amüsements bei Hofe erzählten Märchen belässt man den Feen wenigstens ihre faszinierende Fremdartigkeit. Mehr noch: Unter dem Einfluss der ersten Übersetzung der orientalischen Märchen aus *Tausendundeine Nacht* ins Französische werden Eigenschaften und Charakterzüge von Dschinnen und anderen Geisterarten des Nahen Ostens auf sie übertragen. Seitdem umweht die Fee – und in der Erweiterung auch den Elfen – bis heute oft die verlockende Exotik einer fremden, aber nichtsdestominder anziehenden Kultur. Es ist der Reiz einer unbekannten Welt voller wundersamer Anblicke und Genüsse, in der man sich als Mensch ganz verlieren kann, wenn man dem Gewohnten – und damit auch ein bisschen Langweiligen – entfliehen möchte.

## Ein Elfologe, sie alle zu retten

Doch rasch zurück nach England und zu einem Mann, der sich aufmachte, die verlorene Ehre und Würde des Elfenvolks zurückzuerstreiten: J. R. R. Tolkien.

Man tut ihm kein Unrecht, wenn man ihn als Spätromantiker bezeichnet, und wie es sich für einen echten Romantiker gehört, setzte er sich äußerst intensiv mit Volksglaube, alten Märchen und Mythologie auseinander. Dabei fiel ihm unweigerlich auf, dass die Elfen der Viktorianik sich sehr weit von ihren frühesten Wurzeln entfernt hatten – man könnte fast von einem verniedlichten Zerrbild sprechen. In seinem Bestreben, auf Grundlage alter Vorbilder neue Sagen zu erdenken und diese dann England zu widmen, arbeitete er das vorhandene elfologische Material vieler Jahrhunderte auf. Am Ende – wenn auch mit einiger Verzögerung, da seine Schriften erst in den 1960ern weltweit größere Beachtung fanden – schuf er ein Bild des Elfen, in dem sich wie in einem Mosaik Bausteine aus unterschiedlichsten Phasen der Geschichte zu einem großen Ganzen zusammenfügen. Dieses moderne Bild des Elfen, das sich nun bereits seit vielen Jahrzehnten als ausgesprochen stabil erwiesen hat, hat aber selbstverständlich ein eigenes Kapitel verdient. Und um die Spannung nicht zu lange hinauszuzögern, soll es auch gleich das nächste sein.

## Bevor jemand fragt: Elfen am Nordpol

Eine letzte Bemerkung sei erlaubt: Die Weihnachtselfen, die in der amerikanischen Populärkultur dem Weihnachtsmann in dessen Hauptquartier am Nordpol als fleißige Helfer bei der Herstellung von Geschenken zur Seite stehen, sind eine Erfindung des 19. Jahrhunderts. Wie leicht zu erkennen ist, sind sie Opfer und Produkte der Verniedlichungsmanie, unter der alle Elfen zu leiden hatten. Je weniger Worte wir über sie verlieren, desto weniger bringen wir die echten Elfen gegen uns auf …

# Mit spitzem Ohr und Lederstrumpf – Das moderne Bild des Elfen

Elfologen leben, wenn sie ehrlich zu sich selbst sind, in einem goldenen Zeitalter. Wo sie bis vor wenigen Jahren noch häufig mit unwissenden Blicken zu rechnen hatten, wenn sie ihren Forschungsgegenstand nannten, können sie mittlerweile beruhigt davon ausgehen, dass ein absoluter Großteil der jüngeren Bevölkerungsschichten mit dem modernen Elfenbild zumindest ansatzweise vertraut ist. Die Lage ist sogar noch komfortabler: Trifft ein Elfologe auf einen Laien, der tatsächlich noch nie auch nur die Abbildung eines Elfen gesehen hat, muss der engagierte Forscher nun nicht länger auf Illustrationen in randobskurer Fachliteratur verweisen, um sein Gegenüber aufzuklären. Der durchschlagende Erfolg der Verfilmungen der wichtigsten Schriften J. R. R. Tolkiens hat dafür gesorgt, dass der nächste Elf nie weit entfernt ist – noch dazu in farbigem Bewegtbild!

Genau diese Vorstellung vom Elfen, wie sie von Tolkien und in den insgesamt erstaunlich werktreuen Umsetzungen des Regisseurs Peter Jackson präsentiert wird, soll uns im Folgenden als Schablone gereichen, wenn wir uns in diesem Kapitel intensiv und ausführlich damit befassen, wie der Elf heutzutage in den Köpfen der meisten Leute aussieht. (Eine wichtige Grenzziehung: Das Wissen, das Tolkien in seinen weniger populären Schriften – wie etwa dem

*Silmarillion* – zusammengetragen hat, wird bei unserer Analyse des modernen Elfenbilds weitestgehend ausgeklammert. Diese Entscheidung war für mich persönlich eine heikle, doch ein Argument konnte ich nicht entkräften: Der Elf, wie er heutzutage gesehen wird, ist letztlich ein Geschöpf des hohen Bekanntheitsgrades des *Hobbits* und des *Herrn der Ringe*. So sehr es mich auch schmerzen mag, muss ich gestehen, dass die Informationen aus den sonstigen Arbeiten Tolkiens zur Entstehung des derzeit herrschenden »Images« des Elfen höchstens indirekt beigetragen haben.)

Unsere Untersuchung wird sich dabei nicht nur allein auf die äußere Erscheinung des Elfen beschränken. Selbstverständlich wird dieser wichtige Aspekt gebührend berücksichtigt, doch es wäre geradezu eine Unverfrorenheit, den Elfen auf sein Aussehen zu reduzieren. Um zu begreifen, was seine immense Anziehungskraft ausmacht, muss man seine Lebensweise, seine Kultur, seine Sprache und nicht zuletzt die ihm innewohnende Magie näher in Augenschein nehmen. Umgekehrt wäre es sonderbar, nicht mit dem zu beginnen, was einem beim Anblick eines Elfen sofort auffällt: sein ungewöhnliches Äußeres.

## Gut gewachsen – Der Körperbau des Elfen

Wie viele andere (vermeintliche) Fabelwesen ist auch der Elf uns Menschen grundsätzlich sehr ähnlich. Will meinen: Er fällt klar in die Kategorie humanoid. In manchen, eher seltenen Schilderungen ist von minimalen Abweichungen von diesem Bauplan die Rede (zum Beispiel hat man schon von Elfen gehört, die nur vier Finger an jeder Hand aufweisen). Ungeachtet dessen gilt: Würde sich ein Elf wie ein Mensch kleiden und darauf achten, eine Kopfbedeckung zu tragen, die sein Gesicht in Schatten hüllt,[19] könnte er nachts vermutlich durch unsere Straßen streifen, ohne großes Aufsehen zu erregen.

Was die genaue Körpergröße der Elfen anbelangt, herrscht in Fachkreisen eine gewisse Uneinigkeit. Tolkien betont mehrfach, wie hochgeschossen die Elfen sind. Was man darüber nicht vergessen sollte, ist, wie klein viele der Figuren sind, die in Tolkiens Erzählungen auf Elfen treffen. Für einen Hobbit wie Bilbo oder einen Zwerg wie Thorin wirken Elfen natürlich noch umso größer. Darüber hinaus gibt es Schilderungen anderer Experten, in denen Elfen zumindest nicht *auffällig* groß sind, wenn man sie mit Menschen vergleicht, und in denen sie von ihrer Körpergröße nicht an besonders hochgewachsene Menschen heranreichen. Ungeachtet dessen unterstreichen auch viele andere Elfologen immer wieder, dass Elfen gewöhnliche Menschen in der Regel überragen – mal um eine Handspanne, mal gleich um eine Haupteslänge. Man ist also auf der sicheren Seite, wenn man davon ausgeht, dass der durchschnittliche Elf in jedem Fall mindestens genauso groß ist wie ein Mensch (und mit einiger Wahrscheinlichkeit sogar deutlich größer). Hält man sich an Tolkiens unbekanntere Erläuterungen, gäben Elfen hervorragende Basketballspieler ab, denn dort wird über sie gesagt, sie erreichten oft eine Größe von mehr als zwei Metern, Weiblein wie Männlein.

Nun ist Größe allein nicht alles. Es kommt auch auf die Figur an. Tolkien verwendet in diesem Zusammenhang einmal den etwas konkreteren Ausdruck »schlank«, während er ansonsten häufiger Adjektive wie »anmutig« gebraucht. Fest steht, dass die Vorstellung von pummeligen

---

[19] Christiansen: Und seine Ohren bedeckt, wie ich unbedingt anfügen möchte.

oder gar dicken Elfen beim modernen Publikum eher Erheiterung auslöst. Elfen sind also nach menschlichen Maßstäben anscheinend immer ein paar Kilo von ihrem Idealgewicht entfernt – und zwar in die Richtung, die gemeinhin als die wünschenswertere erachtet wird. Gewichtskategorien haben indes stets einen subjektiven Anteil. Brächte man eine Elfe zu einer Familienfeier auf dem Lande mit, liefe sie Gefahr, als »viel zu dürr« beurteilt zu werden, und sie würde sicherlich gewaltige Portionen an kalorienreicher Nahrung auf ihren Teller gehäuft bekommen. Umgekehrt könnte es ihr in einer Modelagentur passieren, dass man ihr empfiehlt, noch das eine oder andere Kilo an Hüften und Oberschenkeln zu verlieren, falls sie karrieremäßig so richtig durchstarten möchte.[20]

Tolkien zufolge sind die Elfen leicht genug, um in Schnee oder auf ähnlich nachgiebigem Untergrund nur sehr schwache Fußabdrücke zu hinterlassen, wenn sie vorübergehen. Das passt hervorragend zu ihrer zurückgezogenen Lebensweise und erschwert es maßgeblich, sie bei zufälligen Sichtungen zu ihren Siedlungen zurückzuverfolgen. Dass sie sich bei heftigen Stürmen Steine in die Taschen stecken müssen, um nicht fortgeweht zu werden, verweise ich jedoch energisch ins Reich der Fabel.

---

20 Christiansen: Ich traue es den Elfen übrigens sehr wohl zu, dass sie Nachwuchs, der ihre strengen Kriterien nicht erfüllt, sang- und klanglos irgendwo im Wald aussetzen und dies dann entweder als gnädige Erlösung vor einem Dasein in Hohn und Spott oder eine leider dringend erforderliche Opfergabe an die Baumgeister rechtfertigen.

## Schnell, geschickt und zäh – Wie die Elfen von ihrem Körperbau profitieren

Aus den eben gewonnenen Erkenntnissen könnte man folgenden Grundsatz ableiten: Elfen sind von sportlicher Statur, sofern wir von bestimmten Disziplinen der Leichtathletik sprechen. Als Lang- und Mittelstreckenläufer, aber vermutlich auch beim Weit- und Hochsprung würden sie bei Wettkämpfen gegen Menschen sicher sehr gute Ergebnisse erzielen. Anders sähe es dafür gewiss beim Hammerwurf, beim Gewichtheben oder beim Boxen aus. Ehe Kollege Plischke dagegen protestieren kann, sei ihm eines gesagt: Die Gewichtsklassen in vielen Kampfsportarten (wozu ich das Boxen an dieser Stelle unbedingt zählen möchte) wurden nicht eingeführt, um schwere, kräftige Teilnehmer an Turnieren vor den leichten, wendigen Mitbewerbern zu schützen. Das Gegenteil ist der Fall.

Nichtsdestoweniger können sich die Elfen kaum darüber beschweren, Mutter Natur habe sie über Gebühr benachteiligt. Sprechen wir zunächst über die atemberaubende Schnelligkeit, mit der sich viele Elfen bewegen können. Die Verfilmungen des *Herrn der Ringe* bieten dazu ausreichend imposantes Anschauungsmaterial, in dem Legolas stellvertretend für sein Volk einige beachtliche Leistungen vollbringt:

- Er schießt blitzschnell hintereinander Pfeile von seinem Bogen ab (ab und an gar zwei Pfeile auf einmal).
- Er klettert bei der Schlacht auf den Pelennor-Feldern in Windeseile an einem Olifanten empor (es dürfte sich hier wohl um die schnellste Besteigung eines turmhohen Kriegselefanten aller Zeiten handeln).
- Die Art und Weise, wie er sich nach dem Angriff der

Wargreiter auf ein an ihm vorbeigaloppierendes Pferd schwingt, ist ein artistisches Kunststück erster Güte.

Wie diese Punkte aufzeigen, verbinden die Elfen ihre Schnelligkeit zudem mit einer nahezu perfekten Körperbeherrschung, die ihnen ein schier übermenschliches Geschick verleiht. Über ein gespanntes Seil zu laufen beispielsweise, stellt für sie keine ernst zu nehmende Herausforderung dar, ebensowenig wie einen Schild als »Surfbrett« zu missbrauchen, um darauf die Stufen einer Treppe hinunterzurutschen – während man dabei noch die Bogensehne sirren lässt, um sich einiger lästiger Feinde zu entledigen, versteht sich. Die Überheblichkeit gegenüber anderen Völkern, die man Elfen nachsagt, rührt zum Teil bestimmt aus dieser Kombination aus Geschwindigkeit und Präzision. Wenn Elfen von Geburt an beidhändig sind, wie Tolkien behauptet, führt dies aus ihrer Perspektive sicher unweigerlich dazu, dass wir ihnen noch, nun, sagen wir: *eingeschränkter* vorkommen müssen, als wir es ohnehin schon tun.[21] Verglichen mit Elfen *haben* die meisten anderen Völker ja auch zwei linke Hände, zwei linke Füße und das Bewegungstempo einer halb erfrorenen Schnecke. Wer schon einmal selbst bei einer feuchtfröhlichen Feier nüchtern geblieben ist und anschließend einen seiner schwer angetrunkenen Freunde zu Fuß nach Hause gebracht hat, vermag sich in etwa auszumalen, wie es sich für einen Elfen anfühlt, in menschlicher Begleitung unterwegs zu sein.

---

21 Plischke: Und es würde auch erklären, warum die Elfen handwerklich so furchtbar begabt sind. Wenn es keine Rolle spielt, in welcher Hand ich ein Werkzeug halten muss, verschafft mir das bei der Herstellung vieler Gegenstände merkliche Freiräume (und ich werde auch schneller fertig, weil ich in anderen Momenten des Fertigungsprozesses – beispielsweise beim Polieren – immer eine Hand schonen kann).

Elfen können sich außerdem nicht nur schnell, sondern auch noch nahezu völlig geräuschlos bewegen, sogar in Umgebungen, in denen dies aus menschlichen Augen betrachtet so gut wie unmöglich erscheint (wie etwa in einem herbstlichen Wald, dessen Boden mit einer dicken Schicht aus Laub und trockenen Ästen bedeckt ist). Sie übertreffen dabei laut Tolkiens Angaben sogar die Hobbits, deren Schleichfähigkeiten ebenfalls legendär sind. Dieses Talent, das Elfen zu ausgezeichneten Jägern macht, welche sich problemlos selbst an die aufmerksamste Beute heranpirschen, trug ebenfalls zu ihrem schlechten Ruf bei so manchem Vertreter anderer Völker bei: Wenn es darum geht, Hinterhalte zu legen, um einen Gegner völlig zu überrumpeln, sind die Elfen wahre Meister dieser besonderen Kriegskunst.[22]

Noch beeindruckender als ihre bloße Geschwindigkeit ist, dass Elfen ihr hohes Tempo nötigenfalls auch über weite Strecken beibehalten können. Bei den Gewaltmärschen der Gefährten kreuz und quer durch Mittelerde erwies sich Legolas als derjenige, der unter den Strapazen am wenigsten zu leiden hatte. Wo Marathonläufer oder Triathleten nach einer Belastung längere Erholungsphasen brauchen, sind Elfen wesentlich zäher. Sie benötigen offenbar nicht einmal Schlaf, wie wir Menschen ihn verstehen. Es genügt ihnen, sich in angenehme Gedanken zu vertiefen oder sich kontemplativ in schöne Anblicke zu versenken. Anders gesagt: Elfen meditieren so, wie Kaninchen gerüchteweise schlafen – mit offenen Augen. Es mag nur wie ein harm-

---

22 Christiansen: Was hat das denn mit Kriegskunst zu tun, sich feige an jemanden anzuschleichen, anstatt ihn offen zum Kampf herauszufordern?
Plischke: Das kommt ganz auf die Definition von Kriegskunst an, würde ich meinen.

loses Detail klingen, doch ich denke, dass dieser einfache Umstand die Beziehungen zwischen Elfen und Nicht-Elfen stärker belastet, als man vermuten würde. Bei den so oder so vergleichsweise seltenen Gelegenheiten, bei denen Elfen längere Zeit mit Menschen verbringen, kann das Schlafverhalten einiges an Konfliktpotenzial bergen:

- Wer nicht schläft beziehungsweise nicht schlafen muss, läuft Gefahr, dass ihm regelmäßig unliebsame Pflichten (Wachdienste, Versorgung von Reit- und Packtieren, Einkaufsgänge etc.) aufgedrängt werden.
- Da es unter Menschen den schönen Spruch »Wer schläft, sündigt nicht« gibt, begegnet man jemandem, der kaum schläft, tendenziell mit einem gewissen Misstrauen, weil er ja ungleich mehr Gelegenheit hat, irgendwelche Dummheiten zu begehen oder Garstiges anzurichten.
- Ein Nicht-Schläfer (in diesem Fall also der Elf) entwickelt schnell eine spürbare Ungeduld gegenüber seinen Begleitern, wenn diese alle Naselang eine Rast einlegen müssen, um untätig in der Gegend herumzuliegen – ohne dass man mit ihnen auch nur ein unterhaltsames Gespräch führen könnte, um sich die Zeit zu vertreiben.

Apropos unnötiges Herumliegen: Eine berechtigte Frage, die mir oft von jungen Elfologen gestellt wird, lautet: Wenn Elfen nicht schlafen müssen, wozu haben sie dann überhaupt Betten?[23] Elfen müssen zwar nicht schlafen, aber sie

---

[23] Plischke: Ein besonders schönes und großes Beispiel für ein Elfenbett ist jenes in Bruchtal, in dem Frodo nach seiner Rettung vom Schicksalsberg durch die Adler erwacht.

haben trotzdem ein klar erkennbares Bedürfnis nach Ruhe und Entspannung, das sie eben auf ihre Weise befriedigen. Und sich im Stehen schöne Gedanken machen ist schlicht unbequemer, als es lang dahingestreckt auf weichen Kissen zu tun.

## So zart und fein – Das Antlitz der Elfen

»Schön« ist ein gutes Stichwort. Dass die Elfen von uns Menschen als schön erachtet werden, hängt keineswegs ausschließlich mit ihrer eben erläuterten Statur zusammen. Fänden wir die Elfen schön, wenn auf ihren Körpern ein Kopf mit Knollennase, abstehenden Ohren, schiefem Mund und fliehender Stirn säße? Höchstwahrscheinlich nicht.

Wie ist das Gesicht der Elfen denn nun beschaffen, dass Tolkien nicht anders kann, als wahre Loblieder über diese Züge zu singen? Wahre Schönheit liegt ja angeblich im Auge des Betrachters, doch warum finden so viele Menschen Elfen derart anziehend?

Attraktivitätsforschung ist ein ungemein heikles Feld. Niemand liest gerne entsprechende Artikel, stellt sich anschließend vor den Spiegel und stellt fest, dass er von meinetwegen zehn Kriterien für ein besonders attraktives Gesicht gerade einmal drei oder vier erfüllt.[24] Ich schicke also sehr bewusst Folgendes vorweg: Alles, was gleich über attraktive Gesichter gesagt wird, bezieht sich auf Studien, die Durchschnittswerte ermitteln, und mehr noch als in den meisten anderen Bereichen gilt hier: Ausnahmen bestätigen unbedingt die Regel.

Da viele von uns Menschen Elfen als schön – oder um

---

24 Plischke: Das ist mir zum Glück ja noch nie passiert.
Christiansen: Wieso? Haben Sie daheim keine Spiegel?

es mit Tolkien in Bezug auf Legolas zu sagen, »über alles menschliche Maß schön von Angesicht« – empfinden, kann man davon ausgehen, dass die Gesichter der Elfen mehrheitlich jene Merkmale aufweisen, die wir Menschen für gewöhnlich mit einem attraktiven Gesicht verbinden. Ich möchte dabei unseren Blick zunächst auf die Attribute richten, die unabhängig vom Geschlecht als schön oder eben attraktiv markiert sind:

- Ein schmaleres Gesicht ist attraktiver als ein breiteres Gesicht. Dem können wir entnehmen, dass der männliche Elf näher an David Bowie als an Vin Diesel und die Elfe näher an Kate Moss als an Christina Ricci ist.
- Das attraktivere Gesicht hat weniger Fettansätze als das weniger attraktive. Das macht Keanu Reeves elfischer als Kevin James und Tilda Swinton elfischer als Pink.
- Blassere Gesichter sind nicht so attraktiv wie gebräuntere Gesichter. Dieser Punkt ist dahingehend besonders interessant, weil das moderne Elfenbild den Elfen mehr auf der blassen Seite des Spektrums ansiedelt.[25]
- Hohe Wangenknochen steigern die Attraktivität. Das heißt also, Johnny Depp und Gwyneth Paltrow gingen unter Umständen bei schlechtem Licht als Elfen

---

25 Christiansen: Ich vermute stark, dass all diese Faktoren doch auch kulturellen Einflüssen unterliegen. Bei Frauen jüngeren Alters beispielsweise erfreuen sich momentan dank der Popularität des Vampirs als romantischem Ideal meines Wissens blasse Gestalten besonderer Beliebtheit. Plischke: Vielleicht wäre ein braun gebrannter Vampir dann quasi die Eier legende Wollmilchsau in Sachen Attraktivität.

durch, John Goodman und Adele selbst dann leider nicht.

- Ein Gesicht wirkt dann attraktiver, wenn es in einen schmaleren Hals übergeht. Somit dürften stiernackige Elfen etwas sehr Ungewöhnliches sein, schwanenhälsige hingegen ziemlich häufig.[26]
- Volle Lippen verleihen ebenfalls einen Attraktivitätsbonus, da sie als Zeichen von Sinnlichkeit gewertet werden. Auch in diesem Punkt weichen die Elfen unserer heutigen Vorstellung, die über doch recht zarte Lippen verfügen, ein wenig von gängigen Schönheitsidealen ab.
- Auch straffe Haut um die Augen und die Abwesenheit von Augenringen machen ein Gesicht attraktiver. Vor allem mit Augenringen, die oft als sichtbares Zeichen körperlicher Ermüdungszustände auftreten, haben die Elfen natürlich keine Probleme – wer nicht richtig schlafen muss, leidet auch nicht unter Schlafmangel.

Des Weiteren existiert eine Reihe geschlechtsspezifischer Merkmale, die die Attraktivität eines Gesichts erhöhen oder verringern können:

- Bei Frauen gelten schmalere Nasen als attraktiver. Bei Elfen neigen in den gängigen Darstellungen beide Geschlechter zu schlanken Nasenformen.
- Bei Männern gelten Geheimratsecken, ein zu kleines Kinn und zu deutliche Faltenausprägungen zwischen Nase und Mundwinkel (das, was im Extremfall zu einem Bulldoggengesicht führt) als attraktivitätsmin-

---

26 Christiansen: So sehen sich die Spitzohren bestimmt gern – sie die edlen Schwäne, wir die hässlichen Entlein.

dernd. Lassen wir Kinn und Falten einmal außen vor, so bleibt dennoch festzustellen, dass Elrond in seiner filmischen Inkarnation sehr wohl über ausgeprägte Geheimratsecken verfügt. Streng genommen sind also doch nicht alle Elfen makellos schön.

Was bei diesen Listen auffällt, ist, dass viele der darin aufgezählten Attribute wiederum mit einer sehr spezifischen anderen Kategorie verknüpft sind: Jugendlichkeit. Dies sollte uns nicht weiter verblüffen, wenn wir uns kurz ins Gedächtnis rufen, wie eng Elfen in früheren Zeiten mit Fruchtbarkeit in Verbindung gesetzt wurden. Die allermeisten Fruchtbarkeitsgötter und -geister sind nun einmal von sprühender Vitalität; Hutzelweibern und schmerbäuchigen Greisen trauen wir es schlicht und ergreifend (und ehrlich gesagt auch aus guten Gründen) nur sehr bedingt zu, einen Acker in ein blühendes Feld zu verwandeln oder miteinander reichlich Nachwuchs zu zeugen.

Entgegen aller Unkenrufe beruht die Attraktivität der Elfen allerdings nicht nur auf bloßen Äußerlichkeiten. Der Fall liegt etwas komplizierter: Bei vielen Beschreibungen von Elfen wird ihr Angesicht zur Ausdrucksfläche von Charaktereigenschaften, die sich (vermeintlich?) in ihren Zügen widerspiegeln. Über Glorfindel, der den Gefährten aus Bruchtal entgegenzieht, um sie vor den Ringgeistern zu schützen, heißt es bei Tolkien unter anderem, sein Gesicht sei »furchtlos und voller Frohsinn«. Glorfindels Weisheit wird durch seine hohe Stirn bezeugt, seine Kraft durch seinen starken – im Sinne von sehnigen – Arm. Diese Kombination aus positiven Eigenschaften findet sich auch bei Elrond: Er wirkt auf den Betrachter »verehrungswürdig« wie ein alter König und zugleich »rüstig […] wie ein kampferfahrener Krieger in der Fülle seiner Kraft«. Die Spuren seiner Erfahrungen, die ihn zu dieser Persönlichkeit gemacht haben – die guten wie die schlechten –, trägt er sichtbar auf der Stirn, wobei es sich wohl um eine äußerst poetische Umschreibung für Falten handeln dürfte. Trotzdem ist Elronds Antlitz dabei »zeitlos« – ein scheinbarer Widerspruch in sich. Ich halte es nicht für ausgeschlossen, dass es genau diese sonderbare Befähigung der Elfen ist, Gegensätzliches in sich zu vereinen, die uns Menschen am meisten an ihnen fasziniert. Elfen können etwas sein, das wir selbst so nie sein könnten: körperlich jung *und* mit der Erfahrung eines langen Lebens gesegnet.

In keinem anderen physischen Merkmal tritt dieser Umstand Tolkien zufolge deutlicher zutage als in den Augen der Elfen. Es scheint mir kein Zufall, dass viele der von ihm beschriebenen Elfen graue Augen haben. Wir Menschen verbinden mit dieser Farbe gern Nebel und Schleier, Undurchsichtiges oder gar einen von Krankheit und Alter getrübten Blick. Nicht so bei den Elfen, die hier einmal mehr Widersprüchliches in Einklang bringen: Elronds Augen sind »grau wie ein *klarer* Abend«, die seiner Tochter Arwen verfügen über einen »nachdenklichen Blick« voll »Weisheit wie bei jemandem, der viele Dinge kennt, die die Jahre bringen«. Und über das Königspaar Celeborn und Galadriel heißt es, »ihre Augen waren scharf wie Lanzen im Sternenlicht, und doch tiefgründig, die Brunnen alter Erinnerungen.«[27]

Doch wir wollen nicht zu philosophisch werden. Wenn wir davon ausgehen, dass an den Elfen nach unseren Defi-

---

27 Plischke: Bei vielen anderen Elfologen, die ihre Erkenntnisse in Romanform verarbeitet haben, zeichnen sich Elfen vielfach dadurch aus, dass sie manchmal Augenfarben besitzen, die bei Menschen nicht vorkommen. Die Palette reicht hierbei von Purpur und Rubinrot bis hin zu Gold und Silber.

nitionen alles schön ist,[28] dann muss das auch für die Augen gelten, ohne dass wir zu metaphysischen Überhöhungen greifen müssten. Stützen wir uns also lieber wieder auf die Erkenntnisse der Attraktivitätsforschung:

- Große Augen sind attraktiver als kleine Augen.
- Leicht schräg gestellte Augen (also solche, bei denen das äußere Augenlid in einem kleinen Winkel höher sitzt als das innere) steigern die Anziehungskraft, wobei dieser Effekt erstaunlicherweise nachlässt, je älter der *Betrachter* des jeweiligen Gesichts ist.[29]

Diese Merkmale findet man tatsächlich bei vielen modernen Darstellungen des Elfen: große, leicht schräg gestellte Augen, die oft sogar etwas Katzenhaftes haben. Sicher spielt beim letzten Punkt die Ansicht, Elfen führten ein naturverbundeneres, urtümlicheres Leben ebenso eine Rolle wie ihre oben beschriebene Anmut, die nicht selten an die einer Raubkatze erinnert.[30] Die Elfen verfügen außerdem über eine weitere körperliche Besonderheit, die ihnen manchen Deutungen nach etwas Animalisches verleiht: ihre Ohren.

---

28 Christiansen: Widerspruch ist hier ja anscheinend zwecklos …

29 Plischke: Kollege Wolf stützt sich hier übrigens auf die Daten von umfangreichen, nach wie vor laufenden Langzeitstudien, die am Institut für Psychologie der Universität Regensburg durchgeführt werden.

30 Christiansen: Das sind nun beileibe nicht die einzigen Wesenszüge, die sich Elfen mit Katzen teilen. Da wären noch die Unberechenbarkeit, mit der ihre Stimmung umschlagen kann, die Hinterlist, mit der sie auf Beutefang gehen, sowie der Hang zur Antriebslosigkeit, wenn einen die Umstände nicht spürbar zwingen, irgendeine Aktivität zu zeigen. Ich habe außerdem herausgefunden, dass Menschen, die Elfen mögen, auch signifikant häufiger Katzenbesitzer sind.

## Spitz oder nicht spitz – Ist das hier die Frage?

Möglicherweise zeigen Sie sich ein wenig verwundert darüber, dass ich die genaue Ohrenform der Elfen hier noch einmal kurz zur Diskussion stelle. Falls dem so sein sollte und Sie sich ein wenig perplex zeigen, dann haben Sie gerade an sich selbst ermitteln können, welche Bedeutung den Ohren der Elfen in unserem heutigen Bild von ihnen zukommt. Es ist gar eine der wenigen Schnittmengen zwischen Elfenhassern und Elfenliebhabern, dass beide für gewöhnlich davon ausgehen, die Ohren der Elfen seien spitz. Warum sollten die einen auch sonst stolz T-Shirts mit dem Sprüchlein »Elfen habe doofe Ohren« tragen und die anderen durch kleine Latexaufsätze ihre eigenen Lauscher an die der Elfen angleichen, sobald sie sich als das Objekt ihrer Liebhaberei kostümieren?

In den filmischen Umsetzungen von Tolkiens Werken werden die Elfen auch mit spitzen Ohren gezeigt, was auf absehbare Zeit dafür sorgen sollte, dass sich an dieser anatomischen Auffälligkeit so schnell nichts ändern wird. In den Vorlagen zu den Leinwandspektakeln aus Tolkiens Feder sucht man dennoch vergebens nach einer Beschreibung eines spitzen Elfenohrs. Lediglich in einigen begleitenden Kommentaren und Unterlagen zu Tolkiens Schaffen wird man fündig. Dort nennt er das Ohr des Elfen »blattförmig«. Selbst mit dieser Angabe bliebe das wahre Aussehen des Elfenohrs noch etwas ungewiss, auch wenn die Botanik in ihrer Systematik viele spitze Blattformen kennt (wie etwa lanzen- oder speerspitzenförmige Blätter). Es sind ausgerechnet die sonst so unscheinbaren Hobbits, die uns etwas besser Auskunft darüber geben, wie das Elfenohr laut Tolkien beschaffen ist. Die Ohren der Halblinge bezeichnet er nämlich in einem anderen Kommentar als »leicht spitz zulaufend und elbisch«. Daraus können wir also getrost schließen, dass auch Tolkien die Elfen mit spitzen Ohren vor sich sah.

Es wäre in diesem Zusammenhang jedoch trotzdem falsch, stellte man die Behauptung auf, Tolkien habe diese Eigenschaft der Elfen berühmt gemacht. Schon auf den zahlreichen erhalten gebliebenen Gemälden und Zeichnungen aus dem vorvergangenen Jahrhundert, in dem die Elfen in der Wahrnehmung der meisten Menschen auf Insektengröße schrumpften und den winzigsten Feengeschöpfen zugeschlagen wurden, sind sie sehr oft mit spitzen Ohren dargestellt. Als Tolkien die Elfen dann wieder auf eine respektablere Länge gezogen hat, blieben ihnen die spitzen Ohren erhalten und sind heute nicht mehr von ihnen wegzudenken. Für den unwahrscheinlichen Fall, dass Elfen in Wahrheit doch ganz gewöhnliche Menschenohren haben sollten, lässt sich dennoch erklären, wie sie in unserer Vorstellung zu ihren extravaganten Ohrmuscheln gekommen sind. In jener Phase ihrer Entwicklungsgeschichte, in denen sie mit den Feen verschmolzen, wurden Wiesen und Wälder als der natürliche Lebensraum der Elfen erachtet. Diesen teilten sie sich mit vielen anderen Wesen, an deren Existenz weitaus weniger Zweifel gehegt werden, und erstaunlich viele Waldtiere weisen mehr oder minder deutlich spitze Ohren auf. Dazu zählen unter anderem zwei Raubkatzen, die Wildkatze sowie der Luchs. Ein Teil des Verhaltens dieser Tiere – wie etwa die Scheu gegenüber uns Menschen und die leisen, schnellen Bewegungen auf der Jagd – könnte gleichsam auf die Elfen abgefärbt haben. Wer sich so gut vor Menschen verborgen halten kann, braucht spitze Ohren. Sozusagen Ohren wie ein Luchs.[31]

---

31 Christiansen: Das Bild von spitzen Ohren, mit denen man ausgezeichnet hören kann, gibt es nicht nur im Deutschen. Im Englischen macht man

Das ist auch nichts, worüber sich die Elfen beschweren könnten. Ihre Ohren strecken ihre schmalen, attraktiven Gesichter optisch noch weiter.[32] Unansehnlicher werden die Elfen dadurch also bestimmt nicht. Darüber hinaus sind Ohren ja nicht das Einzige, was Elfen auf bzw. am Kopf tragen.

## Oben hui, unten unbekannt – Elfische Behaarung

Bei Tolkien haben sämtliche Elfen derart perfektes Haar, dass man meinen könnte, zu den zahlreichen magischen Gegenständen, die sie fertigen, zähle auch ein Zaubershampoo. Es leuchtet und schimmert offenbar so sehr, dass es an auf Hochglanz poliertes Metall erinnert. Glorfindels Haar ist »schimmerndes Gold«, das Galadriels »tiefgolden«,[33] das ihres Gatten Celeborn »silbern« (blond und weiß wurden da der Wirklichkeit wohl nicht gerecht). Da Legolas so etwas wie den Standardelfen darstellt und er in der Verfilmung ebenfalls blondes, pardon, *goldenes* Haar

---

die Ohren gar so spitz, dass man sich daran stechen könnte *(»to prick one's ears«).*

32 Plischke: Und sie sitzen ihnen auch in einem vernünftigen Winkel am Schädel. Will meinen: Die Spitzen zeigen nach oben. Warum ich das eigens erwähne? Nun, mit der wachsenden Begeisterung für das Fantasygenre, als dessen Begründer Tolkien gerne genannt wird, wurden die Elfen gewissermaßen in andere Kulturen »exportiert« – wie etwa nach Japan, wo sie bald auch als Zeichentrickfiguren auftauchten. In einigen Animes stehen ihnen die spitzen Ohren links und rechts waagerecht vom Kopf ab, was auf den ersten Blick durchaus bizarr – nein, sind wir ehrlich: lächerlich – wirkt. Da hat der Elf westlicher Prägung wirklich noch einmal Glück gehabt.

33 Plischke: An anderer Stelle wird es silbergolden genannt – eine auch unter Elfen einzigartige und aufsehenerregende Tönung.
Christiansen: Und man versteht dann auch besser, warum Gimli als typisch edelmetallversessener Zwerg so scharf darauf war, eine Strähne davon zu ergattern.

hat, halten viele die Standardhaarfarbe der Elfen für blond, Verzeihung, *golden*. In Tolkiens Schriften können allerdings für gewöhnlich nur die Vanyar – jenes edle Geschlecht, das den größten aller Elfenherrscher hervorbrachte – mit dieser Farbe aufwarten, und sie verdanken ihren hellen Haaren und ihrer hellen Haut sogar ihren Namen (denn Vanyar bedeutet übersetzt nichts weniger als »die Hellen«). Der durchschnittliche Elf hat mehr Elronds Haar – »dunkel wie die Schatten der Dämmerung« –, wobei Ausreißer natürlich möglich sind.[34]

Unabhängig von der Farbe haben Elfen im Normalfall sehr gepflegtes Haar – oder etwas präziser formuliert: Haar, das bei uns diesen Anschein erweckt, denn ob und wie die Elfen ihr Haar pflegen oder ob Glanz und Geschmeidigkeit der natürliche Zustand des Elfenhaars sind, bleibt bis auf Weiteres ihr Geheimnis. So oder so leistet ihr Haar sicher einen gewaltigen Beitrag zur allgemeinen Attraktivität der Elfen, und einmal mehr ist die Fülle und Spannkraft ihrer Mähnen auch ein wichtiger Faktor für ihre insgesamt jugendliche Erscheinung. »Spannkraft« verleitet mich zu einer winzigen Abschweifung: Die Elfen verwenden ihr eigenes Haar bei Tolkien auch als handwerkliches Arbeitsmaterial, denn die Sehnen ihrer Bögen sind bisweilen aus Haar gefertigt. Inwiefern sie ihre Haarsträhnen auch zu

---

34 Christiansen: Wer an einem langen Wochenende einmal nichts Besseres vorhat, kann versuchen, diverse Regeln aus der Vererbungslehre auf die Abstammungslinien der verschiedenen Elfengeschlechter bei Tolkien in Sachen Haarfarbe anzuwenden. Doch Obacht: Man wäre nicht der Erste, der sich an dieses irrsinnige Unterfangen wagt!
Plischke: Erinnern Sie sich noch, was ich weiter oben zum Thema elfische Augenfarben bei den Werken anderer Elfologen anmerkte? Gleiches gilt für Haarfarben, aber auch für Frisuren. Sogar von glatzköpfigen Elfen oder welchen mit steil aufgerichteten Hahnenkämmen aus Dreadlocks ist manchmal zu lesen.

Fäden spinnen, um dann daraus Stoff für zarte Gewänder, fluffig-leichte Tischtücher oder bei jedem leisen Luftzug sacht im Wind wehende Gardinen zu weben, ist ein weiteres Mysterium des Schönen Volks.

Gegen eine regelmäßige Schur spricht indes, dass der gemeine Elf ungeachtet des Geschlechts das Haar lang trägt. Stoppelfrisuren oder auch nur eine schicke Fönwelle sind an den Figuren, die in den Verfilmungen Tolkiens auftauchen, nicht zu entdecken. Ihnen fällt das Haar immer mindestens bis über die Schultern. Es sei jedoch darauf hingewiesen, dass dort bei allen Völkern kurzes Haar nicht in Mode zu sein scheint, mit Ausnahme der Hobbits, die am ehesten noch das tragen, was unsere Urgroßeltern als anständige Frisur durchgehen lassen würden.[35]

Nun gilt aber bei den Elfen kein schlichtes »Wer lang hat, lässt lang hängen«. Die Frisuren der Elfen sind durchaus aufwendig gestaltet. Vor allem Zöpfe erfreuen sich unter ihnen großer Beliebtheit: dicke Zöpfe, dünne Zöpfe, Zöpfe an den Schläfen, Zöpfe im Nacken und so weiter und so fort. Diese Zier hat selbstverständlich auch einen praktischen Nutzen: Kein Elf möchte mit dem Bogen danebenschießen, weil ihm im entscheidenden Sekundenbruchteil eine verirrte Strähne vor die Augen fällt. Die Elfen belassen es nicht bei einfachen Zöpfen: Bei Tolkien flechten sie sich je nach Gelegenheit Blumen oder Edelsteine mit ins Haar. In anderen Darstellungen dürfen es auch Muscheln, Perlen oder allerlei andere dem Auge schmeichelnde Kleinigkeiten sein. Davon ausgehend lehnt man sich nicht zu weit aus dem Spekulationsfenster, wenn man propagiert, dass die

---

35 Plischke: Einspruch! Ich darf kurz meine werte Frau Großmutter channeln: Die Hobbits tragen doch eindeutig liederliche Pilzköpfe, wie diese vier jungen Rabauken aus England, die auf ihren Stromgitarren diese Katzenjammermusik spielen.

Beschäftigung mit dem eigenen oder fremden Haar zu Aufhübschungszwecken eine wichtige Rolle innerhalb der elfischen Kultur spielt und vermutlich den sozialen Zusammenhalt stärkt.[36]

Was den Bartwuchs bei Elfen anbelangt, ist Tolkien mit sich selbst ein wenig uneins. Eine Zeit lang vertrat er offenbar die Auffassung, nur sehr alte Elfen hätten ausreichend Gesichtsbehaarung, um sich einen Bart stehen zu lassen – so wie der Elfenfürst und Schiffsbauer Círdan (der in der Verfilmung des *Herrn der Ringe* einmal ganz zu Beginn der Trilogie und ganz an ihrem Ende gezeigt wird, als Bilbo und Frodo bei den Grauen Anfurten ihr Boot gen Westen besteigen – in beiden Fällen allerdings seiner angeblichen Bartpracht beraubt). Dieser Theorie hängt er scheinbar auch dann noch an, als er von dem Elfenschmied Malthan berichtet, zu dessen bemerkenswerten Eigenschaften gehört, dass ihm schon in vergleichsweise jungen Jahren (oder Jahrhunderten) ein Bart sprießt. Später jedoch sind Tolkien zufolge Menschen, in deren Adern Elfenblut fließt, unter anderem daran zu erkennen, dass sie bartlos sind – so wie Elfen eben.[37]

Haben Elfen nun also doch niemals Bärte? Eventuell handelt es sich hierbei um keine Ja/Nein-Frage. Tolkiens Betrachtungen der elfischen Kultur erstrecken sich über einen Jahrtausende umfassenden Zeitraum, und wer immer nun auch seine Informanten unter den Elfen waren, könnte sich missverständlich ausgedrückt haben. So möchte ich zum einen nicht ausschließen, dass es vielleicht vor langer

---

36 Christiansen: Wie bei Affenhorden das wechselseitige Lausen also.

37 Plischke: Also in der Verfilmung sieht aber Aragorn, der ja elfische Vorfahren hat, definitiv nicht so aus, als könnte er sich nicht komplett das Gesicht zuwuchern lassen, wenn er es darauf anlegen würde.

Zeit einmal Mode unter älteren Elfen gewesen sein könnte, Bart zu tragen, und dass diese Mode inzwischen ... nun ja ... wieder aus der Mode gekommen ist. Zum anderen sind bärtige Elfen womöglich ein sehr seltener Atavismus, vergleichbar mit Menschen, die mit Schwimmhäuten zwischen den Zehen geboren werden.

Wie es mit der restlichen Körperbehaarung der Elfen aussieht, ist eine knifflige Angelegenheit. Tolkien äußert sich weder zu Achsel- noch zu Brust- oder Schambehaarung. Es ist noch keinem Elfologen bisher gelungen, so tief in die elfische Kultur vorzudringen, als dass es zuverlässige Berichte aus erster Hand gäbe. Ich gestehe, dass ich meine Schwierigkeiten damit habe, mir Galadriel beim Rasieren der Bikinizone oder Elrond bei der Wachsenthaarung an Brust und Rücken vorzustellen.

## Porentief rein – Die Haut der Elfen

Bleiben wir doch am besten gleich möglichst dicht am Elfenleib. »Makellos und glatt« ist die Haut Arwens bei Tolkien, doch wir haben bereits davon gehört, dass ihr Vater Elrond offenbar die eine oder andere Sorgenfalte auf der Stirn hatte. Nun könnte es sein, dass bei Elrond der menschliche Anteil seiner Gene – er ist ja Viertelelf – stärker durchschlägt als bei seiner Tochter, die er bekanntermaßen mit einer Elfe gezeugt hat.[38]

Fest steht, dass die Elfen sich in jedem Fall länger frisch halten als wir Menschen, die mit fortschreitender Lebensdauer mit Altersflecken, Krähenfüßen, Krampf-

[38] Christiansen: Ich sage es gern noch mal: Ich finde diese Fixierung auf Abstammungslinien hochgradig befremdlich. Das erinnert mich alles an Debatten bei Pudelzüchtervereinen über Reinrassigkeit ... oder Schlimmeres.

adern, Hornhaut und allerlei anderen unschönen Verfallserscheinungen zu kämpfen haben, denen wir je nach Maß an persönlicher Eitelkeit nur mit diversen Methoden von harmlosen Crèmes und Wässerchen bis hin zu chirurgischen Eingriffen entgegenwirken können. Auch in diesem Zusammenhang ist es keine Sensation, dass Elfen von unseren Vorfahren bisweilen als Dienerwesen von Fruchtbarkeitsgöttern verehrt wurden.

Andererseits sind die meisten Elfen – wie bereits erwähnt – nicht gerade braun gebrannt. Der helle Ton ihrer Haut in Kombination mit deren Reinheit rückt sie in ihrer Gesamtanmutung manchmal in die Nähe von auf wundersame Weise beseelten Statuen aus glattem Stein. Statuen wiederum sind in unserer menschlichen Empfindungswelt oft mit Kühle verbunden, weshalb manche Elfologen den Elfen auch eine entsprechend niedrige Hauttemperatur andichten. Tolkien hingegen spricht von angenehm warmen Händen, die die Elfen besitzen sollen. Ich neige dazu, ihm beizupflichten, wobei ich es für möglich halte, dass viele Abkömmlinge von Dunkelalben, die sich tief unter die Erde zurückgezogen haben, sich bei Hautkontakt für uns tatsächlich unbehaglich kalt anfühlen könnten.

Nachwuchs-Elfologen berichten in ihren eigenen Schriften gelegentlich davon, dass die Elfen ihre Haut auf besondere Weise schmücken. Mal werden Hände und Arme mit hennaähnlichen Bemalungen verziert, mal sind es handwerklich und ästhetisch perfekte Tätowierungen, die sich die Elfen stechen lassen. Auch Piercings werden immer wieder erwähnt, überwiegend an einer naheliegenden Stelle: den Ohren. Gröbere Formen des Körperschmucks – wie etwa Narbenbilder, Brandzeichen oder spitz zugefeilte Zähne – sagt man manchen Nachfahren der Dunkelalben nach, wobei es traditionell eher Völker wie die Orks oder die

Goblins sind, bei denen solche Manipulationen des eigenen Leibs zum modischen Statement des furchtlosen Kriegers von Welt gehören.

Wenden wir uns lieber wieder etwas erfreulicheren Dingen zu: Bei Tolkien findet sich ein kleiner Hinweis darauf, dass die Elfen einen besonderen Geruch verströmen – zumindest wenn man dem Hobbit Bilbo Beutlin trauen darf, der einen solchen spezifischen Duft wahrgenommen haben möchte, als er sich zum ersten Mal Bruchtal näherte. Leider wissen wir nicht, was der Halbling da witterte. Ein störender Geruch wird es nicht gewesen sein. Röchen Elfen auffällig streng – zum Beispiel nach Schweiß, Maggikraut oder nassem Hund –, wäre dies mit Sicherheit schon an anderer Stelle erwähnt worden oder in die Mythen und Legenden über sie eingeflossen.[39] Sie wären dann definitiv auch nicht für viele Menschen zu einem Symbol für Reinheit und Schönheit geworden. Falls Elfen also wirklich ein eigenes Aroma verströmen, so wird es ein angenehmer Duft sein: nach Rosen, Vanille oder regenfeuchter Erde.

## Ich sehe was, was du nicht siehst – Der Scharfsinn der Elfen

Wir haben uns bislang hauptsächlich damit beschäftigt, wie wir Menschen die Elfen wahrnehmen. Drehen wir an dieser Stelle den Spieß doch einmal zwar nicht ganz um, aber wenigstens ein Stückchen in die umgekehrte Richtung: Wie nehmen Elfen ihrerseits denn die Welt wahr?

Dass Elfen gute Augen haben, ist ein Gemeinplatz, der

---

39 Plischke: Könnte es aber nicht auch sein, dass die Nase eines Hobbits der eines Menschen überlegen ist und wir Menschen nicht in der Lage sind, den besonderen Geruch der Elfen wahrzunehmen?

uns nicht viel weiterhilft. Als Optiker würde man unter ihnen jedenfalls nicht reich. Tolkien lässt seinen Zauberer Gandalf die Scharfsicht der Elben ein wenig präzisieren: Sie sind dazu fähig, über eine Strecke von einer Wegstunde hinweg Finken und Spatzen zuverlässig auseinanderzuhalten. Mit einer Wegstunde – einem alten *Längen*- und keinem *Zeit*maß, wie man vermuten könnte – ist hierbei eine Entfernung von circa fünf Kilometern gemeint. Was bedeutet das konkret? Lassen Sie mich dies rasch anhand einiger Beispiele erläutern:

- Elfen können auf dieselbe Strecke, auf die sie ihre ornithologischen Kenntnisse zur Schau stellen, die Gesichter zweier Personen locker voneinander unterscheiden.
- Eine Ein-Cent-Münze ist für einen Elfen über einen halben Kilometer hinweg problemlos anzuvisieren.
- Der Fließtext eines Zeitungsartikels wäre für einen Elfen noch auf hundert Meter zu entziffern.

Ziemlich beeindruckend. Doch damit nicht genug: Wo wir Menschen losgelöst von unserer jeweiligen individuellen Sehkraft bei Nacht deutlich schlechter sehen als bei Tage, gilt dies für die Elfen nicht. Manche Elfologen vertreten die Auffassung, Elfen verfügten über eine angeborene Form der »Restlichtverstärkung« in ihren großen Augen. Solange ihnen also irgendeine Lichtquelle zur Verfügung stünde – und seien es nur der Mond oder die Sterne –, reiche ihnen dies zur sicheren Orientierung vollkommen aus. Wenn diese These stimmt, hieße das allerdings, dass Elfen in vollkommener Finsternis genauso blind wären wie wir. Deshalb machen sich andere Elfenforscher für die Theorie stark, die Elfen besäßen so etwas wie eine Infrarotsicht und nähmen ihre Umgebung selbst in absoluter Dunkelheit noch anhand der vorhandenen Wärmeprofile von Objekten wahr. Wieder andere glauben, die Elfen würden sich bei Tag wie Nacht ihr eigenes Licht schaffen, und berufen sich dabei auf die unter anderem bereits bei Tolkien wiederholt auftretende Beobachtung, dass in Elfenaugen ein besonderer Glanz liegt und sie manchmal sogar von innen heraus zu erstrahlen scheinen.[40]

Wie auch immer die Elfen es auch fertigbringen, bei einem Weg durch einen finsteren Forst nicht ständig über Wurzeln zu stolpern und in Äste hineinzulaufen: Der Sachverhalt, *dass* sie nachts so gut sehen, legt den Schluss nahe, sie könnten überwiegend nachtaktive Geschöpfe sein. Dafür spricht, dass auffallend viele Begegnungen mit Elfen sowohl in Augenzeugenberichten als auch in Mythen und Erzählungen nachts oder während der Morgen- beziehungsweise Abenddämmerung stattfinden. Ein Gegenargument wäre, ob es überhaupt angeraten ist, für Wesen, die bei Tag wie bei Nacht sehr gut sehen, Kategorien wie tagaktiv bzw. nachtaktiv anlegen zu wollen – insbesondere da die Elfen ja überdies kein Schlafbedürfnis zeigen, das mit unserem menschlichen vergleichbar wäre.

Hinzu kommt, dass sich der Scharfsinn der Elfen keineswegs nur auf ihre Sicht beschränkt. Auch in allen anderen Bereichen der Sinneswahrnehmungen, die wir mit ihnen teilen, sind sie uns offenbar klar überlegen:

- Ihre spitzen Ohren haben die Elfen – wie oben bereits illustriert – nicht von ungefähr. Wie fein ihr *Gehör* ist, zeigt sich nicht nur in ihrer wohlbekannten Musik-

40 Christiansen: Ihre Augen funktionieren also wie fest im Schädel installierte Taschenlampen, oder wie?

begeisterung. In vielen Legenden bemerken Elfen Eindringlinge in ihr Territorium, kaum dass diese auch nur einen Fuß hineingesetzt haben. Es ist selbstverständlich denkbar, dass die Elfen derart im Einklang mit ihrer vertrauten Umgebung sind, dass sie das Herannahen von Störenfrieden auf mystischmagischem Wege spüren. Bedenkt man indes, wie unglaublich gut ausgebildet ihre Sicht ist, ist nicht von der Hand zu weisen, dass es unter Umständen für ihr »Frühwarnsystem« gar keine Zauberei braucht: Unter Umständen hören sie ihre Feinde einfach lange, bevor sie sie sehen. Gerade in Wäldern, wo ihre Sicht ja durch den Baumbestand und das Unterholz behindert wird, wäre dies ein nicht zu unterschätzender Vorteil.

- Für einen überlegenen *Tastsinn* der Elfen gibt es eine Reihe von Indizien. So könnte ihr Hang zu weichen, glatten Stoffen mehr als ein Modefimmel sein, da raues, kratziges Material auf der Haut ihnen noch viel unangenehmer ist als uns.[41] Der zweite Hinweis sind ihre langen schlanken Finger und ihr immenses Geschick im Umgang mit Werkzeugen, das wir etwas weiter oben schon bestaunt haben. Man stelle sich nur einmal vor, mit welch dünnen Fäden und Nadeln die Elfen nähen, wenn ihr Tastsinn auch nur ansatzweise mit ihrer Scharfsicht mithalten kann. Der dritte Hinweis dürfte der überzeugendste sein: Elfen tragen oft sehr leichtes Schuhwerk, das ihnen das Schleichen erleichtert (beispielsweise Ledermokassins). Wie sonst könnten sie sich so gut wie völlig

---

41 Plischke: Bei ihnen könnte selbst die kuscheligste Angorawolle dann noch scheuern wie Sandpapier.

geräuschlos bewegen, wenn ihre Fußsohlen nicht spürbar empfindlicher wären als die unseren?

- Einige Elfologen schildern Begebenheiten, bei denen Elfen vor unangenehmen Gerüchen angewiderter zurückschreckten, als es bei einem Menschen im Zuge einer ähnlichen olfaktorischen Belästigung zu erwarten gewesen wäre. Der absolute Großteil dieser Episoden dreht sich aber um Konfrontationen mit Formen des Gestanks, bei denen sich sicherlich auch vielen von uns der Magen umgedreht hätte – fauliges Aas, Abwässer in Kanalisationen, ungewaschene Orksöldner, Trollhöhlen und so weiter. Ein weitaus stärkeres Argument für einen gesteigerten *Geruchssinn* der Elfen sehe ich in der großen und uns manches Mal sogar befremdlichen Freude, die sie verspüren, wenn sie an Blüten, Honig oder anderen Spendern angenehmer Düfte riechen.
- Auch in Bezug auf einen möglicherweise besonders scharfen *Geschmackssinn* der Elfen müssen wir uns auf indirekte Belege verlassen. Einer davon ist das Lembas, der zwiebackartige Reiseproviant, den Elfen gemäß Tolkien als Notrationen einpacken. Die Hobbits, die gezwungenermaßen davon kosten dürfen, bewerten Lembas geschmacklich als gar nicht mal so schlecht. Aus dem Munde von Angehörigen einer Kultur, in der kulinarische Genüsse auf der Prioritätenliste ganz weit oben stehen, ist das bereits ein bemerkenswertes Lob. Wenn schon Lembas, das unter Elfen nun bestimmt kein Produkt der Spitzenküche ist, derart lecker schmeckt, dass es Hobbits loben, sind die Höchstleistungen der elfischen Kochkunst aller Voraussicht nach wahre Gaumenfreuden. Und dies spricht wiederum dafür, dass auch der Ge-

schmackssinn der Elfen sehr fein ist. Diese Annahme stützt sich außerdem auf die Berichte jener seltenen Glückspilze, die einmal an einem elfischen Festmahl teilgenommen haben. Egal, ob sie im Zuge einer Wanderung durch Elfenterritorium zufällig in eine dieser Veranstaltungen hineingestolpert sind (der Regelfall) oder eine formelle Einladung erhielten: Die Gäste zeigten sich stets schwer beeindruckt von der Fülle an Kostbarkeiten, die bei solchen Feiern aufgetischt wurde. Kritiker bemängeln nun, diese Aussagen seien nicht verlässlich, da auf solchen Festen auch reichlich Alkoholisches ausgeschenkt würde. Ein verständlicher Einwand, der uns aber zu einem weiteren möglichen Hinweis führt, wie es um den Geschmackssinn der Elfen steht: Auf diesen Festen wird anstelle von Bier oft Wein ausgeschenkt. Glaubt man den Angaben menschlicher Weinkenner, bedarf es eines gut ausgebildeten Geschmackssinns, um einen vorzüglichen Wein in all seinen Nuancen zu würdigen. Wenn die Elfen nun tatsächlich Wein den Vorzug vor Bier geben, ist dies ein neuerliches Indiz dafür, dass ihr Geschmackssinn ihren anderen Sinnen in Sachen Schärfe in nichts nachsteht.[42]

- Einen letzten Sinn gilt es noch zu erwähnen, dessen Existenz wir uns selten bewusster machen als nach Alkoholkonsum in größeren Mengen: den *Gleichgewichtssinn*. Dass dieser bei den Elfen hervorragend funktioniert, ist leichter zu belegen als für ihren

42 Christiansen: Das ist doch wieder mal der reinste Snobismus. Aha, Elfen mögen also Wein, und deshalb haben sie automatisch einen in allen Belangen besseren Geschmack. Vermutlich trinken sie auch lieber Kaffee als Tee, spielen Golf anstelle von Fußball und hören ausschließlich klassische Musik oder Jazz.

> Geschmacks- oder Geruchssinn: Wie sonst wären sie in der Lage, in die Wipfel selbst der höchsten Bäume hinaufzuklettern oder jene akrobatischen Kunststücke à la Legolas zu vollführen, ohne mit ausgerenkten Gliedern und schweren Knochenbrüchen zu enden?

Zum Abschluss unserer Ausführungen über die Sinnenschärfe der Elfen möchte ich eine meiner persönlichen Theorien vorstellen: Dass immer wieder Kommunikationsschwierigkeiten zwischen Elfen und Nicht-Elfen auftreten, ist hinlänglich bekannt. Was, wenn diese Missverständnisse deshalb auftreten, weil buchstäblich die Welt*sicht* der Elfen eine vollkommen eigene und einzigartige ist, die auf den besonderen Umständen ihrer Sinneswahrnehmungen beruht? Anders gesagt: Es liegt im Bereich des Möglichen, dass die Sinne der Elfen derart scharf sind, dass sie die Reize aus ihrer Umwelt grundsätzlich anders verarbeiten, als wir es tun. Die Elfen könnten sehr wohl Synästhetiker sein. Bei der Synästhesie sind Reize, die eigentlich zwei unterschiedliche Wahrnehmungsorgane ansprechen, im Denken und Fühlen einer Person aneinandergekoppelt. Unter Menschen ist dieses Phänomen vergleichsweise selten und für Außenstehende schwer nachzuempfinden. Wüchse man nun – wie eventuell die Elfen – in einem Umfeld auf, in dem diese Sinnesverknüpfungen nicht die Ausnahme, sondern die Regel darstellen, wäre man dann hingegen derjenige, der bei der Kommunikation außen vor ist, wenn man solche Verknüpfungen eben nicht erführe. Für die Elfen ist es womöglich selbstverständlich, von roten Klängen, harter Schärfe im Geschmack oder lauten Düften zu sprechen. Für uns Menschen entsteht dann hingegen der Eindruck, der Elf drücke sich verwirrend aus – und böse Geister unterstellen ihm unter Umständen sogar Absicht.

## Welch hehrer Klang – Die Stimmen der Elfen

Die ab und an problembelastete Kommunikation mit Elfen hat allerdings auch ihre positiven Seiten. Eine von ihnen ist der Umstand, dass Elfen nicht schon seit Tolkien dafür berühmt sind, die schönsten Stimmen der Welt zu haben. »Schön« bedeutet in diesem Zusammenhang, dass elfische Stimmen für Menschen so unfassbar melodisch klingen, als würde man einem Lied lauschen. Dies liegt sicher auch zu weiten Teilen an der elfischen Sprache, doch dazu später mehr. Elfische Stimmen werden in vielen Untersuchungen der Kategorie »hell« zugeordnet, was der schlanken Statur des Schönen Volkes geschuldet ist: Den meisten Elfen fehlt schlicht die nötige Masse für einen ordentlichen Resonanzkörper. Nichtsdestoweniger soll es unter Elfen auch dunklere Stimmfärbungen geben, und insgesamt betrachtet sind ihre Stimmen letztlich genauso individuell wie unter uns Menschen.[43]

Ein weiterer Grund, weshalb die Stimmen der Elfen einen derart betörenden Klang besitzen, könnte weniger physiologische als kulturelle Ursachen haben: Die Elfen lieben Musik und singen für ihr Leben gern. Dementsprechend werden ihre Stimmen von einem sehr frühen Alter an geschult. Wie Ihnen jeder vernünftige Musikpädagoge bestätigen wird, ist es nur von Vorteil, in möglichst jungen Jahren mit einer Gesangsausbildung zu beginnen. Es wird nicht jeder auf Opernsängerniveau gehoben werden können – so viel ist klar –, doch wenn wir es hielten wie die

---

43 Plischke: Ich bin mir sehr sicher, dass Elfen dank ihres ausgezeichneten Gehörs einzelne Vertreter ihrer Art noch sehr viel besser nur allein anhand der Stimme unterscheiden können, als wir Menschen das unter unseresgleichen vermögen.

Elfen, würden uns viele grauenhafte akustische Entgleisungen in Karaoke-Bars und bei Weihnachtsgottesdiensten erspart bleiben.

Es gibt auch immer wieder Elfologen, die der festen Überzeugung sind, der faszinierende Gesang der Elfen und ihre atemberaubenden Stimmen gingen am Ende doch auf körperliche Eigenheiten zurück. Beispielsweise wird häufig davon berichtet, jeder Elf könnte zweistimmig singen. Interessanterweise ist das allerdings eine Technik, die auch wir Menschen erlernen können: im Obertongesang. Das berühmteste Beispiel dafür, das nicht aus unserem westlichen Kulturkreis stammt, dürfte der mongolische Kehlgesang sein – beim ersten Hören für viele westliche Menschen ein geradezu magisches Klangerlebnis (vor allem bei einer Live-Performance). Womöglich ist es den Elfen nur sehr viel leichter, diese Techniken zu erlernen, da dem Gesang im Allgemeinen innerhalb ihrer Kultur eine wesentlich größere Bedeutung beigemessen wird.

## Kleider machen Elfen – Kleidung und Schmuck

Man muss einen Elfen nun nicht unbedingt hören können, um bei einer Begegnung mit ihm von seiner Erscheinung in Bann gezogen zu werden. Die Kleidung und der Schmuck des Elfen spielen dabei eine mindestens ebenso große Rolle wie sein Haar oder sein edler Wuchs.

Grundlegend scheinen unter den Elfen zwei unterschiedliche Kleidungsstile zu existieren:

1. der *zweckmäßige* und
2. der *repräsentative*.

Ersterer beschreibt die Kleidung, die Elfen für gewöhnlich tragen, wenn sie sich nicht unmittelbar bei Hofe bewegen oder ein größeres Fest ansteht, für das man sich besonders schick macht. Die Zweckmäßigkeit bezieht sich dabei selbstverständlich auch auf die Umgebung, in der der Elf beheimatet ist. Bei Streifzügen durch den Wald sind beispielsweise eng anliegende Hosen und ebensolche Oberteile mit langen Ärmeln praktisch, um sich nicht an Zweigen, Ranken oder Dornen zu verfangen. Bevorzugte Farben sind hier grün und braun. In kälteren Regionen sind pelzgefütterte Hosen und Anoraks mit wasserdichten Kapuzen die klügere Wahl – natürlich in Weiß, sobald irgendwo Schnee liegt. Elfologen, die sich mit Sippen und Stämmen befassen, welche in subtropischen bis tropischen Regionen beheimatet sind, wissen auch von Elfen, die auf Kleidung beinahe ganz verzichten und sich stattdessen am gesamten Körper mit Tätowierungen oder Bemalungen schmücken.

Die Farbpalette der zweckmäßigen Kleidungsvariante orientiert sich ebenfalls an der Umgebung: Die Elfen bewegen sich mit Vorliebe möglichst unauffällig durch ihre Reviere, und knallige, schreiende Farben wären diesem Vorhaben sehr abträglich.

Verwendung finden neben Naturprodukten wie Leder und Pelz auch aufwendig weiterverarbeitete Materialien – die Handwerkskunst der Elfen erstreckt sich ganz offenkundig auch auf die Weberei, denn sie schaffen Stoffe mit den ungewöhnlichsten Eigenschaften. Nässe abweisende Kapuzen, die sich dennoch unvergleichlich sanft an den Kopf des Trägers schmiegen, gehören ebenso zum Repertoire wie Umhänge, mit denen man sich im Notfall vor den Blicken von Verfolgern schützen kann.[44]

---

[44] Plischke: Elfen weben gewissermaßen die ultimativen Flecktarnmuster.

Die Grenzlinie zwischen *zweckmäßiger* und *repräsentativer* Elfenkleidung verläuft nicht entlang der verwendeten Materialien, sondern entlang der Schnitte. Wenn Elfen sich in Schale werfen, darf es wallen und fließen, als gäbe es kein Morgen mehr, und auch an reichen Verzierungen wie Stickereien oder aufgenähten Glitzerelementen besteht dann kein Mangel. Dabei wird trotzdem weiterhin darauf geachtet, die schlanke Figur der Elfen zu betonen, indem entweder die Schultern dezent verbreitert werden (bei den Herren) oder die schmale Taille besonders betont wird (bei den Damen). Diese Prunkgewänder sind generell gern einmal bodenlang und mit wehenden Umhängen, Überwürfen oder Schleppen versehen. Bei Elfenstämmen aus warmen Gegenden ist die Gesamtstoffmenge auch bei der festlichen Garderobe eher gering. Dafür kommen dann prächtigere Farben und imposant gestaltete Einzelstücke wie kunstvolle Kopfputze aus schillernden Federn, Brustschmuck aus polierten Tierhauern und Ähnliches zum Einsatz.

Die auffällige Opulenz der elfischen Mode für feierliche Anlässe, die fester Bestandteil unserer modernen Betrachtungsweise des Schönen Volkes ist, fand bereits in vielen Illustrationen zu französischen Feengeschichten und auch in einigen Darstellungen von Elfen aus der Viktorianik Ausdruck. In diesem Zusammenhang waren und sind die Elfen eine Projektionsfläche für menschliche Wünsche und Begehrlichkeiten. Sie sind das Symbol für eine utopische Hoffnung auf eine Gesellschaft, in der alle Mitglieder ein buchstäblich schönes und sorgenfreies Leben führen können. Es ist wichtig, darauf hinzuweisen, dass besagte Hoffnung ursprünglich nicht aus den Herzen der unteren Gesellschaftsschichten stammte. Es waren mehr die durch die sozialen Entwicklungen verunsicherten wohlhabenderen Klassen, die in den Elfen die Erinnerung an eine Zeit sahen, in der die Welt »noch in Ordnung« war. Viel von der Elfenmode, wie wir sie uns bis heute vorstellen, zeigt daher starke Anklänge an eine idealisierte Form der Kleidungsmoden an mittelalterlichen Fürstenhöfen – eine Verknüpfung zur Romantik, die (ausgerechnet) im Mittelalter oft jene »gute alte Zeit« erkannte, als der Mensch sich seines Platzes in der Ordnung der Dinge noch sicher sein konnte und als Könige noch gut und gerecht waren.

Hinter diesem Ansatz, die Elfen als Statthalter für eine vergangene Epoche der Glückseligkeit zu betrachten, könnte jedoch noch ein bisschen mehr stecken. Eventuell handelt es sich um einen fast verhallten Nachklang jener Phase der Menschheitsgeschichte, in denen wir die Elfen als eine Form von Ahnengeistern verehrten. Es ist offenbar eine anthropologische Konstante, dass wir Menschen davon ausgehen, unsere Vorfahren hätten irgendwann unter wesentlich besseren – um nicht zu sagen: paradiesischeren – Bedingungen gelebt als wir selbst.[45] Bei den Elfen zählt zu den Vorzügen dieses Daseins definitiv ein gewaltiger Reichtum, den sie auch bereitwillig zur Schau stellen – beispielsweise durch den Schmuck, den sie tragen.

Schmuck ist hier als sehr weitgefasster Begriff zu verstehen. Natürlich kennen die Elfen Ringe und gewiss auch Halsketten mit oder ohne Anhängern; Ohrringe und andere Piercings finden bei Tolkien zwar keine Erwähnung, doch die Arbeiten jüngerer Elfologen lassen kaum einen Zweifel daran, dass die Elfen – mit Ausnahme von Uhren vielleicht – sämtliche Schmuckgegenstände kennen und tragen, die auch unter uns verbreitet sind. So macht Galad-

---

45 Plischke: Tolkien äußerte sich zu diesem Punkt einmal dahingehend, dass die Elfen für ihn den Menschen vor dem Sündenfall und der anschließenden Vertreibung aus dem Garten Eden verkörpern.

riel zum Beispiel Aragorn zum Abschied aus Lothlórien eine Silberbrosche in Adlerform zum Geschenk, in die ein grüner Edelstein mit magischen Kräften eingefasst ist.[46] Darüber hinaus jedoch scheint es sich so zu verhalten, dass die Elfen keine großen Unterschiede zwischen reich verzierter Kleidung auf der einen Seite und Schmuck im klassischen Sinne auf der anderen machen. Gürtel etwa sind bisweilen komplett aus Edelmetallen gefertigt oder zumindest mit Schnallen aus Gold oder Silber ausgestattet. Hauben und Kappen sind aus Silberfäden genäht und mit glitzernden Juwelen bestickt. Für die Elfen aus dem Nachtwald verweist Tolkien auf grüne und weiße Edelsteine an den Krägen ihrer Kleidung.

Ebenfalls auffällig ist, dass unter den Elfen auch Männer solche Schmuckstücke tragen, die in der westlichen Gesellschaft Frauen vorbehalten sind. Für Elrond ist bei Tolkien beispielsweise belegt, dass er ein silbernes Diadem trug. Auch wenn wir uns noch einmal die repräsentative Kleidung der Elfen ins Gedächtnis rufen, kommen wir nicht umhin, eines festzustellen: Die Auffassung, es gäbe Kleidungs- oder Schmuckstücke, die ausschließlich für das eine oder das andere Geschlecht reserviert sind, ist unter Elfen wohl nicht sehr weit verbreitet. Hauptsache ist für sie offenbar nur, ob ein bestimmter Gegenstand die Schönheit seines Trägers unterstreicht oder gar steigert. Ein an sich recht charmanter Umgang mit Stilfragen, der leider nicht ohne negative Auswirkungen auf das moderne Elfenbild bleibt.

---

46 Plischke: Um genau zu sein, ist dieses Juwel ein Elessar, ein Elbenstein, der derart kostbar und ungewöhnlich war, dass Galadriel Aragorn bei dieser Gelegenheit gleich auch noch den Beinamen Elessar verlieh.
Christiansen: Na vielen Dank. Wenn ich Ihnen einen Lamborghini schenke, Herr Kollege, darf ich Sie dann in Zukunft auch so nennen?

## Der Preis der Schönheit

Ehe ich auf die Schattenseiten der legendären und vielfach nachgewiesenen Schönheit der Elfen eingehe, möchte ich uns allen kurz einige der Vorteile in Erinnerung rufen, die es in sozialpsychologischer Hinsicht hat, schön im Sinne von attraktiv zu sein. Grundlegend scheint für alle Kulturen nämlich folgender Grundsatz zu gelten: Was den jeweils herrschenden Idealvorstellungen zufolge als schön erachtet wird, wird zugleich im Zuge einer quasi-moralischen Bewertung auch als gut erachtet. Beispielsweise ist die Zahl von Heldengestalten, die als körperlich attraktiv beschrieben werden, in der Regel überall wesentlich höher als die von Streitern für das Gute, über die uns berichtet wird, sie wären von außerordentlicher Hässlichkeit gewesen. Insofern bringen die meisten Elfen aus unserer Warte von Hause aus bereits das Potenzial mit, als Helden in Erscheinung zu treten.

Interessanterweise gibt es Studien, wonach es uns Menschen leichter fällt, auch die Charakterzüge einer Person nur per Betrachtung ihres Gesichts zutreffender einzuschätzen, wenn wir die fragliche Person attraktiv finden. Dies könnte letztlich allerdings nur daran liegen, dass wir bei Leuten, die uns körperlich anziehen, schlicht und ergreifend viel näher hinschauen als bei solchen, die uns optisch nicht ansprechen. Auf Elfen bezogen scheint uns dieses Talent ohnehin etwas im Stich zu lassen: Bei einem Volk, dessen Angehörige uns mehrheitlich attraktiv vorkommen, wird es offenbar schwerer, einen genaueren Blick hinter die äußere Fassade zu werfen und abzuschätzen, was sich dahinter wohl an Persönlichkeitsmerkmalen verbirgt.

Dass ändert jedoch nichts daran, dass körperliche Attraktivität sich innerhalb unserer sozialen und gesellschaftlichen Strukturen förderlich auswirkt:

- Menschen, die sich selbst als attraktiv einschätzen, bewerten sich verglichen mit Personen, die sich selbst nicht so wahrnehmen, als insgesamt deutlich glücklicher und zufriedener.[47]
- Wer attraktiv ist, wird bei Gericht zu geringeren Strafen verurteilt respektive darf mit einer höheren Wahrscheinlichkeit auf einen Freispruch hoffen.
- Attraktivität beschert im Beruf höhere Gehälter und bessere Aussichten auf Beförderungen. Dieser Unterschied fällt bei Frauen übrigens krasser aus als bei Männern. Als Mann reicht es in vielen Fällen bereits, zumindest nicht als besonders *unattraktiv* zu gelten, damit man gegenüber seinen attraktiveren Kollegen nicht benachteiligt wird.
- Und – was nun eigentlich keine Schlagzeile mehr wert sein dürfte – attraktive Menschen verfügen über eine breitere Auswahl an möglichen Partnern.[48]

---

47 Plischke: Natürlich tun sie das. In unserer Gesellschaft geht man ja auch freundlicher mit Leuten um, die gut aussehen. Also wäre es höchst seltsam, wenn diese sich da nicht irgendwie alles in allem besser fühlen würden als ihre weniger gut aussehenden Mitmenschen. Ich vermute, dass das unter Elfen etwas anders sein könnte und ihre Gesellschaft in diesen Belangen etwas egalitärer ist: Wenn alle schön sind, kann man nicht allein nur wegen seines Äußeren bevorteilt werden.
Christiansen: Wie naiv sind Sie eigentlich? Ich wette darauf, dass das unter den Spitzohren genauso vorkommt. Wahrscheinlich legen sie nur viel strengere Kriterien an, wen von sich sie als ganz besonders hübsch beurteilen, und dieser Schönling streicht dann exakt dieselben Vorzüge ein.

48 Plischke: Was ist Kollege Wolf da wieder spröde. Worauf er vermutlich hinweisen will, ist Folgendes: Je attraktiver man ist, desto früher ist man im Schnitt – zumindest in weiten Teilen der westlichen Welt – sexuell

Für alle, die sich nun wieder grämen, sie könnten am Ende nicht attraktiv genug sein, um in den Genuss dieser Vorzüge zu kommen: Je mehr wir jenseits bloßer Attraktivität zusätzlich über eine Person wissen, desto abgeschwächter werden diese Effekte. Wenn man uns beispielsweise mitteilt, die Person auf einem Bild wäre selbstsüchtig, grausam und korrupt, sinkt für uns ihre Attraktivität, auch wenn wir sie ohne diese Informationen vielleicht noch als echt heißen Feger beziehungsweise leckeren Schleckstein wahrgenommen haben. Auf Elfen bezogen tritt nun aber bei vielen Menschen häufig die gegenteilige Wirkung ein: Je mehr man über sie erfährt, desto attraktiver werden sie, weil sie über ihre körperliche Schönheit hinaus noch viele weitere Eigenschaften besitzen, die in der Regel als positiv und erstrebenswert betrachtet werden. Hand aufs Herz: Wer wäre nicht gern ein ewig junger attraktiver Spitzenakrobat mit herausragender Bildung in Sachen Kultur und Magie?[49]

Dennoch stehen wir in diesem Zusammenhang vor einem gewissen Problem: Wie erklärt es sich, dass die Elfen von denjenigen, die ihnen nicht sehr freundlich gesonnen sind, gerade vielfach auch und gerade wegen ihres Äußeren verspottet und ins Lächerliche gezogen werden?

Eine naheliegende Antwort wäre, einfach davon auszugehen, dass da schlicht der Neid aus den Betroffenen spricht. Es ist schlecht von der Hand zu weisen, dass die Elfen so einiges haben, worauf man (berechtigtermaßen?) nur zu leicht ein bisschen neidisch werden kann. Wäre dies

---

aktiv und desto höher ist dic Zahl der Sexualpartner, die man Zeit seines Lebens so anhäuft.
Christiansen: Es mag Sie schockieren, Plischke, doch beides muss nicht immer ein Vorteil sein, der automatisch zu einem zufriedeneren Dasein führt.

49 Christiansen: Ich.

der Fall – und ich denke, dass es bei einigen der eingefleischtesten Elfenhasser sicherlich so ist –, hieße dies, die Ablehnung der Elfen beruht in letzter Konsequenz auf keinerlei anderen Faktoren, wie sie auch für den durchschnittlichen Filmstar, talentierte Sportler und Sportlerinnen und sämtliche erfolgreichen Persönlichkeiten zum Tragen kommen.

Ich werde allerdings den Verdacht nicht los, dass bei den Elfen noch ein paar andere Dinge im Spiel sind. So ist auffällig, dass die Mehrheit der Elfenhasser männlich zu sein scheint, während unter den Elfenfreunden tendenziell das weibliche Geschlecht stärker vertreten ist. Ist es denkbar, dass Frauen sich prinzipiell weniger am elfischen Erscheinungsbild stören? Und wenn ja, warum?

Listen wir noch einmal einige der Eigenschaften auf, die die besondere Attraktivität der Elfen ausmachen:

- langes, seidiges Haar,
- makellos reine Haut,
- angenehm melodiöse Stimme,
- schlanker, aber dennoch kräftiger Wuchs,
- je nach Anlass eng anliegende oder wallende Kleidung (bei beiden Geschlechtern),
- hervorragend gearbeiteter und sehr aufwendiger Schmuck.

Mir drängt sich da eine beunruhigende These auf: Ein Großteil dieser Eigenschaften wird unter uns Menschen[50] prinzipiell eher beim weiblichen Geschlecht dem gängigen Schönheitsideal zugeordnet. Oder etwas anders formuliert:

---

50 Plischke: Präziser wäre hier, von unserem westlichen Kulturkreis zu sprechen.

Der Elf ist in seiner Schönheit nicht als betont *männlich* markiert. Er ist vielmehr eine androgyne Figur, die Merkmale beider Geschlechter in sich enger vereint, als es unter uns Menschen der Fall ist. Nun wird mit Androgynität sehr oft eine gewisse Weichheit verknüpft, die vor allem aus dem Blickwinkel vieler Männer mit Schwäche gleichzusetzen ist.

Ich sollte nicht um den heißen Brei herumreden:[51] Viele Männer finden Elfen »schwul«, mit allen hässlichen Vorurteilen, die mit einer solchen Kategorisierung einhergehen.[52] Ich vergeude hier im weiteren Verlauf keine kostbaren Zeilen darüber, aus welchen Gründen sich ein in seiner sexuellen Identität ruhender Mann von Männern, die Männer lieben, bedroht fühlen sollte. Vielleicht nur so viel: Es ist offenbar kein Zufall, dass viele Männer, die Abneigungen gegen Elfen hegen, zugleich glühende Verehrer der Zwerge sind. Ihnen fällt es augenscheinlich leichter, sich mit untersetzten Bart- und Streitaxtträgern zu identifizieren, für die Gold und Bier die höchsten Verlockungen sind und deren Frauen verhältnismäßig selten gesichtet werden.

## Wenn der Funke überspringt – Vom Verwandtheitsgrad zwischen Menschen und Elfen

Womöglich haben wir auf den zurückliegenden Seiten die Unterschiede zwischen Elfen und Menschen ein klein wenig zu sehr betont. Man sollte nämlich nie vergessen, dass wir auch ungemein viele Gemeinsamkeiten besitzen. So sind Menschen wie Elfen vernunftbegabte, humanoide Wesen, deren jeweiliges Gefühls- und Empfindungsleben

---

51 Christiansen: Ein absolutes Novum!

52 Christiansen: Ich muss gestehen, dass ich das leider auch schon des Öfteren gehört habe.

große Schnittmengen aufweist. Selbige sind groß genug, dass es immer wieder dazu kommt, dass Menschen sich in Elfen verlieben oder umgekehrt. Ob nun eine Elfenmaid einen tapferen Menschenrecken betört oder eine menschliche Kriegerin einem Elfenbarden in heißer Leidenschaft verfällt: In den allermeisten elfologischen Quellen sind sie gewissermaßen kompatibel genug, dass aus einer solchen Verbindung gemeinsamer Nachwuchs entstehen kann.[53] Die Halbelfen, die auf diese Weise das Licht der Welt erblicken, zeigen ihr elfisches Erbe oftmals durch – wie könnte es auch anders sein? – eine gesteigerte Attraktivität, eine besondere Affinität zu Magie und scharfe Sinne, wenn auch nicht in solchem Umfang wie ihr elfisches Elternteil.[54]

Diese sehr gut belegte Existenz von Halbelfen ist insofern auffällig, dass Verbindungen zwischen Menschen und Angehörigen anderer Völker aus Sagen und Legenden üblicherweise weitaus weniger fruchtbar sind. So finden sich im Vergleich kaum Hinweise auf Halbzwerge oder Halbhalblinge.[55]

Unter Elfologen werden unterschiedliche Gründe für

---

53 Plischke: Das ist so ziemlich die unromantischste Beschreibung für derlei Dinge, die ich je gelesen habe.
Christiansen: Und Kollege Wolf ignoriert, dass es durchaus auch abweichende Stimmen und Schilderungen gibt, bei denen Elfen und Menschen sich fern genug stehen, damit sie eben keine gemeinsamen Kinder zeugen können (oder diese ihrerseits nicht zu einer Fortpflanzung fähig sind). In dieser Hinsicht scheint er mir also doch eher ein Romantiker zu sein.
Plischke: Oder er baut voll auf Tolkien, für den Elfen und Menschen Unterarten derselben Spezies sind.

54 Christiansen: Natürlich. Sie sind ja auch Mischlinge, und das starke Erbgut der Elfen setzt sich eben durch, um mal kurz auf das Hundezüchtervokabular zurückzugreifen, das in solchen Debatten viel zu oft verwendet wird.

55 Plischke: Wäre es nicht einfacher, Halbhalblinge Viertellinge zu nennen?

dieses Phänomen gehandelt. Diejenigen, die die Elfen in allen Belangen nahezu durchweg positiv beurteilen, versteifen sich dabei auf folgende Position: Die Elfen sind bekanntermaßen das Schöne Volk, und dementsprechend hoch ist auch ihre Anziehungskraft auf Mitglieder anderer Völker. Etwas drastischer ausgedrückt: Elfen sind nun einmal von derart hoher Attraktivität, dass man gerne das Bett mit ihnen teilt. Endprodukt dieser Vernarrtheit sind dann einige Monate später kleine Halbelfen.

Diese These hat den einen oder anderen Haken, an dem man bequem ein paar Elefanten aufhängen könnte. So betrachtet sie die ganze Sache lediglich aus einer sehr eingeschränkten Perspektive, nämlich einer menschlichen. Es mag durchaus stimmen, dass der Anblick von Elfen auf bestimmte Menschen einen großen erotischen Reiz ausübt. Doch wie verhält es sich umgekehrt? Hätten die Verfechter dieser These recht, müssten doch auch die Elfen uns als in hohem Maße attraktiv wahrnehmen, und in diesem Punkt habe ich meine Zweifel.

Abgesehen davon reduziert diese Auffassung den gesamten Vorgang auf eine sehr technische Ebene, in der Emotionen wie wechselseitige Zuneigung keinerlei Relevanz zu besitzen scheinen. Zwar gibt es sehr wohl Erzählungen, in denen der Zeugung eines Halbelfen irgendeine Form von Entführung und Missbrauch vorangeht – sowohl in der Variante, dass ein Elf oder eine Elfe sich eines solch schrecklichen Vergehens schuldig macht, als auch in der Spielart, dass ein Mensch seine Begierden nicht zu zügeln vermag und über ein nichtsahnendes und unschuldiges Mitglied des Schönen Volkes herfällt.[56] Ungeachtet dessen sind es

---

56 Plischke: Dass es allerdings in vielen Fantasywelten jüngeren Datums Halborks gibt, die standardmäßig bei Überfällen auf hilflose Dörfler

jedoch andere Erzählungen, die unser Herz eher rühren – Geschichten, in denen sich zwei Personen ehrlich ineinander verlieben und ihr Nachwuchs gleichsam den fassbaren Ausdruck ihrer tiefen Verbundenheit darstellt (wie etwa bei Arwen und Aragorn). Ich bin der festen Überzeugung, dass der absolute Großteil der Halbelfen eher aus einer solchen Beziehung stammt.

Einer anderen These zufolge sind die Halbelfen verglichen mit anderen Kindern, deren Eltern aus unterschiedlichen Völkern kommen, gar nicht so sehr in der Überzahl, wie es auf den ersten Blick aussieht. Elfologen, die dieser Theorie anhängen, führen das Argument ins Feld, Halbelfen fielen nur deshalb mehr auf, weil ihre elfischen Merkmale dominant an sie vererbt wurden, wohingegen sich bei Halbzwergen, Halbhalblingen und so weiter das menschliche Erbgut als durchsetzungsfähiger erweist. Klarheit könnten da wahrscheinlich nur groß angelegte DNA-Analysen schaffen. Einige verabscheuungswürdige Gesellen behaupten sogar immer wieder – und ich zitiere –, »das elfische Blut veredelt das menschliche, wohingegen alles andere Blut das des Menschen schädigt«. Als sogenannte Belege für ihre Verirrungen nennen diese Lumpen dann Figuren wie Hodor aus George R. Martins Zyklus *Das Lied von Eis und Feuer:* Hodor, in dessen Adern der Einschätzung einer anderen Figur aus Martins Werk nach Riesenblut fließt, ist ein groß gewachsener und kräftiger, aber tumber Mann, der nur ein einziges Wort (das ihm auch seinen Namen gab) zu sprechen imstande und auch hinsicht-

---

gezeugt werden, spricht Bände darüber, was man den Orks im Allgemeinen so an Grausamkeiten zutraut.
Christiansen: Hört man denn nicht oft, diese skrupellosen Orks seien in Wahrheit ein Volk degenerierter Elfen?
Plischke: Dazu kommen wir später noch, denke ich mal.

lich seiner sonstigen kognitiven Fähigkeiten recht eingeschränkt ist.

Legen wir doch einmal lieber Ockhams Rasiermesser an und bleiben bei der am einfachsten wirkenden Erklärung: Die Elfen sind schlichtweg näher mit uns verwandt als Zwerge, Halblinge und andere humanoide Völker. Beziehungsweise: Diese Völker sind eben *zu weitläufig* mit uns verwandt, als dass wir mit ihnen Nachwuchs zeugen könnten.

Die einzige andere Erklärung, auf die ich mich schweren Herzens noch einlassen könnte, ist die, dass bei der Enstehung von Halbelfen Magie im Spiel ist. Ob sie dabei von den an solchen Zeugungen beteiligten Elfen willentlich oder unwillentlich gewirkt wird, entzieht sich dabei meiner Kenntnis.

Worüber wir etwas zuverlässigere Aussagen treffen können, ist die Art und Weise, wie solche Beziehungen von Außenstehenden bewertet werden. Grundsätzlich gilt: Diese Paare müssen mit viel Ablehnung und wenig Unterstützung rechnen. Bei aller Bewunderung, die die Menschen den Elfen oft entgegenbringen, reagieren sie auf solche Liebesbande mit einer Mischung aus Unverständnis und Besorgnis.[57] Hier wendet sich die betörende Fremdartigkeit der Elfen, die ihnen häufig zum Vorteil gereicht, nun plötzlich gegen sie. Unangenehme Fragen werden aufgeworfen: Hat sich der Mensch »ehrlich« verliebt oder steht er unter irgendeiner Form von elfischem Zauberbann? Plant der Elf, sein geliebtes Wesen aus seinem gewohnten Umfeld zu reißen und es auf ewig in seine Heimat zu ent-

---

57 Plischke: Auch hier sollte man übrigens den Faktor Neid nicht ganz ausklammern.

führen, wo es am Ende nur unglücklich werden kann? Wie wird der Mensch damit umgehen, dass er selbst altert und sein Leib nach und nach vergeht, während der Elf seine ewige Jugend und Schönheit bewahrt?[58]

Wer nun darauf gehofft hat, die Elfen stünden einer solchen Angelegenheit gelassener gegenüber, der irrt sich leider. Auch unter ihnen hört man mehr Warnungen als Glückwünsche, wenn einer der ihren in Liebe für einen Menschen entflammt. Soweit wir wissen, tritt in solchen Momenten ab und an eine der hässlichsten Seiten der elfischen Charakterzüge zutage: ein gewisses und bei vielen Vertretern ihres Volkes nur schwer zu leugnendes Gefühl der Überlegenheit gegenüber anderen Völkern. In seiner abgeschwächten Form folgt dieser Vorwurf dann ungefähr Argumentationslinien, wie wir sie auch von Menschen kennen, die mit der Partnerwahl eines Kindes oder Freundes aus weitverbreiteten Vorurteilen heraus alles andere als einverstanden sind: »*So* etwas gehört sich nicht.« Für manche Elfen ist die Vorstellung, sich in einen Menschen zu verlieben, sogar geradezu unanständig bis an den Rand der Perversion. Sie führen sich dann ungefähr so auf, wie wenn ein Mensch seinesgleichen gesteht, dass er romantische Gefühle für einen Schimpansen empfindet.

Gerechterweise muss darauf hingewiesen werden, dass laut den Beobachtungen vieler Elfologen (unter anderem eben auch Tolkien) für einen Elfen tatsächlich eine ganze Menge auf dem Spiel steht, wenn er sich auf eine Liebesbeziehung zu einem Menschen einlässt. Genauer gesagt läuft der Elf dadurch Gefahr, seine Unsterblichkeit einzu-

---

58 Christiansen: Experten sprechen in diesem Zusammenhang gern von der »Highlander-Problematik«.

büßen. Dieses Phänomen ist alles andere als uninteressant, und zwar gleich in mehrerlei Hinsicht:

- Verhält es sich wirklich so, dass ein Elf seine immense Lebensspanne freiwillig verkürzt, nur um einen Menschen lieben und mit ihm zusammen sein zu können, so wäre dies ein Zeichen gewaltiger Opferbereitschaft. Die bloße Existenz von Halbelfen wäre dann ein unumstößlicher Beweis dafür, dass die Liebe sämtliche Hindernisse überwindet.[59]
- Wieder vorausgesetzt, dieser Verlust der Unsterblichkeit setzt wirklich ein, so wäre dies Wasser auf die Mühlen derjenigen, die die Elfen als durch und durch höhergestellte Wesen begreifen. Es würde nämlich bedeuten, dass der liebende Kontakt zu einem Menschen zu einer Art Besudelung des Elfseins führt. Ein beunruhigender Gedanke.
- Die Verringerung der Lebensspanne im Fall einer Liebesbeziehung zwischen Elf und Mensch würde zudem einen weiteren Beleg dafür liefern, wie eng das Dasein der Elfen mit magischen Vorgängen verknüpft ist, deren genaue Funktionsweise unsere Vorstellungskraft bei Weitem übersteigt. Es sei denn, der Grund für die Einbuße an Lebenserwartung hätte

---

59 Christiansen: Oder dass Liebe so schrecklich blind machen kann, wie man es ihr nachsagt. Alles nur eine Frage, welchen Blickwinkel man einnehmen möchte. Ich kenne einige Leute, die vielleicht fünfzig oder sechzig Jahre Liebesglück mit einem Sterblichen als sehr schlechten Deal sehen würden, wenn man dafür auf Jahrhunderte oder gar Jahrtausende des eigenen Lebens verzichten muss.
Plischke: Ich traue mich kaum, Sie darauf hinzuweisen, aber jetzt klingen Sie gerade exakt wie eine mürrische Elfenmutter, die ihren Sprössling davon abhalten möchte, sein Leben an einen Menschen zu verschwenden.

einen bislang noch nicht geklärten biologischen Hintergrund (beispielsweise dergestalt, dass sich der Elf am Menschen mit einer Form von Krankheit infiziert, die ihm – für elfische Verhältnisse – sehr rasch den Tod bringt).

- Ist die ganze Sache mit dem Verlust der Unsterblichkeit hingegen nur ein Schauermärchen, wird an ihm deutlich, wie sehr manchen Elfen daran gelegen ist, ihresgleichen von uns möglichst fernzuhalten.

Halten wir also fest: Wir sind ausreichend nah mit den Elfen verwandt oder die den Elfen innewohnende Magie ist mächtig genug, damit Halbelfen keine Seltenheit sind. Ein Halbelf und sogar ein Viertelelf wie etwa Elrond kann sein elfisches Erbe nur schlecht verleugnen. Die Beziehungen, aus denen solcher Nachwuchs hervorgeht, haben offenbar traditionell mit einigen Widrigkeiten zu kämpfen, die ihren Ursprung auf beiden Seiten – bei den Menschen wie bei den Elfen – haben. Selbst ernannte Hüter von Anstand, Sitte und Moral pochen mal mehr, mal weniger heftig darauf, dass solche »Ausrutscher« auch weiterhin die Ausnahme bleiben und nicht zur Regel werden.

## Sind alle Elfen gleich? – Von den Völkern innerhalb des Schönen Volkes

Bevor wir uns nun von Äußerlichkeiten verabschieden und uns der Gesellschaftsordnung und dem inneren Wesen der Elfen zuwenden, wollen wir uns noch einmal einen Moment damit auseinandersetzen, dass die Elfen von außen oft als monolithischer, in sich geschlossener Block wahrgenommen werden, der sie eigentlich – und das hat bereits Tolkien umfassend ausgeführt – gar nicht sind. Der Begriff

»Schönes Volk« ist letztlich eine Vereinfachung, wenn auch eine wohlmeinende;[60] streng genommen haben wir es bei den Elfen mit mehreren »Schönen Völkern« oder elfischen Kulturen zu tun.

So beschreibt bereits Tolkien eine ganze Reihe verschiedener großer Gruppierungen von Elfen mit eigenen Merkmalen, die sich – und dieser Punkt ist womöglich der wichtigste – auch selbst als eigene Gemeinschaften begreifen. Zu ihnen zählen unter anderem:[61]

### *Vanyar oder Lichtelben*

Die auffälligsten körperlichen Merkmale dieser eher kleinen Gruppierung sind ihre Haar- und Hautfarbe, die sicherlich auch zu ihrer Namensgebung beigetragen haben dürften: Die Vanyar sollen allesamt goldenes Haar und helle Haut besessen haben. Darüber hinaus weisen sie anscheinend einen selbst für elfische Maßstäbe auffällig feingliedrigen Wuchs auf. Auf einer kulturellen Ebene zeichnen sie sich dadurch aus, dass sie ihrem eigenen Verständnis nach bei jenen Wesen reinen Geistes, die ihrer Vorstellung zufolge als Hüter und Bewahrer der Schöpfung fungieren, in besonders hoher Gunst standen.[62]

---

60 Plischke: Und sie ist auch nicht ganz unpraktisch, vor allem für die Zwecke von Betrachtungen, wie sie Kollege Wolf hier vorlegt.

61 Christiansen: Kollege Wolf ist in seiner Auswahl noch gnädig. Tolkien nennt in seinen Schriften weit mehr als ein Dutzend verschiedener Stämme, Clans und Fraktionen von Elben, auch wenn von einigen von ihnen kaum mehr als ihr Name bekannt ist.

62 Christiansen: Blonde, hellhäutige Auserwählte von gottgleichen Geschöpfen, die über Wohl und Wehe der Welt bestimmen? Dazu sage ich besser mal nichts, denn sonst wird es unhöflich.

*Noldor oder Tiefelben*

Eine zahlenmäßig größere Gruppe, die äußerlich durch dunkles Haar und graue Augen gekennzeichnet ist (wobei in einigen Sippen farbenfrohere Einsprengsel an der Tagesordnung sind). Ihre Haut fällt mit ihrem elfenbeinfarbenen[63] Ton etwas dunkler aus als bei den Vanyar. Auch ihr Körperbau ist etwas robuster, was sich in erster Linie auf etwas breitere Schultern und kräftige Arme zu beziehen scheint, denn regelrecht untersetzte oder dickliche Noldor sucht man nach wie vor vergebens. Charakterlich vereinen sie zwei Wesenszüge in sich, die oft gemeinsam auftreten: eine ausgeprägte Wissbegierde auf der einen Seite[64] und einen nicht minder vorhandenen Hochmut. Diese Kombination ist für sie Fluch und Segen zugleich: In den Bereichen des Kunsthandwerks vollbringen sie wahre Höchstleistungen und schaffen erstaunliche Innovationen (so sollen sie beispielsweise das erste Volk sein, das jemals Gemmen angefertigt hat). Im Gegenzug sind sie auch die Ersten gewesen, die in einer Art Gelobtem Land der Elfen damit begannen, Waffen zu schmieden. Diese Bereitschaft zu gewaltsamen Auseinandersetzungen kollidiert dahingehend mit dem modernen Elfenbild, dass man den Elfen heutzutage eher nachsagt, sie scheuten vor der Einmischung in Kriege zurück.[65]

---

63 Plischke: Weil es gerade so schön passt – Elfenbein hat mit Elfen nichts zu tun. Es leitet sich vom griechischen Wort für Elefant ab, das wiederum ursprünglich genau jenes Material der Stoßzähne dieser Tiere bezeichnet.

64 Plischke: Die auch in ihrem Namen mitschwingt. »Tief« spielt dort darauf an, wie sehr sie das von ihnen gesammelte Wissen durchdringen.

65 Plischke: Die kriegerische Ader, die Kollege Wolf den Tiefelben an dieser Stelle andichten will, ist fragwürdig. Die großen Sündenfälle der Noldor liegen schon ein ganzes Weilchen zurück.

*Sindar oder Grauelben*

Eine weitere verhältnismäßig große Gruppierung, die abgesehen von der häufigsten Haarfarbe unter ihnen (einem dunklen, bisweilen fast ins Schwarze hineinreichenden Braun) am ehesten jenem Bild entsprechen, das die meisten Menschen heutzutage von den Elfen haben. Ihr Name gibt laut Tolkien selbst den Gelehrten ihres eigenen Volkes gewisse Rätsel auf. Manche meinen, das Grau spiele auf das silbrige Haar eines ihrer größten Könige an.[66] Andere Stimmen behaupten, es rühre von der Farbe des Mantels dieses Königs oder von der generellen Vorliebe der Sindar für graue Kleidung. Wiederum andere vertreten die Meinung, das Grau stünde hier metaphorisch für eine Art spirituelles Zwielicht, da die Sindar in ihrer Geschichte nie das Strahlen zweier Licht spendender Bäume gesehen hätten, die einen prominenten Platz in der mythologischen Ur- und Schöpfungsgeschichte der Elfen einnehmen. Die Sindar sind ein gutes Beispiel dafür, wie etwas scheinbar Vertrautes – sofern man auf dem Feld der Elfologie überhaupt von Vertrautem sprechen mag – einen immer noch vor große Rätsel stellen kann.

*Nandor (die Vorläufer der Waldelben)*

Diese Gruppierung verdient dahingehend dringend Erwähnung, als dass sie zu einem bestimmten Zeitpunkt ihrer Entwicklung eine Kultur entwickelt hatte, aus der sich eini-

---

Christiansen: Und wenn es um *ihre* Kriege ging, waren die Elfen doch nie wirklich Pazifisten …

66 Plischke: Der spannenderweise und entgegen der sonstigen Körpergröße der Sindar alle anderen Menschen und Elfen noch überragt haben soll. Christiansen: Es gehört allerdings bei mythischen Verklärungen zum guten Ton, jemanden in der Rückschau ordentlich aufzublasen.

ge der Vorurteile ableiten lassen, die viele Menschen gegen Elfen hegen. Beispielsweise lebten die Nandor zu jener Zeit zurückgezogen und in inniger Verbindung mit der Natur in dichten Wäldern und siedelten dort mit Vorliebe entlang von Wasserläufen. Sie fertigten keine Werkzeuge aus Metall an, sondern nutzten offenbar nur nachwachsende Rohstoffe. Sie fanden sich nie zu größeren sozialen Konstruktionen wie Staaten zusammen (sie errichteten nicht einmal größere Siedlungen) und bestritten ihr Leben eher als Jäger und Sammler.

Diese kurze Auflistung belegt eines zweifelsfrei: Die Elfen blicken auf eine sehr lange Geschichte zurück, in der sich ihr gemeinsamer Stammbaum zu unzähligen Zweigen verästelt hat. Einige stehen bis heute noch in voller Blüte, andere sind verdorrt und abgestorben oder wurden von kräftigeren Ästen überwuchert. Auch in dieser Hinsicht ähneln uns die Elfen stark. Dass wir nur einen winzigen Teil dieser Geschichte kennen und ihre lückenlose Aufklärung aller Wahrscheinlichkeit nach ein Ding der Unmöglichkeit darstellt, mag frustrierend sein. Vielleicht tröstet es ein wenig, wenn man bedenkt, wie wenig wir Menschen über weite Phasen unserer eigenen Historie wissen. Wir geben uns gerne dem Irrglauben hin, uns wenigstens über die letzten zwei oder drei Jahrtausende einen einigermaßen zufriedenstellenden Überblick verschafft zu haben, doch was wissen wir schon Genaues über menschliche Kulturen, die vor zehn- oder fünfzehntausend Jahren existiert haben? Zieht man nun noch in Betracht, dass die Elfen womöglich noch viele Jahrtausende älter sind als wir Menschen, entwickelt man womöglich ein gewisses Gespür und auch ein Verständnis dafür, warum es uns niemals gelingen wird, jenen Schleier vollständig zu lüften, der über der Geschichte der Elfen liegt.

Genug gejammert. Glaubt man Tolkien – und wer wollte ernsthaft an seiner Grundlagenforschung zweifeln –, stellt man fest, dass die Elfen so wie wir auch Völkerwanderungen, verheerende Kriege und die teils mit erheblichen Konflikten und schweren moralischen Vergehen verbundene Ausbreitung in neue Siedlungsgebiete auf fremden Kontinenten hinter sich gebracht haben. Und die Elfen weisen noch eine weitere, sehr grundlegende Ähnlichkeit zu uns auf: Im Zuge ihrer Ausbreitung passten sie sich stets an ihre neue Umwelt an.

## Von verwunschenen Wäldern und Anderswelten – Die Lebensräume der Elfen

Die Tolkien nachfolgenden Elfologen haben die Existenz von elfischen Siedlungen in nahezu jeder denkbaren Form von Umgebung belegt oder zumindest behauptet. Man findet Elfen (angeblich) in arktischen ebenso wie tropischen Regionen, in Wüsten und Dschungeln, in den Küstengebieten von Ozeanen und in Hochgebirgen. Der »klassische« Elf, wie ihn der Durchschnittsmensch auf der Straße sich vorstellt, ist aber nach wie vor Bewohner eines dichten Mischwalds, wie man ihn in einigen wenigen, von der modernen Zivilisation unberührten Gegenden Europas heute leider nur noch viel zu selten vorfindet. Ich möchte gar nicht bestreiten, dass sich Elfen auch unter Palmen wohlfühlen, aber wenn man von einer »natürlichen« Umgebung ausgehen kann, wie sie sich in der Vorstellung der meisten Menschen manifestiert, gehören zu diesem Bild dann doch eher Eichen und Tannen.

Aus Sicht der Elfen, denen es traditionell ganz recht zu sein scheint, eine gewisse Distanz zwischen sich und Angehörigen anderer Völker zu wahren, bieten Wälder einige

Vorteile. Es ist für sie offenbar keine große Schwierigkeit, sich dort verborgen zu halten und vor neugierigen Blicken zu schützen. Orte wie das von Tolkien beschriebene Lothlórien veranschaulichen sehr schön, dass Elfen sich ausgezeichnet an den Lebensraum Wald anpassen können, ohne dabei ihre materiellen Bedürfnisse irgendwie so weit einschränken zu müssen, dass einer der ihren Not litte.[67]

Ich finde es an dieser Stelle jedoch ein wenig interessanter, näher darauf einzugehen, mit welchen Eigenschaften der Wald in unserer menschlichen Wahrnehmung der Welt oft verknüpft ist und wie diese Merkmale gewissermaßen auf unser Bild des Elfen »abstrahlen«. Einmal mehr ist es dazu erforderlich, dass wir uns von jenen persönlichen Eindrücken lösen, die wir in unserer Zeit vielleicht beim einen oder anderen Waldspaziergang gesammelt haben. Die Wälder unserer Tage stellen keine echte Wildnis im eigentlichen Sinn mehr dar, in die sich unsere Vorfahren nicht zu Zwecken der Erholung und Erbauung an der Schönheit der Natur vorwagten, sondern aus schierer Notwendigkeit. Selbst in den Resten der alten Wälder ist heutzutage die Chance, sich in ihnen dauerhaft zu verirren, dank diverser technischer Hilfsmittel relativ gering.

In jenen Tagen, als Menschen und Elfen zum ersten Mal miteinander in Kontakt gerieten, war das noch anders. Die Wälder waren dichter, und in ihnen herrschte selbst bei Tag gedämpftes Licht (der Begriff »Lichtung« kommt nicht von ungefähr). Die Zahl von Tieren, die im Wald lebten und einem Menschen in bestimmten Situationen sehr gefährlich werden konnten, war um ein Vielfaches höher,

---

67 Christiansen: Es könnte aber auch genau umgekehrt sein. Unter Umständen haben die Elfen ihre Bedürfnisse an das angepasst, was ihnen ihr bevorzugtes Umfeld so zu bieten hat.

und man braucht in diesem Zusammenhang nicht einmal Bären und Wölfe heraufzubeschwören. Auch Pflanzenfresser von beachtlicher Größe – Wisente, Auerochsen, Tarpane – streiften umher, ganz zu schweigen von Räubern, die auf zwei Beinen gingen.

Der Wald war indes nicht nur bedrohlich. Man konnte darin auf allerlei Anblicke treffen, die Anlass zum Staunen und Wundern boten. Pilze, die in Kreisen aus dem reichen Boden sprossen. Merkwürdige Auswüchse an und in der Rinde von Ästen und Bäumen, die auf sonderbare Weise an Gesichter gemahnten. Von Moos überzogene Steine, die den Eindruck erweckten, als wären sie einmal vor langer Zeit absichtlich an den Stellen platziert worden, an denen man auf sie traf, oder die Spuren von Behau oder alte, unergründliche Zeichen trugen, wenn man ihre Oberfläche freikratzte. Und inmitten dieses verwunschenen Ortes waren die Elfen zu Hause, die man oft nur als huschenden Schatten aus den Augenwinkeln oder als fernes Rascheln wahrnahm. Die Menschen, die früher in die Wälder hineingingen, müssen oft gespürt haben, dass sie in ein Reich eindrangen, das nicht das ihre war. Ihnen muss bewusst gewesen sein, dass sie eine Grenze überschritten.

In den ältesten Berichten über Elfen genauso wie in den Arbeiten jüngerer Elfologen fällt auf, dass diese Grenze sehr häufig eine physisch fassbare ist, die den Eintritt in das Territorium, welches von den Elfen beansprucht wird, klar markiert. Wehe dem, der nicht um sie weiß, denn wer auf elfisches Gebiet gerät, ohne etwas davon zu ahnen, bezahlt dafür oft einen hohen Preis. Die genaue Erscheinungsform besagter Grenze ist dabei höchst variabel: In einigen Fällen ist sie ein Fluss (wie etwa bei Tolkiens Düsterwald, wo das Gewässer zusätzlich die bemerkenswerte magische Eigenart besitzt, jeden in tiefen Schlaf fallen zu lassen, der mit ihm in Berührung kommt).[68] Auch bestimmte auffällige Steinformationen werden häufig als Tore in Elfenreiche genannt, wobei bei ihnen die »Schwelle« zwischen zwei »Pfeilern« die Trennlinie kennzeichnet. Weitere Spielarten, die mehr als einmal Erwähnung finden, sind dichte und bisweilen sehr dornige Hecken, durch die man sich zwängen muss, um zum Schönen Volk zu gelangen, beziehungsweise mannsgroße Baumlöcher oder Wasserfälle, durch die der freiwillige oder unfreiwillige Besucher hindurchtritt, um sich anschließend unter Elfen wiederzufinden.

Sowohl diese Betonung einer Grenze als auch der Umstand, dass das Land dahinter in vielerlei Hinsicht gern so fremdartig scheint – von bunten Lichtern, die über den Wipfeln der Bäume schweben, bis hin zu sonderbaren Klangphänomenen wie einem feinen, hellen Sirren in der Luft –, haben unter Elfologen eine aufsehenerregende Theorie genährt. Ein Wort zur Warnung: Sie hört sich zunächst abstrus an, ist jedoch bei näherer Betrachtung und einer gewissen Offenheit für das schier Undenkbare nicht so einfach beiseite zu wischen.[69]

Wir gehen üblicherweise davon aus, dass wir uns eine Welt mit den Elfen teilen. Doch was, wenn wir in Wahrheit in verschiedenen Welten oder Daseinsebenen beheimatet sind, die sich lediglich an bestimmten Orten oder Punkten überschneiden? Wenn die Welt der Elfen tatsächlich eine

---

68 Plischke: Das ist vor allem deshalb so bemerkenswert, weil Elfen symbolisch mit der Welt der Träume und der Grenze zwischen Wachen und Schlafen verbunden sind.
Christiansen: Ich glaube, dazu wollte Kollege Wolf in einem späteren Kapitel noch ein paar Worte verlieren.

69 Christiansen: Himmel, hilf! Ich habe jetzt schon Angst! Was verkauft er uns als Nächstes? Heilende Steine, die er persönlich bei Vollmond gesammelt hat?

Anderswelt ist, um einmal einen Begriff zu bemühen, den die meisten Menschen wahrscheinlich aus keltischen Mythen und Sagen kennen? In menschlichen Kulturen, die animistisch geprägt sind – und also davon ausgehen, dass die Welt um sie herum vollständig belebt ist und zum Beispiel jedem Stein, jedem Baum, jedem Tier und jedem Wetterphänomen ein eigener mehr oder minder vernunftbegabter Geist zugewiesen ist –, dürfte die Annahme von einer eigenen Elfenwelt kaum mehr als ein Schulterzucken auslösen. Weshalb fällt es uns nun so viel schwerer, die Existenz einer solchen Welt zu akzeptieren, obwohl wir wissen, dass die Elfen auch von unseren Vorfahren als Ahnen- oder Naturgeister erwähnt wurden?

Meines Erachtens hängt diese Blockade in unseren Köpfen direkt mit dem Wort »Geist« zusammen. Es löst in uns beinahe sofort die Assoziation »feinstofflich« aus, was eine Elfenwelt für viele von uns gewissermaßen unbegreiflich macht. Man denke nur daran, wie wir uns hierzulande ein Gespenst – oder anders gesagt: den Geist eines Toten – vorstellen. Wenn die Verstorbenen umgehen, dann unserer Auffassung nach entweder als nebelartige Schemen mit grob menschenähnlichen Umrissen oder als leicht durchscheinende Gestalten, die nur unter größten Mühen körperlich mit dem Diesseits interagieren können. In anderen Kulturen sind Totengeister wesentlich »präsenter« und nehmen ohne Probleme deutlich spürbareren Einfluss auf die Welt der Lebenden. Selbiges gilt auch für viele Naturgeister – zeigt sich etwa der Geist eines Baumes in dessen näherem Umfeld, kann man den Geist oftmals auch völlig normal berühren wie seine pflanzliche Heimstatt selbst.[70]

---

70 Plischke: Das funktioniert auch in die umgekehrte Richtung. Körperkontakt ist da keine Einbahnstraße. Dem Baumgeist steht es frei, jederzeit

Aus menschlicher Perspektive ein Geist zu sein, bedeutet also nicht zwingend, dass man keinen festen Körper hätte.

Diese umstrittene Theorie vom Heimatreich der Elfen als Paralleldimension unserer Welt bietet einige Vorzüge:

- Sie erklärt, warum direkte Begegnungen mit dem Schönen Volk selten sind. Falls es zu früheren Zeiten *tatsächlich* häufiger zu ihnen kam – eine Annahme, die sich nicht empirisch verifizieren lässt –, weist dies womöglich darauf hin, dass die Distanz zwischen unserer und der Welt der Elfen Zyklen unterworfen ist. Mal stehen sie sich näher, mal sind sie weiter voneinander entfernt. Wenn dem so ist, befinden wir uns derzeit wahrscheinlich in einer Phase großen Abstands. Doch wer weiß: Vielleicht ist es uns vergönnt, selbst mitzuerleben, was es bedeutet, wenn die Welten wieder näher aneinanderrücken.[71]
- Dieser Theorie zufolge wäre es auch nachvollziehbarer, warum man in vielen Berichten nur an ganz bestimmten Orten (und manchmal sogar nur zu bestimmten Zeiten) als Mensch in die Welt der Elfen hineingelangen kann. Dies ist dann nämlich nur dort (und dann) möglich, wo sich die beiden Reiche überlagern und die Grenze zwischen ihnen besonders

---

auch uns Menschen zu berühren, es sei denn, dies ist ihm durch besondere Regeln seines Daseins verboten.

71 Christiansen: Ich finde es unheimlich, wenn der Kollege so ins Schwärmen gerät.
Plischke: Interessant. Ist Ihre Abneigung den Elfen gegenüber am Ende aus reiner Angst geboren, ihnen in Massen zu begegnen?
Christiansen: Ich verwehre mich energisch gegen diese infame Unterstellung.

durchlässig wird. Ein Rätsel bliebe selbst in diesem Fall jedoch noch bestehen: Weshalb liegen diese Orte so häufig fernab menschlicher Siedlungen und in Wildnisgebieten? Warum ist dieser Übergang nicht auf einem gewöhnlichen Marktplatz, an einem herkömmlichen Stadttor oder durch einen Ausflug in die Kanalisation möglich?[72]

- Besucher beim Schönen Volk berichten seit jeher von zahlreichen ungewöhnlichen Phänomenen, deren Zeuge sie während ihres Aufenthalts unter den Elfen wurden. Lichterscheinungen am Himmel oder um die Elfen herum, mysteriöse Klangerscheinungen wie von ferner Musik oder Gelächter aus unsichtbarer Quelle, ungewöhnliches Verhalten der Flora und Fauna wie etwa stark beschleunigtes Pflanzenwachstum oder eine erstaunliche Zahmheit wilder Tiere – all das, was einem Menschen aus unserer Welt absonderlich erscheint, könnte in der Welt der Elfen schlicht den absoluten Normalzustand darstellen. Auch jene Geschichten, in denen bei einem rauschenden Fest mit den Elfen im nächsten Menschendorf hundert Jahre vergehen oder bei denen der zum Tanz Eingeladene binnen einer Nacht zum Greis wird, sind im Lichte dieser Theorie betrachtet ausgesprochen glaubwürdig. Dass die Zeit in anderen Dimensionen völlig anders ablaufen könnte, als wir das gewohnt sind, lässt sich nur schwerlich widerlegen.

---

72 Christiansen: Ich denke, dass muss man unter genau umgekehrten Vorzeichen betrachten. Ich vermute, die meisten Leute sind schlau genug, um zu wissen, dass die Spitzohren einem meistens nur irgendwie Ärger einbringen, wenn man sich länger mit ihnen abgibt. *Deshalb* versucht man tunlichst, so weit wie möglich von jedem Ort wegzubleiben, an dem sich Elfen herumtreiben könnten.

- Vergleicht man die Erzählungen von Menschen, die bei den Elfen zu Gast gewesen sind, mit solchen, die von Besuchern von Zwergen oder Halblingen stammen, ist eines augenscheinlich: Die Welt der Elfen ist um einiges fremdartiger als die der Kleinen Völker, um nicht zu sagen, wer unter Zwerge gerät, macht letztlich eine wesentlich »geerdetere« Erfahrung. Natürlich kennt auch dieses Volk seine eigenen Sitten und Gebräuche, die uns stutzen oder ungläubig den Kopf schütteln lassen, doch das Gefühl, *komplett* in eine völlig andere Welt einzutauchen, stellt sich hier wesentlich zaghafter ein. Selbstverständlich muss man sich womöglich in einer Zwergensiedlung häufiger bücken, um sich nicht den Kopf anzustoßen, doch in vielerlei Hinsicht ist es »nur« ein Ausflug in eine unterirdische Stadt, wie sie von kleinen Menschen gebaut worden sein könnte.[73] Es ist im Gegensatz dazu gut möglich, dass jene Empfindung einer grundlegenden Entrücktheit, von der man in den Heimstätten der Elfen ergriffen wird, daher rührt, dass man sich dort buchstäblich in einer gänzlich anderen Welt aufhält.

Ungeachtet dessen, ob an dieser Anderswelttheorie auch nur das Geringste dran ist, scheint eine feste Regel zu gelten, was das genaue Erscheinungsbild elfischer Siedlungen anbelangt: Je näher sie an Gebieten gelegen sind, in denen Menschen leben, desto mehr ähneln die Behausungen der Elfen den unseren.

---

73 Christiansen: Das hat doch mit einer halbwegs objektiven Einschätzung der Lage nun wirklich nichts mehr zu tun! Das möchte ich mal sehen, wie wir Menschen so imposante Bauwerke tief im Innern der Erde errichten!

Leicht ersichtlich wird dies anhand von Bruchtal und Lothlórien. Sieht man von dem ungewöhnlichen Zugang ab – einer schmalen Brücke ohne Geländer –,[74] handelt es sich beim Haus Elronds um ein Anwesen, dessen Architektur und Grundanlage uns alles andere als unvertraut sind (selbstverständlich ist die konkrete Ausführung mit ihren offenen Säulenhallen, grazilen Türmen und sanft geschwungenen Dächern dennoch ungemein elegant und dem Auge schmeichelnd, und natürlich fügt sie sich perfekt in die umliegende Landschaft ein). Im Innern des Hauses findet man ebenfalls viel Bekanntes vor: So haben die Zimmer Fenster, wie wir sie auch benutzen, sowie offen liegendes Gebälk, das man bis heute noch in so manch gut in Schuss gehaltenem menschlichen Bauernhaus findet, wenn auch nicht ganz so reich mit kunstvollen Schnitzereien verziert. Für einen Wanderer, der sich nach Bruchtal verirrt, hielte sich der architektonische Kulturschock vermutlich noch in einigermaßen engen Grenzen.

Bei Lothlórien sieht das anders aus. In einer Region, in der der Kontakt zu Menschen wesentlich seltener ist, haben die dort lebenden Elfen eine Siedlung errichtet, deren bauliche Eigenarten deutlich fremdartiger ausfallen als in Bruchtal.[75] Dass Menschen bisweilen in verhältnismäßig luftiger Höhe in Pfahlbauten leben – meist um sich vor ungebetenen tierischen wie menschlichen Gästen zu schüt-

---

74 Plischke: Meiner Meinung nach sind nur wir Menschen und vielleicht noch die Halblinge so ängstlich, überall Geländer an Brücken anzubringen. Im Ernst: Bei Elfen und Zwergen scheint man viel mehr auf den eigenen Gleichgewichtssinn und das generelle körperliche Geschick zu vertrauen, wenn man sich ihre Bauwerke so ansieht.

75 Plischke: Streng genommen sprechen wir hier nicht über Lothlórien, sondern über Caras Galadhon, die »Hauptstadt« dieses kleinen Reiches, die treffenderweise auch die Stadt der Bäume genannt wird.

zen –, dürfte hinlänglich bekannt sein. Die Elfen Lothlóriens gehen da noch einen entscheidenden Schritt weiter: Sie leben in den Bäumen ihres Waldes. Nun ist es nicht so, dass sie sich in Baumlöcher verkriechen oder zum Ausruhen in eine ergonomisch geformte Astgabel schmiegen. Die Elfen Lothlóriens bauen ihre Unterkünfte in die Baumkronen hinein. Wer dabei nun aber unbeeindruckt abwinkt, weil er an ein Baumhaus denkt, der irrt. Die Elfen Lothlóriens leben auf sogenannten Fletts – großen, hölzernen Plattformen, denen Äste und Stämme als Stütze und Verankerung dienen.[76] Man erreicht diese Fletts traditionell über Leitern.[77] Wer Lothlórien besucht, sollte besser schwindelfrei sein, denn die Fletts verfügen in der Regel nicht über Geländer. Lediglich dünne Stellwände kommen zum Einsatz, wenn Wind und Wetter es nötig machen. Zugig ist es dort oben öfter mal, denn die Elfen schützen sich vor der Kälte des Winters mit dicken Pelzen und Mänteln, die sie bei Bedarf auch an Besucher weiterreichen, die nicht ganz so viel Outdoor-Erfahrung mitbringen.

Ganz gleich, ob elfische Ansiedlungen nun optisch nahe an den unsrigen sind oder nicht, erwachsen viele Probleme bei Begegnungen zwischen dem Schönen Volk und uns nicht aus reinen Äußerlichkeiten (und schon gar nicht aus Manierismen im Baustil). Wenn wir wenigstens den Versuch unternehmen wollen, die Elfen zu verstehen, ist es

---

[76] Plischke: Es kommt aber durchaus vor, dass auf den imposantesten dieser Fletts dann Häuser gebaut werden, die an menschliche Bauwerke erinnern – der »Palast« Galadriels und ihres Gatten Celeborn ist so ein Beispiel.

[77] Christiansen: Wieso Leitern? Ich dachte, die Spitzohren können so gut klettern.
Plischke: Es hat nie jemand behauptet, die Elfen wären komfortfeindlich. Außerdem empfangen sie doch ab und zu auch Gäste, denen ihr eigenes Geschick leider abgeht.

unabdingbar, sich auch mit »inneren« Werten auseinanderzusetzen. An vorderster Stelle steht dabei die Frage, wie die Elfen ihr eigenes Zusammenleben in der Regel organisieren, denn aus diesen Geboten, die sie für sich selbst und ihre Gruppe aufstellen, leitet sich das Verhalten ab, das sie zeigen, sobald sie auf andere Gruppen – etwa uns Menschen – treffen.

## Frei und doch untertan? – Von der Gesellschaftsordnung der Elfen

Was die Gesellschaftsordnung der Elfen anbelangt, konkurrieren in unserer Vorstellung zwei recht verschiedene Modelle. Wenden wir uns zunächst der älteren dieser beiden Grundausrichtungen zu, die – wie so vieles andere auch – von Tolkien fest in unserem Elfenbild etabliert wurde. Laut Tolkien leben Elfen in einer Form des Feudalismus, genauer gesagt in einer Monarchie. Er nennt eine ganze Reihe von Elfenkönigen und -königinnen, von denen Galadriel als Herrin Lothlóriens und Legolas' Vater Thranduil wohl die beiden berühmtesten sind.

Was zeichnet diese Form der elfischen Monarchie nun aus?

1. Bis auf König, Fürst und Herr und ihre weiblichen Entsprechungen, die allesamt gleichbedeutend für ein und dieselbe soziale Funktion verwendet werden können, scheinen kaum nachrangigere Adelstitel und damit auch zugleich keine so fein ausdifferenzierten feudalen Strukturen zu existieren, wie sie unter uns Menschen verbreitet waren oder in Teilen noch immer sind. Elfische Junker, Herzöge oder Pfalzgrafen sind daher nicht bekannt.

2. Die Untertanen sind gegenüber ihrem Monarchen weisungsgebunden. Insbesondere Tolkiens Schilderungen der Gegebenheiten an Thranduils Hof ist klar zu entnehmen, dass den Befehlen, die ein König erteilt, Folge zu leisten ist – genauso wie es auch unter menschlichen Vorzeichen der Fall wäre. Offenbar kommt es vor allem bei besonders weitreichenden Entscheidungen – beispielsweise einer Kriegserklärung oder dem beabsichtigten Eingreifen in einen militärischen Konflikt – durchaus zu Situationen, in denen ein ernst zu nehmender Teil der Untertanen sich dem Willen des Monarchen widersetzt. Es spricht vieles dafür, dass diese Spannungen mehrheitlich gewaltfrei abgebaut werden, wobei unterschiedliche Strategien zum Einsatz kommen: Der Monarch versucht, entsprechende Überzeugungsarbeit bei jenen Untertanen zu leisten, die an der Weisheit seiner Entscheidung zweifeln, die Zweifler leisten eine Art passiven Widerstand und beteiligen sich schlicht und ergreifend nicht an der Umsetzung des vom Monarchen ausgegebenen Befehl oder – falls die Kluft zu tief ist – die Zweifler spalten sich vom Rest ihrer Nation ab und suchen im Zuge einer gemeinsamen Auswanderung anderswo ihr Glück.[78]
3. Ähnlich wie bei uns Menschen auch sehen die Elfen eine enge symbolische Verbindung zwischen

---

78 Christiansen: Und selbstverständlich kommt es nie vor, dass ein Elfenkönig aufmüpfige Untertanen einfach von seinen Getreuen einen Kopf kürzer machen lässt.
Plischke: Da oben steht doch »mehrheitlich« und nicht »ausschließlich«. Natürlich hatten die Elfen in ihrer langen Geschichte mit Sicherheit auch schon grausame oder unfähige Herrscher. Es ist wahrscheinlich nur so, dass sie mehr aus ihren Fehlern gelernt haben.

dem König und dem Land, über das er gebietet. Geht es dem König gut, floriert auch das Land und umgekehrt. Bei den Elfen ist diese Verknüpfung deutlich sichtbar und zudem an die Jahreszeiten angepasst: So trägt Thranduil im Herbst eine Krone aus rotem Laub und Beeren, im Frühling hingegen eine aus Blüten von Waldblumen. Er ist somit nicht nur ein einfacher Herrscher, sondern auch die greifbare und verdichtete Manifestation der Umwelt, in der die Elfen leben. Sein Wille ist der Wille der Natur. Sitzt diese Überzeugung bei seinen Untertanen nur tief genug, untermauert dies seinen Machtanspruch ganz erheblich, denn wer würde der Natur selbst widersprechen wollen?

4. Die Position des Königs/der Königin ist offenbar an Nachkommen weitervererbbar (so hatte beispielsweise Thranduils Vater schon vor ihm den Thron inne), und die meisten Herrscher der Elfen stammen aus einer vergleichsweise überschaubaren Anzahl von Sippen.[79]
5. Ungeachtet dessen betont Tolkien mehrfach, dass die Herrschenden ihrerseits die anderen Elfen und auch Besucher aus der Fremde durchgängig mit Freundlichkeit und Respekt behandeln. Unklar bleibt aller-

---

[79] Christiansen: Ha! Da sind sie also auch nicht viel besser als wir Menschen.
Plischke: Ich gebe zu bedenken, dass gesellschaftliche Veränderungsprozesse bei Geschöpfen, die nahezu unsterblich sind, aus unserer Warte bestimmt unendlich lange dauern. Fünf oder sechs Elfengenerationen sind für uns ein Äon oder eine ähnlich unvorstellbare Zeitspanne, aber für die Elfen ist der gleiche Zeitraum aus ihrem Blickwinkel heraus um einiges überschaubarer. Sie haben vielleicht gar nicht das Gefühl, ihre »Herrschersippen« wären schon seit Ewigkeiten an der Macht.

dings, ob dies Ausdruck einer Philosophie der »Gleichen unter Gleichen« oder letztlich nur eine Facette höfischer Etikette darstellt.

6. Zieht man Galadriel und Celeborn als Beleg heran, kann man in die Richtung argumentieren, dass die Autorität bei manchen elfischen Nationen prinzipiell auf vier statt nur zwei Schultern verteilt ist. Zumindest von außen betrachtet macht es nicht den Eindruck, als wäre Galadriel ihrem Gatten unterstellt oder umgekehrt. Einige Elfologen sehen in diesem Paar sogar das Ideal elfischer Herrschaft: zwei völlig gleichberechtigte Partner, die in ihren eigenen Entscheidungen immer zuerst einen vorgeschalteten Konsens finden müssen, ehe sie mit einer Forderung oder einem Befehl an ihre Untergebenen herantreten. Dies soll angeblich für eine größere Ausgewogenheit in der elfischen Staatspolitik sorgen, da es vorschnellem und aus emotionalen Aufwallungen geborenem Handeln einen Riegel vorschiebt.

Diese Gesellschaftsordnung wird beileibe nicht von allen Fachleuten unkritisch gesehen. Sie verweisen auf die Neigung des Menschen, das Schöne Volk und all sein Treiben als Projektionsfläche für eigene Wünsche und Phantasien zu missbrauchen. Diese Auffassung ist nicht völlig aus der Luft gegriffen. Die Herrscher der Elfen, wie sie uns in dieser minimalfeudalistischen Variante präsentiert werden, gemahnen stark an den guten König aus dem Märchen, der stets weise und gerecht handelt – sozusagen von Natur aus – und immer rund um die Uhr und bei jeder noch so kleinen Entscheidung auf das Wohl all seiner Untertanen besonnen ist.

Nun soll hier eine relevante Möglichkeit nicht ausgeschlossen werden: Eventuell sind die Schilderungen Tolkiens und anderer Elfologen seiner Generation von bestimmten Erwartungshaltungen an die Gesellschaft der Elfen gefärbt gewesen. Will meinen: Vielleicht hat man die sozialen Strukturen unter den Elfen so wahrgenommen, wie man sie dringend wahrnehmen wollte beziehungsweise wie man sie angesichts seiner eigenen Prägungen wahrnehmen musste. Tolkien war immerhin Brite, und es ist ihm nicht vorzuhalten, dass er sich wohlmeinende und kompetent regierende Monarchen herbeisehnte.

Wer dies als Ketzerei an Tolkiens Schaffen und Wirken begreift, dem sei versichert, dass ich Tolkiens beachtliche Leistungen auf dem Feld der Elfologie sehr zu schätzen weiß. Meine Bewunderung ändert jedoch nichts daran, dass Tolkiens Beobachtungen an einigen Stellen Lücken aufweisen oder etwas nebulös sind. Eine dieser sonderbaren Ausführungen hängt direkt mit dem Thema Gesellschaftsordnung zusammen, denn sie wirft die Frage auf, wie die elfische Ökonomie funktioniert und worauf sie sich gründet.

Tolkien verrät uns, die Elfen unter Thranduils Herrschaft würden weder Acker- und Bergbau noch Handel betreiben. Doch womit sichern sie sich dann ihren Lebensunterhalt? Woher nehmen sie die Ressourcen, um ihre Festungen zu errichten?[80] Wie bezahlen sie für den Wein aus den Wingerten der Menschen, der Thranduil so köstlich mundet?

---

80 Christiansen: Die übrigens sehr wohl unterirdische Bereiche haben. Ich habe Schwierigkeiten, mir eine Gesellschaft vorzustellen, die bessere Tunnel als die Orks anlegt, aber bei ihren Grabungsarbeiten nie auf die Idee kommt, die verwertbaren Rohstoffe, auf die sie dabei stößt, auch tatsächlich zu nutzen und ordentliche Minen anzulegen.

Wie für das Arbeitsmaterial, aus dem sie ihr Geschmeide herstellen?

Es sind Widersprüchlichkeiten wie diese, die viele Elfologen nach Tolkien dazu bewogen haben, ein gänzlich anderes Bild der elfischen Gesellschaft zu entwerfen und dafür zu sorgen, dass sowohl das alte als auch das neue Modell auf erstaunliche Weise in unserer Vorstellung friedlich miteinander koexistieren.

Dieses zweite Modell macht die Elfen zu Jägern und Sammlern, die in einer Stammeskultur organisiert sind. Diese Form der Gemeinschaft trägt dabei erstaunlich oft Züge eines paradiesischen Urkommunismus, wie ihn Marx sich nicht besser hätte erträumen können:

1. Ein übergeordneter Herrscher, der allen anderen Mitgliedern der Gemeinschaft Befehle oder bindende Anweisungen geben kann, existiert nicht. Entscheidungen werden im Kollektiv getroffen, wobei allerdings niemand, der mit einem Beschluss unzufrieden ist, dazu gezwungen werden kann, zu dessen Umsetzung beizutragen. Die Vorstellung, einen König oder etwas Vergleichbares zu haben, käme diesen Elfen geradezu grotesk vor, falls sie so abwegige Konzepte wie »Herrschaft« und »Machtausübung« überhaupt nachvollziehen können.
2. Jedes Mitglied der Gemeinschaft trägt zu deren Wohlergehen in dem Umfang und in der Art und Weise bei, wie es ihm möglich ist. Ein Elf ist zu alt, gebrechlich oder ungeduldig, um einen guten Jäger abzugeben oder Wurzeln auszugraben? Kein Problem. Dafür schnitzt er vielleicht die besten Pfeilschäfte oder flicht die schönsten Zöpfe oder kann abends am Feuer so lebhaft und spannend Geschich-

ten erzählen, dass er seine Stammesgenossen damit ausgezeichnet unterhält.[81]

3. Persönliches Eigentum ist auf ein absolutes Mindestmaß reduziert (Kleidung, Waffen, Schmuckstücke), und ansonsten gehört im Grunde allen alles.[82]
4. Der Stamm nutzt die in seiner Umgebung vorhandenen nachwachsenden Ressourcen wie etwa Holz oder Wild optimal aus, ohne der Natur dabei bleibenden Schaden zuzufügen. Elfen aus einer Stammeskultur sehen sich nicht als über ihre Umwelt erhaben oder dazu berufen, sich die Erde untertan zu machen. Sie verstehen sich viel eher als Teil eines größeren Ganzen, dessen Einzelelemente sinnvoll und untrennbar miteinander verknüpft sind. Es fiele ihnen beispielsweise nie ein, mehr Tiere zu töten oder mehr gesunde Bäume zu fällen, als es für den Erhalt des Stammes unbedingt nötig ist. Diese Haltung ist wahrscheinlich dafür mitverantwortlich, dass die Elfen bei ihren schärfsten Kritikern in dem Ruf stehen, allerorten ungefragt als penetrante bis militante Umweltschützer aufzutreten.

Man sollte sich durch all dies jedoch nicht zu tragischen Fehleinschätzungen verleiten lassen: Diese Elfen sind nicht automatisch weich und sanftmütig oder besonders freundlich und aufgeschlossen gegenüber Fremden. Sie ziehen die Grenze zwischen ihrer Eigengruppe und allen Außenstehenden oftmals sehr scharf – und zwar buchstäblich sogar

81 Plischke: Ein Paradies? Ja, sicher. Für Faulenzer vielleicht, die sich durchfüttern lassen, anstatt selbst mitanzupacken.

82 Christiansen: Merke also: In so einem Elfenlager ja nichts unbeaufsichtigt liegen lassen, denn sonst kriegt es plötzlich Beine.

so scharf, dass Blut fließt, wenn sie allzu dreist oder unvorsichtig überschritten wird. Viele menschliche Kulturen aus Regionen dieser Erde, die aus unserer Perspektive ungastlich wirken, wissen von Plätzen, an die man besser nicht geht, wenn man nicht den Zorn von Geistern und Dämonen wecken will – bestimmte Lichtungen tief im Dschungel, seltsame Steinformationen weit draußen in der Steppe, verborgene Hochtäler an zerklüfteten Gebirgshängen. Wer weiß schon, an wie vielen dieser Orte in Wahrheit Elfenstämme beheimatet sind, die keinen engeren Kontakt zu uns wünschen?

Was für die feudalistischen Elfen recht ist, muss für die tribalistischen billig sein: Auch bei diesem Modell könnte es sich letzten Endes um nicht viel mehr handeln als eine auf das Schöne Volk projizierte Wunschphantasie. In diesem Fall wäre das Klischee, das hier bedient wird, statt des guten Königs der edle Wilde – Karl Mays Winnetou als von den Sünden der Zivilisation unbeleckter Legolas sozusagen. In dieser Hinsicht besteht meines Erachtens eine gewisse geistige Verwandtschaft zu jenen Menschen der Viktorianik, für die die Elfen als Sinnbilder eines vergangenen Goldenen Zeitalters herhalten mussten, in denen die Welt »noch in Ordnung« war. Allerdings mit dem feinen, aber nicht ganz unerheblichen Unterschied, dass in der Viktorianik besagte Ordnung ein quasimittelalterliches Feudalsystem war und die Vertreter der Stammeskulturtheorien in einer ferneren Vergangenheit nach einem verloren gegangenen besseren Urzustand suchen.

Zwischen diesen beiden Extrempolen des Spektrums wurden in den vergangenen Jahrzehnten von Elfologen auch immer wieder gemäßigtere Positionen eingenommen, die die Kluft zwischen Elfen als Höflingen und Elfen als Stammesmitgliedern zu überbrücken versuchten:

- Einige wissen von Elfenstämmen zu berichten, in denen Häuptlinge oder Schamanen (oder beides) die Funktion von weisen Herrschern einnehmen.[83]
- Andere berichten sowohl von Stämmen als auch von größeren sozialen Verbünden, die ihre die gesamte Gemeinschaft betreffenden Entscheidungen von Ältestenräten oder ähnlichen Institutionen ausdiskutieren lassen.[84]
- Wiederum andere wissen von Elfengemeinschaften, in denen das Amt des Herrschers regelmäßig von einem Mitglied an ein anderes weitergegeben wird – mal je nach Jahreszeit, mal nach Ablauf einer bestimmten Frist (wie etwa einem Mondjahr) oder nach einer konkreten Zahl von Entscheidungen, die der Amtsinhaber getroffen hat.

Bei all diesen spezifischen Betrachtungen gilt natürlich das Gleiche wie für alle Aussagen über das Schöne Volk: Es ist eine gewisse Vorsicht dahingehend angebracht, ob wir nicht versehentlich Begriffe und Konzepte aus unserer eigenen Kultur auf die Elfen übertragen, die auf deren Kultur letzt-

---

83 Plischke: Wobei diese Positionen unabhängig vom Geschlecht bekleidet werden können.

84 Plischke: Eine kurze Anmerkung meinerseits: Jene Elfologen, die das Schöne Volk als eine Parallelgesellschaft beurteilen – in dem Sinne, dass sie sich neben unserer eigenen fortentwickelt –, gehen davon aus, dass es unter den Elfen mittlerweile auch parlamentarische Demokratien beziehungsweise Monarchien sowie Räterepubliken und all die vielen »modernen« Staatsformen gibt, die sich unter uns Menschen herausgebildet haben.
Christiansen: Und gleich behaupten Sie auch noch, jede einzelne von denen würde wesentlich besser funktionieren als bei uns – sogar ein real existierender Elfensozialismus!
Plischke: Legen Sie mir doch nicht ständig Ihre Worte in den Mund. Ich kann den komischen Geschmack nämlich gar nicht leiden!

lich gar nicht anwendbar sind. Dieses Problem stellt sich uns nicht nur hinsichtlich der sozialen Grundordnung der Elfen, sondern auch in anderen Bereichen wie etwa denen von Recht und Gesetz.

## Wie es die Alten singen – Von den Gesetzen der Elfen

In den letzten Jahren zeigt sich in unseren modernen Gesellschaften ein besorgniserregender Trend. Wir Menschen neigen aufgrund einer ständig komplexer werdenden Welt immer mehr dazu, folgender Prämisse hinterherzuhecheln: »Prinzipiell ist alles verboten; nur das, was nicht im Strafgesetzbuch steht, ist erlaubt.« Die Elfen verfahren da eher nach dem Motto: »Grundsätzlich ist alles erlaubt; Ausnahmen regelt das Strafgesetzbuch.«

Dieses Bild ist zugegebenermaßen ein bisschen schief, denn die Elfen haben offenbar keine Strafgesetzbücher.[85] Allerdings leben sie auch nicht in einer völligen Gesetzlosigkeit. Allem Anschein nach kennen sie eine ganze Reihe von Geboten und Verboten, die in Form mündlicher Überlieferungen weitergegeben werden. Diese Inhalte tragen dabei oft das Gewand epischer Balladen, in denen bestimmte kritische Situationen durchgespielt und Fragen des gesellschaftlich adäquaten Miteinanders verhandelt werden: Darf man Rache oder Wiedergutmachung für eine empfundene Kränkung oder einen erlittenen Verlust suchen, und wenn ja, wie? Ab welchem Punkt setzt man sich auf welche Weise gegen Bedrängnis zur Wehr? Wie löst man

---

85 Christiansen: Da muss ich dem Kollegen ausnahmsweise einmal recht geben. Die Idee eines Elfenanwalts oder Elfennotars, der dicke Wälzer studiert, um Streitigkeiten zu klären, ist ziemlich grotesk.

heftige Meinungsverschiedenheiten, ohne dass sie in eine gewaltsame Streitigkeit ausarten?

Ich umschiffe in diesem Zusammenhang mit solchen Geschichten, die vor einem schlechten Verhalten warnen oder zu einem positiv konnotierten Betragen ermuntern, bewusst den Ausdruck »Märchen«. Bei uns Menschen erfüllen Märchen zwar auch oft die eben genannten Funktionen, doch die Erzählungen, die den Rahmen elfischer Moral abstecken, fallen nicht in dieses Genre. Dies hat zweierlei Gründe:

1. Ein Großteil dieser elfischen Geschichten hat einen – zumindest für das Schöne Volk selbst – zweifelsfrei belegbaren historischen Kern. Sie sind nicht frei ersonnen, was ihre Wirkung auf den Zuhörer drastisch erhöht. Der Konflikt, in dem der Protagonist einer solchen Schilderung steht, ist keine Phantasterei; man lauscht hier dem Nachhall echter Erfahrungen und Emotionen.[86] Nichtsdestominder haben wir es hier nicht mit Versuchen zu tun, die Wirklichkeit eins zu eins abzubilden. Elfische Geschichten haben keinen nüchternen oder gar sterilen Reportagecharakter. Sie sind in lyrischer Sprache verfasst und an den passenden Stellen mal dezent, mal recht ausschweifend ausgeschmückt.
2. Märchen beginnen traditionell mit einem »Es war einmal …« und verweisen damit auf eine weit entfernte Vergangenheit. Zwar spielen auch viele Elfengeschichten in längst vergangenen Tagen, doch dabei

86 Christiansen: Ich bin da skeptisch. Das hört sich für mich nach Filmen an, bei denen am Anfang groß »Nach einer wahren Begebenheit« eingeblendet wird und sich dann doch nur als erfunden herausstellt.
Plischke: Aber was ist daran schlimm, wenn es gut gemacht ist?

darf man einmal mehr die typische Lebensspanne des Schönen Volkes nicht unberücksichtigt lassen: Die Geschehnisse, von denen in ihren Geschichten die Rede ist, sind für sie um einiges präsenter. Es ist nicht einmal ausgeschlossen, dass ein Elf noch zu eigenen Lebzeiten zur Hauptfigur eines solchen »Lehrstücks« wird.

Es ist für die elfische Auffassung von Recht und Gerechtigkeit ohnehin nicht unerheblich, dass den Angehörigen des Schönen Volks ungleich mehr Zeit auf Erden vergönnt ist. In dieser Hinsicht am bedeutsamsten ist mit Sicherheit, dass der durchschnittliche Elf weitaus mehr persönliche Erfahrungen im direkten Umgang mit anderen sammeln kann, als es einem Menschen je möglich wäre. Das hat direkte Auswirkungen auf die gelebte Ethik der Elfen. Nachtragend zu sein beispielsweise wird auch bei uns Menschen nicht gerade als große Tugend gefeiert. Wie viel kritischer müssen diesem Charakterzug Geschöpfe gegenüberstehen, die einen Groll potenziell nicht nur ein paar Dekaden, sondern einige Jahrhunderte oder im Extremfall gar Jahrtausende lang hegen können? Insofern überrascht es kaum, dass Elfen auf solch menschliche Torheiten wie generationenüberspannende Blutfehden mit großem Unverständnis reagieren.

Einen Effekt, den man ebenfalls nicht unterschätzen sollte, ist der folgende: Als Elf ist man ständig von anderen Elfen umringt, die *noch mehr* gesehen und erlebt haben als man selbst. Wer nun sagt, das wäre bei uns Menschen auch nicht anders, der hat natürlich teilweise recht.[87] Es gehört

---

87 Plischke: Was allerdings nicht mehr stimmt, sobald man erst einmal ein gewisses Alter erreicht hat. Dann gehört man zu denjenigen, die den Jün-

zum Erwachsenwerden und jeder Sozialisation, dass die »Alttiere« einem ihre eigenen Ansichten und Anschauungen – gerne auch völlig unaufgefordert – dringend weitergeben wollen. Denn wer kennt sie nicht, die Warnungen von Eltern und/oder Großeltern, man solle bitteschön dies und das nicht tun respektive diese eine Sache unbedingt so und wieder eine andere auf jeden Fall ganz anders machen, wenn man es im Leben zu etwas bringen will (Glück, Erfolg, Wohlstand, einem Partner und so weiter)? Nun stelle man sich bitte kurz vor, Mama und Papa beziehungsweise Oma und Opa (die sich für ihr Alter übrigens herausragend gut gehalten haben) schöpfen bei ihren Ermahnungen aus einem Fundus an Erfahrungen, der mehrere Menschenalter umfasst. Sprich: Für einen Elfen gibt es nahezu kein Entrinnen, sein eigenes Verhalten nahezu pausenlos mit dem seiner Ahnen und Erzeuger abzugleichen. Das mag nervig klingen, lehrt aber sicher auch eine gewisse Demut.

Kurzum: Das Gerechtigkeitsverständnis der Elfen wird in weiten Teilen sicherlich auch davon geprägt, dass Ereignisse – erfreuliche wie tragische gleichermaßen – nicht so schnell in Vergessenheit geraten können, wie es unter uns Menschen der Fall ist. Noch dazu ganz ohne die Notwendigkeit, umfangreiche Chroniken anzulegen oder die eigene Existenz sonst irgendwie für die sogenannte Nachwelt umfassend dokumentieren zu müssen. So ist jeder Elf im Grunde sein eigener Geschichtsschreiber und zugleich Erbe und aktiver Förderer eines kulturellen Gedächtnisses, vor dessen schieren Ausmaßen man als Mensch nur schwindeln kann. Lassen Sie mich das an einem Beispiel erläu-

---

geren ständig erzählen, dass früher alles besser war, und leider gibt es dann niemanden mehr, der einem aus eigener Erfahrung heraus widersprechen könnte.

tern: Schätzen wir die Lebenserwartung eines gewöhnlichen Elfen doch einmal ganz konservativ auf fünfhundert Jahre (und damit liegen wir noch sehr deutlich in einem Bereich, in dem viele Elfen möglicherweise von einem tragisch frühen Dahinscheiden sprechen würden). Wenn man das auf einen Menschen übertragen würde, der nun unmittelbar davorsteht, seine sterbliche Hülle abzustreifen, dann hätte diese Person unter anderem (!) die folgenden Ereignisse allesamt als Zeitzeuge miterleben können:

- die Ausbreitung der Europäer auf die beiden amerikanischen Kontinente,
- den Dreißigjährigen Krieg sowie den Ersten und den Zweiten Weltkrieg (um nur eine kleine Auswahl an derlei verheerenden Konflikten zu treffen),
- den Jungfernflug der Montgolfiere, die ersten Flugversuche der Gebrüder Wright *und* die erste Mondlandung,
- die Erstaufführung sämtlicher Stücke von Dramatikern wie Shakespeare, Goethe, Schiller, Brecht und vielen anderen,
- den Aufstieg und den Fall des sogenannten Ostblocks,
- die komplette Entwicklung der modernen Fantasyliteratur von der Stunde null an und noch unvorstellbar vieles mehr.

Wer unter dem Eindruck all dieser Geschehnisse nicht irgendwann eine Sicht der Dinge entwickelt, die einen dazu anleitet, sein eigenes Verhalten in jeder Situation stark zu reflektieren, dem ist wahrscheinlich nicht mehr zu helfen.[88]

---

[88] Christiansen: Oder man wird eben insgesamt ein wenig merkwürdig. Wie die Spitzohren.

Die elfische Vorstellung von Gerechtigkeit und gerechtem Handeln kreist um den Anspruch, jederzeit bereit zu sein, persönliche Verantwortung zu übernehmen – auch und gerade für andere, aber ebenso für die Natur und die Umwelt in ihrem weitesten Sinne. Das Schöne Volk hat offenkundig begriffen, dass niemand allein für sich als isoliertes Individuum existiert und stattdessen jeder Einzelne in Strukturen und Systeme eingebunden ist, die letzten Endes bedeutsamer sind als er selbst. Damit einher geht zugleich eine Einsicht: Jeder Einzelne tut gut daran, selbst dafür Sorge zu tragen, dass die Strukturen und Systeme, auf die er einen direkten Einfluss besitzt, so ausgestaltet werden, dass sich alle darin so wohl wie möglich fühlen. Dies setzt selbstverständlich ein hohes Maß an Empathie und gleichzeitig viel Introspektion voraus. Meines Erachtens ist dies auch der Grund dafür, weshalb Elfen von außen betrachtet manchmal quälend lange brauchen, um eine Entscheidung zu treffen, und warum sie zudem bei ihren Feinden als weich und unzuverlässig gelten.

Auf eine auch für uns Menschen verständliche Ebene heruntergebrochen bedeutet das, die Elfen befolgen schlicht das schöne Sprüchlein: »Was du nicht willst, das man dir tu, das füg auch keinem andern zu.« Oder wer es etwas gehobener haben möchte, der kann – so wie einige besonders feingeistige Elfologen – anführen, die Elfen hielten sich stets an Kant und dessen kategorischen Imperativ: »Handle nur nach derjenigen Maxime, durch die du zugleich wollen kannst, dass sie ein allgemeines Gesetz werde.«

Dabei herrscht unter den Elfen allerdings auch keine positive Form von Anarchie. Die Mitglieder des Schönen Volks gestehen sich zwar wechselseitig viele Freiheiten zu, aber diese Freiheiten reichen nicht so weit, als dass es unter ihnen keinerlei Art von Regierung mehr gäbe: Allein die

Tatsache, dass sie – nach allem, was wir über sie aus zuverlässigeren Quellen wissen – immer noch Könige respektive Häuptlinge haben, spricht in dieser Hinsicht Bände.

Umgekehrt ist auffällig, dass es so gut wie keine Berichte über von offizieller Stelle berufene Gesetzeshüter, Richter oder gar Henker unter den Elfen gibt.[89] Sie scheinen also keine echte Exekutive zu besitzen, abgesehen von den besonderen Befugnissen, über die Könige und Häuptlinge verfügen. Die nämlich können allerlei Aktionen vom Dingfestmachen wegen irgendwelcher Verstöße gesuchter Untertanen bis zu deren Verbannung anordnen. Da bei Tolkien der Elfenkönig Thranduil auch einen Kerker in seiner »Burg« zur Verfügung hat, sind womöglich auch längere Haftstrafen Teil des elfischen Sanktionsrepertoires.[90] Die Aufgabe, diese Sanktionen konkret wirksam werden zu lassen – sprich beispielsweise einen flüchtigen Verbrecher zu fassen –, wird meist recht flexibel vergeben: Entweder nehmen sich die Wachen oder Soldaten des Königs dieser Sache an, oder jeder Untertan, der sich dazu fähig und berufen fühlt, der Gerechtigkeit zum Sieg zu verhelfen, kann selbst dafür sorgen, den Übeltäter zur Rechenschaft zu ziehen.

Nicht nur bei »wilden« Elfen stößt man im Zusammenhang mit Recht und Gesetz beziehungsweise den Vorstellungen darüber, worum es sich bei einem strafwürdigen Verhalten handeln kann, auf ein ganz besonderes Phänomen: uralte Tabus. Diese tauchen in der Regel in verschiedenen Varianten auf.

---

89 Christiansen: Das kann man so pauschal meiner Meinung nach nicht sagen. Ich denke da nur an die Dunkelelfen.
Plischke: Zu denen kommen wir doch aber erst später noch.

90 Plischke: Wobei eine »lebenslängliche« Haftstrafe unter Elfen bestimmt einen ganz eigenen Schrecken besitzt.

### *Ortsbezogene Tabus*

Nahezu jedes Elfenvolk oder -stamm kennt Plätze in seinem Einflussgebiet oder an dessen Rändern, an die man nie freiwillig gehen würde und deren versehentliches Aufsuchen zwangsläufig zu großem Unheil führt. Häufig sind diese Tabus eng mit einem tragischen Vorfall verknüpft: die Höhle, in der sich eine junge Elfe verirrt hat und in der Finsternis verhungert ist; der See, in dessen Tiefen man Schwert und Rüstung eines ruchlosen Mörders versenkt hat; die Felsen, von denen ein König sich in den Tod stürzte, weil all sein Werben um das Herz seiner Liebsten vergebens blieb. Manchmal warnen die Elfen auch andere – wie etwa uns Menschen – vor solchen Orten, aber sie wiederholen sich dabei nur ungern, weil es oft bereits als schlechtes Omen gesehen wird, einen mit einem Tabu belegten Ort auch nur zu erwähnen.[91]

### *Personenbezogene Tabus*

Andere Tabus gelten konkreten Personen. Das bedeutet für gewöhnlich, dass der Name einer solchen Person unter gar keinen Umständen genannt werden darf. Dabei spielt es keine Rolle, ob diese bereits vor Jahrhunderten oder Jahrtausenden erschlagen wurde (wie etwa vielleicht der ruchlose Mörder aus dem obigen Beispiel) oder ob sie noch am Leben ist und lediglich in die Verbannung geschickt wurde. Die Elfen sind in magischen Dingen sehr erfahren,

---

91 Plischke: Ich finde es sehr interessant, dass diese Plätze in vielen Fällen an den Grenzen einer elfischen Siedlung liegen – und damit wiederum gerne einmal näher an den Ortschaften, wo wir Menschen wohnen. Unter Umständen ist es nicht nur riskant für uns, Umgang mit den Elfen zu haben, sondern auch gefährlich für Elfen, sich mit uns Menschen abzugeben.
Christiansen: Der Fall ist noch viel simpler – das Unglück ist nie weit, wenn Elfen in der Nähe sind.

und selbst wir Menschen wissen, dass ein Name große Macht bergen kann. Warum also dann etwas Böses oder Schreckliches dadurch auch noch stärken? Für den Fall, dass die Person noch unter den Lebenden weilt, verhält es sich selbstverständlich so, dass ihr tunlichst aus dem Weg gegangen wird. Viele Elfen teilen die Ansicht, dass bestimmte Formen der moralischen Verkommenheit sich wie eine schlimme Seuche verhalten: Man steckt sich nur allzu leicht damit an, wenn man mit einem Kranken in Berührung kommt. Selbst wenn man nicht an der Erkrankung zugrunde geht, so wird man dann dennoch zum Überträger – und wenige Vorstellungen sind für einen Elfen erschreckender, als anderen wider seinen Willen großes Leid zuzufügen.

### *Aufs generelle Verhalten bezogene Tabus*

Insbesondere bei den Elfenvölkern, die Stammeskulturen angehören, finden sich zudem Tabus, die bestimmte Handlungsweisen oder Verhaltensmuster verbieten. Das Spektrum reicht dabei von sehr simplen und leicht nachvollziehbaren Verboten (»Lade nie einen Fremden in dein Heim ein, wenn du dort allein mit ihm wärst« oder »Töte keine tragende Hirschkuh«) bis hin zu sehr komplexen Vorschriften, die auf Außenstehende willkürlich, rätselhaft und verwirrend wirken (»Flechte dir nach einem Regenschauer nie eine blaue Blüte ins Haar« oder »Trinke bei Vollmond keine Milch von Ziegen, wenn in jener Nacht ein Wandelstern über den Himmel zieht, es sei denn, du oder die Gefährtin deines Bruders hat die Ziege selbst gemolken und sich danach die Hände mit Sand gereinigt«).

Unabhängig von ihrer jeweiligen Art sind Tabus unter den Elfen normalerweise sehr, sehr eng mit ihrer *Geschichte* und somit auch mit ihren *Geschichten* verknüpft. Wo es in menschlichen Gesellschaften leicht vorkommen kann, dass der genaue Grund für ein bestimmtes Tabu über die Generationen hinweg verloren geht, kennen die Elfen dieses Problem nicht: In aller Regel wissen sie sehr genau Bescheid darüber, warum sie einen bestimmten Ort meiden, eine spezifische Person so behandeln, als hätte sie nie existiert, oder einem konkreten Verhalten abschwören. Auch hier ist es ihre unglaublich lange Lebensspanne, die zum Tragen kommt. Zeitabläufe, die uns Menschen beinahe unfassbar lang erscheinen, sind aus elfischer Perspektive wesentlich überschaubarer. Nichtsdestominder sprechen sie nie gerne über Tabus, weder unter ihresgleichen noch mit Außenstehenden. Wer das nun als weiteren Beleg dafür sehen möchte, dass die Elfen generell dazu neigen, viel zu viel Aufhebens um allerlei Kleinigkeiten zu machen, dem gebe ich Folgendes zu bedenken: Wann haben Sie sich das letzte Mal unbefangen und zwanglos mit einem Wildfremden über das Sexualleben Ihrer Eltern unterhalten?

Apropos Sexualität: Ausgerechnet in diesem Bereich hat Tolkien uns gewisse Einsichten in die Moralvorstellungen der Elfen gewährt. So ist unter den Elfen Liebe auf den ersten Blick nichts Seltenes – zwei junge Elfen begegnen einander und wissen vom ersten Augenblick an ohne jeden Zweifel, dass sie füreinander bestimmt sind. Diese Leidenschaft darf allerdings erst körperliche Erfüllung finden, sobald die beiden in einer Trauungszeremonie zu Eheleuten erklärt wurden (und allem Anschein nach ist dafür die Zustimmung der Eltern des Brautpaares wenn nicht unbedingt zwingend erforderlich, so doch dringend erwünscht, wenn man nicht eine gewisse gesellschaftliche Ächtung in Kauf nehmen will). Unter den Elfen, die Tolkien beschreibt, gilt also das Motto »Wahre Liebe wartet – und wenn nötig, dann tut sie das sogar ein paar Jahrhunderte«. Tolkien erklärt diese Tradition damit, dass der Geschlechtsakt unter den Elfen eine besondere Stellung einnimmt – es ist ein beinahe heiliger Vorgang, der in keinem Fall vor Zeugen vorgenommen wird und über den man generell in der Öffentlichkeit nur mit allerhöchster Zurückhaltung in Form stark verschleierter Anspielungen spricht.[92]

Diese erstaunliche Keuschheit mag für den einen oder anderen überraschend sein. Dies hängt damit zusammen, dass viele Elfologen nach Tolkien stark von dessen Schilderungen abwichen, was die Beschreibung der elfischen Einstellung zur Sexualität anging. Bei ihnen findet man oft Formulierungen in der Richtung, die Elfen hätten einen zwangloseren und direkteren Zugang zu allen Fragen des Körperlichen. Dies fängt damit an, dass sie laut dieser jüngeren Beobachtungen kaum echte Scham kennen, was Nacktheit anbelangt. Und es endet in Erzählungen von Gelegenheiten, bei denen die Elfen zu feierlichen Anlässen ausschweifende Feste feiern, bei denen die einzige feste Regel »Alles kann, nichts muss« lautet (bisweilen auch mit rituellen Untertönen als eine Art »Feier des Lebens«). Auf die meisten menschlichen Besucher wirkt diese ungezwungene Offenheit allerdings vielfach nicht minder beunruhigend als die komplette Ausblendung der Geschlechtlichkeit in der Tolkienschen Variante.

Hinsichtlich dieser Widersprüche in Bezug auf den Umgang der Elfen mit ihrer Sexualität möchte ich in aller Kürze zwei Punkte anreißen: Erstens sollten wir nicht vergessen, dass Tolkien sich in seinem Schaffen auf jene Elfenvölker zu konzentrieren schien, die eine (quasi-)mittelalterliche höfische Kultur europäischer Prägung pflegten.

---

92 Christiansen: Ungefähr so, wie in der Bibel oft von »einander erkennen« die Rede ist, wenn zwei Menschen Sex miteinander haben.

Nun waren menschliche Fürstenhöfe nicht immer unbedingt übermäßig keusche Orte, doch man sollte nicht vergessen, dass Sexualität dort häufig nur in stark codierter Form angesprochen wurde – zum Beispiel über Metaphern aus dem Jagdbereich (wie etwa, wenn sich starke Pfeile in das Fleisch der Beute bohrten). Es ist durchaus denkbar, dass auch jene Elfen, mit denen Tolkien sich so intensiv befasst hat, ihre eigenen Codes und Bilder besessen haben, um über Sexualität zu sprechen. Unter Umständen sind diese Codes für einen Nicht-Muttersprachler über reines Zuhören schlicht nicht vollständig zu entschlüsseln (vor allem, wenn man dann noch die Möglichkeit miteinbezieht, dass die Elfen von Natur aus Synästhetiker sind und auch bei ihren Bezeichnungen für diverse körperliche Prozesse Sinneseindrücke aus den unterschiedlichsten Quellen miteinander verbinden). Zweitens ist nicht auszuschließen, dass die Erkenntnisse der jüngeren Elfologen zumindest teilweise auf Missverständnissen beruhen. Nur weil eine bestimmte Kultur vielleicht *andere* Regeln in Sachen Sexualmoral aufweist, bedeutet das eben genau nicht, dass es dort *keinerlei* Regeln für diesen wichtigen Bereich gäbe. Das ist ein Fehler, der bei vielen ethnografischen Untersuchungen leider bis heute noch immer wieder gemacht wird. Beispielsweise könnten diese jungen Forscher rein zufällig exakt dann bei einem Elfenstamm aufgetaucht sein, zu dem für einen präzise festgelegten Zeitpunkt alle anderen Regeln aufgehoben sind. Solche Phasen, in denen auf streng definierte Weise Druck aus dem gesellschaftlichen Kessel abgelassen wird, sind schließlich auch unter uns Menschen keine Seltenheit – ähnlich wie beim Karneval, der sich ja nicht zuletzt auch in solchen Gegenden einer großen Beliebtheit erfreut, in denen ansonsten eher strikte Ge- und Verbote für das Ausleben der eigenen Sexualität gelten.

Eine unumstößliche Regel zum Beispiel, auf die sich alle Elfen einigen dürften, ist die, dass das Leben nicht mit der Geburt, sondern bereits mit der Zeugung beginnt. Diese Auffassung wird dem einen oder anderen sicher sehr konservativ vorkommen, doch da Elfen mit einer geringeren Fortpflanzungsrate zu kämpfen haben als wir Menschen, wird dieses Gebot zumindest ansatzweise etwas nachvollziehbarer.

Es gibt übrigens eine interessante These, weshalb die Elfen aber insgesamt weitaus weniger feste Regeln und Gesetze kennen als wir: In einer Gesellschaft, in der jedes einzelne Mitglied magisch begabt ist und die Welt nur mit der Kraft seines Willens verändern kann, wäre das Festhalten an einem kodifizierten Gesetzeswerk schlichtweg töricht.

## Heilende Hände und stumme Stimmen – Von der Magie der Elfen

Kommen wir nun zu einem jener Aspekte des Schönen Volkes, der die Elfen am wesentlichsten von uns unterscheidet und uns vor viele Fragen stellt, auf die wir womöglich niemals gänzlich befriedigende Antworten erhalten werden: die Magie.

Wie sehr die Elfen untrennbar mit Magie verbunden sind, wird leicht ersichtlich, wenn wir uns noch einmal für einen kleinen Augenblick ihr Äußeres ins Gedächtnis rufen. Erscheinen sie uns nicht derart schön, dass sie im ureigentlichen Sinne des Wortes zauberhaft wirken?

Das augenscheinlichste an der elfischen Magie ist, dass es sich bei ihr um eine »natürliche« Magie zu handeln scheint. Welches dieser folgenden Elemente verbinden Sie mit elfischer Magie?

- Ritualkreise
- zaubermächtige Symbole
- Studierstuben mit staubigen Folianten
- sonderbare Gesten mit Fingern und Armen
- auf die Betonung jeder einzelnen Silbe genau auszusprechende Zauberformeln
- große Kessel, in denen ein Gebräu aus Kräutern, Molchaugen und noch weitaus ungewöhnlicheren Zutaten blubbert
- Zauberstäbe
- jahrelanger Unterricht in zahlreichen Fächern an einem Internat für Magier

Höchstwahrscheinlich keines davon, richtig? Verständlicherweise, denn elfische Zauberei ist meilenweit entfernt von den arkanen Traditionen des hermetischen Magiers, wie sie sich während der Renaissance unter uns Menschen zu jener Form entwickelt haben, bei der der Großteil der oben genannten Elemente eine mehr oder minder gewichtige Rolle spielt. Trotzdem ist es sinnvoll, diese Variante der Magie im Hinterkopf zu behalten, da man sich so klarer vor Augen führen kann, was die elfische Magie alles nicht ist:

- Das Wirken hermetischer Magie stellt in erster Linie eine kognitive, vernunftgesteuerte Leistung dar. Elfische Magie ist sehr viel mehr eine Frage der Intuition und des Gefühls.
- In der hermetischen Magie sind für das Durchführen von Zaubern genau festgelegte Schritte nötig, von denen nicht abgewichen werden darf. Sie haben deshalb immer einen ritualartigen Charakter, und es gilt: Das gleiche Prozedere führt auch stets zum gleichen Ergebnis. Elfische Magie ist hingegen sehr viel freier

und individueller, und sie benötigt in aller Regel auch keine langwierigen Vorbereitungen. Ein Elf käme sich wahrscheinlich reichlich albern dabei vor, erst mit schwarzer Kreide einen Zirkel auf den Boden malen oder in einem Reagenzglas einen Homunkulus als Helfer heranzüchten zu müssen, ehe er einen Zauber wirken kann.

- Hermetische Magie stellt für viele ihrer Anwender einen Weg dar, tiefere Einsichten in die wahre Natur der Welt zu erhalten und daraus die nötige Erkenntnis – und auch Macht! – zu gewinnen, sich selbst in einen irgendwie gearteten höheren Zustand weiterzuentwickeln.[93] Derartige Ambitionen sind für Elfen nicht die Triebfeder beim Wirken von Magie. Für sie ist Magie nichts Verborgenes oder Geheimes, sondern ein ganz gewöhnlicher Teil ihres Daseins wie das Atmen oder der Herzschlag.

Nachdem wir nun erfahren haben, was elfische Magie nicht ist, lohnt es sich, einen Blick darauf zu werfen, zu welchen Zwecken das Schöne Volk Magie einsetzt. Zuvörderst möchte ich hier erwähnen, dass elfische Zauber auffällig oft mit Licht in Verbindung stehen. Das ist auch insofern ein spannender Sachverhalt, als schon unsere Vorfahren um dieses Phänomen wussten. Die Tatsache, dass sie wenigstens von Teilen des Schönen Volks gern als lichte Elfen oder Lichtelfen sprachen, wird dadurch umso verständlicher. Wie manifestiert sich diese *Lichtmagie* der Elfen? Zum einen wird oft davon berichtet – unter anderem bei Tolkien –, dass die Ankunft der Elfen häufig von einem Strah-

---

93 Plischke: Das reicht so weit, dass manche Hermetiker jeden Menschen zumindest potenziell als werdenden Gott begreifen.

len oder Leuchten begleitet wird, das von ihnen selbst auszugehen scheint. Ob es sich dabei um bewusst gewirkte Zauber handelt, ist aber durchaus diskussionswürdig. Viele Elfologen sprechen dem Schönen Volk grundsätzlich ein inneres Licht zu, das per se aus ihnen erstrahlt und so eher eine Art magische Begleiterscheinung als eine geplante Anwendung von magischen Begabungen darstellt. Manche Elfologen verweisen hingegen darauf, dass jene Begegnungen, bei denen von diesen Lichterscheinungen die Rede ist, mehrheitlich nachts, in der Dämmerung und/oder in dichten Wäldern stattfinden. Sie plädieren deshalb dafür, dass es sich bei ihnen sehr wohl um seitens der Elfen absichtlich gewirkte Zauber handeln könnte.[94] Hier muss ich allerdings kritisch fragen, wieso die Elfen auf magische Lichtquellen angewiesen sein sollten, wo sie doch über eine wesentlich bessere Nachtsicht verfügen als wir Menschen.

Gegen die Hypothese der elfischen Lichtmagie als Sichthilfe spricht noch etwas anderes, das wir einer von Tolkiens Schilderungen entnehmen können: Als Bilbo Beutlin mit seinen zwergischen Begleitern im Düsterwald auf Thranduils Elfenvolk stößt, *löschen* diese all ihre Feuer, als sie die Eindringlinge bemerken. Das klingt eher, als ob die Elfen sich sehr wohl darüber bewusst sind, wie gut sie im Dunkeln sehen, und dass sie diesen Vorteil im Notfall auch optimal auszunutzen versuchen.

Was an der Löschaktion der Elfen bei Tolkien überdies sehr erwähnenswert ist, ist der Umstand, dass sie schlagartig geschieht: Die Feuer verlöschen quasi von der einen Sekunde zur anderen. Da drängt sich natürlich der Verdacht auf, dass hier Magie im Spiel ist: Die Elfen scheinen in

---

94 Christiansen: Wie? So als magische Taschenlampe bei Nachtwanderungen, oder wie soll ich das verstehen?

der Lage, dem Feuer förmlich zu gebieten. Ich räume ein, dass Elfen traditionell nicht in eine sehr enge Verbindung zum Feuer gebracht werden. Dieses Privileg ist von der allgemeinen Tendenz her eher solchen Völkern vorbehalten, die unter der Erde wohnen.

Es lohnt sich jedoch, eine zweite Szene aus Tolkiens Werk heranzuziehen, um sich zu vergegenwärtigen, wie und worauf Elfen viele ihrer Zauber richten: Als der Ringträger Frodo Beutlin nach seiner schmerzhaften Begegnung mit den Nazgûl auf der Wetterspitze anschließend von den Schwarzen Reitern bis zur Furt bei Bruchtal verfolgt wird, erleben die Finsterlinge eine feuchte Überraschung. Eine plötzliche Flutwelle rast heran und spült die Bösewichte davon. Diese Passage ist insofern nicht unproblematisch, als dass die filmische Umsetzung seitens Peter Jackson eine wichtige Änderung vornimmt: In Tolkiens Schriften ist es Elrond, der mithilfe seines Rings und seiner tiefen Verbundenheit zu seiner Heimat die Kraft des Wassers entfesselt;[95] bei Jackson ist es Arwen, die eine Art Zauberformel oder Anrufung ausspricht, um den Schutz des Wassers für Frodo und sich zu erbitten. Lassen Sie uns jedoch nicht zu tief in die unter Elfologen teils recht erbittert geführte Debatte darüber einsteigen, Jackson habe mit seinen umstrittenen Entscheidungen elfische Magie auf das Niveau herkömmlicher Spruchzauber heruntergezerrt. Ich finde es viel aufschlussreicher, dass Tolkien uns Belege dafür liefert, dass die Elfen mittels ihrer Magie sowohl Feuer als auch Wasser manipulieren können. Elfische Magie ist also zumindest in gewissen Aspekten auch *Elementarmagie* – eine Form der Zauberei, die sich die Naturgewalten nutzbar macht. Feuer

---

95 Plischke: Dass die Woge die Gestalt herangaloppierender Schimmel annimmt, ist dabei zusätzlich Gandalfs Verdienst.

und Wasser sind dabei nur zwei der klassischen Elemente. Wie verhält es sich mit den anderen beiden? Elfologen nach Tolkien wissen von zahlreichen Gelegenheiten, bei denen das Schöne Volk auch das Element der Luft in seine Dienste stellt, sei es in Form eines überraschenden Windstoßes, der viel Staub aufwirbelt, um Gegner zu blenden oder den Elfen Deckung für einen eigenen spurlosen Rückzug zu geben, oder dergestalt, dass ein Elf bei einem beherzten Sprung genau so viel Rückenwind hat, wie er braucht, um eine Erdspalte sicher zu überwinden oder hoch in den Baumwipfeln von einem Ast zum nächsten zu springen. Zugegebenermaßen sind Erwähnungen, wie Elfen die Kraft des Elements Erde für sich nutzen, deutlich seltener, aber auch beileibe nicht vollkommen unbekannt.[96] Trotzdem werden Elfen für gewöhnlich eher mit den sanfteren, nachgiebigeren Elementen Luft und Wasser als mit der starreren Erde oder gar dem aggressiven und zerstörerischen Feuer verknüpft.

Möchte man mit noch etwas breiteren Kategorien arbeiten, so könnte man sagen, das Schöne Volk wirke *Naturmagie*. Diese Auffassung lässt sich auch dadurch stützen, dass die Elfen nicht nur in der Lage sind, Elemente in ihren reineren Formen auf magischem Wege für ihre Zwecke einzusetzen. Es gibt ein von vielen Elfologen immer wieder genanntes Beispiel dafür, wie die Elfen ihre Magie auch auf »elementar verfeinerte« Ziele anwenden: Das Schöne Volk

---

96 Christiansen: In den meisten Fällen, in denen man den Zwergen überhaupt irgendwelche »echten« magischen Begabungen nachsagt (abgesehen von ihren herausragenden Leistungen in der Bau-, Schmiede- und Ingenieurskunst), drehen sich diese um ihre außerordentliche Beherrschung von Mineralien, Erzen und allen anderen Stoffen, die gemeinhin unter die Ägide des Elements Erde fallen. Und diese besondere Betonung ihrer Erdverbundenheit haben sie sich definitiv auch redlicher verdient als die Spitzohren.

verfügt höchstwahrscheinlich über die erstaunliche Gabe, Pflanzen – vom unscheinbarsten Gras bis zum mächtigsten Baum – zu einem Wachstum nach ihren Vorstellungen und Wünschen anzuregen. Die genauen Ausprägungen sind dabei recht vielfältig:

- Elfen können selbst kargster Erde noch Vegetation entlocken, und es muss ein erhebendes Gefühl sein, dabei zusehen zu dürfen, wie sich aus rissigem, ausgetrocknetem Boden langsam die grünen Spitzen frischen Grases erheben. Insbesondere diese Anwendung veranschaulicht ohne jeden Zweifel, weshalb unsere Vorfahren zu der Ansicht gelangten, beim Schönen Volk handle es sich um die Diener von Fruchtbarkeitsgöttern (wenn nicht gar um Geister der Fruchtbarkeit selbst).
- Bereits vorhandene Vegetation kann von den Elfen zu einem wesentlich schnelleren Wachstum angeregt werden. So tragen Pflanzen von einer Nacht auf die andere reiche Frucht oder erblühen vorzeitig zu voller Pracht.
- In Waldregionen beheimatete Elfen – und das sind wohlweislich die meisten – bewegen die Bäume, die sie sich als Heimstätten erwählen, dazu, genau so zu wachsen, wie es ihren »architektonischen« Wünschen entspricht. Dies reicht von starken Ästen an passender Stelle für die Konstruktion von Fletts bis hin zur Schaffung von Öffnungen *an* und Räumen *im Innern* von dicken Stämmen, die den Elfen dann als Behausungen dienen.
- Auch für weniger friedliche Zwecke machen die Elfen von ihrer Pflanzenmagie Gebrauch. Man weiß, dass sie dichte Hecken wuchern oder an diesen Dornen

sprießen lassen, um sich vor unliebsamen Besuchern zu schützen. Gelegentlich ist auch von noch unangenehmeren Abwehrmaßnahmen durch »pflanzliche« Verbündete die Rede: Ranken, die sich wie Schlingen oder Fesseln um die Körper von Eindringlingen legen, ins Riesenhafte vergrößerte fleischfressende Pflanzen, die blitzschnell zuschnappen und ihre Beute rasch verdauen, und viele andere vergleichbar schaurige Fallen.

Die genaue Art und Weise, wie diese Magie gewirkt wird, verdient eine nähere Betrachtung. Man sollte sich dies lieber nicht so vorstellen, dass ein Elf nur mit dem Finger zu schnippen braucht, damit die komplette Flora in seiner Umgebung sofort pariert. Vielmehr sind oft lange Einstimmungsvorgänge nötig, um eine besondere Verbindung zu den Pflanzen aufzubauen. Im Zuge von Versenkungen und Meditationen stimmt sich der Elf auf das Ziel seiner Magie ein, um es dann behutsam zu formen. Die von Elfenhassern sehr weit verbreiteten, unschönen Gerüchte, das Schöne Volk pflege bisweilen sogar sexuelle Beziehungen zu bestimmten Bäumen, dürfte auch von dieser sehr rücksichtsvollen Art rühren, wie die Elfen mit Pflanzen umgehen, die sie mit Zaubern belegen. Die Elfen sehen Pflanzen wenig überraschend nicht als »totes Material«, mit dem man tun und lassen kann, was immer man auch will. Sie begreifen Pflanzen als die lebenden Geschöpfe, die sie unverkennbar sind, und es wäre ihnen ein Gräuel, ein anderes Lebewesen dazu zu zwingen, eine Gestalt anzunehmen, die es eigentlich gar nicht einnehmen möchte.

Diese Maßgabe gilt auch für die Tiere, mit denen sich Elfen umgeben. Ich vermeide hier absichtlich die Begriffe »Nutztier« oder »Haustier«, denn es sind menschliche Ausdrücke und sie beschreiben das Verhältnis zwischen Elfen und »ihren« Tieren nur höchst unzureichend. Eines darf dabei nie vergessen werden: Es ist zweifelsfrei belegt, dass die Elfen imstande sind, mit nahezu jedem Tier viel tiefgründiger zu kommunizieren, als wir Menschen es jemals könnten:[97] Sie schaffen es, verängstigten Tieren ihre Angst zu nehmen, lindern den Zorn wütender Fleischfresser oder überwinden die natürliche Scheu selbst der schüchternsten Waldbewohner. Oft brauchen sie dafür nur tatsächlich ein paar Worte ihrer ja auch für uns Menschen überaus angenehm klingenden Sprache. Bisweilen streuen sie dabei aber auch Elemente der Kommunikationsform der jeweiligen Tierart ein – von Geräuschen wie Knurren, Schnurren oder Pfeifen bis hin zu sehr spezifischen Körperhaltungen (die Kehle zeigen, sich zu voller Größe aufrichten und so weiter). Es lässt sich trefflich darüber streiten, ob es sich bei der besonderen Art und Weise, wie leicht Elfen sich mit Tieren verständigen können, wirklich um eine magische Begabung handelt. Womöglich ist es nur fester Bestandteil ihrer Kultur und ihres Selbstverständnisses, sehr genau auf die Bedürfnisse und die »Sprache« anderer Lebewesen zu achten (ihre geschärften Sinne dürften ihnen dabei hervorragende Dienste leisten, beispielsweise selbst die allerfeinsten Nuancen im »Mienenspiel« eines Bären oder Wolfs wahrzunehmen, die wir Menschen schlichtweg übersehen). So oder so profitieren die Elfen von diesem Phänomen in ganz beträchtlichem Maße: Die Tiere, mit denen sie sich dauerhaft umgeben – am häufigsten tauchen in den Geschichten in diesem Zusammenhang Pferde auf –, sind den Tieren, wie wir sie züchten, überlegen. Sie sind gesünder, anmuti-

---

[97] Christiansen: Wir haben es also mit einem Volk von Dr. Dolittles zu tun. Schön.

ger, stärker, schneller – ganz so, als färbten die Eigenschaften ihrer »Halter« auf sie ab.

Es sei darauf verwiesen, dass Tiere vielfach auch die Nähe der Elfen zu suchen scheinen. Eine mögliche Erklärung dafür ist ein weiterer Aspekt der elfischen Zauberkunst: ihre viel gerühmte *Heilmagie*. Dem Vernehmen nach verfügen Elfen über die Macht, selbst schwerste Krankheiten und Verletzungen schnell und mit großem Erfolg zu behandeln. Es gibt zahlreiche Geschichten, in denen der Kontakt zwischen dem Schönen Volk und einem Vertreter unserer Art dadurch zustande kommt, dass ein fieberkrankes Kind oder ein nahezu tödlich verwundeter Streiter für das Gute buchstäblich in eines ihrer Siedlungsgebiete hineinstolpert. Die Elfen ignorieren das Leid dieser Todgeweihten in aller Regel nicht, sondern päppeln sie fürsorglich wieder auf. Hierfür werden gelegentlich Hilfsmittel verwendet, wie sie auch unter uns Menschen nicht unbekannt sind: belebende Tränke, die es einzuflößen gilt, kunstvolle Verbände, die von geschickten Fingern angelegt werden müssen, oder wohltuende Kräuter, die zu Arzneien weiterverarbeitet werden. Andere Heilmethoden erscheinen uns exotischer: sanfte Gesänge zum Lindern von Schmerzen oder die Verlegung der Kranken an bestimmte Orte wie sonnenbeschienene Lichtungen. Wer die Elfen nun aber nur für Experten in Sachen alternativer Medizin hält, tut ihnen nicht nur unrecht. Er unterschätzt sie auch. In vielen Berichten schaffen die Elfen nämlich etwas, das unter unseresgleichen in der Vergangenheit nur wahren Heiligen zugesprochen wurde: Sie heilen allein durch Handlauflegen. Blutende Wunden schließen sich, ohne auch nur die kleinste Narbe zurückzulassen, eitrige Pusteln verschwinden, hohes Fieber sinkt. Diese »Wunderheilungen« sind für den Elfen, der sie auslöst, jedoch üblicherweise kein müheloses Unterfangen, das sich einfach so beiläufig in Angriff nehmen ließe. In einigen Varianten alter Legenden über Elfen nimmt der Angehörige des Schönen Volks, der sich als Heiler betätigt, die Krankheit oder die Wunden des von ihm umsorgten Patienten auf sich – ein großes Opfer, das nicht leichtfertig erbracht wird. Es sind Geschichten wie diese, die unter vielen Elfologen die Ansicht genährt haben, die Heilmagie der Elfen stelle streng genommen eine Art Bündelung und Übertragung von Vitalenergien dar. Dort, wo die Energie abgezogen wird, entsteht logischerweise ein Mangel, und so wird eben der Heiler von den Symptomen befallen, die er zu behandeln versucht (wenn auch in abgeschwächter Form). Falls diese Ansicht der Wahrheit entspricht, unterstreicht sie umso mehr die Haltung der Elfen, die Welt als eine Art geschlossenes System zu betrachten, in dem nichts verloren geht oder auch nur verloren gehen *kann*. Nichts ist unverbunden, sondern alles miteinander verflochten.

Apropos ungewöhnliche Verbindungen: Schon bei Tolkien tauchen einige, meist besonders mächtige Elfen auf, die die magische Kunst der *Telepathie* beherrschen. So überträgt Galadriel zum Beispiel ihre Gedanken mehrfach ohne den Umweg einer Lautäußerung in die Köpfe ihrer »Zuhörer«. Jüngere Elfologen propagieren oft, alle Elfen seien bis zu einem gewissen Grad Telepathen. Diese Behauptung lässt sich nicht so leicht wegwischen:

- Die hervorragend organisierten Hinterhalte, die Elfen ihren Feinden legen, lassen sich durch eine wechselseitige Gedankenübertragung noch konzertierter durchführen.
- Die verhältnismäßig geringe Zahl an internen Konflikten beim Schönen Volk wäre durch Telepathie

ebenfalls leicht zu erklären: Wer in der Lage ist, seinem Gegenüber direkt und ohne sprachliche Umschweife zu vermitteln, was in ihm emotional vorgeht, schafft dadurch ein sehr viel höheres Maß an Verständnis für seine Position in einer Situation, die potenziell in einen Streit münden könnte.

- Die oben erwähnte Häufigkeit, mit der es unter den Elfen zu Liebe auf den ersten Blick kommt, ist kein ganz so romantisches und faszinierendes Phänomen mehr, wenn man davon ausgeht, dass die Liebenden einander gewissermaßen heimlich, still und leise ihr Herz ausschütten können.
- Auch die besondere Verbundenheit zu anderen Lebewesen (insbesondere Tieren) und der vergleichsweise problemlose Umgang mit ihnen könnten auf einer Form der rudimentären Telepathie beruhen.

Es ist jedoch unklar, ob mit der Fähigkeit, die eigenen Gedanken zu projizieren, zugleich die Begabung einhergeht, fremde Gedanken zu lesen, falls die betreffende Person dies nicht möchte. Die Elfen selbst halten sich zu dem Thema, wie weit Telepathie unter ihnen nun tatsächlich verbreitet ist und in welche Richtung(en) sie funktioniert, genauso bedeckt wie zu vielen anderen Fragen auch. Und sie tun gut daran. Es gibt schließlich genügend Menschen, die sich in ihrer Gegenwart früher oder später unwohl zu fühlen beginnen. Die Enthüllung, dass sie ihrem Gegenüber »in die Köpfe hineinschauen« können, wäre da sicher keine vertrauensfördernde Maßnahme.[98]

---

98 Christiansen: Das wäre ja das nackte Grauen!
Plischke: Wieso? Wer sich nichts vorzuwerfen hat, hat doch auch nichts zu verbergen, oder?
Christiansen: Totale Transparenz ist totale Überwachung, Herr Kollege!

Über eine Facette ihrer zahlreichen magischen Begabungen müssen sich die Elfen hingegen nicht eigens ausschweigen, da sie von vielen Elfologen ohnehin prinzipiell vernachlässigt bleibt: Das Schöne Volk fertigt zahlreiche Gegenstände an, die teils über eine immense Zaubermacht verfügen (Galadriels Spiegel ist eines der berühmteren Beispiele für die Kunstfertigkeit der Elfen in diesem Bereich).[99] Unseren Vorfahren war dies noch deutlich eher bewusst, denn unter ihnen galten die Elfen nicht zuletzt als ganz ausgezeichnete Schmiede. Vielleicht liegt es an der oben angesprochenen Neigung, die Elfen mit den Elementen Luft und Wasser in Verbindung zu bringen, dass ihre »feurigeren« Attribute in unserer modernen Vorstellung von ihnen oft ausgeblendet werden. Dabei gibt es in Wahrheit anscheinend fast nichts, was die Elfen nicht verzaubern könnten, und für die Herstellung der meisten dieser Artefakte braucht es nicht einmal zwingend eine Esse oder das zugegebenermaßen ungewöhnlich wirkende Bild eines Elfen mit nacktem, rußverschmiertem Oberkörper, der einen gewaltigen Hammer schwingt. Das Spektrum reicht von Kleinodien und Gebrauchsgegenständen wie magischen Kämmen über Musikinstrumente und Sättel bis hin zu Waffen und Rüstungen. Es ist gelinde gesagt ein wenig frustrierend, dass wir Menschen uns ausgerechnet bei der letzten Kategorie von Gegenständen ein breites Bewusstsein für ihre besondere Güte bewahrt haben. *Jeder* weiß, dass ein Elfenbogen etwas ganz Besonderes ist – warum wir uns nur von den Tötungswerkzeugen der Elfen gebannt zeigen, bleibt mir ein Rätsel.

---

99 Christiansen: Diese Nachlässigkeiten sind eigentlich unverzeihlich. Vor allem, wenn man berücksichtigt, wie oft irgendwelche in grauer Vorzeit von wahnsinnigen Spitzohren geschaffenen Relikte plötzlich für katastrophale Bedrohungen sorgen, wenn sie unvermittelt wieder auftauchen.

Ein weiteres Rätsel, das seiner Lösung harrt, ist das folgende: Wo beginnt für die Elfen überhaupt Magie? Wenn Magie für sie so sehr Bestandteil ihres täglichen Lebens ist, ziehen sie dann am Ende vielleicht gar keine Grenze zwischen magischen und »normalen« Vorgängen? Lassen Sie mich versuchen, dieses Problem an einem Beispiel zu erläutern: Wir haben uns in unserer modernen Gesellschaft sehr daran gewöhnt, komplizierteste Technik zu verwenden, um über sehr große Distanzen hinweg nahezu in absoluter Echtzeit miteinander zu kommunizieren. Nun wissen wir sehr wohl, dass ein Smartphone kein magischer Gegenstand ist. Wir wissen, dass es unter hohem, aber keineswegs ungewöhnlichem Aufwand entwickelt und produziert wurde, und einige von uns haben auch zumindest eine grobe Vorstellung von den technischen und naturwissenschaftlichen Grundlagen der Funktionsweise eines solchen Geräts. Noch einmal: Für uns ist ein Smartphone etwas Gewöhnliches und sehr Alltägliches. Doch wie würde dieser kleine Apparat von Wesen wahrgenommen werden, die unseren technologischen Entwicklungsstand noch nicht erreicht haben? Die noch nie zuvor ein Telefon, geschweige denn ein Smartphone gesehen haben? Für diese Wesen wäre es sehr wohl so etwas wie ein magisches Artefakt. Auf das Verhältnis zwischen uns und dem Schönen Volk übertragen bedeutet das: Vieles von dem, was den Elfen als absolut selbstverständlich erscheint, wirkt auf uns wie Zauberei. So spricht Tolkien etwa mehrfach davon, dass sich Türen in den Gebäuden der Elfen selbsttätig öffnen und schließen, wenn man durch sie hindurchtreten möchte. Die Elfen nehmen davon offenbar nicht weiter Notiz, ihre Besucher hingegen schon. Zu jener Zeit, als Tolkien seine Schriften zu den Elfen verfasste, müssen auch ihm diese Türen gar sonderbar und wunderlich – um nicht zu sagen:

magisch – vorgekommen sein. Heute hingegen passieren wir alle regelmäßig solche Türen, und inzwischen geht es uns wie den Elfen: Wir nehmen das Erstaunliche daran im Grunde gar nicht mehr wahr.[100]

Dieses Phänomen hätte im Übrigen auch dann Bestand, wenn die Magie der Elfen in Wahrheit »echte« Magie – also losgelöst von irgendeiner technologischen Grundlage – ist. Selbst für den Fall, dass die Elfen lediglich einen höheren Bewusstseinszustand erreicht haben als wir oder einfach von Natur aus in der Lage sind, Magie wirken zu können, bliebe es genauso: Dinge, die uns in atemloses Erstaunen versetzen, sind für die Elfen Normalität. Was *sie* wiederum erstaunt, ist eben genau *unser* Erstaunen, und dieser Kreislauf aus Erstaunen und über das Erstaunen erstaunt sein trägt maßgeblich zu dem oft gehörten Vorwurf bei, die Elfen seien arrogant. Nicht dass sie sich groß an derlei Vorwürfen stören würden oder müssten, denn sie haben wahrlich vieles geschaffen, was unser Staunen und unsere Bewunderung sicher verdient.

## Sphärenklang und Augenschmeichler – Vom Kunstsinn der Elfen

Das Schöne Volk wird seinem Namen auch dahingehend gerecht, dass es das Schöne in den Mittelpunkt rückt und sich mit schönen Dingen umgibt. Eines vorneweg: Was man als schön empfindet, hängt selbstverständlich oft vom persönlichen Geschmack ab, und die elfische Ästhetik, wie

---

100 Christiansen: Behauptet er gerade, die Elfen wären Außerirdische und ihre Magie nur besonders hoch entwickelte Technik?
Plischke: Falls es Sie beruhigt: Selbst wenn dem so wäre, würden wir den Unterschied zwischen Magie und dieser Form von Hochtechnologie überhaupt nicht festmachen können. Ich glaube, genau das ist sein Punkt.

sie sich aus Tolkiens Schriften und den visuellen Interpretationen seitens Peter Jackson für die »höfischen« Elfen ableiten lässt, ist vielleicht mit dem Begriff »klassisch« noch am treffendsten beschrieben. Oder anders ausgedrückt: Menschliche Avantgardisten oder Vertreter solcher Strömungen, die das Schöne auch und ausdrücklich im Hässlichen sehen wollen, sind bei diesen Elfenvölkern nicht sehr gut aufgehoben. Etwas anders stellt sich die Situation unter »wilden« Elfenstämmen dar: Hier trifft man durchaus auf ungewöhnlichere Einflüsse sowie Kunststile und -praktiken, die sich zum Teil recht drastisch von denen anderer Elfen unterscheiden. In Wüstenregionen beheimatete Elfen zum Beispiel schaffen faszinierende Sandbilder mit abstrakten, bunten Mustern aus zermahlenen Mineralien, und solche in besonders kalten Gegenden formen Eis und Schnee zu bizarren Instrumenten, denen der vorbeipfeifende Wind fremdartige Weisen entlockt.

Um der elfischen Kunst auch nur ansatzweise gerecht zu werden, habe ich mich entschlossen, auf einige der wichtigsten Bereiche ihres Schaffens im Folgenden kurz gesondert einzugehen. Was bei allen folgenden Betrachtungen im Hinterkopf zu behalten ist, ist einmal mehr die stark vermutete Synästhesie der Elfen. Es ist nicht unmöglich, dass beispielsweise der Anblick bestimmter Farben und Formen in Elfen zugleich Höreindrücke von ganz konkreten Klängen erzeugt oder dass umgekehrt die Melodie eines Liedes den Zuhörer spürbar wärmt oder durch die damit verbundene Wahrnehmung eines Luftzugs auf der Haut merklich erfrischt.

### *Malerei*

Das wichtigste Merkmal der elfischen Malerei in den von Tolkien geschilderten Kulturen scheint ihre starke Verpflichtung gegenüber der Gegenständlichkeit zu sein. Ein Betrachter soll anscheinend sofort erkennen können, was da vor ihm gerade abgebildet ist. Komplett Abstraktes taucht höchstens als Zierelement an Deckenfriesen oder Ähnlichem auf (wobei die beliebtesten Dekorationen allerdings florale Muster sind, denen man noch deutlich ansieht, das ihnen Ranken, Blätter und/oder Blüten als Vorbild dienten).[101] Was für menschliche Betrachter bisweilen etwas irritierend sein kann, ist, dass ihm einige Motive geradezu surreal anmuten: So kann eine auf einem Gemälde porträtierte Elfe eine Körperhaltung einnehmen, die für einen Menschen reichlich unbequem wäre, für die Elfe jedoch aufgrund ihrer überlegenen Geschmeidigkeit keine nennenswerten Verrenkungen erfordert. Oder im Bild ist der Fluss magischer Energien festgehalten, die als farbenfrohe Wirbel die Hände oder das Haupt eines Elfen umspielen.[102]

Viele Elfenstämme in entlegeneren Winkeln der Welt pflegen in ihrer Malerei einen etwas anderen Stil. Zwar fällt bei ihnen die Motivwahl ebenfalls häufig auf Tiere und Pflanzen aus ihrer Umgebung, doch sie verleihen ihnen in

---

101 Plischke: Ich würde die grundsätzliche Ausrichtung der elfischen Malerei als eine wunderbar gelungene Mischung aus Romantik (vor allem in der klugen Lichtsetzung) und Jugendstil (wegen der dekorativ geschwungenen Formen in den meisten Zierelementen und eben besonders auch wegen der floralen Ornamentik) beschreiben.
Christiansen: Nicht dass sich darunter jetzt jemand was Konkretes vorstellen könnte …
Plischke: Bleiben Sie doch ruhig bei Ihrem Zwergengekritzel, Sie Banause!

102 Plischke: Jetzt hat sich Kollege Wolf so sehr in die verrenkte Elfe verguckt, dass er nicht näher auf die Motive elfischer Hofmalerei eingegangen ist. Ich hole das gerne nach: (Ganzkörper-)Porträts, Landschaftspanoramen sowie die Darstellung historischer Ereignisse (große Wanderungszüge, Krönungen weiser Herrscher, das Zusammenfinden glücklicher Liebender aus einer berühmten Ballade) erfreuen sich allergrößter Beliebtheit.

der Umsetzung etwas derart Fließendes und Weiches, das es für einen Fremden schwer sein kann, das abgebildete Lebewesen zu identifizieren. Wer einen ungefähren Eindruck von dieser spannenden Bildsprache gewinnen möchte, sollte sich einmal näher mit polynesischer Kunst oder Eskimokunst befassen.

### *Bildhauerei*

Auch in der Schaffung von Skulpturen, Büsten und Standbildern bleiben die höfischen Elfen einem strengen Naturalismus verhaftet.[103] Abstraktion ist auch in dieser künstlerischen Disziplin nicht weiter gefragt. Darüber hinaus weist das von Peter Jackson fest in unser aller kulturelles Gedächtnis verankerte Bildmaterial darauf hin, dass Tolkiens Elfen im Wesentlichen aus zwei Motivationen heraus Bildhauerei betreiben:

Als Erstes wären hier Dekorationszwecke zu nennen. Standbilder werden vermehrt in großen Hallen und weitläufigen Gärten aufgestellt, die ohne sie etwas … nun … karg und ungeschmückt wirken würden. Dagegen ist nicht das Geringste einzuwenden, und es gibt auch keinen Anlass,

---

103 Christiansen: Also, »naturalistisch« im eigentlichen Sinn würde ich das nicht nennen. Die Elfen schaffen zwar anscheinend größtenteils Kunst, die die Wirklichkeit möglichst detailgetreu abbilden soll, aber Naturalismus zeichnet sich insbesondere auch durch eine bestimmte Haltung zu seinen Sujets aus: Das Hässliche, das für den Betrachter Unangenehme und das sich aus sozialen Unterschieden ergebende, oftmals triste »einfache Leben« wird dabei auf gar keinen Fall ausgespart. Und mir ist bislang noch kein elfisches Kunstwerk untergekommen, das arme Bauern bei der Feldarbeit oder gramgebeugte Arbeiter am Webstuhl zeigen würde. Plischke: Das Fehlen dieser Motive könnte aber auch schlicht darin begründet liegen, dass es den Elfen gelungen ist, eine Gesellschaft zu schaffen, in der es weder arme Bauern noch gramgebeugte Arbeiter gibt. Christiansen: Sie sind und bleiben ein hoffnungsloser Utopist, Herr Kollege!

deshalb spöttisch mit dem Finger auf die Elfen zu zeigen und etwas von »kitschiger Gebrauchskunst« zu murmeln. Wir sollten nämlich nicht vergessen, dass es unter uns Menschen genügend Beispiele für allerlei fragwürdige Dekoskulpturen gibt, mit denen wir unsere Beete oder Wohnzimmerregale zupflastern. Ich sage nur: Gartenzwerge, Engelsfiguren oder wie Kleinkinder aus der Biedermeierzeit gekleidete Puppen.

Der zweite Grund, aus dem höfische Elfen Skulpturen schaffen, ist für uns Menschen ähnlich nachvollziehbar: Sie dienen oft als Mahn- oder Denkmäler. Wer als Elf ein besonders tugendhaftes Leben führt oder ein über alle Maßen tragisches Schicksal erfährt, hat gute Chancen, als Standbild verewigt zu werden. Wer noch dazu stärker in der Öffentlichkeit steht als andere, für den steigen besagte Chancen noch einmal dramatisch an. Wird einem einfachen Elfen diese Ehre zuteil, der sein Baumhaus immer schön ordentlich und einladend sauber hielt? Oder einem, der bei einem heftigen Sturm von einem herabfallenden Ast erschlagen wurde? Höchstwahrscheinlich nicht. Wie sieht es mit einem Elfen von edlem Geblüt aus, dem es gelang, alle Rehe des Waldes von einer grauenhaften Seuche zu heilen, die drohte, die zarten Geschöpfe allesamt dahinzuraffen? Oder einem Elfenkönig, der auf der Jagd versehentlich den weißen Schleier seiner Geliebten mit dem Gefieder einer Taube verwechselte und ihr mit einem seiner Pfeile das unschuldige Herz durchbohrte? Eine solche Person kann damit rechnen, sein Antlitz für die Ewigkeit bewahrt zu sehen.[104]

---

104 Christiansen: Wer jetzt noch behauptet, die Elfen wären eine egalitäre Gesellschaft, in der im Grunde alle Gleiche unter Gleichen sind, hat definitiv nicht mehr alle Nadeln an der Tanne.

Scharfsinnige Geister könnten nun vielleicht fragen: »Wozu brauchen die Elfen mit ihrer langen Lebensspanne denn überhaupt so etwas wie Denk- oder Mahnmale? Ist die Erinnerung an glückliche oder unglückliche Ereignisse nicht ohnehin buchstäblich lebendig?« Nun, zum einen werden schließlich auch neue Elfenkinder geboren – so selten dieses Ereignis verglichen zu uns Menschen auch immer sein mag –, und diese nachfolgenden Generationen haben auch ein Anrecht auf plastische Darstellungen großer Helden oder besonders vom Schicksal gebeutelter Vertreter ihres Volkes. Zum anderen könnte man argumentieren, dass das Schaffen von Statuen – und anderer Kunst, die dem Bewahren eines Gedenkens dient – Ausdruck genau jener elfischen Ernsthaftigkeit ist, ganz konkrete Sachverhalte auf gar keinen Fall jemals in Vergessenheit geraten zu sehen.[105]

Ein weiterer interessanter Aspekt der Bildhauerei der höfischen Elfen ist der folgende: Der Wunsch nach einer möglichst realistischen Abbildung der Wirklichkeit weist gewisse Grenzen auf. So sind ihre Statuen denen nicht unähnlich, die unter uns Menschen im antiken Griechenland und im Zuge der Rückbesinnung auf die unter den alten Togaträgern geltenden Vorstellungen von Ästhetik in der Renaissance von Künstlern wie Michelangelo geschaffen wurden. Anders gesagt: Sie sind bisweilen so lebensecht, dass einen Betrachter das Gefühl beschleicht, die steinernen Figuren könnten jeden Augenblick von ihren Sockeln heruntersteigen oder eine grimmig dreinblickende Büste würde ihn gleich mit einem geharnischten »Was glotzt du so blöd?« anblaffen. Allerdings verzichten die Elfen auf ein

---

[105] Christiansen: Wo wir wieder bei der Oma wären, die nicht damit aufhören kann, immer wieder die gleichen Geschichten zu erzählen, und allen auf die Nerven fällt.

Mittel, das unsere Ahnen nutzten, um diese Wirkung von »atmendem Stein« noch zu vergrößern. Im Gegensatz zu den Griechen bemalen die Elfen ihre Statuen nicht, um sie dem lebenden Objekt, das sie abbilden, noch stärker anzugleichen. Über die Gründe für diese sonderbare Zurückhaltung lässt sich nur spekulieren: Manche Elfologen führen schlicht ein entsprechendes Tabu an, dessen nähere Bedingungen uns Menschen unbekannt sind (eine etwas bequeme Art der wissenschaftlichen Beweisführung, wenn ich das einmal so offen anmerken dürfte). Andere leiten die Erklärung aus den magischen Fähigkeiten der Elfen ab: Ihrer Auffassung nach muss ein Elf beim Erschaffen einer Statue Vorsicht walten lassen, dass er nicht mit zu viel ungezügelter Leidenschaft und einem zu großen Bestreben ans Werk geht, sie ihrer Vorlage anzugleichen. Sonst bestünde die Möglichkeit, dass er seine Schöpfung unabsichtlich mit so viel Zaubermacht erfüllt, dass sie tatsächlich zum Leben erwacht![106]

Alle Spekulationen beiseite, sollte nicht unerwähnt bleiben, dass die Elfen für ihre Skulpturen bisweilen auch ungewöhnlichere Materialien und Techniken verwenden. So

---

106 Plischke: Derartige Sagen und Legenden sind allerdings auch unter uns Menschen verbreitet, und ich vermute, dass solche Erzählungen unter den Elfen ähnlich wie bei uns nur selten ein gutes Ende finden – wahrscheinlich sind zum Schluss sowohl der »Bildhauer« als auch das durch sein Treiben »beseelte« Geschöpf tot oder zumindest todunglücklich. Christiansen: Meine persönliche Theorie ist da ein wenig simpler – da Elfen ja bekanntermaßen gerne einmal stundenlang faul in der Gegend herumsitzen, ohne sich zu rühren oder auch nur zu blinzeln (»sich ganz in ihre Gedanken versenken« oder »meditieren«), malt man Statuen nicht an, um peinlichen Situationen aus dem Weg zu gehen. Ich jedenfalls käme mir schön blöd vor, wenn ich einen meiner Freunde dringend aus so einer Versenkung holen müsste (weil der Wald brennt oder sich ein Häschen das Ohr geknickt hat oder so), nur um dann festzustellen, dass ich gerade versuche, einer Steinstatue irgendeine Art von Reaktion auf meine Anwesenheit abzuringen.

weiß man zum Beispiel von den wilden Elfen, dass sie ihre magischen Kräfte – oder ihre besondere Verbundenheit zu allem, was lebt – dazu einsetzen, um Statuen aus Holz oder Hecken wachsen zu lassen. Bei diesem Vorgehen kommt dann keines der herkömmlichen Werkzeuge zur Anwendung, die man von der Bildhauerei kennt. Statt eines Meißels ist es der schiere Wille und die bloße Vorstellungskraft eines Elfen, die in solchen Fällen Kunst schafft.[107] Unter wilden Elfen erfüllen Standbilder und Ähnliches gelegentlich auch noch einen weiteren Zweck, als nur als »Gedächtnisstütze« oder Zierde herzuhalten: Einige Stämme stellen Abbilder ihrer wildesten Krieger (mit gefletschten Zähnen aus spitz zugefeilten Knochen) oder garstiger Ungeheuer an den Grenzen ihres Territoriums auf, um unwillkommene Gäste abzuschrecken. Unser eher überschaubares Wissen über viele wilde Elfenstämme belegt die unbestreitbare Effektivität dieser Abwehrmaßnahme. Im Übrigen zeigen viele der wilden Elfen keinerlei Scheu, ihre Schöpfungen – ganz gleich, aus welchem Material sie gefertigt sein mögen – farbenprächtig zu bemalen. Dies gilt sowohl für kleinere Fetische, die offensichtlich kultischen Zwecken zugedacht sind, als auch für die eben erwähnten »Menschenschrecken«, mit denen sie uns zu vergraulen pflegen. Auf die Fetische und Totems bezogen, ist dieser Hang zur möglichst perfekten Nachahmung der Originalvorlage in der Weltsicht vieler Stämme alles andere als ungewöhnlich: Wenn man als im Dschungel beheimatete Sippe beispielsweise dem Geist eines Paradiesvogels Verehrung entgegenbringt, wäre es unhöflich, wenn nicht gar ein echter Frevel, bei den entsprechenden Zeremonien um eine Vogelstatuette in langweiligem, stumpfem Holzbraun zu tanzen.

---

107 Christiansen: Sag ich doch: Faulpelze!

*Literatur*
Es mag den einen oder anderen Elfenkritiker verwundern, dass das Schöne Volk etwas derart Profanes wie Bücher- und Bücherregale kennt. In Wahrheit jedoch schätzen die Elfen Bildung und Wissen sehr, und zumindest unter den höfischen Elfen stellt das geschriebene Wort ein mehr als probates Mittel zur Aufzeichnung und Verbreitung von Informationen dar.[108] Nun ist reine Informationsweitergabe ja noch keine Literatur, doch hier besteht insofern ein Zusammenhang, als dass die höfischen Elfen große Freunde der epischen Dichtung sind. Will meinen: Ein Großteil dessen, was sie zur Erbauung lesen, sind in Versform verfasste Erzählungen über Ereignisse aus ihrer eigenen Vergangenheit. Eines der Beispiele, die Tolkien nennt, ist das Cuivienyarna, das die Schöpfungsgeschichte der Elfen zum Inhalt hat. Grundsätzlich sollte man jedoch stets im Hinterkopf behalten, dass diese Verse mehr für den öffentlichen Vortrag (und zwar gesungen und mit musikalischer Begleitung) denn als abendliche Bettlektüre gedacht sind. Wieder einmal werden wir hier mit dem Umstand konfrontiert, dass die elfische Kultur eine Kultur des Erinnerns und Verinnerlichens ist. Die Frage, wie die Elfen rein fiktionalen Erzählungen gegenüberstehen, bietet reichlich Raum für allerlei Hypothesen. Manche Elfologenfraktionen sind absolut überzeugt davon, dass das Schöne Volk einen reichhaltigen Schatz an allerlei Ersonnenem zu bieten hat, der fremden Besuchern jedoch in aller Regel verschlossen bleibt. Dies geschieht

---

108 Plischke: Die Elfen vergeben anscheinend sogar Autorenstipendien – immerhin findet Bilbo Beutlin Aufnahme in Elronds Haus, als er an seinem Buch weiterschreiben möchte.
Christiansen: Also mir wär's da ja zu fad …
Plischke: Keine Ausreden. Sie als norddeutsches Flachlandgewächs mögen nur einfach keine gebirgigen Regionen.

nicht einmal zwingend aus bösem Willen oder auch nur dem Versuch, ein eifersüchtig gehütetes Geheimnis aus elfischer Literatur zu machen. Schließlich sind die Gepflogenheiten beim Empfangen von Gästen unseren womöglich gar nicht so unähnlich, noch dazu, wenn sie von weit herkommen und mit unserer Kultur noch nicht sehr gut vertraut sind. Also entschließt man sich bei solchen Gelegenheiten, nicht auf die Avantgarde, sondern auf das Altbewährte und Symbolträchtige zurückzugreifen. Anders gesagt: Wenn bei uns ein Staatschef den anderen begrüßt, spielt die Blaskapelle in aller Regel ja auch keinen Smashhit aus den alternativen Musikcharts, sondern die Nationalhymne.

Bevor wir nun aber die Grenzen zwischen Musik und Literatur, die bei den Elfen sehr durchlässig zu sein scheinen, nun endgültig verwischen, konzentrieren wir uns lieber rasch wieder auf die Verse der Elfenepen. In Sachen Lyrik konservativ eingestellte Leser werden sich freuen, dass von den höfischen Elfen keine poetischen Experimente zu erwarten sind. Wie in allen anderen Bereichen ihrer Kunst hängen sie einem klassischen Ideal an, was »gute« Lyrik ausmacht. Es gilt, das Versmaß einzuhalten und das gewählte Reimschema zu achten. Freie Verse ohne Reim und Metrik, aber dafür mit schwankenden Zeilenlängen haben für die Elfen vermutlich nichts mit Lyrik, aber dafür sehr viel mit ungeordnetem Geplapper zu tun. Wir können des Weiteren wohl davon ausgehen, dass die höfischen Elfen das Prinzip der Gattungsreinheit befolgen. So hat zum Beispiel in einer tragischen Erzählung Humor nichts verloren – sonst wäre sie ja nicht mehr wirklich tragisch. Ausschweifende Schlenker in den epischen Geschichten der Elfen sind hingegen durchaus erlaubt, und auf ungeduldige Leser können sie daher manchmal ein wenig schwer und zäh wirken. Wer sich durchbeißt, wird jedoch mit vielen Stellen belohnt, die einen ob der Klarheit der darin zum Ausdruck gebrachten Gefühle tief berühren.[109]

Viele wilden Elfen leben in weitestgehend schriftlosen Kulturen. Alle Geschichten werden hier mündlich überliefert, und das Erzählen im Sinne des Vortrags selbst wird in den Rang einer Kunstform erhoben. Gute Erzähler genießen sehr hohes Ansehen, da es ihnen mit ihren Worten gelingt, Vergangenes so plastisch zu schildern, dass es ihren Zuhörern buchstäblich vor Augen geführt wird (um einmal den etwas despektierlichen Begriff des »Kopfkinos« zu vermeiden). Dabei sind jedoch einige Besonderheiten zu nennen:

- Ein Auftritt als Erzähler ist unter wilden Elfen keine Solo-Performance. Wir haben es da eher mit einer interaktiven Gruppenbetätigung zu tun. Der Erzähler ist in letzter Konsequenz eine Art Zeremonienmeister, und er erwartet von seinem Publikum eine rege Teilnahme in Form von aufmunternden Zwischenrufen, dem Wiederholen bestimmter formelhafter Passagen (zum Beispiel den Schlachtruf eines Kriegers) oder Unmutsbekundungen bei Erwähnungen des Bösewichts seiner Erzählung. Für uns westlich geprägte Menschen, die wir traditionell eher daran gewöhnt sind, bei vergleichbaren Aufführungen möglichst ergriffen, aber schweigend zu lauschen, kann dies eine sehr ungewöhnliche Erfahrung darstellen.[110]

---

109 Plischke: Obwohl hier für all jene, die die Schilderungen ehrlicher, unverfälschter Gemütsregungen für schwülstiges Pathos halten, durchaus Vorsicht geboten ist. Und ja, Kollege Christiansen, damit sind unter anderem Sie gemeint, Sie gefühlloser Klotz!

110 Plischke: Am ehesten ist es noch mit solchen Musicals zu vergleichen, die interaktive Elemente der Publikumsbeteiligung aufweisen, wie etwa die *Rocky Horror Picture Show.*

- Hilfsmittel, die die Phantasie des Publikums anregen, sind nicht nur ausdrücklich erlaubt. Sie gehören bei vielen Stämmen zu einem guten »Schwank« einfach dazu. Hierzu können Malereien an Höhlenwänden, auf die an den passenden Stellen verwiesen wird, ebenso zählen wie Masken und andere Verkleidungen, kleinere magische Lichteffekte oder durch Zauber bewirkte Veränderungen der Stimmlage.
- Variationen einer Erzählung besitzen immer einen tieferen Sinn. Das reibungslose Zusammenspiel zwischen Erzähler und Publikum beruht in weiteren Teilen darauf, dass beide Seiten die vorgetragene Geschichte und ihre wichtigsten Details ausgezeichnet kennen. Weicht der Erzähler von diesem Schema ab, verfolgt er damit eine klare Absicht, und dieser Tatsache ist sich auch seine Zuhörerschaft bewusst. Sobald es zu einer solchen Abweichung kommt, wird das Publikum noch genauer auf den Vortrag achten, um zu begreifen, weshalb der Erzähler den eigentlich zu erwartenden Verlauf der Geschichte ändert. Oft geschieht dies, weil der Erzähler eine Legende aus längst vergangenen Tagen benutzt, um auf ein besonderes Problem hinzuweisen, mit dem der Stamm in der Gegenwart konfrontiert ist – sei es, um eine Lösung dafür vorzuschlagen, oder (was häufiger ist) den Rest der Sippe überhaupt erst auf dieses Problem aufmerksam zu machen. Ein Beispiel: Der Erzähler trägt eine alte Legende vor, in der ein Krieger sich beweisen will, indem er eine Raubkatze zur Strecke bringt, die einen ungesunden Appetit auf Elfenfleisch entwickelt hat. Eigentlich endet die Geschichte damit, dass der Krieger feststellt, dass der Räuber dies nur tut, weil ihm ein Dorn in der Pfote steckt. Der Krieger entfernt

den Dorn, heilt die Pfote und die Katze macht fortan nicht mehr Jagd auf Elfen. Wird die Geschichte nun dergestalt variiert, dass der Krieger die Katze trotz des Dorns tötet, könnte er so darauf hinweisen, dass der Stamm gegenüber einem Feind, der sie in jüngster Zeit bedroht, besser keine Gnade zeigen sollte.

### *Musik*

Wenn es eine Kunstform gibt, die von Außenstehenden am ehesten quasi automatisch mit dem Schönen Volk in Verbindung gebracht wird, so ist es die Musik. Elfenhasser wie Elfenliebhaber gehen davon aus, dass die Elfen viel Zeit mit dem Musizieren verbringen (für die einen ist es allerdings »typisch elfischer« Müßiggang, während die anderen darin einen der klarsten Ausdrücke der durch und durch harmonischen Natur der Elfen zu sehen glauben). Die Wahrheit liegt vermutlich irgendwo in der Mitte, aber es ist nicht zu leugnen, dass Musik im Leben der Elfen eine wichtige Rolle spielt.

Nicht umsonst kommen gemäß vielen Berichten Begegnungen zwischen Menschen und Elfen auch dadurch zustande, dass von irgendwoher süße, verlockende Klänge an das Ohr eines Wanderers dringen. Oftmals ist damit der Gesang der Elfen gemeint, von dessen Liebreiz ja bereits die Rede war.

Grundsätzlich lässt sich über die Musik der Elfen sagen, dass auch sie in jeder einzelnen Note von dem Bestreben durchdrungen ist, einem konkreten Gefühl Ausdruck zu verleihen. Die Elfen verstehen sich derart ausgezeichnet darauf, dass es – eine gewisse Basistoleranz ihrem Schaffen gegenüber vorausgesetzt – kaum möglich ist, ihrer Musik zu lauschen, ohne in ihren Bann gezogen zu werden.[111] Die emotionale Klaviatur, auf der die Elfen spielen, ist dabei unfassbar komplex. Ein trauriges Stück ist nicht einfach nur »traurig«; es beschwört »die Traurigkeit über eine vergebene Chance, die man aus mangelndem Selbstvertrauen vergeben hat« oder »die Traurigkeit nach dem Ende eines heißen Tages, an dem man auf Regen gehofft hat« herauf. Soll es Freude auslösen, dann ist es »die Freude über das Wiedersehen mit einem Freund, den man in der Dunkelheit verschollen wähnte« oder »die Freude über das muntere Spiel der Schwalben in den Lüften«.

Was die Instrumentierung anbelangt, sind die Elfen hingegen nicht ganz so breit aufgestellt. So verwenden sie offenbar nur in absoluten Ausnahmefällen Instrumente aus Metall, was beispielsweise die Zahl der zur Verwendung gebrachten Blasinstrumente erheblich reduziert: Posaunen, Trompeten, Fanfaren und Ähnliches fallen dadurch weg.[112] Holzblasinstrumente hingegen findet man bei ihnen sehr häufig, vor allem Flöten jedweder Art. In Bezug auf Saiteninstrumente ziehen die Elfen solche, die geschlagen oder gezupft werden, denen vor, die man streichen muss. Das bedeutet, dass sie Harfen und Lauten den Vorzug vor Geigen und Bratschen geben. Musikspezialisten unter den Elfologen vertreten gern die These, Elfen schätzten hauptsächlich solche Instrumente, bei denen die Distanz zwischen dem Musizierenden und dem Klang erzeugenden Teil

---

111 Plischke: Ich würde das ausnahmsweise einmal nicht so streng sehen. Ich vermute, mit Elfenmusik ist es ein bisschen wie mit Jazz: Entweder man kann etwas damit anfangen und ist sofort davon verzaubert. Oder man hört sie und quittiert sie mit einer Reaktion, die zwischen desinteressiertem Achselzucken, plötzlichem Harndrang oder dem Gefühl einer unbotmäßigen Geräuschbelästigung schwanken kann.

112 Christiansen: Was natürlich dazu führt, dass die Elfen ums Verrecken keinen zünftigen Marsch hinkriegen, wie ihn die Zwerge so sehr lieben.

des Instruments möglichst gering ist. Daher sind Streichinstrumente, die ja einen Bogen erfordern, weitaus weniger beliebt als beispielsweise die Zither, bei deren Bedienung Hautkontakt zwischen Saite und Fingern besteht. Und bei einer Flöte wiederum ist es ja der Atem des Musizierenden selbst, der für das Erzeugen der Töne unverzichtbar ist, und wie könnte man eine innigere Beziehung zu einem Instrument eingehen, als es sich an die Lippen zu führen.[113] Die Rhythmussektion ist bei den Elfen nicht sonderlich stark besetzt: Bestenfalls wird einmal sanft ein Tamburin oder eine kleine Handtrommel geschlagen. Anders sieht es bei einigen der wilden Elfenstämme aus: Hier kommen sehr wohl Perkussionsinstrumente wie Klanghölzer und größere Trommeln zum Einsatz. Generell ist die Musik dieser Sippen in ihrer Gesamtanlage ungezügelter und aufrüttelnder, mit sprunghaften Tempowechseln und kehligen, aber dennoch absonderlich melodischen Rufen und Schreien.

Bevor wir uns nun der Sprache der Elfen zuwenden wollen, erlaube ich mir zuvor noch einen winzigen Schlenker, der an eine weiter oben bereits aufgeworfene Fragestellung erinnert: Ich bin der Ansicht, dass es für einen Außenstehenden eventuell sehr schwer sein kann, darüber zu entscheiden, ob er es bei einem bestimmten Objekt nun mit einem echten elfischen Kunstwerk oder vielleicht doch nur einem elfischen Alltagsgegenstand zu tun hat. Ein Volk, das von Natur aus so kunstfertig zu sein scheint, bringt mit Sicherheit unzählige Objekte hervor, die für uns Menschen von unvergleichlicher Schönheit, für sie selbst jedoch nicht einmal zwingend von besonders meisterlicher Quali-

---

[113] Christiansen: Entschuldigung, aber das ist doch wohl Blödsinn. Wenn das mit dieser These stimmen würde, müssten alle Elfen die Maultrommel und die Achseltuba spielen.

tät sind. Wer weiß, wie viele Elfologen schon wunderbar bauchige Zierschalen bestaunten, die in Wahrheit wenig mehr gewesen sind als schäbige Nachttöpfe? Und wo die Elfen selbst die Grenze zwischen Kunst und Kunsthandwerk ziehen – sofern sie dies denn überhaupt tun –, vermag wohl niemand mit absoluter Gewissheit zu sagen.

## Wahrhaftigkeit in warmen Worten – Von der Sprache der Elfen

Ein kleine Warnung: Wir werden uns im Folgenden weder mit einzelnen Vokabeln noch umfassenden Untersuchungen der grammatikalischen Strukturen von Elfensprachen befassen. Erstens handelt es sich hierbei nämlich um ein sehr spezielles Forschungsgebiet der Elfologie, auf dem andere – allen voran Tolkien – derart umfassende und überzeugende Arbeit geleistet haben, dass es eine Mischung aus Frevel und Platzvergeudung wäre, diese Informationen zu einer Art leicht verdaulichem Konzentrat verdichten zu wollen.[114] Zweitens wurden seit Tolkiens Pionierleistungen Dutzende, wenn nicht gar Hunderte unterschiedlicher Elfensprachen und -dialekte dokumentiert. Insofern ist es auch eine grobe Vereinfachung, überhaupt von nur »einer« Elfensprache zu sprechen. Soweit wir bislang wissen, ist das Spektrum an Sprachen unter den Elfen mindestens ebenso breit und vielfältig wie unter uns Menschen. Allerdings scheint die überwältigende Mehrheit dieser Sprachen jedoch gewisse Gemeinsamkeiten aufzuweisen, die alle ihre Vertreter in schwankenden Abstufungen miteinander tei-

114 Plischke: Wer Interesse daran hat, eine der von Tolkien etablierten Elfensprachen wie etwa Sindarin zu lernen, sollte dies mühelos tun können, indem er einfach ein entsprechendes Wörterbuch zurate zieht und etwas Fleiß in dieses hehre Unterfangen investiert.

len. Auf diese Gemeinsamkeiten soll also in diesem Abschnitt unser Blick fest gerichtet bleiben, anstatt wild zwischen letztlich verwirrenden Details hin und her zu schweifen.

Wie vieles andere in Bezug auf das Schöne Volk hängt auch das Urteil darüber, ob seine Sprache nun ausgesprochen angenehm oder unfassbar unangenehm in den Ohren klingt, stark davon ab, wie man den Elfen insgesamt gesonnen ist. Ist man von ihnen aufrichtig begeistert, wählt man meist Worte wie melodiös, sanft, zutiefst berührend oder klangvoll, um ihre Sprache zu beschreiben. Steht man ihnen ablehnend gegenüber, kommt man wahrscheinlich eher zu Urteilen wie leiernd, unverständlich, zwitschernd oder piepsend.

Lassen wir solche von positiven wie negativen Vorurteilen belasteten Einschätzungen besser außen vor und versuchen wir, uns diesem Thema etwas nüchterner zu nähern. Mit einem kleinen Experiment. Welches der beiden folgenden Worte klingt für Sie »elfischer«?

a) Katterklazakkask
b) Diminejuvelle

Ich gehe einmal fest davon aus, dass sich die allermeisten von Ihnen für Antwort b entscheiden werden. Beide Worte sind übrigens reine Fantasieprodukte ohne tiefere Bedeutung. Weshalb Antwort b nun auf Sie elfischer wirkt? Das hängt mit mehreren Faktoren zusammen: Zum einen haben spätestens dank Tolkien und der Verfilmung seiner Werke durch Peter Jackson viele von uns ein gewisses Gespür entwickelt, wie Elfen sprechen, auch wenn sie selbst noch nie einem Angehörigen des Schönen Volks begegnet sind. Zum anderen – und das dürfte der entscheidendere Aspekt sein –

klingen die meisten Elfensprachen dahingehend sanfter, dass harte Konsonanten wie k, t oder p seltener auftreten als weiche wie g, d oder b. Des Weiteren erwächst der Eindruck des Melodiösen bei vielen Elfensprachen daraus, dass geballte Abfolgen von Konsonanten wie das kl oder das sk aus dem obigen Beispiel darin zugunsten eines ständigen Abwechselns von Konsonanten und Vokalen vermieden werden. Dieses Phänomen rührt unter Umständen nicht zuletzt daher, dass die Elfen per se ein Volk sind, in dem viel und gern gesungen wird. (Probieren Sie es ruhig aus: Antwort b wird sich tatsächlich auch viel leichter singen lassen als Antwort a.)[115]

Möglicherweise legen Sie jetzt die Stirn in Falten, weil Sie finden, Zuschreibungen wie hart und weich wären sehr willkürlich und gewissermaßen auch durch einen kulturellen Filter gelaufen. Anders gesagt: Was einem Menschen aus der Lüneburger Heide weich vorkommt, mag jemandem aus der Mongolei hart erscheinen und umgekehrt. Ich kann Ihnen versichern: Es gibt sehr überzeugende Hinweise, dass das im Bereich des Klangs von Sprache nicht so ist. Bereits Ende der Zwanzigerjahre des vergangenen Jahrhunderts führte Wolfgang Köhler, einer der Väter der Gestalttherapie, ein eigenes spannendes Experiment durch. Er zeigte Menschen auf Teneriffa die Bilder zweier Formen – eine ein vielzackiger Stern, die andere eine Art Tintenklecks. Dann nannte er seinen Probanden zwei Worte – maluma und takete – und fragte sie, welches Wort besser zu welcher Form passte. Die verblüffende Antwort: Die erhobenen Daten belegten eine starke Tendenz, maluma dem

115 Christiansen: Und schon wieder das Henne-und-Ei-Problem. Es könnte doch auch sein, dass die Elfen deswegen so viel singen, weil ihre Sprache ohnehin schon ein einziger Singsang ist.

abgerundeten (weichen) Klecks und takete dem spitzen (harten) Stern zuzuweisen.[116]

Elfen zeigen sich oft überrascht, dass es Menschen bisweilen schwerfällt, ihre Sprache zu lernen. Dringt man dann ein wenig in sie, sagen sie gerne, ihre Worte seien doch »natürlich« und man könne gar keine anderen Laute formen, um die Welt zu beschreiben. Dies ist für mich ein Hinweis darauf, dass die Elfen eine Art Urinstinkt besitzen, Dinge genau so zu bezeichnen, wie sie optimal zu bezeichnen sind – und dass uns Menschen diese Instinkte irgendwann abhanden kamen und nur noch als rudimentäre Reste (wie eben in den Kategorien hart und weich) erkannt werden können. Dadurch entsteht jener paradoxe Effekt, dass uns die Worte der Elfen als rätselhaft und beliebig erscheinen, wo sie doch in Wahrheit eventuell auf einer beinahe metaphysischen Ebene wesentlich präziser sind. Anders formuliert: Die Elfen sind offenbar dazu in der Lage, Welt (oder ihre Wahrnehmung von Welt) nahezu eins zu eins in Form von sprachlichen Lauten abzubilden. Die Kluft zwischen dem, *was* bezeichnet wird, und der Art, *wie* es bezeichnet wird, ist bei ihnen allem Anschein nach nur ein schmaler Graben.

Bevor Ihnen das hier nicht mehr geerdet genug vorkommt: Zugegebenermaßen finden sich in den Sprachen des Schönen Volks immer wieder Eigenheiten, die jeden, der sie sich anzueignen versucht, vor gewisse Herausforderungen stellen.[117] Interessanterweise handelt es sich dabei

---

116 Plischke: Das Experiment wurde zwischenzeitlich oft an verschiedensten Orten auf der ganzen Welt wiederholt – stets mit dem gleichen Ergebnis.

117 Christiansen: Eine nette Umschreibung für »unüberwindbare Barrieren« …

jedoch um Phänomene, die auch in bestimmten Sprachen von uns Menschen in Erscheinung treten. Zu ihnen zählen – aus der Perspektive einer Person mit Deutsch als Muttersprache – unter anderem:

### *Ungewöhnliche Phoneme*

Ein th – stimmlos oder stimmhaft – wie man es aus dem Englischen kennt, ist vielleicht noch rasch zu meistern. Anders sieht es schon mit den Klick- und Schnalzlauten aus, die bei einigen wilden Stämmen verbreitet sind. Fehler in der Aussprache bergen zudem ein gewisses Risiko für Leib und Leben, wenn zwischen »Ich komme in Frieden« und »Ich will dir die Haut abziehen« am Ende nur ein einziger Laut liegt, der irgendwo zwischen einem Pfeifen und einem lauten Aufeinanderschlagen der Zähne angesiedelt ist (und den man als ungeübter Laie entsprechend unsauber produziert).

### *Sprachmelodie als bedeutungstragendes Element*

Im Deutschen macht zwar auch oft der Ton(-fall) die Musik, aber in der Regel betonen wir entweder nur bestimmte Elemente eines längeren Satzes oder wir sprechen ihn als Ganzes auf eine gewisse Art aus, die eine zusätzliche Information enthält (ein gejauchztes »Wie schön!« vermittelt zum Beispiel etwas ganz anderes als ein geknurrtes »Wie schön …«). Einem Elfen jedoch kann ein und dieselbe Silbe in Sachen Tonhöhe auf die unterschiedlichsten Weisen über die Lippen kommen: aufsteigend, absteigend, mit einem Ausreißer nach oben oder unten in der Mitte. Das Verwirrende für uns dabei ist, dass sich dadurch der Sinn dieser Silbe komplett ändern kann. Ein simples »lo« könnte zum Beispiel mit aufsteigender Tonhöhe ausgesprochen ein freundliches Kosewort sein. Hält man die Stimme dabei flach, ist es aber unter Umständen eine üble Verwünschung.[118]

### *Fehlende Geschlechter*

Viele elfische Sprachen kennen generell keine Geschlechter, was leicht für einige Verwirrung sorgen kann. Ein Beispiel: Ein Mensch kommt zum ersten Mal zu einem Elfenstamm. Er trifft am Rand des Dorfes als Erstes auf einen Krieger und fragt diesen, wo er den Häuptling findet. Der Krieger weist ihm den Weg in die Dorfmitte zum Großen Baum, wo eine Elfe und ein Elf in prächtigen Gewändern sitzen. Der Mensch, der aus einer streng patriarchalischen Kultur stammt, spricht den Elfen als Häuptling an – und begeht damit eventuell einen tödlichen Fehler, weil der Häuptling in diesem Fall weiblich ist.

### *Verschiedene Zählwörter*

Im Deutschen hat man es mit dem Zählen recht leicht. Sobald man die Zahlen gelernt und das hinter ihnen stehende Dezimalsystem begriffen hat, kann man nahezu jede denkbare Menge aus identischen Elementen präzise sprachlich angeben. Ob nun drei Autos, zweiundzwanzig Kühe, sechsmillionensiebenhundertzweiundzwanzigtausendfünfhundertsieben Moleküle – alles kein Problem. Nur bei unzählbaren Hauptwörtern stößt man auf kleinere Hindernisse. Bei denjenigen, die abstraktere Konzepte umreißen, behilft man sich mit einer sehr groben Mengenbeschrei-

---

118 Christiansen: Und da wundere sich bitte noch wer, warum Begegnungen mit diesen spitzohrigen Chorknaben bestenfalls in heillosem Chaos und schlimmstenfalls mit einem Pfeil im Rücken enden. Wenn die sich nicht mal festlegen können, wie sie eine Silbe ordentlich aussprechen, kann man wohl auch nicht erwarten, dass sie auch ansonsten mit so einem Konzept wie »zu seinem Wort stehen« etwas anfangen können.

bung – wie in »Ich habe viel Geld« oder »Ich empfinde nur wenig Liebe«. Auch das ist nicht sehr kompliziert. Trickreicher wird die Angelegenheit bei Nomen wie Papier oder Zucker, also wenn es um Mengen geht, deren Einzelelemente nicht sofort zu erkennen sind. Selbstverständlich kommt man auch mit »viel Papier« oder »wenig Zucker« relativ weit. Wenn man jedoch konkreter werden muss, haben die Zählwörter ihren großen Auftritt: Dann spricht man von »zwei Blatt Papier« oder »drei Löffel Zucker«. Im Deutschen wird man dazu verhältnismäßig selten gezwungen; in einigen Elfensprachen gibt es für nahezu jedes Hauptwort ein zugeordnetes Zahlwort, das einzig und allein zusammen mit diesem Nomen Verwendung findet.[119] Das schließt im Übrigen auch die abstrakteren Konzepte ein – also ja, viele Elfen können gewissermaßen aufs Gramm oder aufs Scherflein genau ausdrücken, wie sehr sie jemanden lieben oder wie frei sie sich in einer bestimmten Situation fühlen. Wer nun hofft, bei den konkreteren Konzepten wie etwa in Bezug auf Flora und Fauna würden die Elfen grobe Kategorien im Stile von »Baum« oder »Vogel« zulassen, dessen Hoffen ist je nach Spielart des Elfischen teilweise vergebens – man weiß von elfischen Dialekten, die eigene Zählwörter für Buchen, Tannen und Kiefern oder Adler, Tauben und Eulen besitzen. Um diesen Aspekt insgesamt noch ein wenig vertrackter zu machen, gibt es – und nicht nur bei den sogenannten wilden Elfenstämmen – auch Varianten des Elfischen, in denen kaum Zählwörter auftauchen beziehungsweise nicht über fünf, zehn oder zwanzig hinausgezählt werden kann. Dort wird dann vermehrt das

119 Plischke: Und damit toppen sie auch locker menschliche Sprachen wie etwa das Japanische, das immerhin auch ein paar Dutzend dieser Zählwörter kennt.

simplere Viel-Wenig-Prinzip verwendet. Dies kann jedoch nicht minder verwirrend für Fremde sein – zum Beispiel dann, wenn ein Elf aus der Wüste von »vielen Bäumen« spricht und damit entweder einen riesigen Wald oder auch nur ein eher kümmerliches Gehölz aus einer Handvoll knorriger, halb verdorrter Zedern meint.

*Keine Vergangenheits- oder Zukunftsformen*

Das Deutsche verfügt über ein durchaus komplexes System, um zeitliche Abläufe sprachlich abzubilden. Man denke nur an Sätze wie »Bis dahin werde ich schon längst im Urlaub gewesen sein« oder »Die Abgesandten waren aufs Übelste beschimpft worden«. Gelegentlich leisten wir uns zwar semantische Grauzonen (»Morgen ist Samstag« anstelle von »Morgen wird Samstag sein«), aber im Großen und Ganzen ermöglicht uns dieses grammatikalische Gerüst, sehr differenziert über Zeit zu sprechen – und zwar ohne dass wir uns das ständig bewusst machen. Andere Sprachen – und zu ihnen zählen einige elfische – kennen hingegen weder Vergangenheits- noch Zukunftsformen für ihre Verben, und unter den Elfen gibt es einige, die auch ansonsten über keine Möglichkeit verfügen, ein »früher« oder »später« direkt auszudrücken. Diese Elfen leben, was ihre sprachliche Kommunikation anbelangt, quasi in einem ständigen Hier und Jetzt. Einige Elfologen mit einem Hang zu radikalen Schlussfolgerungen leiten daraus ab, diese Sprachen seien die »reinsten und unverfälschtesten« des Schönen Volkes; in ihnen trete die angeblich ganz dem Gegenwärtigen verpflichtete Weltsicht der Elfen voll zutage. Dazu mag man stehen, wie man will: Fakt ist jedenfalls, dass dieser Mangel an Zeitformen erheblich dazu beitragen kann, die Verständigung mit Elfen zu erschweren. Es gibt einige Beispiele dafür, wie eine an sich friedliche Atmosphäre zwischen Menschen und Elfen durch entsprechende Missverständnisse vergiftet wurde. Die meisten handeln davon, dass sich die Menschen zu einem verabredeten Zeitpunkt Hilfe von den Elfen erhoffen, nur um sich dann von ihnen im Stich gelassen zu fühlen, wenn das Schöne Volk nicht wie versprochen auftaucht – oder erst lange, nachdem eine Schlacht geschlagen und eventuell sogar verloren gegangen ist.[120]

### *Exklusives und inklusives Wir*

Zum Abschluss dieser kleinen Liste noch ein besonderes Bonbon, das wahrscheinlich maßgeblich seinen Anteil hatte, dass Elfen mit dem Vorwurf der Arroganz zu kämpfen haben. In der Linguistik wird zwischen einem exklusiven und einem inklusiven Wir unterschieden. Ein inklusives Wir schließt den Empfänger der Botschaft mit ein: Würde ich Ihnen in Begleitung eines Freundes irgendwo auf der Straße begegnen und nach einem kurzen Plausch den Vorschlag machen »Setzen wir uns doch dort in dieses Café!«, würden Sie – völlig zu Recht – davon ausgehen, dass sich diese Aufforderung an alle drei anwesenden Personen richtet.[121] Ein exklusives Wir, wie es in vielen elfischen Varianten verbreitet ist, schließt hingegen den Empfänger einer sprachlichen Botschaft nicht zwingend ein, sondern bezieht sich auf eine Eigengruppe, als deren Teil besagter Empfänger eben gerade *nicht* wahrgenommen wird. Wenn ein Elf in Begleitung eines anderen Mitglieds des Schönen Volkes also so etwas zu Ihnen sagt wie »Ziehen wir uns doch an

---

120 Christiansen: So, so. Missverständnisse heißt das beim Herrn Kollegen. Dort, wo ich herkomme, nennt man so etwas schändlichen Verrat.

121 Plischke: Und wenn man es einmal wirklich deutlich machen muss, sagt man: »Setzen wir *drei* uns doch dort in dieses Café!«

einen ungestörteren Ort zurück!«, meint er unter Umständen gar nicht Sie mit diesem Wir. Was er eigentlich sagt, wäre ungefähr: »Mein Freund hier und ich, wir ziehen uns jetzt an einen ungestörteren Ort zurück, aber du bleibst bitte schön hier!« Man braucht nicht viel Phantasie, um sich auszumalen, wie leicht es unter diesen Voraussetzungen zu wahren diplomatischen Katastrophen kommen kann. Ich nehme schließlich an, Ihnen wäre doch auch beides unangenehm: wenn Sie glauben, zu etwas *ein*geladen zu sein, nur um dann feststellen zu müssen, dass man sie soeben *aus*geladen hat; respektive wenn Sie der Auffassung sind, Sie hätten jemand anderem gerade unmissverständlich mitgeteilt, dass seine Anwesenheit derzeit nicht erwünscht ist, und diese Person Ihnen dann frech hinterherdackelt, anstatt sich zu verdünnisieren.

Anhand dieser Details sollte ich Ihnen nun anschaulich illustriert haben, welche großen und kleinen Hürden es beim Erlernen »des Elfischen« zu überwinden gilt.[122] Und Sie sollten einen Eindruck davon gewonnen haben, dass diese Sprachen den Linguisten so manches Rätsel aufgeben. Auf eines von ihnen möchte ich noch einmal näher eingehen. Einer der Grundsätze über die Entwicklung einer Sprache im Zuge ihrer Geschichte lautet ungefähr folgendermaßen: Jede lebende Sprache zeigt eine Tendenz zur Vereinfachung ihrer Grammatik. Bei vielen Varianten des Elfischen ist davon nur wenig zu spüren, obwohl sie wahr-

---

122 Plischke: Tolkien lässt eine seiner Figuren zwar behaupten, Elfenworte blieben zwar quasi von Natur aus auch bei denen im Gedächtnis haften, die sie nicht als Muttersprache gelernt haben. Das halte ich jedoch für einen frommen Wunsch beziehungsweise die Einschätzung eines Mannes, die sich zu Lebzeiten so intensiv mit Elfensprachen befasst hat wie kein Zweiter.

lich ausreichend Zeit hatten, ein solches Verhalten an den Tag zu legen. Bedeutet das nun im Umkehrschluss, dass es sich beim Elfischen um eine tote Sprache handelt? Mitnichten, denn ihre Sprecher sind bekanntermaßen äußerst lebendig. Und genau dort dürfte auch der Grund für die nach wie vor ungewöhnlich komplexe Grammatik der Elfensprachen zu finden sein: Wiederum ist es die unvorstellbare Langlebigkeit der Elfen, die dieses Phänomen befördert. Unter uns Menschen sterben veraltete Formulierungen, Worte und eben auch grammatikalische Fälle oder Verbformen schlicht mit ihren Sprechern. Das passiert den Elfen eben nicht so schnell.[123] Man könnte allerdings auch argumentieren, dass sich der Sprachwandel unter ihnen so langsam vollzieht, dass er für uns nur zu beobachten und nachzuvollziehen ist, wenn wir uns bei solchen Untersuchungen auf alte elfische Texte stützen können. Tolkien hatte anscheinend dieses Glück, denn er zeichnet für die von ihm untersuchten Elfensprachen sehr wohl klar erkennbare Veränderungsprozesse nach.

Eines können wir aber sicher festhalten: Die elfische Sprache ist sehr, sehr alt. Tolkien propagiert sogar etwas wirklich Atemberaubendes: Die Elfen treten bei ihm mehrfach als Lehrmeister auf, die anderen Völkern das Sprechen beibringen beziehungsweise direkten und sehr umfassenden Einfluss auf die Sprachen nehmen, die andere Völker bis zum Zeitpunkt ihres Erstkontakts mit dem Schönen

---

123 Christiansen: Hier nimmt der Herr Kollege die Spitzohren mal wieder in Schutz. Was er uns nämlich verschweigt, ist einer der weiteren Faktoren, der unter uns Menschen zu einer Vereinfachung der Grammatik führt: Zuwanderungsbewegungen in einen bestimmten Sprachraum hinein. Und wenn man sich willentlich so abschottet wie die feinen Herren und Damen Elfen, dann läuft man eben auch nicht Gefahr, sich seine schöne Sprache zu »beschmutzen«.

Volk entwickelt haben.[124] In einem Fall trägt diese Mentorenrolle sogar regelrecht magische Züge: Laut Tolkien waren es die Elfen, die die Ents das Sprechen lehrten. Ich verrate an dieser Stelle gewiss nichts Neues, wenn ich auf die große Ähnlichkeit der Ents mit Bäumen hinweise.[125] Ist es also nicht denkbar, dass die Elfen es den Ents überhaupt erst ermöglichten, sich von gewöhnlichen Bäumen in Baumhirten zu verwandeln? Und dass es das Geschenk der Sprache war, das diese Entwicklung angestoßen hat? Ist es nicht vielleicht das, was Baumbart meint, wenn er sagt, die Elfen hätten die Ents von ihrer Stummheit befreit?

Es lohnt sich, in diesem Zusammenhang auf eine andere Fragestellung einzugehen: Warum braucht das Schöne Volk überhaupt eine gesprochene Sprache, wo seine Angehörigen doch angeblich die Fähigkeit zur Telepathie besitzen? Warum einen Umweg über Schallwellen und ein Trägermedium zur Überbrückung der physischen Distanz zwischen zwei Elfen mit Kommunikationsabsichten, wenn sie sich offenbar genauso gut per direkter Gedankenübertragung verständigen könnten?

Eine Antwort findet sich im bereits erwähnten, von Tolkien aufgezeichneten elfischen Schöpfungsmythos, dem Cuivienyarna. Nach ihrem Erwachen – also dem Augenblick, in dem die ersten Elfen ein Bewusstsein ihrer selbst entwickeln – stellen sie fest, wie schön ihre Frauen und die Sterne am Firmament sind. Die Ergriffenheit ob dieses Anblicks weckt in ihnen den Wunsch, den anderen diese

---

124 Christiansen: Und da wären wir auch schon wieder beim Thema Arroganz. Als ob man extra die Elfen bräuchte, um Sprechen zu lernen.

125 Plischke: Ähnlichkeit drückt es noch eher milde aus. Wenn Bäume sich zu Baumhirten so verhielten wie Schafe zu Schafhirten, hätten alle Schafhirten wolliges Fell und würden blöken statt sprechen.

Empfindung mitzuteilen. Das ist der Moment, in dem Sprache entsteht.

Sprache erfüllt hier also mehrere Funktionen:

- Sie ist ein Werkzeug, um eine innere Empfindung nach außen zu transportieren.
- Sie befreit diese innere Empfindung zudem aus den Grenzen ihrer eigenen Innerlichkeit. Das Gefühl ist nun nicht länger ein allein im Sprecher geborgenes Element, sondern eines, das er mit anderen teilt.
- Somit fungiert Sprache auch als eine Art Rückversicherung, dass diese Empfindung tatsächlich Bestand hat, denn nun können mir andere bestätigen, dass beispielsweise unsere Frauen und die Sterne am Firmament tatsächlich so schön sind, wie es mir erscheint.
- Sprache schafft also einen verbindlichen Bezugsrahmen, in dem ausgehandelt werden kann, ob die Dinge wirklich so sind, wie sie sind.
- Und der vielleicht wichtigste Punkt: Durch Sprache werden Gedanken selbst Teil der physischen Welt der Dinge.

Letzteres kann gar nicht genug betont werden, denn es liegt viel Kraft in der Sprache. Jede Äußerung ist zugleich eine Entäußerung. Man gibt etwas von sich preis, das dazu in der Lage ist, direkten Einfluss auf die Welt um einen herum zu nehmen. Das mag nun trocken und theoretisch klingen, aber ich kann Ihnen ein sehr praktisches Beispiel dafür geben, wie eng Sprache mit Macht verknüpft ist: Magie, oder genauer gesagt Zaubersprüche. Auch wenn wir oben festgehalten haben, dass die Elfen nicht zu Zauber*formeln* neigen, ist es dennoch unverkennbar so, dass sie in den meisten Erzählungen ihre Magie eben nicht stumm wirken. Sie murmeln oder singen bestimmte Worte, denen sie eine besondere Wirkungsmacht zusprechen – und diese Worte zeigen ja auch deutlich Wirkung! Die Energie, die über magische Worte transportiert wird, stammt dabei nicht aus diesen Worten selbst – ein Briefumschlag ist schließlich auch nicht der eigentliche Brief, der darin befördert wird. Aufgrund der Tatsache, dass die Elfen nicht ständig und unablässig Zauber wirken, lässt sich die These ableiten, dass die Energie dafür erstens aus den Elfen selbst kommen muss und dass dieses Reservoir nicht per se unerschöpflich ist. Wie wird es dann jedoch aufgefüllt? Ich vermute, über einen ebenso simplen wie faszinierenden Vorgang: Essen und Trinken.[126]

---

126 Plischke: Jetzt ist dem Kollegen Wolf vor lauter Ausführungen zum Thema Zaubermacht und Energie doch glatt noch ein wichtiger Aspekt durch die Finger geschlüpft: Die meisten Elfen haben nicht nur eine gesprochene Sprache, sondern auch eine Schriftsprache. Zum Glück lässt sich dieses Versäumnis leicht beheben, da die meisten elfischen Schriftsprachen sich von ihrer Grunderscheinung her stark ähneln. Ich möchte es kurz machen: Je geschwungener und augenschmeichelnder ein Schriftzeichen daherkommt und je stärker es etwas Fließendes, Organisches besitzt, desto größer ist die Wahrscheinlichkeit, dass man es mit einem elfischen Schriftzeichen zu tun hat. Die Schriftzeichen anderer Völker – wie etwa Zwergenrunen – wirken im Vergleich eher krude und simpel.
Christiansen: Aber dafür kann man Letztere auch lesen, ohne dass einem davon schwindlig wird. Wissen Sie, wie man täuschend echtes Elfengekritzel nachahmen kann? Man besorgt sich eine Quetschtube mit Schokosirup und sprenkelt dann einfach ein weißes Blatt Papier so damit voll, als würde man einen Crêpe garnieren wollen. Legen Sie das Blatt Papier danach bei geringer Hitze ein wenig in den Backofen, damit es schön ausbräunt. Wenn Sie es dann samt einem Schreiben, in dem Sie davon berichten, wie Sie dieses Dokument am Fuße eines alten Baumes in ein seidenes Tuch eingewickelt gefunden haben, an einen Elfologen schicken, können Sie sicher sein, dass sich dieser Kerl wochenlang mit Ihrer Kreation beschäftigen und etwas von aufsehenerregenden Erkenntnissen zusammenfabulieren wird.
Plischke: Ich weiß nicht, wovon Sie reden …

## Würziges Wildbret und gesundes Gemüse – Von Speis und Trank der Elfen

Elfen werden oft als entrückte Wesen beinahe reinen Geistes geschmäht, denen es fast peinlich scheint, überhaupt noch so etwas Festes und Schmutziges wie einen stofflich fassbaren Körper zu besitzen. Das ist natürlich ausgemachter Humbug. Die Elfen sind alles andere als genuss- oder sinnenfeindlich. Ganz im Gegenteil: Wie bereits erwähnt, handeln viele der Erzählungen über überraschende Begegnungen zwischen Elfen und Menschen davon, dass ein Wanderer unvermittelt Zeuge einer großen Feier wird, die die Elfen abhalten. Und dort ist nicht die Rede von schwermütigen Feierlichkeiten, die ein schweigendes Ritualmahl aus Wasser und trockenem Brot beinhalten. Wenn die Elfen feiern – und das tun sie oft! –, geht es lustig zu und es wird ordentlich aufgetischt.

Manche Elfologen gehen sogar so weit, das berühmte Märchen vom Schlaraffenland dahingehend zu deuten, dass in ihm eigentlich Besuche von Menschen in Reichen des Schönen Volkes verhandelt werden. Flüsse, in denen Milch und Honig fließen, und gebratene Tauben, die einem einfach in den Mund fliegen, mögen sich unrealistisch anhören, sind allerdings Phänomene, die die magischen Fähigkeiten der mächtigsten Elfen sicherlich nicht übersteigen. Ein weiterer möglicher Beleg für diese These ist der Umstand, dass im Schlaraffenland angeblich auch ein Jungbrunnen existiert, der dafür sorgt, dass die Bewohner niemals altern.[127]

---

[127] Christiansen: Kollege Wolf lässt aus, dass im Schlaraffenland zudem eine große sexuelle Freizügigkeit herrscht, aber weiter oben hat er uns doch erklärt, die Elfen wären laut Tolkien eher ein prüdes Völkchen.

Doch es kann nicht schaden, sich einmal von den radikaleren Theorien abzuwenden, um einen Blick darauf zu werfen, was der Altmeister der Elfologie dazu verrät, was alles so auf dem Speiseplan des Schönen Volkes steht. Die Antwort auf diese Frage ist verblüffend einfach: Die elfische Ernährungsweise entscheidet sich nicht grundlegend von unserer eigenen; kaum etwas von dem, was wir essen und trinken, dürfte den Elfen unbekannt sein. Allerdings – und da sind sich die Schilderungen einig – sind ihre Nahrungsmittel durchgängig von einer höheren geschmacklichen Qualität. Wenn man den Berichten Glauben schenken darf, ist alles, was einem die Elfen reichen, schlicht und ergreifend köstlich. Mehr noch: Bei ihnen schmeckt ein Apfel, ein Stück Brot, eine Scheibe Braten genau so, wie diese Dinge in unserer idealisierten Vorstellung schmecken *sollten*. Manche Experten finden sehr nüchterne, rationale Erklärungen für diesen Effekt: Sie verweisen darauf, dass die meisten Einschätzungen über die Qualität elfischer Nahrungsmittel von Personen abgegeben werden, die zuvor beschwerliche Reisen mit langen Hunger- und Durststrecken hinter sich gebracht haben. Da schmeckt einem selbstverständlich alles viel besser, als wenn man nur ein paar Schritte zur nächsten gut gefüllten Speisekammer oder dem nächsten gut sortierten Supermarkt hinter sich bringen muss, sobald der Magen knurrt. Andere Fachleute nehmen Abstand von solch profanen Schmähungen: Ihrer Auffassung nach haben die Elfen schlicht einen Vorsprung von mehreren Jahrtausenden bei der Zucht von Nutzpflanzen und der Hege von jagdbarem Wild, ganz zu schweigen davon, dass sich dieses Wis-

---

Plischke: Das gilt aber – soweit ich ihn da verstanden habe – nur für die »höfisch strukturierten« Elfengesellschaften und nicht so sehr für die »wilden« Stämme.

sen auch zwangsläufig in raffinierteren Rezepten niederschlägt.[128]

Wie immer dem auch sei, sind uns leider nur wenige Beispiele für die elfische Küche namentlich bekannt – mit einer berühmten Ausnahme. *Lembas* ist eine elfische Wegzehrung, die bei Tolkien der Gemeinschaft des Ringes bei ihrem Aufbruch aus Lothlórien mitgegeben wird. Orientiert man sich an Peter Jacksons Interpretation der Tolkienschen Quellenlage, stellt man sich dieses Gebäck am besten als eine Art quadratischen, handtellergroßen Zwieback oder Waffel vor, die sich dank einer quer verlaufenden Einkerbung problemlos in zwei Dreiecke teilen lässt.[129]

Lembas[130] wird übrigens auch von den Verfechtern der These einer besonderen Befähigung der Elfen für das Züchten herausragender Nutzpflanzen herangezogen. Nicht ganz ohne Grund: Lembas wird angeblich unter Verwendung eines speziellen Korns hergestellt, dessen Saat zu jeder Jahreszeit ausgebracht werden kann, um dann sehr schnell Frucht zu tragen, solange reichlich Sonne vorhanden ist. Allein Frost und der Schatten gewöhnlicherer Pflanzen schaden dem guten Gedeihen dieses Getreides. Noch dazu wird nicht nur das Korn selbst verwertet, sondern auch die Halme der Pflanze, die sich angeblich hervorragend zum

---

128 Christiansen: Vorsicht – gleich erzählt er uns noch, die Elfen hätten anderen Völkern auch als Erste das Kochen beigebracht.
Plischke: Wenn Sie schon spötteln müssen, dann tun Sie es doch bitte richtig. Ungefähr so: Die Elfen haben andere Völker das Essen an sich gelehrt …

129 Plischke: Hier gilt: quadratisch, praktisch, gut.
Christiansen: Schleichwerbung!

130 Plischke: Was je nach Sprachvariante übrigens so viel wie »Reisebrot« heißt. In einer anderen von Tolkien untersuchten Variante des Elfischen wird es Coimas oder »Lebensbrot« genannt.

Flechten von Körben eignen, welche Schädlinge fernhalten und anderen Formen des Verderbens ihres Inhalts ebenfalls entgegenwirken.[131]

Lembas ist außerdem ein ausgezeichnetes Beispiel dafür, wie komplex die Sitten und Gebräuche der elfischen Kultur in allen Bereichen des Lebens einschließlich der Nahrungsmittelgewinnung sind und wie selbst dieser Teilaspekt ihrer Kultur von Tabus geprägt ist: Zum einen wurden die besonderen Felder, auf denen Lembaskorn angebaut wurde, schwer bewacht, zum anderen war es verboten, die Lembaspflanze mit Metall in Berührung zu bringen (das heißt, dass es auch entweder von Hand oder nur mit Werkzeugen aus anderen Materialien geerntet wurde).[132]

Dass man es so streng bewacht und nur in Ausnahmefällen an Fremde gibt, wird vielleicht ein wenig nachvollziehbarer, wenn man berücksichtigt, was für einen erstaunlichen Nährwert Lembas besitzt: Schon kleinste Portionen davon reichen völlig aus, um tagelange Gewaltmärsche zu bewältigen. In den falschen Händen – beispielsweise denen eines machthungrigen Diktators mit einer größeren Armee – könnte so ein »Superproviant« wahre Katastrophen auslösen.

Nicht anders verhält es sich mit einem speziellen Getränk der Elfen: Miruvor. Gandalf verteilt bei der versuchten Überquerung des Rothornpasses an die Gefährten je nur einen einzigen Schluck dieses Zaubersaftes, der ihnen aber umgehend ein erstaunliches Maß an frischer Kraft

---

131 Christiansen: Der Lembaskorb ist dann also so etwas wie die elfische Tupperbox.

132 Christiansen: Womit mal wieder klar zu erkennen ist, wie viele Zapfen den Elfen so schon von der Tanne gefallen sind – wer wegen lumpigen Getreides mit Waffengewalt droht und Korn mit einer Knochensense oder so erntet, ist doch wohl eindeutig nicht ganz zurechnungsfähig.

spendet.[133] Geschmacklich pendelt er wohl irgendwo zwischen süß und würzig. Angeblich wird der Trank aus einem besonderen Honig gewonnen (und wird auch einmal als Met bezeichnet), ist von der Farbe her aber vollkommen klar.

Möglicherweise existiert Miruvor in verschiedenen Varianten (um nicht zu sagen Geschmacksrichtungen) neben der klaren, süß-würzigen Braufassung, wenn man Tolkiens bekanntere Schriften für diese Vermutung zugrunde legt:

- Glorfindel hat einen Trank mit kraftspendender Wirkung parat, der zwar ebenfalls vollkommen durchsichtig ist, aber zugleich auch einfach nur nach nichts bzw. nach klarem Wasser schmeckt. Interessant ist auch der Hinweis, dass sich dieses Getränk im Mund weder kalt noch warm anfühlt – was hier wohl einen fehlenden Alkoholgehalt andeutet. Im Umkehrschluss ist es damit recht wahrscheinlich, dass der »echte« Miruvor mit der einen oder anderen Promille aufwarten kann.
- Bei einer anderen Begegnung zwischen Hobbits und Elfen trinkt das Schöne Volk etwas, das von blassgoldener Farbe ist, nach Honig aus einer angenehmen Blütenmischung duftet und ebenfalls einen merklichen Erfrischungseffekt besitzt.
- In Lothlórien wiederum kostet der Halbling Samweis von einem Getränk, das kühl serviert wird, golden gefärbt ist und einen leider nicht näher spezifizierten Duft aufweist.

---

133 Plischke: Offenbar ist das so etwas wie ein ultrawirksamer Energy-Drink, den die Elfen entwickelt haben. Auch für ihre ausgedehnten Feiern sicherlich ein großer Pluspunkt.

Wo wir gerade das Thema alkoholische Getränke streifen: Wir sind bereits darauf eingegangen, dass Elfen Wein Bier vorzuziehen scheinen. Unter Umständen verhält es sich mit Miruvor schlicht wie mit Wein. Es gibt diesen Trank eventuell in verschiedenen Jahrgängen und gröberen Grundkategorien in der Färbung, je nachdem, welche Art Honig für ihn verwendet wurde (so wie Rot- oder Weißwein von der verwendeten Rebsorte abhängen). Darüber hinaus gründet sich die Vorliebe der Elfen für Wein möglicherweise auf einem recht einfachen Sachverhalt: Wein hat einen höheren Alkoholanteil als Bier, und Elfen vertragen – für so manchen Elfenhasser vielleicht wider Erwarten – schier unglaubliche Mengen an Alkohol, bevor sich bei ihnen ein Rausch bemerkbar macht. So verrät uns Tolkien über Thranduil, den König der Elfen des Düsterwalds und einen ausgemachten Weinliebhaber,[134] dass es einen sehr starken Rotwein braucht, um diesen stolzen Herrscher schläfrig zu machen. Auch Peter Jackson setzte eine Szene um, in der Legolas gegen Gimli zum Wettrinken antritt und die schließlich herrlich komisch damit endet, dass der angeblich so trinkfeste Zwerg ohnmächtig von der Bank rutscht, während der Elf, der vermeintlich nichts verträgt, kaum ein Anzeichen von Trunkenheit zeigt. Für Trinkspiele mit Elfen gilt also das Gleiche wie für Sprints gegen Geparden: Man kann sie nur verlieren.[135]

Doch ich möchte kurz beim Thema »humoristische Szenen im Schaffen Peter Jacksons« bleiben: Bei der Darstel-

---

[134] Christiansen: Sprich Säufer.

[135] Plischke: Das wirklich Gruselige an dieser Aussage ist, dass Kollege Wolf in einer dieser beiden Wettkampfformen eigene Erfahrungen gesammelt hat …
Christiansen: Die üblichen Risiken beim Unterhalt eines Privatzoos, würde ich meinen.

lung des Aufenthalts von Bilbo, Gandalf und Zwergen im Hause Elronds leistet sich Jackson einen groben Schnitzer in Sachen Klamauk. Die Elfen setzen ihren Gästen hier im Grunde nur Salatblätter vor (nicht einmal ein würziges Dressing wird gereicht!).[136] Jackson bedient hier das Klischee, alle Elfen wären Vegetarier. Zugegeben, es gibt Elfologen, die propagieren, sämtliche Elfen würden den Verzehr von Fleisch ablehnen – zumeist aus der Argumentation heraus, so hoch entwickelte Geschöpfe würden es prinzipiell ablehnen, anderen Kreaturen Leid zuzufügen, und schon gar nicht kämen sie auf die Idee, ein Tier nur deshalb zu töten, um es dann zu verspeisen. Dabei findet sich zumindest in Tolkiens berühmteren Schriften nichts, wodurch sich diese Annahme rechtfertigen ließe. Vielmehr erwähnt Tolkien deutlich, dass zumindest die Waldelfen Thranduils häufig auf die Jagd gehen und eine der Verlockungen, über die sich die Wanderer im Nachtwald sehr freuen, als sie auf ein Elfenfest stoßen, ist der Duft von gebratenem Fleisch.

Ich bestreite nicht, dass es gewiss Vegetarier unter den Elfen geben mag, doch ich bezweifle stark, dass sie samt und sonders fleischlos leben (schon gar nicht unter den wilderen Elfenstämmen). Ich gehe davon aus, dass der Verzicht auf Fleisch unter den Elfen eine persönliche Entscheidung und kein durchgängiges Merkmal ist, das auf all ihre Gesellschaften zutreffen würde. Die elfische Weltsicht ist eine faszinierend vielfältige, und es scheint mir ein sehr günstiger Moment, sie etwas näher in Augenschein zu nehmen.

---

136 Christiansen: Ach so, das ist jetzt plötzlich Klamauk. Aber dass Gimli besoffen umfällt, ist natürlich todkomisch. Sicher, denn da wird ja nur über einen dummen Zwerg gelacht …

## Unentrinnbares Schicksal und immerwährende Wiedergeburt – Von der metaphysischen Weltsicht der Elfen

Man mag zu Marx stehen, wie man möchte, aber sein berühmter Ausspruch vom Sein, das das Bewusstsein bestimmt, lässt sich hervorragend auf Elfen anwenden – insbesondere deshalb, da das Dasein eines jeden Elfen in der Regel viel länger währt als das eines Menschen. Es wird daher auch Zeit, nicht länger um den heißen Brei herumzureden, sondern sich ganz konkret mit diesem Phänomen zu befassen. Wir wissen, dass Elfen sehr alt werden, doch *wie* alt ist *sehr* alt? Tolkien unterteilt das Leben eines Elfen in mehrere Abschnitte, ohne diese allerdings mit bestimmten Bezeichnungen zu versehen. Ich hoffe, Sie verzeihen, wenn ich mir erlaube, diese Phasen im Folgenden selbst zu benennen, und zwar als Kindheit, Jugend, Erwachsenenalter und Greisenalter.[137]

### *Kindheit*

Für die Kindheit der Elfen gilt exakt das Gleiche wie für alle ihrer späteren Lebensphasen: Sie dauert länger als bei uns Menschen. Man darf sich also nicht vorstellen, dass ein Elfenkind mit drei bis vier Jahren die absolut grundlegendsten Fähigkeiten des Laufens und Sprechens gemeistert hat und dann nach grob gesprochen einem weiteren Lebensjahrzehnt in die Pubertät eintritt. Wie gesagt: Alles dauert länger. Besonders freche Schmäher des Schönen Volkes bezeichnen Elfenkinder daher gern als entwicklungsverzö-

---

137 Plischke: In manchen Modellen werden Kindheit und Jugend zu einer Phase zusammengefasst, um so zu einem sauberen, in drei Abschnitte gegliederten »Lebensentwurf« zu kommen.

gert. Das ist selbstredend Unfug. Mit bereits einem Jahr haben sie sprechen, laufen und tanzen gelernt. Natürlich ist es dennoch so, dass ein Elfenleben aus menschlicher Warte betrachtet quasi in Zeitlupe abläuft. Das bedeutet, dass ein Elf, der bereits 15 Sommer gesehen hat, einem Menschen von seiner körperlichen Erscheinung her trotzdem eher wie ein Fünfjähriger vorkommt.[138]

Wer einem Elfen Geburtstagsgeschenke machen will, begeht übrigens einen kleinen Fauxpas. Für die Elfen beginnt das Leben bereits mit der Zeugung. Daher ist es auch der Zeugungstag, den sie feierlich begehen, und nicht der Tag ungefähr ein Jahr später, an dem ein Elf zum ersten Mal das Licht der Welt erblickt.[139]

Elfenkritiker behaupten bisweilen, das Schöne Volk würde einen antiautoritären Erziehungsstil pflegen und seinen Sprösslingen alles durchgehen lassen. Angeblich, so wird kolportiert, würden Elfenkinder keinerlei Grenzen und keinen Respekt vor Älteren kennen. Auch das ist eine Fehl-

---

138 Plischke: Da ein Elf dieses Alters aber in seiner geistigen Reife schon ein ganzes Stück weiter ist, als man auf den ersten Blick vermuten würde, resultiert das in dem gängigen Vorurteil, Elfenkinder seien furchtbar altklug. Das ist in gewisser Hinsicht durchaus verständlich, da man als Mensch eben selten Fünfjährigen begegnet, die sich mit einem beispielsweise dringend über Themen wie den Schutz der Natur oder die klanglichen Vorteile der Harfe gegenüber der Laute unterhalten wollen – und die dann noch in typischer Teenagermanier sehr, nun sagen wir einmal, feste Ansichten und Standpunkte entwickelt haben, an denen sie im Überschwang der Jugend mit Klauen und Zähnen festhalten, weil man sich von den Alten eben nichts sagen lässt.

139 Christiansen: Muss ich mir das so vorstellen, dass sie nach der Geburt zurückrechnen? Und wenn ja, gibt es da keine Schwankungen? Ich meine, funktioniert dann ausgerechnet elfische Fortpflanzung so präzise wie ein Uhrwerk, wo sie ansonsten doch eher mal die Fünfe gerade sein lassen?
Plischke: Möglicherweise hat es eine Elfe aber auch einfach im Gefühl, wenn ein neues Leben in ihr heranreift. Schon mal darüber nachgedacht?

einschätzung. Die Geburtenrate unter den Elfen liegt um einiges niedriger als bei uns Menschen, und für die Elfen wäre es verheerend, ihren Nachwuchs einfach so durch die Gegend tollen zu lassen – vor allem in Wildnisgebieten, wo auch einige recht gefährliche Raubtiere auf Beutefang gehen, für die so ein zartes Elfenkindlein gewiss eine willkommene Zwischenmahlzeit abgäbe. Was die Elfen sehr wohl tun, ist, ihre Kinder gewaltfrei zu erziehen; Grenzen werden ihnen sogar reichlich gesetzt, denn sowohl unter den höfischen Kulturen als auch unter den Stammesgesellschaften gilt es ja, sehr viele komplexe soziale Regeln zu erlernen. Man denke nur an die Tabus, und es wäre für Elfeneltern der absolute Horror, wenn sich die geliebte Leibesfrucht an den Ort verläuft, »an den niemand gehen darf«, um dann dort mit den Mächten der Finsternis in Berührung zu kommen. Allen gegenteiligen Angaben zum Trotz ist es kein Vergnügen, ein von wahnsinnigen Geistern besessenes Kind großzuziehen.

Noch ein paar kurze Worte zum Thema Erziehung: Wie bereits hinlänglich erläutert, sind Geschlechterrollen unter den Elfen nicht sehr deutlich voneinander abgegrenzt. Selbst bei den wilden Elfenstämmen findet es daher in der Regel nicht statt, dass man einem Knaben einen Bogen und einem Mädchen das Nähzeug in die Hand drückt, weil »sich das so gehört«. Derlei Dinge mögen unter uns Menschen lange Tradition haben; Elfen sind da weitaus flexibler.

### *Jugend*

Auf die Kindheit folgt im Leben eines Elfen ein Abschnitt, in dem er sich seine Jugendlichkeit für eine Zeitspanne bewahrt, auf die man nur neidisch sein kann – und das ganz ohne Gesichtshautstraffungen, Botoxspritzen oder ähnlich groteske Kniffe, mit denen so manch verzweifelter Mensch versucht, das Alter zu überlisten. Über welche Zeitspanne reden wir hier genau?

Nun, bei Tolkien äußert sich Legolas dahingehend, dass er so manche Eiche von der Eichel bis zum Siechtum des Alters heranwachsen gesehen habe. Also müssen wir uns zunächst auf die durchschnittliche Lebensdauer einer Eiche einigen. Selbige wird zwischen 500 und 1000 Jahren angegeben (einige Eichen bringen es ab und an auf bis zu 1400 Jahre). Selbst wenn wir also nur von 750 Jahren ausgehen und das von Legolas verwendete »so manche« einmal zu einer Handvoll umdeuten, bedeutet das Folgendes: Zu dem Zeitpunkt, da Legolas sich aufmacht, einem ganz bestimmten Hobbit dabei zu unterstützen, einen ganz bestimmten Ring loszuwerden, hat er bereits mal so eben 3750 Jahre auf dem Buckel – und sieht dabei keinen Tag älter aus als 25![140]

Grundsätzlich verhält es sich mit der Jugend unter den Elfen nicht anders als bei uns: Das ist die Phase der Selbstfindung, in der man beginnt, viele eigene Entscheidungen zu treffen, deren Konsequenzen potenziell bis weit ins hohe Alter hineinreichen können. Und da Elfen eben ein sehr hohes Alter erreichen können, ist es den Elfen nur schwer vorzuwerfen, dass sie in wirklich wichtigen Dingen nicht gerade zu Schnellschüssen neigen. Andererseits ist dieser Altersabschnitt auch derjenige, in der ein Elf am neugierigsten und experimentierfreudigsten ist. Ich vermute da-

---

140 Christiansen: Oder er ist nur ein gewaltiger Aufschneider. Er wäre ja nicht der Erste, der falsche Angaben über sein Alter macht.
Plischke: Na ja, aber meistens macht man sich dann doch eher *jünger* als älter.
Christiansen: Es sei denn, man möchte etwas tun, wofür man eigentlich noch zu jung ist. Vielleicht hat Legolas da ein bisschen geschummelt, so wie man das als junger Mensch macht, wenn man an einer abendlichen Tanzveranstaltung teilnehmen oder Alkohol an der Tankstelle kaufen möchte.

her stark, dass die meisten »zufälligen« Begegnungen zwischen Elfen und Menschen auf das Konto von Angehörigen des Schönen Volkes dieser Alterskategorie gehen. Es ist nun einmal die Lebensphase, in der man alle gut gemeinten Warnungen der Altvorderen in den Wind schlägt, um sich selbst ein Bild davon zu machen, ob bestimmte Dinge wirklich so gefährlich sind, wie man es immer zu hören bekommt. Dazu zählt unter anderem, dass man sich davon überzeugt, ob wir Menschen tatsächlich so sonderbar und hektisch sind, wie es immer heißt.[141] Für uns seriöse Elfologen mag diese Sturm-und-Drang-Phase eine äußerst glückliche Fügung sein (auch wenn ich nicht ausschließen will, dass junge Elfen es »lustig« finden könnten, uns absichtlich mit allerlei Fehlinformationen zu füttern – so etwas in der Art wie »Wenn wir geboren werden, sind wir alle nur daumengroß und haben rosa Schmetterlingsflügel«). In anderen Belangen birgt diese Phase jedoch sehr wohl große Risiken für die Betroffenen: Es mag einigermaßen ungefährlich sein, sich einem gewöhnlichen Menschen zu nähern, aber wenn man vor lauter Übereifer ein innerelfisches Tabu bricht, können die Folgen tödlich sein: In den meisten uns bekannten elfischen Legenden, die einen tragischen Aus-

141 Plischke: Ich habe oft das ungute Gefühl, dass wir Menschen unser Leben aus *elfischer* Warte betrachtet in einer Art Zeitraffer leben. Wenn sie nicht schnell genug hinschauen, ist es mit uns unter Umständen auch schon wieder vorbei.
Christiansen: Danke. Als ob wir Eintagsfliegen wären … und ich möchte dazu nur anmerken, dass grausame Menschenkinder armen Krabbelviechern ab und zu mal gern die Flügel oder die Beine ausreißen, um zu sehen, was dann passiert. *Ich* habe nämlich oft das ungute Gefühl, dass Elfen manchmal genau das mit uns anstellen.
Plischke: Hatten Sie jemals Flügel, Herr Kollege? Oder wurden sie Ihnen gar ausgerissen? Am Ende von einem Elfen?
Christiansen: Entschuldigen Sie bitte vielmals, dass ich hier bildlich spreche.

gang nehmen, sind die handelnden Figuren in der Regel sehr jung – und wer von Romeo und Julia schon so sehr zu Tränen gerührt wurde, dass er einen Monatsvorrat Taschentücher aufgebraucht hat, der wagt sich am besten erst gar nicht an die elfische Variante einer Geschichte über unglücklich verliebte Jugendliche heran. Das ist besser für die Schleimhäute …

*Erwachsenenalter*

Wann genau ein Elf als erwachsen gilt, ist als genaue Altersangabe kaum zu ermitteln. Einiges in Tolkiens Schriften deutet darauf hin, dass Legolas gewissermaßen an der Schwelle zum Erwachsenenalter steht. Manche Elfologen interpretieren seinen Aufbruch mit den Gefährten sogar als eine Art ausgedehntes Initiationsritual, eine Prüfung, mit der er den endgültigen Beweis dafür antritt, inzwischen zu genügend Reife gelangt zu sein, um als vollwertiges Mitglied seiner Gemeinschaft anerkannt zu werden. Diese Einschätzung ist nicht ohne Tücken: Zwar gibt es sicherlich auch und gerade unter den wilden Elfenstämmen vergleichbare Vorgänge – beispielsweise dass man als Jugendlicher allein auf eine mehrtägige Jagd loszieht und daheim als Erwachsener empfangen wird, sofern man die beabsichtigte Beute auch wirklich erlegen konnte. Hierin dürften sich diese Kulturen wenig von vergleichbaren menschlichen Gesellschaften unterscheiden. Darüber sollte man aber umgekehrt nicht vergessen, dass es auch unter uns Menschen Stammesgemeinschaften gibt, in denen Kinder bei wichtigen Entscheidungen ein Mitspracherecht besitzen, sobald sie … nun … sprechen können. Schließen wir doch am besten einen Kompromiss: Die Frage, wann ein Elf erwachsen ist, wird höchstwahrscheinlich sehr individuell geregelt. Das mag Ihnen wie ein verschleiertes Eingeständnis absoluter Unwissenheit erscheinen, aber glauben Sie mir, der Fall liegt etwas komplizierter: Selbst hierzulande ist man zwar mit 18 Jahren volljährig, doch das bedeutet eben noch lange nicht, dass jeder Achtzehnjährige von den Vertretern der älteren Generationen im täglichen Umgang als erwachsen wahrgenommen wird.

Beschäftigen wir uns in diesem Zusammenhang doch aber lieber mit Dingen, die klar beobachtbar sind: Erwachsene Elfen entwickeln sich von ihrem Äußeren her weg von einer bloßen Jugendlichkeit hin zu einer gewissen Alterslosigkeit. Sie erhalten jene Gesichtszüge, bei denen es einem Betrachter unglaublich schwerfällt, sich auf ein Alter festzulegen (viele von ihnen wirken – in Menschenjahre umgerechnet – so, als wären sie irgendetwas zwischen Mitte Zwanzig und Mitte Vierzig). Dass sie dabei in 99 Prozent der Fälle für menschliche Augen auch noch wirklich attraktiv aussehen, sorgt hier lediglich für noch mehr Ungewissheit. Eventuell müssen wir Menschen uns schlicht damit abfinden, dass wir das Alter von Elfen in diesem Abschnitt ihres Lebens niemals zuverlässig einschätzen können. Frustrierend, aber wahr. Lassen Sie mich noch einmal das Bild von den Bäumen bemühen, das Legolas ins Spiel brachte. Bäume und Elfen ähneln sich in einem ganz konkreten Aspekt: Wir Menschen haben kaum Schwierigkeiten, einen sehr jungen Baum von einem sehr alten zu unterscheiden. Bei allen Altersphasen dazwischen sind wir schon ein wenig überfordert – und wenn wir es ganz genau wissen wollen, müssen wir den Baum fällen und die Jahresringe im Stamm zählen.[142]

---

142 Christiansen: Eine Option, die für Elfen ja nun bedauerlicherweise flachfällt.
Plischke: Und selbst wenn dem nicht so wäre, hätten wir mit dem Zählen eine ganze Weile zu tun. Immerhin bezeichnet Legolas die fünfhun-

Zwei berühmte Elfen aus Tolkiens Beobachtungen, die in diese Alterskategorie fallen, sind Elrond und Galadriel. Beide zeichnen sich durch eine gefestigte gesellschaftliche Position aus, und beide genießen sehr hohes Ansehen unter ihresgleichen. Daraus leite ich ab, dass das Schöne Volk unabhängig von seiner alterslosen Erscheinung dem Alter dennoch großen Respekt entgegenbringt. Die Elfen sind hier in einer sehr glücklichen Lage: Unter uns setzen oft schon die ersten körperlichen Gebrechen ein, sobald man genügend Lebenserfahrung gesammelt hat, um verantwortungsvolle Ämter innerhalb unserer Gemeinschaft in weiser und gerechter Manier auszufüllen.[143] Das Schöne Volk genießt den Vorteil, dass seine wichtigsten Entscheidungsträger und Vordenker lange genug weiterleben, um ihre Erfahrungen über einen immens langen Zeitraum hinweg für das Gemeinwohl einzubringen. Die ausgedehnten Abwägungsprozesse, zu denen Elfen dieses Alters neigen und die recht häufig entweder auf einen Kompromiss oder gar ein Nichteingreifen in eine prekäre Situation hinauslaufen, werden von Elfenhassern oft als Beleg für die Feigheit und Unentschlossenheit des Schönen Volkes gewertet. Ich hingegen betrachte sie als einen sehr angenehmen Ausdruck von Altersmilde.[144]

---

dert Jahre, die zwischen der Errichtung der Großen Halle von Edoras und den Ereignissen in *Der Herr der Ringe* liegen, als eine für Elfen kurze Zeit.

143 Plischke: Und um ehrlich zu sein, kann einem da auch schon ein großer Teil der früheren mentalen Flexibilität abhanden gekommen sein. Altersstarrsinn ist keine bloße Erfindung.

144 Christiansen: Und ich wette, dass Ihnen das alles nicht mehr so milde vorkäme, wenn Sie derjenige sind, der in einer einsamen Bergfeste von einer Trollarmee umzingelt ist und verzweifelt darauf wartet, dass die Elfen aus dem nahen Wald endlich eingreifen, um Ihnen das Leben zu retten. Und wahrscheinlich würden auch Sie einsehen, dass auf die Spitz-

*Greisenalter*

Alles Schöne findet einmal ein Ende, und das gilt (für einige unter Ihnen vielleicht überraschend) auch für Elfen. Ja, die überwältigende Mehrheit der Elfologen ist sich sicher, dass Elfen altern – wenn auch eben sehr viel langsamer als wir Menschen.[145] Es sei allerdings darauf hingewiesen, dass Elfen es selbst mit Falten und grauem Haar noch mühelos schaffen, eine ungeheure Attraktivität auszustrahlen. Laut Tolkien lassen Elfen keine unansehnlich gewordene körperliche Hülle zurück, wenn sie sterben. Ihnen widerfährt etwas anderes, das mindestens ebenso unglaublich klingt wie viele der Berichte über ihre magischen Begabungen: Ein Elf, der sich dem Ende seines Lebens nähert, verliert mehr und mehr die Bindung an die stoffliche Welt. Er wird zunehmend durchscheinender, bis er schließlich gänzlich aus unserer Wahrnehmung dahinschwindet. Oder etwas frecher formuliert: Ein Elf verwandelt sich in einen Geist, ohne dabei erst den Umweg einzuschlagen, vorher zur Leiche zu werden.

Bevor wir uns dem zuwenden, was danach angeblich mit einem toten Elfen geschieht, möchte ich noch kurz auf eine andere Frage zu sprechen kommen: Was führt überhaupt dazu, dass der Elf seinen Leib abstreift?

Wieder einmal sieht man sich hier einem breit gefächer-

---

ohren in wichtigen Dingen nun einmal kein Verlass ist, sobald Sie begreifen, dass Sie so lange hoffen und bangen dürfen, bis Sie schließlich erst im Kochtopf und dann im Magen der Trolle gelandet sind …

145 Plischke: Wo man sich wesentlich uneiniger ist, ist die Frage, ab wann genau männliche Elfen sich einen Bart stehen lassen können. Einige sind überzeugt, dies wäre schon im Erwachsenenalter der Fall, andere sehen diese Möglichkeit erst mit dem Eintritt ins Greisenalter als gegeben. Fakt ist, dass jungen Elfen beide Peinlichkeiten erspart bleiben: gewagte Versuche, räudig-fluffigen Flaum auf der Oberlippe stolz als Schnäuzer auszugeben, sowie tiefe Schnitte in die Wangen bei ersten unbeholfenen Rasuren (die Art von würdeloser Blutung, die nur mit kleinen Toilettenpapierfetzen gestillt werden kann).

ten Spektrum an Meinungen gegenüber. Sie reichen von biologistischen Argumenten (»Ein Elf stirbt, wenn seine innere Lebensuhr abgelaufen ist und sein Körper den Belastungen des Daseins nicht mehr standhalten kann.«) bis hin zu geradezu esoterisch anmutenden Anschauungen (»Die Erfahrungen, die ein Elf sammelt, beschweren seine Seele nicht, sondern machen sie im Gegenteil immer leichter, bis sie schließlich so frei von allen Zwängen ist, dass sie aus dieser Welt in die nächste hinaufgleitet.«) Ich stehe jenen Ansichten nahe, die einen ganzheitlichen Ansatz vertreten: Wenn einen Elfen irgendwann der Eindruck beschleicht, er habe schon alles gesehen und alles erlebt, stellt sich in ihm buchstäblich eine gewisse Lebensmüdigkeit ein. Diese schlägt sich dann körperlich nieder, und er beginnt langsam zu vergehen.

Unabhängig von den Gründen, weshalb ein Elf stirbt, belegen alle seriösen Forschungen, dass das Schöne Volk eine Reihe von Ausdrücken kennt, um das Lebensende eines seiner Angehörigen zu umschreiben. Eine kleine Auswahl aus unterschiedlichen Quellen:

- wieder ins Licht eingehen
- in den Nebel eintauchen
- sich auf den Schwingen der Zeit in den Himmel erheben
- den großen Traum träumen.

Diese Liste ließe sich noch ein ganzes Stück fortsetzen. Interessant ist dabei, dass diese Formulierungen alle darauf hinweisen, dass ein gestorbener Elf prinzipiell keinen Leichnam zurücklässt.[146]

---

146 Christiansen: Deshalb kann man wahrscheinlich auch noch so lange im Erdreich herumwühlen, ohne jemals auf einen Elfenfriedhof zu stoßen.

### *Und was kommt danach?*

Noch wesentlich interessanter ist jedoch, was die Elfen darüber denken, was mit ihrem Geist oder ihrer Seele *nach* dem Tod geschieht.

In einigen elfischen Kulturen lautet die Antwort auf diese Frage: gar nichts. Das Ende des Lebens ist hier zugleich das Ende jeglicher bewussten Existenz. Diese Vorstellung birgt dabei anscheinend jedoch kaum Schrecken, und man begegnet ihr mit stoischer Gelassenheit. Die Dinge sind, wie sie sind. Sich vor dem Nichts zu fürchten, in das man geht, erscheint diesen Elfen ebenso unverständlich und zwecklos, wie darüber zu klagen, dass man *vor* seiner Zeugung ebenfalls nicht existiert hat.[147]

Zugegebenermaßen stellen diese »nihilistischen« Elfen jedoch eine Minderheit unter ihresgleichen dar. Tolkiens Elfen hegen da gänzlich andere Vorstellungen, die sie so vehement vertreten, dass es sich dabei mehr um ein Wissen als einen Glauben zu handeln scheint. Hat sich der Körper eines Elfen verflüchtigt, so Tolkien, reist seine Seele zu den Hallen von Mandos.[148] Dort verbringt sie dann eine Weile

---

Plischke: Sie machen es sich mal wieder zu leicht. Erstens sterben ja nicht alle Elfen eines natürlichen Todes, sondern einige werden sicher auch zu Opfern von Unfällen, Naturkatastrophen oder der Gewaltanwendung Dritter. Für solche Fälle werden die Elfen mit Sicherheit ihre eigenen Bräuche und Riten kennen, was den Umgang mit den sterblichen Überresten anbelangt. Aber zweitens ist es auch nicht auszuschließen, dass von den Toten im Zuge von Feuer- anstelle von Erdbestattungen Abschied genommen wird. Wird danach die Asche verstreut, anstatt sie in einer Urne aufzubewahren, bleibt von einem toten Elfen keine Spur zurück, die man als Archäologe noch auffinden könnte.

147 Christiansen: Ich nehme an, dass einem das mit der stoischen Ruhe trotzdem sehr viel leichter fällt, wenn man potenziell ein paar Tausend Jahre alt werden kann und sein eigenes Leben nicht in Jahren oder Jahrzehnten messen muss.

148 Plischke: Bei Tolkien ist das mit der genauen Verortung des Jenseits etwas verwirrend. Es liegt im Grunde in der stofflichen Welt (nämlich

in tiefer Selbstreflexion, ehe sie sich so weit erholt hat, dass sie in die Welt zurückkehren kann. Falls der Elf dies möchte, kann er sich zu einer Wiedergeburt entscheiden und schlüpft dann in einem »Nachbau« seines Körpers zurück in die fassbare Existenz.[149]

Auch viele andere Elfen – wilde wie höfische – sehen die Reinkarnation als einen festen Bestandteil ihres Daseins an, wobei nicht alle davon ausgehen, immer wieder in den gleichen Körper geboren zu werden. Einige glauben beispielsweise an ein grob gesprochen karmisches Prinzip: Je mehr Gutes man im einen Leben getan hat, desto besser ergeht es einem im nächsten. Andere fällen keine Werturteile darüber, ob es besser ist, als Adler anstatt als Taube oder als Wolf anstatt als Lamm wiedergeboren zu werden. In ihrer Denkweise ist ohnehin alles fest miteinander verknüpft, und die Welt braucht jedes ihrer einzelnen Elemente, um weiterexistieren zu können. Wie man dazu genau seinen Beitrag leistet, ist dabei irrelevant.

Wieder andere Elfen hängen Vorstellungen an, die uns noch fremdartiger erscheinen: Zeit, wie wir sie wahrnehmen, ist letztlich nur eine Illusion, und sämtliche Dinge, die jemals geschahen, gerade geschehen oder irgendwann geschehen werden, spielen sich in Wahrheit alle gleichzeitig ab. Das gilt auch für unser Leben und unseren Tod, unsere Geburt und unser Sterben. Wie gesagt: Auf uns Menschen wirken viele dieser Ansichten verstörend und/oder weitest-

---

westlich des Großen Meeres), ist aber zugleich aus der stofflichen Welt entrückt. Denken Sie nicht zu lange darüber nach. Das macht nur einen Knoten ins Hirn.

149 Christiansen: Wiedergeburt auf Bestellung. Ein sehr interessantes Konzept. Und dann auch noch in den gleichen Körper. Auf so was kann man nur als Elfe kommen, weil man sich dann ja in allen Belangen für so großartig hält, dass es gar nicht besser geht.

gehend unverständlich – und die eben genannte Variante einer ausgefalleneren elfischen Metaphysik zählt auf diesem Spektrum noch zu denen, denen ein gewöhnlicher Mensch halbwegs folgen kann.[150]

Seien wir ehrlich. Eigentlich schleichen wir gerade um die berühmt-berüchtigte Gretchenfrage herum:

### *Wie hält es der Elf mit der Religion?*

Auch hier müssen wir uns einmal mehr der Tatsache stellen, dass es die eine, für alle Elfen verbindliche Antwort nicht gibt. Elfen haben keine Volks- oder Staatsreligion, und ich gehe jede Wette ein, dass das Konzept einer Kirchensteuer sie fürbass erstaunen würde. Uns wird nichts anderes übrig bleiben, als grobe Kategorisierungen vorzunehmen, um uns der Religiosität der Elfen inhaltlich anzunähern.

Beginnen wir doch am besten auf der vermeintlich übersichtlicheren Seite des Spektrums: Ja, es gibt *elfische Atheisten*. Damit ist gemeint, dass diese Angehörigen des Schönen Volkes nicht davon ausgehen, dass irgendeine höhere Wesenheit existiert, die die Welt erschaffen hätte und/oder Anteilnahme am Schicksal der Geschöpfe zeigen würde, die die Welt bevölkern. Hier bestehen gewisse Überschneidungen zu jenen Elfen, die dem Tod gleichgültig begegnen und nicht damit rechnen, in ein irgendwie geartetes Jenseits einzugehen. Allerdings bestreiten atheistische Elfen nicht,

---

150 Christiansen: Sogar Leben und Tod müssen die Spitzohren verkomplizieren.
Plischke: Vorsicht, Herr Kollege! Sie sollten nicht vergessen, dass sich einige von Tolkiens Schriften dergestalt auslegen lassen, dass auch die Zwerge in den Hallen von Mandor Einlass finden, wenn ihr letztes Stündlein geschlagen hat.
Christiansen: Kann schon sein. Aber ich habe noch nichts davon gehört, dass Zwerge so arrogant und selbstverliebt wären, davon auszugehen, unbedingt in den gleichen Körper wiedergeboren zu werden.

dass der Welt eine erkennbare Ordnung zugrunde liegt. Sie sehen sie nur nicht als irgendjemandes Werk. Siehe oben: Die Dinge sind, wie sie sind.

Unter den wilden Elfenstämmen herrscht meist ein sehr ausgeklügelter *Animismus*. Diese Elfen sehen sich als Teil einer durch und durch belebten Welt, deren Ordnung durch ein Zusammen- und Wechselspiel unzähliger Geister aller nur denkbaren Machstufen aufrechterhalten wird. Es ist beispielsweise nichts Ungewöhnliches, selbst für ein nicht gerade seltenes Wetterphänomen wie Regen gleich mehr als ein halbes Dutzend Geister als Erklärung für seine Entstehung heranzuziehen – von dem übergeordneten Wolkengeist, der in seinem Bauch die Geister der Regentropfen sicher durch das Reich der Luft- und Windgeister trägt, bis ihn Geister des Waldes oder der Steppe darum bitten, sie auf sie niedergehen zu lassen, wo sie dann am Boden von Geistern der Erde in Empfang genommen werden. Bei manchen Stämmen wird dieses System zusätzlich um mehrere Ränge von mehr oder minder einflussreichen Ahnengeistern ergänzt, die in ihrer Bedeutung zu archetypischen Helden und Kulturschöpfern verklärt werden. Um das Beispiel von eben fortzusetzen, wäre eine Ahnin denkbar, die mit ihrem Gesang das Herz des allerersten Wolkengeists erweichte, dem Land endlich Regen zu schenken.

Viele höfische Elfenkulturen pflegen eine Art der Religiosität, bei der die Zahl der vorhandenen Geister stark reduziert und ihr jeweiliges Machtniveau dafür deutlich angehoben wird. Dies geht meistens mit einer starken Abstraktion der Aufgabenbereiche dieser Geister einher. Statt Wolkengeister, Himmelsgeister, Sturmgeister, Windgeister, Schneegeister und so weiter gibt es zum Beispiel nur noch einen Wettergeist. Diese konzeptuelle Verdichtung kann dabei so weit reichen, dass sich am Ende nur noch zwei

Prinzipien gegenüberstehen – wie etwa ein Geist des Lichts und ein Geist der Finsternis oder ein Geist aller stofflich fassbaren Dinge und einer, der für alles verantwortlich ist, was keinen Körper im eigentlichen Sinn besitzt (Liebe, Hass, Freiheit etc.). Oft ist dann auch nicht mehr von Geistern die Rede, sondern von Mächten oder Kräften. Die Geister verlieren gewissermaßen ihre Persönlichkeit.[151] Die entgegengesetzten Kräfte liegen zwar miteinander im Widerstreit, doch ohne ihr jeweiliges Gegenstück könnten weder sie noch die Welt existieren – um als Licht erkennbar zu sein, braucht das Licht die Finsternis (und umgekehrt). Darüber hinaus trägt laut solcher Vorstellungen das Gute bereits den Keim des Bösen und das Böse den Keim des Guten in sich.

Genug der schweren theoretischen Kost. Fragen wir uns lieber: *Was heißt all das für die Praxis?*

Was nahezu alle Elfen auszeichnet, ist der Glaube, dass der Welt eine feste Ordnung zugrunde liegt. Dies schließt die Überzeugung ein, dass einige Regeln nicht gebrochen werden können. Daraus wird dann zum einen eine besondere Form der Schicksalshaftigkeit abgeleitet – manche Dinge sind von Anbeginn der Zeit an dazu vorherbestimmt, sich in eine gewisse Richtung zu entwickeln. Bei Tolkien findet sich diese Idee in der Auffassung, der Schöpfergott Mittelerdes habe im Zuge des dritten Liedes seiner großen Musik die Elfen an ein bestimmtes Schicksal gebunden.[152]

---

151 Plischke: Das lässt sich auf menschliche Maßstäbe übertragen am besten damit vergleichen, dass manche von uns, die in einem monotheistisch geprägten Umfeld aufgewachsen sind, eine sehr abstrakte Auffassung von Gott als schöpferischer Kraft vertreten, während andere bei Gott an einen älteren Herren mit langem weißem Bart denken, der inmitten einer Wolkenlandschaft auf einem goldenen Thron sitzt.

152 Plischke: Wohingegen die Menschen frei darin sind, sich durch ihre eigenen Entscheidungen auch ihr eigenes Schicksal zu schaffen (um es mal ganz grob zu formulieren).

Musik als Metapher scheint mir hier von besonderer Bedeutung zu sein und die elfische Weltsicht sehr passend widerzuspiegeln: Musik ist ein geordnetes System mit festen Regeln, in dem auf einen Ton nur ganz bestimmte andere Töne folgen können, ohne Missklänge zu erzeugen. Und da der Schöpfer dieser Musik ein Freund der Ordnung ist, wären ihm Missklänge natürlich ein Gräuel.[153]

Was die Elfen als Zweites aus den oben erläuterten Annahmen ableiten, ist die feste Überzeugung, dass kommende Ereignisse anhand von Omen und Vorzeichen vorhergesehen werden können. Ein in jeder Hinsicht simples Beispiel: Dräuende Gewitterwolken am Horizont bedeuten unter Umständen nicht nur unmittelbar bevorstehende heftige Regengüsse. Sie kündigen eventuell auch andere Unruhen an, die nicht meteorologischer Natur sind: Kriege, Streitigkeiten innerhalb von Clans, Zerwürfnisse zwischen Liebenden und so weiter. Wie gesagt, das war ein sehr simples Beispiel.

Denn eines sollte man nicht unterschätzen: Die Elfen gehen davon aus, dass *alle* Elemente der Welt – um nicht zu sagen der Schöpfung – auf fundamentaler Ebene miteinander verknüpft sind. Vielleicht nähert man sich dieser Denkweise am ehesten an, wenn man das wohl am häufigsten bemühte Bild zur Veranschaulichung der Chaostheorie verwendet: das des Schmetterlings, der mit einem sachten Flügelschlag hierzulande in letzter Konsequenz einen verheerenden Sturm in China auslöst. Das Faszinierende dabei ist, dass die Elfen einen solchen Vorfall eben gerade nicht

---

153 Christiansen: Dann ist bei Tolkiens Elfen der Schöpfergott so was wie ein genervtes Elternteil, das seinen Sprösslingen aufträgt, auf gar keinen Fall diese schreckliche Krachmusik zu hören?
Plischke: Die Geschmäcker sind eben verschieden, auch und gerade beim Erschaffen von Welten …

als einen Ausdruck einer völlig chaotischen, sondern einer in sich geordneten Welt interpretieren würden. Wir Menschen machen häufig den Fehler, Ordnung mit Einfachheit zu verwechseln; die Elfen begehen diesen Fehler nicht. Im Gegenteil: Die Komplexität der Ordnung ist nur ein weiteres Indiz ihrer Perfektion.

Ich möchte es noch mit einem anderen Bild versuchen, Ihnen die elfische Sicht auf die Welt und auf das Schicksal zu veranschaulichen: Stellen Sie sich vor, die Welt wäre ein Text. Kein leicht verdaulicher Roman mit einer klaren Hauptfigur, die am Ende für ihre Mühen mit einem netten Happy End belohnt wird, oder ein netter Zeitungsartikel über den Verlauf eines Fußballspiels mit einer praktischen Auflistung des Endergebnisses, der Mannschaftsaufstellung und der Torschützen. Denken Sie stattdessen lieber an ein experimentelles Stück Lyrik, eines, das sich mal reimt, mal nicht; eines, das sich nur an einigen Stellen an so etwas wie eine feste Metrik hält; eines, in das Unmengen an Fremdwörtern, Passagen aus unterschiedlichen Sprachen, mehrdeutige Formulierungen und absichtlich eingebaute Rechtschreibfehler eingestreut sind.

Die Elfen sind gewissermaßen davon überzeugt, dass es *eine* richtige Interpretation dieses Gedichts gibt. *Eine einzige.*[154] Dieser Text ist für sie keine Auslegungssache. Er ist eine Art Rätsel, das man mit genügend Konzentration, Wissen, Intuition und Einfühlungsvermögen lösen kann. Allerdings bestehen keinerlei Garantien dafür, dass einem die Lösung, auf die man schließlich stößt, persönlich auch gefällt. Anders gesagt: Nur weil man auf einer rationalen

---

154 Christiansen: Sie suchen eigentlich also nach einer Antwort auf die aus schlechtem Deutschunterricht leider hinlänglich bekannte Frage »Was will der Autor uns damit sagen?«.

Ebene zu der Einsicht gelangt ist, dass die Welt einem ewigen Kreislauf aus Werden und Vergehen folgt, vollführt man noch lange keine Luftsprünge, wenn man feststellt, dass das eigene Vergehen unmittelbar bevorsteht und letzten Endes völlig unausweichlich ist.[155]

Diese besondere Weltsicht der Elfen dürfte auch der Grund dafür sein, warum auffällig viele Elfologen davon berichten, dass Angehörige des Schönen Volkes dazu neigen, viel Zeit in stiller Versenkung und Meditation zu verbringen.[156] Gelegentlich nehmen sie dazu auch besondere Posen ein (wie etwa den Lotos- oder den Schneidersitz) oder ziehen sich an ruhige Orte wie einsame Lichtungen oder eigens für diese Zwecke eingerichtete Räume in ihren Behausungen zurück.

Im Zuge dieser Versenkungen versucht ein Elf in der Regel zweierlei: Er strebt danach, den tieferen Sinn hinter seinen jüngsten Erfahrungen und Sinneseindrücken zu entschlüsseln (»Warum haben die Spottdrosseln heute Morgen anders gesungen als sonst?«, »Warum habe ich auf die Worte meines Freundes mit Zorn reagiert?«, »Weshalb hat mich die Nachricht von einem Krieg unter den Menschen gerade dann erreicht, als sie mich erreicht hat?«).

---

155 Plischke: Das ist auch eine schöne Erklärung für die Aura der Schwermut, die viele Elfen ab einem gewissen Punkt in ihrer individuellen Entwicklung zu umfloren scheint. Ich nehme an, es ist nicht sehr beruhigend, das eigene Schicksal zu kennen – vor allem dann, wenn es etwas anderes ist, als glücklich und zufrieden in unvorstellbar hohem Alter aus der Welt zu scheiden.

156 Plischke: Als Faustregel gilt: Je älter der Elf, desto länger die Stunden, in denen er den eigenen Gedanken nachhängt – ob nun mit geschlossenen oder geöffneten Augen.
Christiansen: Die Spitzohren schlafen doch auch mit offenen Augen. Wie merkt man denn da den Unterschied zwischen Meditieren und Faulenzen?
Plischke: Ignorant!

Ausgehend von diesen Deutungen wägt der Elf dann offenbar seine Handlungsoptionen für die nähere Zukunft ab.

Viele Elfologen sehen darin einen rein analytischen Vorgang, ein geradezu nüchternes Erstellen von Pro und Kontra und das geradlinige Abarbeiten von Punkten auf einer Liste. Ich kann mit dieser Ansicht nicht ganz konform gehen, denn sie scheint mir zu stark auf das Rationale ausgerichtet und blendet das Emotionale vollkommen aus. Hätten meine Kollegen recht, wären die Elfen durch und durch leidenschaftslose Geschöpfe oder eine Ar laufender und sprechender Algorithmus, der einfach Input von außen verarbeitet und bei gleicher Datenlage auch das gleiche Resultat liefert. Dem ist jedoch nicht so. Diese These lässt sich mit einigen Beispielen nämlich sehr leicht widerlegen:

- Wie oben erwähnt glauben Elfen an die Liebe auf den ersten Blick, und diese romantische Überzeugung läuft einem rein logischen Abwägen von Pro und Kontra zuwider. Ansonsten würden die Elfen kaum so viele Geschichten kennen, in denen aus dieser plötzlichen Liebe eine tragische wird, weil sich zwei von ihnen *bewusst* füreinander entscheiden, obwohl die äußeren Umstände (verfeindete Eltern, jahrtausendealte Fehden zwischen ihren Sippen und andere Erfreulichkeiten) klar gegen ihre gemeinsame Zukunft sprechen.
- Gerade junge Elfen – Legolas oder Arwen fallen einem da sofort ein – zeigen alles andere als ein unterkühltes Verhalten. Sie handeln vielfach »aus dem Bauch heraus« beziehungsweise »hören auf ihr Herz«.[157]

---

[157] Christiansen: Das könnte aber natürlich eine Altersfrage sein. Ich habe ja nie behauptet, dass man als Elf als Sonderling geboren wird. Wir sind alle nur das Produkt unserer Erziehung.

- In einer Gesellschaft wie der elfischen, die derart auf Harmonie ausgerichtet ist, ist es nur schwer vorstellbar, dass es überhaupt je zu internen Konflikten und Streitigkeiten kommen könnte, wenn alle Elfen immer nur ganz rational ans Gemeinwohl denken und ihre eigenen Bedürfnisse völlig hintanstellen. Mehr noch: Eigentlich dürften nicht einmal klitzekleinste Meinungsverschiedenheiten existieren, wenn alle Elfen immer so handelten, wie es »vernünftig« wäre – oder zumindest müsste ein tragfähiger Kompromiss gefunden werden, mit dem alle beteiligten Parteien leben können. Die Geschichte des Schönen Volks – und zwar nicht nur bei Tolkien – zeigt das Gegenteil: Immer wieder kommt es beispielsweise zu großen Brüchen, bei denen sich ein Teil der Elfen vom Rest abspaltet, weil eben kein Kompromiss gefunden werden kann – zum Teil mit blutigen Folgen in Form von »Bürgerkriegen«.

Ich bin des Weiteren der Überzeugung, dass manche meiner Kollegen auf diesen Irrweg geraten sind, weil sie einen Fehler begangen haben, der einem als Elfologen nur allzu leicht unterlaufen kann: Menschliche Maßstäbe, Ansichten und/oder Eigenschaften auf das Schöne Volk zu projizieren. Wir Menschen neigen erwiesenermaßen vielfach dazu, in sehr klaren Gegensatzpaaren zu denken. Das Paar, das an diesem besonderen Punkt relevant ist, ist Gefühl und Verstand.

---

Plischke: So jung sind die beiden von Kollege Wolf genannten Elfen aber nun auch nicht mehr. Und gerade bei Arwen könnte man plädieren, dass sie sich mit ihren emotional gefärbten Entscheidungen zugunsten Aragorns von ihrem Vater Elrond abnabelt und emanzipiert.

Uns Menschen wird häufig beigebracht, »objektive« Entscheidungen zu treffen, bei denen wir unsere eigenen Emotionen im Optimalfall völlig ausblenden. Ich halte das für ein Ding der Unmöglichkeit, und für die Elfen hört sich das wahrscheinlich so an, als wollte man einen Vogel dazu auffordern, sich doch bitte herrlich hoch in die Lüfte zu schwingen, indem er nur eine seiner Schwingen benutzt. Elfen scheinen entweder ein Gleichgewicht zwischen Rationalität und Emotionalität anzustreben oder – was mir sehr viel plausibler erscheint, wenn man ihr Verhalten näher betrachtet – sie folgen der Maxime: »Das, was sich nach reiflicher Überlegung gut und richtig anfühlt, ist die vernünftige Entscheidung.«

Wie komme ich zu dieser Einschätzung? Meiner Meinung nach ergibt sich diese Neigung direkt aus dem grundlegendsten Weltverständnis der Elfen. Die Welt ist geordnet und letzten Endes ein »guter« Ort. Wäre es anders, müsste längst das Chaos herrschen und jede Handlung wäre im Grund völlig willkürlich. Existenzialistische Ansätze – im Sinne einer Vorstellung, wir alle wären in die Welt hineingeworfen und dann uns selbst überlassen – bergen für die Elfen keinerlei Schrecken. Erneut gilt: Die Welt ist an und für sich gut. Warum sollte es schlimm sein, in ihr zu sein? Wir sind alle immer genau dort, wo wir hingehören (hier kommt die elfische Idee von der Vorherbestimmtheit des Schicksals ins Spiel).

Perfide Elfenfeinde fragen an dieser Stelle gerne: »Wie kann es dann aber überhaupt sein, dass es böse Elfen gibt – also Angehörige des Schönen Volkes, die üble Gräueltaten begehen oder scheinbar absolut rücksichtslos nur nach ihren eigenen Bedürfnissen handeln?« Ganz einfach: Niemand – nicht einmal die Elfen selbst – würde behaupten, dass das Schöne Volk unfehlbar wäre. Folglich besteht immer die Gefahr, dass man beim Ausloten seiner Handlungsoptionen einer besonders hinterhältigen Form der Selbsttäuschung erliegt. Sowohl der eigene Verstand als auch die eigenen Gefühle sind sehr wohl dazu in der Lage, einen Elfen vom rechten Weg abzubringen – umso wichtiger ist es deshalb, eine wichtige Entscheidung nie zu überstürzen und immer ausreichend Zeit darauf zu verwenden, den »Text der Welt« oder die Klänge der Großen Musik möglichst richtig zu deuten.

## Zarte Blüten und spitze Dornen – Vom elfischen Gemüt

Trotz der obigen Ausführungen ist und bleibt es unvorstellbar schwer, einem Elfen in den Kopf hineinzuschauen.[158] Daher nähert man sich der elfischen Psyche wahrscheinlich besser an, indem man einige der am weitesten verbreiteten Vorurteile über das Schöne Volk näher unter die Lupe nimmt. Dic überwältigende Mehrheit selbiger bezieht sich nämlich erstaunlicherweise gerade nicht auf Äußerlichkeiten, sondern Charaktereigenschaften. Elfenhasser verachten selbstverständlich auch die Hülle des Objekts ihrer Abscheu, aber worüber sie sich wirklich stundenlang auslassen können, ist das, was den Elf ihrer Meinung nach im Kern ausmacht.

*Elfen sind arrogant.*

Ehrlich gesagt liefert selbst Tolkien einige Belege, die diesen Vorwurf ansatzweise stützen. In ihrem Urteil über die An-

---

158 Christiansen: Wieso? Man braucht doch nur eigentlich einen kräftigen Hammer und eine Portion Mut.
Plischke: Sie sind ein Ekel, Herr Kollege!

gehörigen anderer Völker sind manche Elfen nicht gerade zimperlich. So üben in Tolkiens Beobachtungen die Elfen durchaus rüde Kritik an der Körperform des durchschnittlichen Hobbits: Bilbo muss sich beispielsweise anhören, er sei zu fett, und generell scheinen Elfen Hobbits für ausgesprochen langweilige Geschöpfe zu halten.[159]

Überhaupt gibt es laut Tolkien durchaus Elfen, die dazu neigen, alle »gewöhnlichen Sterblichen« über einen Kamm zu scheren. Als sich Bilbo darüber enerviert, dass Elfen gar nicht so scharfsinnig sein können, wie es immer heißt, wenn sie nicht einmal zuverlässig in der Lage sind, einen Menschen von einem Hobbit zu unterscheiden, erhält er eine wirklich fiese Retourkutsche: Dass sich Menschen und Hobbits so gut auseinanderhalten können, ist nicht weiter verwunderlich, da ja auch einzelne Schafe einander unterscheiden können, obwohl sie von außen betrachtet alle gleich aussehen.[160]

Der traditionell größte Groll, den die Elfen gegenüber einem anderen Volk hegen, besteht zwischen ihnen und den Zwergen.[161] Tolkien ist mit dieser Einschätzung im Übrigen nicht alleine. Es gibt kaum Elfologen, die von besonders freundschaftlichen Allianzen zwischen diesen bei-

---

159 Plischke: Ich bin mir nicht sicher, ob es arrogant ist, Leuten die Wahrheit zu sagen.
Christiansen: Nicht unbedingt, aber es kommt doch wohl auch bitte schön darauf an, wie man diese Wahrheit verpackt.

160 Christiansen: Das ist keine Arroganz mehr, das ist bloßer Rassismus!
Plischke: Fairerweise sollte man aber erwähnen, dass Lindir – der Elf, der diese Aussage tätigt – freimütig einräumt, dass er sich nicht sehr intensiv mit den sterblichen Völkern beschäftigt hat.
Christiansen: Das macht es natürlich gleich viel besser, dass sich seine kruden Ansichten aus Arroganz *und* Ignoranz speisen.

161 Christiansen: Es fängt ja bereits damit an, dass sie sich über die Bärte der Zwerge lustig machen und sie deswegen aufziehen. Das wusste schon Tolkien!

den Gruppen berichten. Differenzen bestehen nur dahingehend, wie heftig die Konflikte denn nun ausfallen. Das Spektrum reicht hier von einer wechselseitigen, mehr oder minder wettbewerbsorientierten Rivalität (wer die faszinierendsten Städte baut, wer sich besser aufs magische Handwerk versteht, wer die größeren Helden und Weltenretter hervorgebracht hat und so weiter) bis hin zu einer Feindschaft bis aufs Blut (erbittert und ohne jede Gnade geführte Kriege mit immensen Verlusten auf beiden Seiten).

Einige Elfologen nennen sehr konkrete Auslöser für diese Abneigung, ganz unabhängig davon, welche Form sie nun auch annehmen mag. Im Regelfall weisen diese Erklärungsmuster die folgenden Elemente auf:

- Der Zeitpunkt des Beginns der Fehde liegt – zumindest aus menschlicher Perspektive – schon eine sehr beachtliche Weile zurück (Jahrhunderte oder Jahrtausende).
- Die Schuld für den Ausbruch der Unstimmigkeiten liegt im Verhalten von besonders einfältigen/bösartigen/schlecht informierten Einzelvertretern der beteiligten Völker begründet. Er ist also keine »angeborene Aversion« oder so etwas in der Art.[162]
- Verhandlungen, die die Angelegenheit gleich wieder

162 Plischke: Das Muster ist hier nicht, dass ein geschickter Demagoge den bereits vorhandenen Hass aufpeitscht. Es hält sich eher an eine Linie wie die eines unerfahrenen Elfenkönigs, den die Sehnsucht nach der Fremde in ein fernes Gebirge zieht, das er nur als grauen Gipfelzug am Horizont kennt. Dort angekommen befiehlt er seinem Gefolge, im Wald am Fuße des höchsten Berges eine alte Ruinenstadt zu erforschen. Denn wen sollte das schon stören? Nun, zum Beispiel die Zwerge, die in dieser »Ruinenstadt« seit urdenklichen Zeiten ihre Toten zur letzten Ruhe betten und das Treiben der Elfen als übelste Grabschändung erachten.

aus der Welt hätten räumen können, sind durch widrige Umstände verhindert worden.

Was nun Tolkien anbelangt, so legt er sich nicht einhundertprozentig fest, was der Stein des Anstoßes zwischen Elfen und Zwergen gewesen ist. Er liefert jedoch sehr wohl einige Indizien beziehungsweise Berichte über Vorkommnisse, die die Atmosphäre zwischen diesen Völkern unwiderruflich vergiftet haben könnten:

- Es gab eine Zeit, in der die Elfen Jagd auf entfernte Verwandte der Zwerge machten. Diese »Kleinzwerge« genannten Geschöpfe stellt man sich am besten als eine Art verwilderte und extrem territorial denkende Version der »großen« Zwerge vor. Als die Elfen in ihr Revier eindrangen, reagierten sie mit nächtlichen Überfällen und allerlei anderen Abwehrmaßnahmen. Die Elfen ihrerseits hielten die Kleinzwerge für gefährliche, Höhlen behausende Raubtiere und begannen, gegen sie vorzugehen. Dieses Missverständnis konnte mit Hilfe der großen Zwerge zwar bereinigt werden, bevor die Kleinzwerge völlig ausgerottet waren, aber der Schaden war dennoch angerichtet.[163]
- Die Elfen werfen den Zwergen vor, wegen ihrer Angewohnheit, sich tiefer und tiefer in die Erde hineinzugraben, schon mehrfach (!) Schrecken wie den Balrog befreit zu haben, die dann Tod und Vernichtung über zahllose Unschuldige brachten. Falls dies tat-

163 Christiansen: Das Tragische hier ist, dass die großen Zwerge die Kleinzwerge auch nicht sonderlich leiden konnten. Sie konnten damals allerdings auch nur schlecht untätig bleiben und sich die Bärte kraulen, während die Spitzohren ihre Verwandten massakrierten. Blut ist eben doch dicker als Wasser.

sächlich der Auslöser der Zwietracht unter diesen Völkern sein sollte, verhalten sich die Elfen selbst meiner neutralen Meinung nach ein wenig unfair: Den Zwergen vorzuwerfen, im Boden nach Schätzen zu wühlen, ist ungefähr so töricht, wie den Elfen das Musizieren verbieten zu wollen.

- Einer anderen Variante zufolge erschlugen Zwergenschmiede einen der bedeutendsten Elfenkönige. Die Elfen behaupten, dies wäre geschehen, weil die Zwerge das besondere Schmuckstück, das der König bei ihnen in Auftrag gegeben hatte, nicht herausrücken wollten. Die Zwerge ihrerseits pochen darauf, dass besagter König sich geweigert habe, die Schmiede für ihre Arbeit zu bezahlen.[164]
- Eine These, die durch Peter Jacksons Verfilmung von Tolkiens Werken zu einiger Popularität gelangt ist, sieht den Ursprung des Zwists in der Weigerung der Elfen, den Zwergen bei der Verteidigung ihres Königreichs unter dem Berg gegen den Vernichtungsfeldzug des Drachen Smaug zu helfen.

Eine andere, etwas radikalere Hypothese, die von einigen Elfologen vertreten wird, lautet: Es besteht gar keine übermäßige Feindschaft zwischen Elfen und Zwergen. Sie verweisen darauf, dass Tolkien unzählige Konflikte und Zwiste zwischen den Angehörigen unterschiedlichster Völker zu unterschiedlichsten Zeiten erwähnt. Demzufolge, so argumentieren sie, bestehen vielleicht kurzzeitige Zerrüttungen im Verhältnis zwischen Elfen und Zwergen, über die im

164 Plischke: Ungeachtet dessen, wer nun die Wahrheit sagt, bin ich gern dazu bereit, diesen Vorfall als Urknall der Fehde zu akzeptieren. Warum? Weil es letzten Endes um Geld geht, und beim Geld hört nun einmal die Freundschaft auf.

Lauf der Jahre allerdings wieder Gras wächst. Dem widerspricht auf den ersten Blick der Umstand, dass die im Zuge der Ringaffäre entstehende Freundschaft zwischen Gimli und Legolas wiederholt als etwas ganz Besonderes dargestellt wird. Die Anhänger dieser Hypothese ziehen aber eben genau diese Freundschaft heran, um ihre Argumente zu stärken: Dass Gimli und Legolas so viel Zuneigung füreinander empfinden können, ist für sie der Beweis, dass der Streit zwischen Elfen und Zwergen zwangsläufig wieder beigelegt wird – so wie die meisten der Zwiste, die Tolkien zwischen größeren Bevölkerungsgruppen Mittelerdes nachzeichnet.[165]

Aber wir sind inzwischen recht weit von unserem ursprünglichen Thema abgeschweift. Eigentlich ging es uns darum, den Vorwurf der Arroganz, der so oft an die Elfen herangetragen wird, auf seine Stichhaltigkeit abzuklopfen. Zugegeben, es gibt Negativbeispiele wie Lindir, die sich offenbar nicht allzu sehr um alles Nicht-Elfische scheren. Darüber hinaus sind Elfen tatsächlich schnell dazu bereit, ihre eigene Lebensweise im Vergleich zu der von Außenstehenden als überlegen einzuschätzen und diese Ansicht auch zu verteidigen. Allerdings müssen auch die Neider eingestehen, dass die elfische Gesellschaft einige Errungenschaften vorzuweisen hat, auf die das Schöne Volk zu Recht mit einigem Stolz blickt.[166] Auch einzelne Individuen leisten immer wieder Herausragendes oder sind zu beachtlichen

---

165 Plischke: So furchtbar und immerwährend kann die Feindschaft nicht gewesen sein. Warum sonst sollte man als Zwerg ausgerechnet das elfische Wort für »Freund« als Passwort für seine magische Schutztür verwenden?
Christiansen: Aus beißendem Sarkasmus vielleicht?

166 Christiansen: Ach so, das sind also alles nur stolze Patrioten. Wie wunderbar …

körperlichen, geistigen und magischen Leistungen im Stande. Es mag ein schmaler Grat sein, auf dem viele Elfen wandeln, aber alles in allem würde ich nicht von Arroganz sprechen. Lassen Sie es uns doch lieber so formulieren:

Die meisten Elfen verfügen über ein sehr gesundes Selbstbewusstsein.

*Elfen sind gefühlskalt.*

Den Elfen wird häufig nachgesagt, sie verfügten nur über ein äußerst begrenztes Spektrum an emotionalen Regungen, wobei letztere darüber hinaus in vielen Fällen angeblich nur stark gedämpft auftreten. Tatsächlich kursieren viele Berichte, dass Elfen zum Beispiel nicht eingreifen, wenn sich eine Gruppe ungebetener Gäste in ihrem Territorium verläuft und droht, Hunger, Durst oder den Gefahren der Natur zum Opfer zu fallen. Eine ähnliche Teilnahmslosigkeit sollen Elfen auch bei solchen Gelegenheiten zeigen, in denen sie in finsterer Absicht den Kontakt zu anderen Völkern suchen – sei es nun, um Kinder zu stehlen oder eine Ansiedlung vollkommen auszulöschen, die zu nah an einem Ort errichtet wurde, der ihnen als schützenswert erscheint.

Auch in diesem Zusammenhang möchte ich nicht ausschließen, dass die Elfen in bestimmten Situationen ein Verhalten zeigen, das von außen betrachtet wie ein deutliches Anzeichen einer eiskalten Grausamkeit wirken kann. Und es mag auch richtig sein, dass Elfen Fremden gegenüber in vielen Fällen sehr distanziert auftreten können oder selbst Freunden gewisse Entscheidungen, die sie getroffen haben, eher leidenschaftslos und ohne jede Spur innerer Aufgewühltheit präsentieren. Allerdings gibt es auch Menschen, Zwerge und Angehörige aller Völker, die ab und an eine erschreckende Kaltblütigkeit an den Tag legen.

Ich weiß, das ist ein schwaches Argument, weshalb ich gleich ein (hoffentlich) etwas stärkeres nachlegen möchte: Wir haben uns weiter oben damit auseinandergesetzt, wie schicksalsergeben die Elfen einerseits sind und wie viel Zeit sie sich andererseits nehmen, ihr Handeln zu überdenken. Beides bedeutet nicht, dass sie immer gerne tun, was sie ihrer Auffassung nach tun müssen. Meines Erachtens ist ihre scheinbare Unberührtheit Teil einer Strategie, die eigenen Emotionen bis zu einem gewissen Grad zu verbergen. Und zwar gerade auch und weil es dadurch für sie leichter wird, schmerzhafte Entscheidungen auch wirklich in die Tat umzusetzen. Denn hinter einer kühlen Maske verborgene Emotionen sind etwas gänzlich anderes als ein Mangel an Emotionen.

Dass sie an selbigem nicht leiden, bezeugt allein schon ein Blick auf ihre Kultur. Einem Volk, das sich so sehr an allem Schönen erfreut und buchstäblich Abertausende von Liedern kennt, die dem Zuhörer Tränen der Rührung in die Augen treiben, eine generelle Gefühlskälte zuzuschreiben, ist regelrecht grotesk. Es gilt also vielmehr:

Viele Elfen treten in schwierigen Situationen nach außen hin beherrscht und reserviert auf.

### *Elfen sind heimtückisch.*

Diesen Vorwurf stützen Elfenkritiker unter anderem auf Berichte und Erlebnisse, in denen das Schöne Volk einen Fremden nach einer zufälligen Begegnung zu einem ihrer Feste einlädt, ohne den Gast über damit verbundene Risiken aufzuklären. Die Bandbreite reicht hier von Getränken oder Nahrungsmitteln, die den Gast in einen Jahre oder Jahrzehnte währenden Schlummer versetzen (eine klassische Variante für höfische Elfen), bis hin zu Ritualen, die damit enden, dass einer der Anwesenden eine potenziell tödliche Prüfung ablegen muss, wie etwa den unbewaffneten Zweikampf gegen eine gefährliche Kreatur, die vorher eigens zu diesem Zweck eingefangen wurde (was man in Bezug auf wilde Elfenstämme häufiger hört). Weitere Episoden, die die angebliche Heimtücke des Schönen Volkes untermauern sollen, sind außerdem jene, bei denen die Elfen (zumeist offenkundig feindselig gesinnte) Eindringlinge auf ihr Gebiet aus dem Hinterhalt angreifen oder sie durch ein Ablenkungsmanöver – ein Elf lässt sich kurz sehen und läuft dann davon – in einen Bereich ihres Territoriums locken, wo die Fremden von zuvor gelegten Fallen oder natürlichen Bedrohungen (giftige Dämpfe aus Erdspalten, belebte Dornenranken und ähnliches) unschädlich gemacht werden.

Was die Geschichten angeht, in denen Besucher erst scheinbar freundlich aufgenommen wurden, um dann von irgendeinem Unglück befallen zu werden, ist es wahrscheinlich reichlich unfair, den Elfen böse Absichten zu unterstellen. Hierbei dürfte es sich um nichts anderes handeln als um kulturelle Missverständnisse. Dazu kommt es unter allen Völkern. Die meisten sind harmlos: Wenn Sie in Japan vergessen, in die vor der Toilette bereitgestellten Kloschuhe zu schlüpfen, ehe Sie Ihr Geschäft verrichten, ist das vielleicht ein bisschen peinlich, aber meistens nicht weiter dramatisch. Wir sollten bei derlei Situationen nie vergessen, dass der einen Seite – der gastgebenden – logischerweise die eigenen Verhaltensregeln so vertraut sind, dass sie wie Automatismen ablaufen. Da kann es schon einmal dazu kommen, dass man einen Fremden auf etwas potenziell Überlebenswichtiges hinweist, das es unbedingt zu tun oder zu vermeiden gilt. Klingt Ihnen zu trocken theoretisch? Schön, machen wir es praktischer. Sie wissen, dass man seine Finger nicht in eine Steckdose stecken sollte. Darüber denken Sie für gewöhnlich nicht einmal mehr großartig nach, wenn Sie sich im Umfeld von Steckdosen bewegen. Nehmen wir an, Sie würden einen unerwarteten Gast aus der Ferne bei sich willkommen heißen. Wahrscheinlich würden Sie ihm etwas zu essen und trinken anbieten und/oder einen schönen Platz zum Sitzen. Kämen Sie auf die Idee, ihn ausdrücklich darauf hinzuweisen, dass er bitte nicht in die Steckdosen fasst? Sehen Sie. Da haben Sie's.[167]

Bei allen Vorwürfen jener Art, die sich im weitesten Sinne auf kriegerische Auseinandersetzungen beziehen, ist eines sehr auffällig: Sie werden ausschließlich von denjenigen erhoben, die aus einem solchen Gefecht als Verlierer hervorgehen. Hier scheinen mir zwei eherne Gesetze zu greifen, die immer eine Frage der Perspektive darstellen:

1. Wer einen Hinterhalt legt und dadurch den Sieg für seine Seite davonträgt, ist für selbige ein kluger Stratege; für den Gegner ist er ein unehrenhafter Feigling.
2. Gerät man in einen Hinterhalt und schlägt den Feind, ist selbiger natürlich dumm wie Bohnenstroh und die Schlacht konnte gar keinen anderen Ausgang nehmen; kassiert man eine Niederlage, ist der Gegner von bösartiger Verschlagenheit.

In Anbetracht dessen finde ich es grundsätzlich fairer, das Schöne Volk per se nicht heimtückisch zu nennen. Mein Alternativvorschlag:

Elfen sind listenreich.

---

167 Plischke: Das elfische Äquivalent dazu wäre natürlich so etwas wie »Warum sollte ich jemandem extra sagen müssen, dass er den Seelenkristall nicht berühren darf?«, »Jeder weiß doch, dass man von Schlummeräpfeln lange schläft«, oder »Es gehört ja wohl zu unserem Waldblütenfest dazu, dass am Ende wer gegen den Leisen Klauentod antreten muss.«

*Elfen sind weinerlich.*
Dieser Vorwurf ist allein schon deshalb ein wenig problematisch, weil er sich klar mit dem etwas weiter oben beißt, die Elfen wären emotional schrecklich unterkühlt. Ein bisschen drängt sich hier der Eindruck auf, die Elfen würden von ihren Verächtern in eine Ecke gedrängt, über der ein großes Schild mit der Aufschrift »Wie man's macht, ist es verkehrt« hängt. Geben sie sich zurückhaltend und reserviert, so heißt es, sie wären von einer erschreckenden Gefühlskälte und scherten sich nicht im Geringsten darum, wie es anderen ergeht. Bringen sie ihre innersten Regungen zum Ausdruck, sind sie Waschlappen und Weicheier.

Ich möchte dabei allerdings nicht verhehlen, dass viele Elfen – insbesondere ab einem bestimmten Alter – eine Schwermut ausstrahlen, die ihre Gegenwart offenkundig nicht immer zu einem Vergnügen macht. Manchen Augenzeugenberichten zufolge sind diese Elfen dazu in der Lage, tage- oder gar wochenlang ihre Zeit folgendermaßen zu verbringen:

- Sie blicken stumm ins Leere (vorzugsweise in alten Ruinen, in direkter Nähe eines toten Baums oder am Ufer eines Teichs, dessen Oberfläche glatt und schwarz wie ein dunkler Spiegel ist).
- Sie seufzen zu unberechenbaren Zeitpunkten tief auf (und unterdrücken gelegentlich mit bebenden Lippen ein Schluchzen).
- Sie summen Melodien in Moll vor sich hin, die selbst einen Stein dazu bringen könnten, eine Träne zu vergießen (oder verzweifelt das Weite zu suchen).
- Falls sie doch einmal sprechen, dann kreisen ihre Gesprächsangebote um »die Ausweglosigkeit des Schicksals«, »die schweren Tage der Düsternis« oder

»das Verlangen, auch im Schrecklichen noch das Schöne zu sehen«.

Man könnte also meinen, dieser Vorwurf sei – allen Widersprüchen zu anderen Schmähungen zum Trotz – nicht ganz aus der Luft gegriffen. Ich sehe die Möglichkeit, dass diese augenscheinlichen Brüche letztlich jedoch auf den gleichen Grund zurückzuführen sein könnten: Ist er erst einmal alt genug, hat ein Vertreter des Schönen Volkes oft eine sehr konkrete Vorstellung von seinem eigenen Los in der Welt entwickelt. Und so, wie in unserer Gesellschaft auch nicht jeder Astronaut oder Prinzessin werden kann, erwartet auch nicht jeden einzelnen Elfen ein Schicksal von herausragender Bedeutung. Mehr noch: Einige müssen fest davon ausgehen, unter äußerst unangenehmen Umständen aus dem Leben zu scheiden. Für uns Menschen ist Letzteres zwar bedauerlicherweise nicht anders, und einige von uns ahnen sehr früh, dass das Schicksal es nicht sehr gut mit ihnen meint. Für die Elfen sind diese Ahnungen allerdings sehr oft regelrechte Gewissheiten, und damit umzugehen, ist – Verzeihung – gewiss nicht leicht.

Die den Elfen unterstellte Weinerlichkeit erstreckt sich indes auch auf andere Bereiche. Glaubt man den Elfenhassern, neigt das Schöne Volk dazu, sich pausenlos über dies und das zu beschweren: »Weiche hier nicht vom Weg ab – das tut dem Wald doch weh!«, »Eure kehlige Sprache klingt so rau in meinen Ohren!« oder »Es ist nett, dass du mir deine Axt leihen willst, aber an diesem Griff fange ich mir bestimmt nur Splitter ein«.

Ich kann mir gut vorstellen, dass derlei Beschwerden einen sehr leicht auf die Palme bringen können, wenn man fortwährend mit ihnen bombardiert wird. Andererseits kann ich mir mindestens ebenso gut vorstellen, wie viel

Grund man zum Nörgeln an der Gesamtsituation findet, wenn man mit den scharfen Sinnen und den hohen ästhetischen Ansprüchen eines Elfen ausgestattet ist.

Lassen Sie uns doch vielleicht einfach insgesamt folgenden Kompromiss schließen:

Elfen sind empfindsam.

*Elfen sind egoistisch.*

Diesen Vorwurf möchte ich zunächst etwas präzisieren: Meist wird sich in diesem Zusammenhang darüber echauffiert, dass das Schöne Volk letzten Endes nur an solchen Vorgängen in der Welt Interesse zeigt, die es direkt betreffen. Alle anderen Ereignisse – Sie verzeihen mir hoffentlich die Ausdrucksweise – gehen ihnen am wohlgeformten Hintern vorbei. Ein Beispiel: Ein verrückter Nekromant schart weit im Osten ein gewaltiges Heer albtraumhafter Kreaturen um sich und beginnt dort eine freie Menschenstadt nach der anderen zu unterwerfen. Greifen die Elfen automatisch ein, wenn ein Abgesandter einer der verbliebenen Städte sie um Hilfe bittet? Eher nicht. Sie werden sich erst rühren, sobald besagter Nekromant schwört, sämtliche Wälder der Erde abzuholzen. Und wie nennt man so etwas? Egoistisch. Wenn man höflich bleibt.[168]

So in etwa sieht also das Grundmodell dieser Schmähung aus dem Blickwinkel der Elfenhasser aus. Es ist ein spannendes Gedankenexperiment, sich die Frage zu stellen, wie die Kritiker der Elfen urteilen würden, wenn die Elfen sich genau umgekehrt verhielten. Also: Was, wenn die Elfen sich in jeden laufenden Konflikt außerhalb ihres eigenen Einflussbereichs sofort einmischen würden – vorzugsweise mit Waffengewalt oder magischen Massenvernichtungswaffen?

---

168 Christiansen: Zu Recht!

Ich gehe jede Wette ein, dass es dann hieße, das Schöne Volk betreibe eine aggressive Expansionspolitik, um nach und nach eine Weltordnung nach ihren Vorstellungen durchzusetzen. Oder anders gesagt: Auch dann müssten sie sich höchstwahrscheinlich anhören, sie seien im Grunde egoistische, selbstsüchtige Wesen.

Ich würde in dieser ganzen Debatte lieber einen anderen Punkt betonen: Sobald die Elfen sich nämlich erst einmal zum Handeln entschlossen haben, tun sie traditionell alles, was in ihrer Macht steht, um ihr Vorhaben in die Tat umzusetzen. Um beim obigen Beispiel zu bleiben: Sobald sie davon überzeugt sind, dass der Nekromant eine Bedrohung für die gesamte Welt darstellt, die nur aus selbiger zu schaffen ist, wenn sie ihr volles Gewicht in die politische und militärische Waagschale werfen, machen die Elfen genau das: Sie werden nicht eher ruhen, bis der Finsterling ausgelöscht ist – ganz gleich, welche Verluste sie dafür selbst in Kauf nehmen müssen.[169]

Insofern ziehe ich es vor, den Elfen keinen besonders übersteigerten Egoismus zu unterstellen. Ich würde eher eine ihrer positiven Charaktereigenschaften loben, die gerade angesichts ihres Rufs, sie würden am liebsten nur Müßiggang pflegen und ihre Zeit mit Nichtigkeiten wie Singen, Tanzen und Bäumekuscheln vertändeln, dringend hervorgehoben werden sollte.

Elfen sind sehr zielstrebig, wenn es sein muss.

---

169 Christiansen: Ja, und dann machen sie buchstäblich keine Gefangenen und nehmen auch keinerlei Rücksicht darauf, ob ihre eigenen Aktionen ihren Verbündeten nur magisch verbrannte Erde hinterlassen.
Plischke: Wie man's macht … siehe oben.

*Elfen sind feige.*
Dieser Vorwurf überschneidet sich sowohl ein wenig mit dem direkt vorangegangenen als auch mit jenem, die Elfen wären heimtückisch. Wie viele andere Kritikpunkte am Schönen Volk bezieht er sich auf Extremsituationen beziehungsweise kriegerisch ausgetragene Konflikte. Feigheit, Heimtücke und Egoismus werden dabei oft nahezu austauschbar verwendet. Will meinen: Diejenigen, die den Elfen im Nekromantenbeispiel keinen Egoismus unterstellen, werfen ihnen dafür eben Feigheit vor. Dies ist sehr gerne noch mit einem alles andere als unterschwelligen Machotum gekoppelt: Die Elfen sind angeblich schlicht »nicht Manns genug«, sich auf dem Schlachtfeld zu beweisen.

Am besten halten wir uns hier nicht lange mit einem sorgfältigen Auseinanderpflücken dieser Ansichten auf, weil sie nüchtern betrachtet jeder Grundlage entbehren. Ich meine damit nicht, dass es *keinen* einzigen Elfen gäbe, der nicht das Prädikat »feige« verdient hätte. Aber zu behaupten, *alle* Elfen wären feige, ist einfach nur Blödsinn. Oder wäre das etwas, was Sie Legolas ins Gesicht sagen würden?

Darüber hinaus muss man sich auch Folgendes fragen: Ist es feige, eine Entscheidung genau abzuwägen, anstatt sich tollkühn und ohne jedes Zaudern in Gefahr zu begeben? Denn zugegebenermaßen machen viele Elfen sich ihre Entscheidungen nicht leicht, und das ist selbstverständlich gerade in Momenten, in denen die eigene körperliche Unversehrtheit auf dem Spiel steht, nicht anders. Kann man ihnen daraus einen Vorwurf machen? Wohl kaum, es sei denn man vertritt ein sehr sonderbares Konzept von Tapferkeit – nämlich eines, in dem tapfer zu sein bedeutet, keiner Konfrontation aus dem Weg zu gehen, selbst wenn sie sich vermeiden ließe. Für mich hat das weniger mit Tapferkeit und mehr mit Rauflust zu tun.[170]

Ich halte also fest: Elfen sind nicht feige, Elfen sind nur vorsichtig.

*Elfen verstehen keinen Spaß.*

Als letzter häufig vorgebrachter Vorwurf wird den Elfen häufig unterstellt, sie besäßen nicht den geringsten Sinn für Humor. Die von ihren Gegnern empfundene Kränkung ist also im Grunde, dass das Schöne Volk nicht über ihre Witze lacht. Lassen Sie uns diese Schmach einen Moment ernst nehmen und uns auf eine kleine Suche nach den möglichen Ursachen für den Eindruck machen, die Elfen gingen zum Lachen in den Keller.

Es ist – insbesondere seit der Arbeit jüngerer Elfologen – kein großes Geheimnis mehr, dass Vertreter des Schönen Volkes, die es unter uns Menschen verschlägt, viele unserer kulturellen Gepflogenheiten höchst absonderlich finden. Mehr noch: Sie bewegen sich unter uns mit einer Nonchalance, die an Naivität grenzt – vor allem solche Elfen, die »wilden« Stämmen entspringen. Warum das Geschrei, wenn man eine Tür zu einem Zimmer öffnet, hinter der zwei Menschen gerade der Fleischeslust frönen? Warum die entsetzten Blicke, wenn man Hühner aus ihren Käfigen befreit? Warum die Verwunderung, wenn man am liebsten barfuß geht?

---

170 Plischke: Ich kann dem Herrn Kollegen hier nur beipflichten und verweise der allgemeinen Belustigung halber auf jene Extremisten, für die es bereits ein klares Anzeichen der Feigheit der Elfen darstellt, dass sie gern Pfeil und Bogen als Waffe einsetzen. Echte Krieger, so werden diese Leute nicht müde zu beteuern, würden sich ihrem Gegner nur im ehrenhaften Zweikampf stellen. Schlimm dabei finde ich nur, dass einem derlei blödsinnige Halsstarrigkeit gern als besondere Ritterlichkeit verkauft wird …

Warum werfe ich all diese Fragen aus elfischer Perspektive auf? Weil ich glaube, dass auch Humor sich von Kultur zu Kultur unterscheiden kann und viele Elfen möglicherweise nicht über Witze von Menschen lachen, weil sie diese Witze gar nicht als Witze verstehen.[171]

Eine etwas … nun, peinlichere … Erklärung wäre, dass ein Großteil des menschlichen Humors Elfen deshalb nicht sonderlich lustig vorkommt, weil er für sie schlicht und ergreifend nicht lustig ist. Dies könnte besonders auf höfisch geprägte Elfen zutreffen. Haben Sie schon einmal erleben müssen, wie Ihnen ein Fünfjähriger versucht hat, einen Witz zu erzählen? Es mag niedlich sein, aber es zeugt selten von einem raffinierten Sinn für Humor (es sei denn, sie halten alles, wobei Körperausscheidungen und/oder -geräusche eine tragende Rolle spielen, prinzipiell schon für einen komödiantischen Meilenstein).

Woran ich in diesem Zusammenhang ebenfalls noch dringend erinnern möchte, ist der Umstand, dass viele Berichte über Begegnungen zwischen Elfen und Menschen mit einer auffälligen Gemeinsamkeit beginnen: Das Erscheinen der Elfen kündigt sich durch Gelächter an.[172] Vorausgesetzt, das Schöne Volk kichert nicht nur prinzipiell ab und an grundlos vor sich hin, ist das ein klarer Beweis, dass die Elfen sehr wohl Spaß verstehen – selbst wenn es nur ihre eigene und möglicherweise für uns Men-

---

171 Plischke: Eine Menge Witze oder (vermeintlich) lustige Sprüche haben gern einmal einen ironischen Unterton, den man aber nur als solchen erkennen kann, wenn man damit vertraut ist, worauf sich diese Ironie bezieht. Ich kann also durchaus verstehen, dass Elfen gern etwas ironiebefreit wirken (was aber wiederum nicht heißt, dass sie humorbefreit wären).

172 Plischke: Und generell heißt es oft – ganz egal, welche elfologische Schrift man auch heranzieht –, dass in den Behausungen der Elfen eine heitere, ungezwungene Stimmung herrscht.

schen bisweilen undurchschaubare Form von Humor sein sollte.

Fasst man die Definition von Spaß etwas weiter, eignet sich Legolas als hervorragendes Beispiel, um zu belegen, dass Elfen keine notorischen Spielverderber sind. Seinen Trinkwettbewerb gegen Gimli hatten wir bereits weiter oben angesprochen.[173] Noch wesentlich berühmter ist ein anderer Wettstreit, den der Zwerg und er sich liefern. Bei der Schlacht von Helms Klamm messen sich die beiden darin, wer die meisten Orks erschlagen kann. Dabei erweist er sich nicht einmal als schlechter Verlierer, denn seine Freude darüber, Gimli noch am Leben zu wissen, ist ihm wichtiger als der Sieg. Besonders spitzfindige Kritiker argumentieren hier gerne, eine derart grausame Wette überhaupt anzunehmen, spräche für die oft behauptete und oben ausführlich erläuterte Gefühlskälte der Elfen. Es gibt eben Leute, die an allem etwas auszusetzen haben …

Jedenfalls steht für mich zweifelsfrei fest, dass Elfen sehr wohl Spaß verstehen. Oder anders gesagt:

Mit Elfen ist gut lachen (wenn man ihren Humor versteht).

## Die bucklige Verwandtschaft? – Elfen und Orks

Zum Abschluss unserer Betrachtungen des modernen Elfenbilds möchte ich gerne noch ein schwieriges Kapitel anreißen: das Verhältnis zwischen Elfen und Orks.[174]

---

173 Christiansen: Wobei ich fest davon ausgehe, dieses gerissene Spitzohr hat sich nur auf dieses Duell eingelassen, weil es wusste, dass es am Ende als Sieger dasteht.

174 Plischke: Für den unwahrscheinlichen Fall, dass Sie noch nie von Orks gehört haben – das sind die grobschlächtigen, meist etwas tierhaften Bösewichte, die in vielen Erzählungen in Horden von unermesslicher

Eines vorneweg: Die Elfen fürchten die Orks nicht. Und wo wir gerade beim Thema sind, können wir uns eben noch schnell anschauen, was die drei Dinge sind, vor denen sich Elfen laut Tolkien fürchten:

1. Sauron,[175]
2. Balrogs[176] und
3. die Sprache Mordors (auf Letztere zeigen sie sogar beim bloßen Hören körperliche Abwehrreaktionen – als würde mit den größten Fingernägeln der Welt lange und genüsslich über eine Schiefertafel gekratzt).[177]

---

Zahl auftreten und häufig die Schergen eines noch größeren und gefährlichen Bösewichts (Stichwort: Sauron) sind.
Christiansen: Es gibt allerdings gerade in jüngerer Zeit auch die eine oder andere Ausnahme, bei der die Orks etwas besser wegkommen – auffälligerweise gern in Form einer mehr oder minder missverstandenen, aber dennoch »primitiven« Stammeskultur. Gewaltige Hauer haben dennoch die meisten von ihnen.

175 Plischke: Keine Überraschung (und mit ihrer Furcht sind sie da auch alles andere als allein).

176 Plischke: Auch hier nimmt es mich nicht wunder, dass die Elfen Angst vor flammenpeitschenschwingenden, gehörnten Dämonen von der Größe eines durchschnittlichen Einfamilienhauses haben.

177 Plischke: Nur eine letzte Bemerkung noch: Ich würde gern darauf hinweisen, dass Elfen sich erstaunlicherweise vor einigen Dingen gerade *nicht* fürchten, die für uns Menschen gewissermaßen eine Gänsehautgarantie haben. Tolkien weist zum Beispiel darauf hin, dass Elfen sich nicht im Mindesten vor den Geistern menschlicher Verstorbener gruseln.
Christiansen: Das würde ich nicht so stehen lassen. Andere Elfologen nach Tolkien betonen nämlich ausdrücklich, dass Elfen sich an allen Orten, die mit Tod und Vergänglichkeit in Verbindung stehen – Friedhöfe, Grabmäler, Schlachtfelder und so weiter – ausgesprochen unwohl fühlen. Ich habe dafür sogar ein gewisses Verständnis: Es muss ernüchternd sein, als wohl potenziell unsterbliches Wesen daran erinnert zu werden, dass man dem Tod am Ende trotzdem nicht entrinnen kann …

Wenn die Elfen die Orks nun nicht fürchten, mit welchem Gefühl stehen sie ihnen dann gegenüber? Mit einem für Elfen eher untypischen: Hass. Und zwar nicht die Variante, bei der man beim Anblick seines Hassobjekts völlig rot sieht, Schaum vor den Mund bekommt und sich irre kreischend auf es stürzt, um es auszumerzen. Es handelt sich mehr um eine eisige Form der völligen Verachtung, gepaart mit dem bedingungslosen Willen, die Orks geradezu methodisch auszulöschen.[178] Diese Abneigung reicht so weit, dass die Elfen laut Tolkien ihre Klingenwaffen eigens mit Zaubern versehen, die sie in »Orkdetektoren« verwandeln: Kommen sie in die Nähe von Orks, leuchten sie in einem kalten Licht.

Doch woher rührt dieser Umstand, dass Elfen allein schon die bloße Existenz von Orks als etwas vollkommen Empörendes empfinden? Manche Theorien vertreten die Position, die Elfen würden die Orks deshalb so sehr hassen, weil eine enge Verwandtschaft zwischen ihnen besteht. Die Orks halten den Elfen gewissermaßen einen Zerrspiegel vor, und dem Schönen Volk gefällt ganz und gar nicht, was es da zu sehen bekommt. Das mag zunächst abwegig klingen – die äußeren Ähnlichkeiten zwischen beiden Völkern beschränken sich nämlich weitestgehend auf die spitzen Ohren –, aber selbst Tolkien schloss diese Möglichkeit nicht aus. Tatsächlich liegt der genaue Ursprung der Orks – und damit eben auch die Antwort auf dieses Rätsel – im Dunkeln. Genauer gesagt sind schon seit Tolkien die unter-

---

178 Christiansen: Das Wort, das der Herr Kollege hier so geschickt zu umschiffen versucht, ist Völkermord.
Plischke: Könnten wir das Ganze bitte eine Etage tiefer aufhängen? Und ich möchte zu bedenken geben, dass die Orks – zumindest nach Tolkiens Auslegung – auch kein sonderlich großes Problem damit hätten, die Elfen restlos vernichtet zu sehen.

schiedlichsten Thesen darüber im Umlauf, und auch nach ihm haben sowohl Elfologen als auch Orkologen das Spektrum an Herkunftsmythen beständig erweitert. Die prominentesten sind die folgenden:

- Die Orks wurden von bösen Mächten aus »gefallenen« Elfen gezüchtet – entweder auf magische oder die herkömmliche biologische Art und Weise.
- Die Orks sind durch den Einfluss des Bösen und der Verderbtheit entstandene seelenlose Geschöpfe, deren einziger Zweck darin besteht, Unheil über die Welt zu bringen.
- Die Orks sind ehedem edle Geschöpfe, die über die Fähigkeit des Gestaltwandels verfügten und durch eine schwere Versündigung in ihrer jetzigen Form gefangen sind.[179]
- Die Orks sind auf natürlichem Wege verwilderte Elfen.
- Die Orks sind auf natürlichem Wege verwilderte Menschen.
- Die Orks sind ein Volk, das auf genetischer Ebene symbiotisch mit einer Art Pilz verschmolzen ist.

Die Mythen- und Legendenbildung treibt in diesem Bereich augenscheinlich die absonderlichsten Blüten. Solange es uns nicht irgendwann irgendwie gelingt, über archäologische Funde die Geschichte der Orks – und der Elfen! – lückenlos aufzuklären, werden wir uns wohl oder übel damit abfinden müssen, dass wir es hier mit einem Mysterium zu tun haben. Glücklicherweise gibt es jedoch Berei-

---

179 Christiansen: Und wer nicht dem elfischen Schönheitsideal entspricht, neigt dann automatisch zu moralischer Verkommenheit, ja?

che der Mythologie unter uns Menschen, bei denen generelle Versuche, etwas Licht ins Dunkel zu bringen, um einiges erfolgreicher sind. Diesen möchte ich mich nun gemeinsam mit Ihnen im nächsten Kapitel widmen.

# Ein Ast mit vielen Trieben – Elfen und ihre Verwandten

Eines der, wenn nicht gar *das* faszinierendste Teilgebiet der Elfologie ist die Geografomythik. Hinter diesem Zungenbrecher verbirgt sich das Bestreben, menschliche Mythen und Legenden aus aller Welt nach Hinweisen auf frühere Kontakte zwischen uns und dem Schönen Volk zu durchforsten. Mehr noch: Viele meiner Kollegen, insbesondere die jüngeren, erhoffen sich durch ihre unermüdliche Arbeit bei Expeditionen in die entlegensten Ecken der Erde, eines Tages eine elfische Kultur zu entdecken, die sich ihnen gegenüber als so tolerant und aufgeschlossen erweist, dass sie uns sämtliche Geheimnisse über das Schöne Volk enthüllt.[180]

Ungeachtet dessen, ob man diese Hoffnungen nun teilt oder nicht, ist ein genauerer Blick auf die menschliche Sagenwelt sehr erkenntnisreich. Allein bei einer oberflächlichen Betrachtung gelangt man schon rasch zu einigen wesentlichen Einsichten, die allesamt sehr dazu geeignet sind, die Stimmung eines jeden von Rückschlägen in seinen Forschungen frustrierten Elfologen deutlich zu heben. Ich erlaube mir, die drei wichtigsten hier einmal motto- oder sloganartig anzuführen:

180 Christiansen: Viel Glück und gute Reise!

1. *Wir haben nicht alles vergessen!*
2. *Keine Furcht vor dem vermeintlich Fremden!*
3. *Elfen sind überall!*

*Zu Punkt 1:* Angesichts dessen, was wir Menschen im Laufe ungezählter Jahre über die Elfen alles vergessen haben, verfallen einige Kollegen immer wieder in ein ganz besonders unverständliches Verhalten. In einer penetranten Weinerlichkeit, die an die Malaise erinnert, welche Kritiker des Schönen Volkes den Elfen so gern anlasten, stellen sie sich hin und greinen: »Wir finden gar nichts mehr heraus, weil es gar nichts mehr herauszufinden gibt.« Erstens ist das Unfug, denn wer mit wachem Auge hinsieht, entdeckt immer wieder kleine Perlen – manchmal sogar in Material, das zuvor schon unzählige Male gesichtet wurde. Zweitens, und das ist das wichtigere Argument, ist die Vorstellung, überhaupt irgendetwas für die Ewigkeit bewahren zu können, geradezu absurd. Man sollte sich – gerade als Elfologe! – da lieber eine Scheibe von der Philosophie seines Studienobjekts abschneiden. Erinnern wir uns: Die gesamte Welt ist aus Sicht der Elfen ein Kreislauf aus Werden und Vergehen. Warum, so frage ich dann, sollte es ausgerechnet in Hinblick auf etwas derart Flüchtiges und Anfälliges wie dem Wissen im Allgemeinen und dem Wissen über das Schöne Volk im Speziellen anders sein? Und ist es nicht die Aufgabe des Elfologen, für die Entstehung neuen Wissens zu sorgen, anstatt den Verlust des Vergangenen zu beklagen?

*Zu Punkt 2:* Natürlich steht es jedem Elfologen frei, sich in sein Kämmerlein einzuschließen und alte Manuskripte und die vergilbten Seiten uralter Folianten zu studieren. Zu Hause ist es ja bekanntlich am schönsten – aber nicht unbedingt am spannendsten. Ich rate jedem Elfologen, forschen Schritts in die Welt hinauszuziehen, und den Menschen, denen er begegnet, genauestens zuzuhören. Oftmals schnappt man dabei fast zufällig Erstaunlichstes über Sitten und Gebräuche oder Geschichten und Erzählungen der Altvorderen auf. Gerade wenn es um Elfen und unseren Kontakt zu ihnen geht, stellt man nämlich rasch fest, dass viele Erfahrungsberichte sich stark ähneln – unabhängig davon, ob man sie in der frostigen Arktis oder der Schwüle des Dschungels zu hören bekommt. An unserem Verhältnis zu den Elfen können wir etwas ungemein Erhebendes ablesen: So unüberbrückbar uns auch die Gräben zwischen unseren eigenen Kulturen erscheinen mögen, gibt es grundsätzliche Auffassungen, die wir alle miteinander teilen – beispielsweise jene, dass alle Menschen alle Elfen in der Regel für besonders scheue und zurückgezogen lebende Geschöpfe erachten.

*Hieran knüpft Punkt 3 an:* Eine Vielzahl an Indizien lässt kaum einen Zweifel daran, dass Elfen auf der gesamten Welt leben oder früher einmal gelebt haben. Ich weiß, es klingt nach einer kühnen Behauptung,[181] man könne an einen beliebigen Punkt auf dem Globus reisen und dort potenziell zumindest auf Zeugnisse der einstigen Präsenz des Schönen Volkes treffen. Bitte schenken Sie mir Glauben, wenn ich Ihnen versichere, dass dem tatsächlich so ist.

Nun wäre ich ein schlechter Elfologe, würde ich diese Worte einfach nur in den Raum stellen, um mich danach unverrichteter Dinge wieder aus dem Staub zu machen und Sie vor dem Rätsel stehen zu lassen, wie diese Worte mit Inhalt zu füllen sind.[182]

---

181 Christiansen: Es wäre ja nicht die erste …

182 Christiansen: Ein schlechter Elfologe vielleicht, aber zumindest gäbe Kollege Wolf damit einen sehr brauchbaren Elfenimitator ab.

Dementsprechend möchte ich Sie gerne einladen, auf dem Papier und in unserer gemeinsamen Vorstellung eine Reise rund um die Welt zu unternehmen. Ich würde Ihnen gerne eine kleine Auswahl an Geschöpfen und Wesen vorstellen, die in der Elfologie oft quasi als »Tarnidentitäten« oder nahe Verwandte des Schönen Volks gelten. Bevor wir starten, gestatten Sie mir bitte noch ein paar Worte zu unserem Reiseplan – es soll so zugehen, wie es den Elfen gefallen würde: geordnet. Das bedeutet in diesem Fall, dass wir uns in alphabetischer Reihenfolge über die Kontinente bewegen und ich Sie dort in ebendieser mit den Wesen vertraut mache, denen wir begegnen.

## Afrika

Unseren ersten Halt machen wir an der Wiege der Menschheit. Ob es sich bei Afrika um jenen Ort handelt, an dem auch die Elfen entstanden sind, bleibt ein ungelöstes Rätsel.[183] Fakt ist jedoch, dass auch unter den Menschen Afrikas der Glaube an die Existenz von Wesen mit elfengleichen Eigenschaften verbreitet ist. Im Gegensatz zur westlichen Welt, wo diejenigen, die von der Existenz von Elfen überzeugt sind, in aller Regel belächelt werden, ist man in vielen Regionen Afrikas nicht zwingend in der Minderheit, wenn man fest davon ausgeht, dass Geschöpfe, die für uns Men-

---

Plischke: Ich muss Sie leider enttäuschen. Dafür ist er schon seit Jahrzehnten nicht mehr schlank genug.

183 Plischke: In Anbetracht der Tatsache, dass die genaue Herkunft des Schönen Volkes unter Elfologen ein viel und heiß diskutiertes Thema darstellt. Für jeden Elfologen, der in den Elfen eine Art Vorläuferspezies der Menschen sieht, die lange Zeit vor uns entstand, gibt es mindestens einen, der behauptet, sie kämen in Wahrheit aus einer völlig anderen Dimension oder gar von einem fremden Planeten.

schen weite Teile der Zeit unsichtbar sind, dennoch existieren (und auch bisweilen sehr direkten Einfluss auf unser Leben nehmen). Lassen Sie mich Ihnen nun zwei Beispiele dafür vorstellen.

*Jengu*

*Verbreitungsgebiet:* Kamerun.

Die Jengu (Mehrzahl: Miengu) ist hervorragend dazu geeignet, drei interessante Punkte zu veranschaulichen, auf die wir bei unserer kleinen Weltreise immer wieder stoßen werden. Der erste ist, dass erstaunlich viele Geschöpfe, die an Elfen erinnern, den jeweils örtlichen Legenden nach an einem eher ungewöhnlichen Ort zu finden sind: im Wasser. Das mag zunächst ungewöhnlich erscheinen,[184] aber ich erinnere daran, mit welchen Elementen die Elfen traditionell in Verbindung gebracht werden: Luft *und* Wasser. Die Miengu sind also nicht die einzigen Wasserbewohner, die uns noch begegnen werden.

Der zweite Punkt, den ich dringend betonen möchte, ist der, dass das, was das Elfenvolk zum Schönen Volk macht, immer davon abzuhängen scheint, wo wir uns gerade aufhalten. So werden beispielsweise auch die Miengu durchgehend als schön beschrieben, doch sie sind eben nicht die käsebleichen Gestalten, die beispielsweise in Nord-

---

184 Christiansen: Wirklich? Ich meine, man akzeptiert, dass die Spitzohren die ewige Jugend gepachtet haben, mit Tieren sprechen und Zauberbrot backen, von dem schon ein winziges Krümelchen den ärgsten Hunger stillt, aber die Vorstellung, sie könnten am Ende auch unter Wasser leben, kommt einem ungewöhnlich vor?
Plischke: Mich verwundert das nicht. In vielen Berichten über Elfen heißt es ja, sie würden in einem eigenen, fremdartigen Reich leben, das für Menschen viele Bedrohungen birgt und nur mit ihrer ausdrücklichen Erlaubnis gefahrlos betreten werden kann. Dass manche dieser Reiche unter Wasser liegen könnten, erscheint mir da fast logisch.

europa als Elfenverwandte gehandelt werden. Dieser Sachverhalt – gerne etwas überkandidelt »die regionale Attraktivitätskomponente« genannt – führt unter Elfologen gern zu Disputen. Die eine Seite sieht in der regionalen Attraktivitätskomponente einen klaren Beweis dafür, wie eng Elfen und Menschen in Wahrheit miteinander verwandt sind (gewissermaßen als Untermauerung jenes Umstands, auf den schon die bloße Existenz von Halbelfen hindeutet). Die Gegenseite kommt zu einem völlig anderen Schluss: Für sie ist die wandelbare Erscheinung des Schönen Volkes ein magischer Effekt – will meinen, die genaue Gestalt, in der Elfen uns gegenübertreten, ist lediglich eine Illusion. Entweder weil wir die wahre Gestalt der Elfen mit unseren eingeschränkten Sinnen gar nicht wahrnehmen können, weshalb eine Art automatischer Zauber unsere Vorstellung von Attraktivität anzapft und sie auf die Elfen projiziert, oder weil das Schöne Volk sein tatsächliches Erscheinen absichtlich tarnt, um uns nicht zu verstören.[185] Es möge jeder bitte selbst beurteilen, wie er zu solch gewagten und schlecht zu belegenden Theorien steht.

Der dritte wichtige Aspekt der Betrachtung von Geschöpfen aus Mythen und Legenden, für den die Miengu als Paradebeispiel herhalten können, ist die offenkundig immer bestehende Gefahr der Geschlechterverwirrung. Damit meine ich, dass viele Wesen mit auffällig elfengleichen Attributen weiblich sind. Ich möchte an dieser Stelle nicht alles wiederholen, was wir in vorangegangenen Kapiteln durchgekaut haben. Zur Erinnerung: Unter Elfen sind die

---

185 Christiansen: Ha! Wenn das stimmt, sehen Elfen bestimmt komplett eklig aus. Wie Schnecken oder Amöben oder so.
Plischke: Ich würde sie mir dann eher als strahlendes Energiefeld ohne feste Form vorstellen.
Christiansen: Sie müssen ja auch so was sagen …

Unterschiede zwischen den Geschlechtern, was Körperbau und Haartracht, aber auch vor allem die soziale Rolle anbelangt, erheblich geringer als unter uns Menschen. Insofern ist es nicht überraschend, wenn wir bei Berichten über manche Ableger des Schönen Volkes immer nur von den »holden Maiden in den fließenden Gewändern« hören. So mancher Augenzeuge hätte wohl hingegen eine Überraschung erlebt, wenn er eines dieser fließenden Gewänder jemals gelüftet hätte.

Kommen wir nach dieser langen Vorrede nun also zu den Miengu selbst und jenen ihrer Charakteristika, die sie für Elfologen so interessant machen. Sie sind – wen wundert's – wunderschön, wobei insbesondere ihr langes, dichtes Haar in den Erzählungen immer wieder betont wird. Dabei weisen sie zugleich zwei Makel auf – einen größeren und einen kleineren. Der kleinere besteht darin, dass ihre Zähne sehr weit auseinanderstehen, sodass in manchen Berichten die Rede davon ist, ihnen würde sogar die Hälfte der Zähne im Kiefer fehlen.[186] Der aus Sicht konservativer Elfologen um einiges bedenklichere Makel ist der, dass es oft heißt, die Miengu wären von der Hüfte abwärts Fische (im Grunde wie bei westlichen Meerjungfrauen). Ganz gleich, ob dafür nun ein Zauber oder eine Anpassung an ihren Lebensraum verantwortlich ist, verlieren Miengu allein ihrer Fischschwänze wegen für einen aufgeschlosseneren Elfenkundler kein Deut an Interessantheit.

Es fängt schon einmal damit an, welche Funktionen die Miengu für die Menschen erfüllen:

---

186 Christiansen: Und da gelten die immer noch als wunderschön? Ich meine, gegen eine sexy Zahnlücke ist ja nichts einzuwenden, aber wenn es bei denen im Mund aussieht wie im Handgranatenwurfstand, ist das doch eigentlich ein bisschen zu viel des Guten, oder?

- Sie sind Mittler zwischen der Welt der Menschen und der Welt der Geister (und stehen damit ähnlich wie andere Verwandte des Schönen Volkes auch zugleich zwischen diesen Welten).
- Sie sorgen für das Wachsen und Gedeihen einer ordentlichen Anzahl von Flusskrebsen, die den Menschen als wichtiger Teil ihrer Nahrungsversorgung dienen (wodurch sie – ähnlich wie die Elfen im Allgemeinen zu bestimmten Zeiten der europäischen Geschichte – in die Nähe von Fruchtbarkeitsgeistern gerückt werden).
- Sie sorgen für das Ende der Regenzeit (aus unserer Sicht vielleicht das genaue Gegenteil des Arbeitsbereichs eines Fruchtbarkeitsgeists, aber in der Region, in der die Miengu am verbreitsteten sind – immerhin eine der regenreichsten Gegenden der Erde –, ist eine zuverlässige Trockenphase immens wichtig, um Ackerbau betreiben zu können).

Ihre heilenden Kräfte sind für Menschen oft das letzte Mittel, um von einer schweren Krankheit zu genesen.

*Verwandtschaftsgrad mit den »klassischen« Elfen:* Trotz ihrer Vorliebe für feuchte Wohnstätten und ihres extravaganten Unterleibs halte ich es nicht für verkehrt, die Miengu zumindest als entfernte Cousinen der Elfen zu klassifizieren.

### *Mami Wata*

*Verbreitungsgebiet:* Westafrika und weite Teile der afrikanischen Diaspora (dort mit einer besonderen Sichtungshäufung in der Karibik).

Mami Wata verrät uns bereits durch ihren Namen, wo das paradiesische Reich liegt, in dem sie es sich häuslich eingerichtet hat: »Mami« heißt Frau und »Wata« Wasser. Sie wird zwar in der Regel als Einzelgeist gesehen, doch die hohe Zahl an Sichtungen über ein derart großes Gebiet lässt für mich nur den Schluss zu, dass wir es bei »ihr« mit einem ganzen Volk von Geschöpfen zu tun haben. Ich lasse mich unter anderem deshalb zu dieser Annahme verleiten, da immer wieder davon berichtet wird, Mami Wata würde auch in männlicher Gestalt in Erscheinung treten.

Doch zurück zu ihrem Reich: Dorthin bringt sie angeblich Menschen, die ihr gefallen, zu kürzeren oder längeren Besuchen. Ungeachtet der genauen Aufenthaltsdauer mangelt es ihren Gästen an nichts, da im Zuhause Mami Watas offenbar ein wahrer Überfluss an Freuden und Genüssen herrscht. Bei ihrer Rückkehr sind die Menschen im Übrigen oftmals entspannter, attraktiver und reicher als zuvor – und zudem mit einem tieferen spirituellen Verständnis für die wahre Verfasstheit der Welt gesegnet.[187] Darüber hinaus, so wird gemunkelt, sind ihre Kleider trocken – vielleicht nur ein Detail, aber womöglich ein entscheidendes. Es legt nämlich eines für mich nahe: dass Mami Watas Reich mehr eine echte Anderswelt wie die der Elfen generell und weniger ein Unterwasserreich im eigentlichen Sinne darstellt, in dem man befürchten müsste, Arielle der Meerjungfrau über den Weg zu schwimmen.

Der eben geschilderte Ablauf gilt des Weiteren nur für zufällige Begegnungen. Zahlreiche andere Anekdoten nehmen ihren Anfang damit, dass ein Mensch auf etwas stößt, was Mami Wata am Strand zurückgelassen hat – meist einen Spiegel, einen Kamm oder etwas Ähnliches, denn Mami

---

187 Plischke: Klingt fast wie ein Besuch in Bruchtal oder Lothlórien.
Christiansen: Ja, wenn es dort einen Schönheitssalon und ein großzügiges Kreditinstitut gäbe.

Wata ist notorisch eitel. Anschließend wird das Fundstück von dem Menschen mit nach Hause genommen. Dort erscheint ihm dann die gute Mami Wata im Traum und fordert ihren Besitz zurück. Erklärt sich der Mensch dazu bereit, ringt sie ihm zusätzlich das Versprechen ab, ihr von da an sexuell treu zu bleiben.[188] Weigert sich der Mensch, den Forderungen Mami Watas an irgendeinem Punkt nachzukommen, bestraft sie ihn dafür – die Bandbreite an Vergeltungsmaßnahmen reicht von bitterer Armut bis hin zu Unfruchtbarkeit beziehungsweise Impotenz. Diese Episoden erinnern mich an zweierlei: die allgemein verbreitete Ansicht, dass es gefährlich ist, den Elfen etwas zu nehmen, was ihnen gehört, sowie die große Bedeutung von Treue in erst einmal zustande gekommenen romantischen Beziehungen, die Tolkien für seine höfischen Elfen erwähnt.

Es gibt noch weitere Eigenschaften, die Mami Wata ohne jeden Zweifel in die Nähe von Elfen rückt:

- Sie verfügt über eine mächtige Form der Heilmagie, die selbst die schwersten Leiden und Gebrechen zu heilen vermag.[189]
- Sie gilt als Hüterin der Natur – wer dem Wald schadet, in dem er zu viele Tiere tötet, zieht ihren bisweilen tödlichen Zorn auf sich.[190]

---

188 Christiansen: Typisch Spitzohr. Da kriegt sie schon zurück, was sie liegen gelassen hat, und stellt dann noch unverschämte Forderungen. Und da muss ich mir allerorten anhören, Zwerge wären ja so furchtbar gierig.

189 Christiansen: Wobei man nicht vergessen sollte, dass sie auch sehr wohl in der Lage ist, all jenen, die nicht nach ihrer Pfeife tanzen, ebendiese Leiden und Gebrechen auch an den Hals zu hexen.

190 Plischke: Der Genauigkeit halber sei hier aber erwähnt, dass ihr diese Rolle belegtermaßen nur in Trinidad und Tobago zugeschrieben wird.

- Sie erscheint oft mit einer Schlange, die sich um ihren Körper windet und ihr dennoch vollkommen freundlich gesonnen ist – aus unserer Perspektive ein wenig vertrauenerweckendes Vertrautentier, aber es kann sich ja nicht jeder mit edlen Rössern und zwitschernden Vögelchen umgeben.

*Verwandtschaftsgrad mit den »klassischen« Elfen:* Sehr hoch, wobei ich ein Phänomen besonders spannend finde: die Ausbreitung der Mami Wata nach Westen, die mit der Versklavung und Verschleppung der Menschen aus Afrika einherging. Im Normalfall suchen Elfen nicht unbedingt einen engen Kontakt zu ihren menschlichen Nachbarn. Wie im vorangegangenen Kapitel umrissen, wirft man ihnen zudem auch häufig ein bis zur Grausamkeit reichendes Desinteresse am Schicksal der Menschen in ihrer Umgebung vor. All dies steht der Tatsache gegenüber, dass die Mami Wata »ihren« Menschen allem Anschein nach gefolgt sind, als diese ihrer Heimat entrissen wurden – eine weitere Geschichte, die einen darauf hoffen lässt, dass es zwischen vernunftbegabten Geschöpfen in Wahrheit keine unüberbrückbaren Gräben gibt.

## Amerika

Auch wenn echte Geografen dabei etwas bleich um die Nasenspitze werden, werfen wir im Folgenden Nord-, Mittel- und Südamerika frech in einen Topf. Die Geografomythik ist nun einmal keine Disziplin für feste Grenzziehungen – Sagen und Legenden lassen sich das Reisen ebenso wenig verbieten wie wir.

Für Amerika gilt übrigens das Gleiche wie für die allermeisten Regionen der Welt, in die die Europäer im Zuge der

Kolonialisierung eingefallen sind: Wir Menschen haben bei unseren großen Wanderungsbewegungen mehr im Gepäck als Wegzehrung[191] – wir schleppen unter anderem unsere Fabelwesen mit (oder zumindest die Geschichten über sie, und zwar gut verstaut in unseren Köpfen). Unglücklicherweise bedeutet das in jenen Fällen, in denen die Wanderer zugleich als Eroberer auftreten, auch sehr häufig, dass den Besiegten die metaphysischen und mythologischen Vorstellungen der Sieger aufgezwungen werden. Uraltes Wissen, das über Jahrtausende hinweg bewahrt wurde – vielerorts noch dazu ausschließlich in mündlicher Form –, wird unwiderruflich ausgelöscht. Die wenigen Überbleibsel des Alten werden durch das Neue gewissermaßen eingefärbt, was vielen Wissenschaftlern und Forschern jedweder Couleur die Arbeit unfassbar erschwert. Fragen Sie bei Gelegenheit mal einen Linguisten, der sich mit Sprachgeschichte befasst, etwas näher zu diesem Thema. Mit etwas Pech werden Sie einen erwachsenen Menschen hemmungslos weinen sehen. Völlig zu Recht.

### *Curupira*

*Verbreitungsgebiet:* Brasilien (unter anderen Bezeichnungen auch generell in vielen bewaldeten Regionen Lateinamerikas).

Ein Geschöpf mit einer körperlichen Eigenschaft, die viele als Missbildung bezeichnen würden, drängt sich nicht

---

[191] Christiansen: Ja, Waffen zum Beispiel. Kollege Wolf tut gerade so, als würde da jemand zu einer heiteren Kaffeefahrt aufbrechen – und nicht dazu, bei nichts ahnenden Leuten einzufallen und mehr oder minder ihre komplette Kultur auszulöschen.
Plischke: Ich glaube, Kollege Wolf ist nicht ganz so blauäugig, wie Sie ihn hier darzustellen versuchen, aber das ist letztlich auch gar nicht der Punkt.

unbedingt als Kandidat für eine Verbindung zum Schönen Volk auf.[192] Sobald man jedoch davon erfährt, zu welchem Zweck der Curupira seine nach hinten weisenden Füße einsetzt, sieht der Fall schon ein wenig anders aus: Er legt damit falsche – im Sinne von verwirrenden – Spuren für Jäger aus, die den Wald nicht respektieren. Mangelnder Respekt besteht beispielsweise darin, mehr zu jagen, als man braucht, oder Junge führenden Muttertieren nachzustellen.[193] Es stellt sich die berechtigte Frage, ob dem Curupira seine verdrehten Füße nicht nur von Waidmännern angedichtet werden, die einer seiner Listen aufgesessen sind.

Was die genaue Größe des Curupira angeht, schwanken die Schilderungen: Mal heißt es, er wäre so groß wie ein Mensch, mal ist die Rede von einer zwergenhaften Erscheinung. Wie wir es in unseren historischen Betrachtungen für das europäische Elfenbild aufgearbeitet haben, sind solche Größenverwirrungen in Bezug auf Elfen nichts Ungewöhnliches. Was einen gewissen Anlass für Zweifel an seiner Elfenverwandtschaft bietet, ist der Umstand, dass er in einigen Varianten als schön beschrieben wird, in anderen jedoch eher garstig daherkommt.[194] Auch hier gebe ich zu bedenken, dass der Curupira oft von ertappten fiesen Jägern gesehen wird, und wir wissen sicher alle, dass man über das

---

192 Christiansen: Es gibt übrigens auch Leute, die spitze Ohren jetzt nicht zwingend als furchtbar attraktiv empfinden. »Missbildung« ist ein hässlicher Begriff.

193 Plischke: Bambi hätte sich sicher gewünscht, dass Curupiras noch wesentlich weiter verbreitet sind.

194 Christiansen: Die Übersetzung seines sprechenden Namens – »Der von Brandblasen Bedeckte« – ist auch nicht gerade appetitlich.
Plischke: Sein Name rührt aber wahrscheinlich von seiner ungewöhnlichen Haarfarbe her – in seiner am häufigsten gesichteten Gestalt hat der Curupira eine feuerrote Mähne.

Aussehen von Personen, die man nicht ausstehen kann, gelegentlich einmal nicht sehr fair urteilt.

Ungeachtet seines genauen Aussehens besitzt der Curupira so manche Eigenschaft, die ungemein elfisch wirkt:

- Er ist in der Lage, magische Trugbilder zu erzeugen, die sehr schwer zu durchschauen sind.[195]
- Er kann einen schrillen Pfiff ausstoßen, der Menschen potenziell in den Wahnsinn treibt und ihre Erinnerungen vernebelt.
- Er tritt immer zusammen mit einem Halsbandpekari auf, und manchmal ist dieser eng mit den Schweinen verwandte Paarhufer nicht nur sein Vertrautentier, sondern auch sein Reittier.

*Verwandtschaftsgrad mit den »klassischen« Elfen:* Auch wenn über die Kultur der Curupira nichts Näheres bekannt ist – und sie in den Legenden und Sagen in der Regel eher wie eine Einzelgestalt behandelt werden –, kann ich mir sehr gut vorstellen, dass wir es bei diesen Geschöpfen mit einem »wilden« Elfenstamm zu tun haben.

### *Encantado*

*Verbreitungsgebiet:* Brasilien.

Wir haben vor Längerem erfahren, dass einige Eigenschaften der Elfen mit bestimmten Tieren in Verbindung

---

[195] Christiansen: Es spricht Bände, dass Kollege Wolf sich über einige magische Disziplinen, die die Elfen dem Vernehmen nach besitzen, so positiv bewertet. Plischke: Vielleicht ist das alles nur ein Trick, und er ist selbst ein Elf!
Christiansen: Das sage ich gar nicht. Aber es ist möglich, dass ein Elf seine Gedanken und Gefühle manipuliert hat, um ihn auf die Seite der Spitzohren zu ziehen.
Plischke: Verschwörungstheoretiker …

gebracht werden – und sei es nur, weil ihre spitzen Ohren an die eines Luchses erinnern. Beim Encantado ist diese Verbindung noch enger geknüpft, denn wenn man den Geschichten Glauben schenken darf, so handelt es sich hier um einen echten Gestaltwandler. Genauer gesagt ist er in der Lage, sich in einen Delfin zu verwandeln.[196] Wer das jetzt sehr weit hergeholt findet und fragt, was das noch mit Elfen zu tun hat, den überzeugt womöglich die sehr lange Liste von Eigenschaften, die der Encantado mit dem Schönen Volk gemein hat:

- Encantados gelten als ausgezeichnete Musiker, die mit einem Talent gesegnet sind, das durchaus die Bezeichnung überirdisch verdient hat.
- Wenn die Encantados zu Menschen Kontakt aufnehmen, geschieht dies in der Regel im Zuge rauschender Feste, bei denen die Grenzen zwischen Wachen und Traum verschwimmen.
- Sie leben in einem sagenumwobenen Unterwasserreich namens Encante, wohin sie gelegentlich auch Menschen mitnehmen. Für einen Elfologen wenig überraschend, ist Encante ein prachtvoller Ort, an dem ein wahrer Überfluss an Speis und Trank sowie zahllosen Vergnügen anderer Art herrscht und Worte wie »Leid« oder »Trauer« einem nur schwerlich über die Lippen kommen.
- Die Encantados sind – wer hätte es gedacht? – von einer bezaubernden Schönheit. Das ist insofern einigermaßen tröstlich, da sie offenbar zu einer Variante der Elfen und Feen zählen, die aktiv nach sexuellen

---

196 Plischke: Vereinzelte Sagen erwähnen stattdessen eine Schlangengestalt.

Eskapaden mit Menschen suchen.[197] Hier ist von besonderem Interesse, dass für die Encantados häufig explizit erwähnt wird, dass sie sich mit uns fortzupflanzen vermögen. In einer Umkehrung der Legenden über Wechselbälger verhält es sich jedoch so, dass die Encantados oft unerwartet zurückkehren, um ihren Nachwuchs zu entführen und in ihr eigenes Reich heimzuholen.

- Zu guter Letzt besitzen die Encantados eine beeindruckende Zaubermacht. Das Wetter kontrollieren, gewöhnlichen Sterblichen ihren Willen aufzwingen, Todesflüche aussprechen – alles kein Problem. Daher braucht es oft Mittelsmänner zwischen den Encantados und der menschlichen Bevölkerung, wenn es in einer bestimmten Region zu Meinungsverschiedenheiten kommt. Diese Rolle wird dann traditionell Schamanen zugeschrieben, was stark an die Aufgabe erinnert, die in Nordeuropa vor langer Zeit Priestern und Priesterinnen zufiel, um mittels Opferritualen die Gunst der Licht- und Schwarzelfen zu erringen und zu sichern.

*Verwandtschaftsgrad mit den »klassischen« Elfen:* Sieht man über die Delfingestalt und das Leben unter Wasser hinweg, kann kaum ein berechtigter Zweifel daran bestehen, wie

---

[197] Christiansen: Es gibt Leute, die sich von Flipper verführen lassen?
Plischke: Ich gehe schwer davon aus, dass die meisten dieser Begegnungen nicht stattfinden, wenn ein Encantado gerade in Delfingestalt ist. Und falls Sie befürchten, Sie könnten wider Willen dem Charme eines Encantado erliegen, rate ich Ihnen einfach, mögliche Affärenpartner gründlich nach einem Blasloch abzusuchen – selbiges behält der Encantado nämlich auch in menschlicher Gestalt, wobei er es allerdings üblicherweise unter einem Hut oder einer anderen Kopfbedeckung verbirgt.
Christiansen: You *can't* leave your hat on …

eng die Encantados mit unseren Elfen verwandt sind. Und wer trotzdem weiterhin daran zweifelt, dem sei ins Gedächtnis gerufen, dass auch die menschliche Kultur als Ganzes unzählige Facetten und Schattierungen hervorgebracht hat. Stellen Sie sich doch einmal bloß einen Stammeskrieger aus Papua-Neuguinea neben einem Investmentbroker von der Wall Street vor …

*Ijiraq*

*Verbreitungsgebiet:* In Nordamerika am und jenseits des Polarkreises.

Machen wir uns kurz vom Amazonasdschungel zu den eisigen Weiten der arktischen Tundra auf. Auch dort wurde und wird ein Geschöpf gesichtet, das die Elfologen seit vielen Jahrzehnten in Atem hält. Die Inuit kennen ein Geschöpf namens Ijiraq. Die Ijirait (so der Plural) sind wie viele den Elfen verwandte Geschöpfe Gestaltwandler, wobei ein Ijiraq angeblich gleich eine Vielzahl unterschiedlichster Tiergestalten vom Eisbären über den Raben bis hin zum Hasen annehmen kann. Über die »echte« Erscheinung des Ijiraq ist man sich entsprechend uneins; viele Elfologen vertreten die Auffassung, möglicherweise habe noch kein Mensch je die wahre Gestalt des Ijiraq gesehen und seine vielfältigen Tarnungen seien das Ergebnis einer mächtigen Form der Illusions- und/oder Verwandlungsmagie. Dafür spricht auch die Tatsache, dass es sich generell – ungeachtet der jeweiligen Gestalt – als schwierig erweist, einen Ijiraq zu sehen, der sich einem Menschen nicht zu erkennen geben will. Bestenfalls, so heißt es, nimmt man ihn als huschenden Schatten aus den Augenwinkeln wahr.

Was die Ijirait noch stärker in die Nähe der Elfen rückt, ist ihr typisches Verhalten. Wie viele wilde Elfenstämme verleihen die Ijirait ihrem Groll gegenüber Jägern, die in ihr

Revier vordringen, sehr nachhaltig Ausdruck. Eine ihrer üblichen Bestrafungsaktionen besteht darin, Menschenkinder zu entführen und anschließend in der Wildnis auszusetzen – gerne innerhalb der Gemarkungen ihres eigenen Einflussgebiets und noch dazu als Köder, um Erwachsene anzulocken, die man dann in einem Aufwasch mit ihren Sprösslingen beseitigen kann. Wo eine Entführung in das Reich vieler anderer Elfenverwandter für das Opfer sehr wohl seine Vorzüge besitzt, ist ein solches Kidnapping bei dein Ijirait alles andere als ein Zuckerschlecken: Ihr Zuhause ist karg und trostlos, und man kann sich mit an Sicherheit grenzender Wahrscheinlichkeit darauf verlassen, dass man sich in ihm verirrt.[198] Angeblich ist dieses Reich dabei keine Anderswelt wie bei vielen anderen Varianten des Schönen Volkes, sondern eine Nachwelt im Sinne eines Jenseits: Die Ijirait bewohnen diesen Deutungen nach eine Grenzregion zwischen der Welt der Lebenden und der Welt der Toten.

*Verwandtschaftsgrad mit den »klassischen« Elfen:* Wenn die Ijirait mit den Elfen verwandt sind, so sind sie mit Sicherheit eine der düstereren, ursprünglicheren Sippen, die Traditionen aus einer Zeit bewahrt haben, in der niemand auf die Idee gekommen wäre, Elfen mit putzigen Flatterfeen zu verwechseln.

Ich möchte nicht verschweigen, dass die Existenz der Ijirait von besonders kritischen Elfologen sogar gänzlich in Zweifel gezogen wird. In jenen Regionen, in denen es gehäuft zu Ijirait-Sichtungen kommt, finden sich auch oft aus dem Boden austretende giftige Dämpfe, die Schwefel-

---

198 Plischke: Kollege Wolf vergisst gerade etwas sehr Wichtiges, weshalb die Ijirait hier komplett wie Monster wirken: Es gibt auch Geschichten, in denen sie Verirrten zurück in deren Lager helfen.
Christiansen: Weil dieses ganze Elfenvolk eben völlig unberechenbar ist!

wasserstoff enthalten. In verhältnismäßig geringen Dosen löst Schwefelwasserstoff Kopfschmerzen, Müdigkeit, Verwirrung und Gedächtnisverlust aus – da liegt der Verdacht zugegebenermaßen nicht fern, dass Opfer besagter Dämpfe auch die eine oder andere Halluzination erleiden, die ihnen einen Ijiraq lediglich vorgaukelt.

### *Little People*

*Verbreitungsgebiet:* Ganz Nordamerika.

Nahezu alle amerikanischen Ureinwohner kennen Geschichten über parallel zu ihnen existierende Völker feen- oder elfenähnlicher Geschöpfe. Weshalb die moderne Elfologie diesen Wesen bislang wenig Beachtung schenkte, hängt mit ihrer Größe zusammen. Wie ihr Name bereits verrät, sind sie klein und werden deshalb in ihrer Gesamtheit oft scheinbar alternativlos den sogenannten Kleinen Völkern zugerechnet, zu deren europäischen Vertretern unter anderem die Gnome, Halblinge und Heinzelmännchen zählen. Nun ist es kaum zu bestreiten, dass die Little People nicht gerade zu den Riesen gerechnet werden können, aber es gibt doch erhebliche Größenunterschiede unter ihnen: Geflügelte Wassergeister namens Wiings, von denen die Cree erzählen, wachsen gerade einmal auf Käfergröße heran, wohingegen die Yunwi Tsundi der Cherokee groß genug sind, um sie mit Kindern zu verwechseln (was wohl auch gelegentlich vorkommt).

Es gibt also gute Gründe, die Little People nicht nur dem Namen nach den Kleinen Völkern zuzuschlagen. Andererseits sind mir allzu puristische Kategorisierungen fremd, und ich möchte an dieser Stelle auf das bereits erörterte Schicksal der europäischen Elfen verweisen: Als wäre ein Superschurke mit einem Schrumpfungs- und einem Wachstumsstrahler in der Geschichte unterwegs gewesen, wurden auch in Europa die Elfen mal handlich verkleinert, mal ins Übermenschliche aufgeblasen. Die Elfen – oder vielmehr unser Bild von ihnen – wurden immer wieder an unsere eigenen Erwartungen und Überzeugungen angepasst. Wer sagt uns, dass es ihren Vettern jenseits des Großen Teichs nicht ähnlich ergangen ist?

Einige Indizien lassen zumindest mutmaßen, dass an dieser These etwas dran sein könnte:

- Vergleichbar zu der Trennung zwischen Lichtalben und Schwarzalben finden sich unter den Little People sowohl sehr attraktive (glatthäutige) als auch eher unheimliche (stark behaarte) Vertreter.
- Wie auch die Elfen kann nicht jeder Mensch einfach so einen Angehörigen der Little People sehen: Dazu muss man schon Schamane oder Schamanin sein – oder ein Kind beziehungsweise Heranwachsender. Eine Nuance, die mir an vielen Little People besonders sympathisch ist, ist der Umstand, dass manche von ihnen Kindern in Not beizustehen scheinen: Sei es nun, dass sie verirrte Kinder sicher nach Hause zurückgeleiten, oder Pubertierenden weise Ratschläge erteilen, wie man die schwierige Schwelle zwischen Jugend- und Erwachsenenalter am sichersten überschreitet.
- Die Little People spielen uns Menschen oft harmlose Streiche (sie verstecken etwas oder bringen einem im Schlaf das Haar durcheinander), doch sobald man sie reizt, können sie sehr ungemütlich werden. Die spürbaren Auswirkungen ihres Grolls reichen von Hageln winziger Pfeile, die sie auf einen abschießen, bis hin zu dramatischeren Reaktionen in Form von magischer Vergeltung.

- Viele Little People verfügen über einen ausgeprägten Revierinstinkt. Dabei spielt es keine Rolle, ob sie in unmittelbarer Nähe von Menschen leben (Variante A),[199] oder ob sie in entlegeneren Regionen beheimatet sind. Wer sich erst ungefragt ihrem Fluss, ihrem Wald oder ihrem Berg nähert und dann auch ein Benehmen wie eine offene Hose zeigt, kann fest davon ausgehen, sich mächtig Ärger einzuhandeln.
- Was ihre Hervorbringungen an Alltagsgegenständen angeht, gilt meistens, dass die Gebrauchsgüter der Little People von der Kleidung über Waffen bis hin zu kleinen Schmuckstücken handwerklich wesentlich kompetenter gefertigt sind als ihre Pendants bei uns Menschen.[200] Ein klassisches Konfliktpotenzial zwischen Little People und ihren Nachbarn entfaltet sich folgerichtig auch immer wieder in folgender Situation: Mensch findet einen besonders hübschen Gegenstand an einem vermeintlich verlassenen Ort. Mensch nimmt den Gegenstand an sich, weil der Besitzer ja nirgends zu sehen ist und das Teil viel, viel zu schade wäre, um es einfach vergammeln zu lassen. Mensch begeht versehentlich einen Diebstahl, was in zwei möglichen Szenarien mündet. In Szenario 1 sind die Little People außer sich vor Empörung über diese Dreistigkeit und gehen dem Dieb ans Leder. In Szenario 2 bitten die Little People verhältnismäßig freundlich um Rückgabe ihres Eigentums. Stellt sich der Dieb stur, greift anschließend in der Regel Szenario 1.

---

199 Plischke: Die eher dem typischen Siedlungsverhalten vieler Kleiner Völker entspricht – ein Heinzelmann braucht schließlich Menschen in seiner Nähe, damit er ihre liegen gebliebene Arbeit nachts rasch zu Ende bringen kann.

200 Christiansen: Kunststück! Die haben ja auch kleinere Finger als wir.

- In Bezug auf die vielen magischen Gegenstände, die die Little People offenkundig zu erschaffen vermögen, betreten wir eindeutig das Reich des Staunenswerten und des Wundersamen: Kanus aus Stein sind nur ein Beispiel dafür, wie die Little People die Naturgesetze zu beugen imstande sind.

*Verwandtschaftsgrad mit den »klassischen« Elfen:* Gerade weil die Little People ungeachtet ihres internen Variantenreichtums allzu oft über einen Kamm geschoren werden, ist bei näherer Betrachtung noch viel Forschungsarbeit vonnöten, um ihre Verwandtschaftsgrade zu anderen Fabelwesen abzuklopfen. Ich könnte mir sehr gut vorstellen, dass einige ihrer Stämme völlig zu Recht bei den Kleinen Völkern ausgezeichnet aufgehoben sind, wohingegen einige andere eher dem Schönen Volk zugerechnet werden müssten.

## Asien

Ähnlich wie in Afrika oder Lateinamerika stößt man auch in Asien tendenziell auf eine größere Akzeptanz innerhalb der Bevölkerung, wenn man davon berichtet, man sei einem sonderbaren Geschöpf begegnet, bei dem es sich womöglich um einen elfenähnlichen Luft- oder Wassergeist gehandelt hat. Animistische Überzeugungen sind hier nach wie vor weit verbreitet. Was sich für Elfologen dabei als schwierig erweisen kann, ist, jeden einzelnen Geist als Individuum zu begreifen, der zwar zu einer bestimmten Kategorie von Wesen, aber nicht zu einer bestimmten »Kultur« oder gar einem »Volk« gehört. Dies läuft der Auffassung vieler europäischer Mythen zu Elfen entgegen, in denen das Schöne Volk eben auch genau ein solches ist. Nichtsdestominder findet man auch in Asien sehr wohl Legenden und Sagen über Kreaturen, die an Elfen gemahnen.

### *Apsara und Gandharva*

*Verbreitungsgebiet:* Teils unter anderen Namen in ganz Ostasien.

Die Apsara sind Geister aus hinduistischen und buddhistischen Mythen, die eng mit den Elementen Luft und Wasser verknüpft sind. Sie sind weiblichen Geschlechts, ungemein attraktiv und begnadete Tänzerinnen. Wem der erste Punkt Sorgen bereitet, was ihre Klassifikation als Elfenverwandte anbelangt, dem kann gleich mit zwei Argumenten geholfen werden. Das erste kennen Sie bereits: Elfen sind androgyne Geschöpfe, und angesichts dessen sind Geschlechterverwirrungen immer zu erwarten. Für das zweite Argument müssen wir ein kleines bisschen tiefer in die hinduistische Mythologie eintauchen: Dort sind die Apsara die Gefährtinnen der Gandharva. Diese sind die Musiker und Sänger, zu deren Klängen die Apsara so verführerisch die Hüften schwingen. Selbstverständlich weisen auch die Gandharva ein derart attraktives Äußeres auf, dass ihnen Menschen sehr leicht verfallen – ganz wie ihre Frauen. Nimmt man Apsara und Gandharva also zusammen, hat man im Grunde das stereotypische Elfenfest beisammen, bei dem das Schöne Volk ausgelassen feiert.

Da passt es auch gut zum Gesamteindruck, dass beide Geschlechter dieses »Stammes« Gestaltwandler sind, wobei die Gandharva hinsichtlich der Formen, die sie annehmen, ein gewisses Faible für Tiere besitzen (mit einer besonderen Vorliebe für Vögel und Pferde, wobei sie ab und an auch nur bestimmte Körperregionen animalischer werden lassen). Weitere Mosaiksteinchen, die sich zu einem elfenähnlichen Bild zusammenfügen lassen, sind die folgenden:

- Die Gandharva hüten den Göttertrank Soma und sind Experten in Sachen Heilmagie, während sie ebenso wie die Apsara als Mittler zwischen den Göttern und den Menschen auftreten (und somit zugleich auch ein Bindeglied zwischen zwei Welten darstellen).
- Beide sind trotz ihrer Aufgaben am Hof der Götter Geschöpfe der Wildnis, und dort begegnet man ihnen als Mensch auch am wahrscheinlichsten – man sagt ihnen insbesondere nach, sie würden gern Mönche beim Meditieren stören, indem sie sie mittels ihrer körperlichen Reize in Versuchung führen.
- Die Apsara sind zudem Schutzpatroninnen des Spiels – inklusive des Glückspiels –, was zum einen auf die heitere Seite des Schönen Volkes anspielt, zum anderen aber auch ihre enge Verbundenheit zu den Mächten des Schicksals zum Ausdruck bringt (denen Tolkiens tristeren Gedanken zugetanen Elfen sich ja oft als Teil eines größeren Plans ausgeliefert fühlen).

*Verwandtschaftsgrad mit den »klassischen« Elfen:* Die Apsara und Gandharva verkörpern allem Anschein nach eine Elfenvariante, die noch sehr dicht an jener ist, wie sie die nordische Mythologie kennt – dienstbare Geister der Götter, die den Menschen weitestgehend wohlgesonnen sind, solange diese sich an die Regeln und Gesetze halten, die von den »Vorgesetzten« der Elfen vorgegeben werden.

### *Diwata*

*Verbreitungsgebiet:* Philippinnen.

Eine Diwata bringt vieles mit, was jeden Elfologen sofort aufhorchen lässt. Eine zeitlose, faszinierende Schönheit?

Definitiv vorhanden.[201] Eine enge Verbundenheit zur Natur und insbesondere zu Wäldern im Allgemeinen und Bäumen im Speziellen, wobei sich die Diwata offenbar als Hüter der unberührten Wildnis verstehen? Selbstverständlich gibt es auch die. Ein ausgeprägtes magisches Talent, das auch gerne einmal dafür eingesetzt wird, diejenigen zu bestrafen, die es wagen, sich auf irgendeine Weise an der Natur zu vergehen? Freilich.

Eine interessante Parallele existiert zu den Apsara und Gandharva: Viele Diwata werden zwar traditionell als weiblich wahrgenommen, doch sie haben in einigen Mythen und Legenden gewissermaßen »Ehemänner«, die sie auf buchstäblich elementarer Ebene ergänzen: Die »Enkanto« oder auch »Engkanto«[202] genannten männlichen Diwata leben im Wasser und achten dort darauf, dass wir Menschen keinen Unfug anstellen.

So exotisch die Diwata uns erscheinen mögen, so sehr sind sie fester Bestandteil der philippinischen Populärkultur.[203] Sie tauchen in verschiedenen Fernsehserien auf

---

201 Plischke: Und Diwata mögen zwar keine auffälligen Ohren besitzen, aber dem Vernehmen nach weisen sie kleine körperliche Merkmale auf, an denen man sie leicht von einem außergewöhnlich attraktiven Menschen unterscheiden kann. Ihre blasse Haut ist so glatt und ebenmäßig, dass sie zum einen an gut gepflegte, gesund glänzende Fingernägel erinnert, zum anderen wirft sie weder an den Ellenbogen noch an den Knien erkennbar Falten. Zudem scheint manchen Diwata das Philtrum – das kleine Doppelfältchen auf der Oberlippe – zu fehlen.

202 Plischke: Ich finde die Parallele zum Encantado aus Südamerika hier eigentlich viel erstaunlicher. Gelegentlich wird auch die Gesamtheit der Diwata als Encantadas bezeichnet. Noch dazu tauchen ab und an männliche Diwata als abstoßende Monstren auf, wo wir dann wieder bei der althergebrachten Dualität zwischen Licht- und Schwarzalben wären.

203 Christiansen: So exotisch sind sie übrigens nicht mehr, weil sie inzwischen auch den Sprung in die westliche Populärkultur geschafft haben – sie tauchten schließlich 2008 auch erstmals in einem Superheldencomic aus dem Hause Marvel auf.

(unter anderem auch in einer Sitcom), und in einer dieser Produktionen werden sie auch mit spitzen Ohren gezeigt, was sie gleich noch einmal ein ganzes Stück elfischer macht. In den meisten dieser Umsetzungen und Neuinterpretationen alter Mythen bewohnen die Diwata zudem ihr eigenes Reich, in dem es – und das dürfte nun kein allzu großer Schock sein – ungemein magisch zugeht.

*Verwandtschaftsgrad mit den »klassischen« Elfen:* Die Diwata sind ein hervorragendes Beispiel dafür, wie ein Fabelwesen, das den Elfen ohnehin sehr nahesteht, in einer auch medial globalisierten Welt immer mehr jenem Elfenbild angeglichen wird, das durch Tolkien weite Verbreitung gefunden hat. Dass dies bei den Diwata indes derart problemlos möglich ist, spricht letztlich nur dafür, dass die Ähnlichkeiten von vornherein sehr groß gewesen sind. Nur noch ein kurzes Beispiel, um diese These zu untermauern: Ähnlich wie laut Tolkien Liebesbeziehungen zwischen Elfen und Menschen oft unter keinem guten Stern stehen, besagt so mancher philippinische Aberglaube, dass Diwata sich zwar sehr wohl recht häufig in Menschen verlieben, aber dass derlei Geschichten in der Regel tragisch enden (wenn auch in diesem Fall eher für den Menschen als für den Elfen). Oder anders gesagt: Die Diwata sind definitiv sehr, sehr nahe Verwandte der Elfen.

### Orang-Bunian

*Verbreitungsgebiet:* Malaiischer Archipel.

So wie auf den Philippinen der Glaube an die Diwata alles andere als ausgestorben ist, zweifeln viele Bewohner Indonesiens, Malaysias und Singapurs kaum an der Existenz der Orang-Bunian.[204] Selbst für den interessierten

---

[204] Christiansen: Hört sich verdächtig nach Orang-Utan an.

Laien sind Berichte über Begegnungen mit Orang-Bunian relativ leicht aufzuspüren – faszinierenderweise stammen viele dieser Erzählungen jedoch nicht aus irgendeiner grauen Vorzeit, sondern sind höchstens gerade einmal ein paar Jahrzehnte alt.

Die Antwort auf die Frage, wo man denn nun genau auf Orang-Bunian stoßen kann, ist zugegebenermaßen etwas verwirrend. Antwort A wäre: »Sogar inmitten menschlicher Behausungen, unter Umständen sogar in Schlafzimmern.« Orang-Bunian, so heißt es, seien nämlich vollkommen unsichtbar, es sei denn, man besitzt die Gabe des zweiten Gesichts beziehungsweise der Orang-Bunian beschließt aus freien Stücken, sich einem zu zeigen. Antwort B würde lauten: »In entlegenen Wald- und Gebirgsregionen in ansonsten unwegsamem Dschungel.« Wer das Revier der Orang-Bunian durchqueren möchte, muss erst das eine oder andere Besänftigungsritual durchführen, um die scheuen und misstrauischen Herren des Waldes wohlwollend zu stimmen. Antwort C schließlich fiele ungefähr so aus: »Orang-Bunian leben zwar nicht mehrheitlich in glitzernden Metropolen, aber sehr wohl in unmittelbarer Nähe zu kleineren menschlichen Siedlungen.« Unter diesen Bedingungen erweisen sich die Orang-Bunian oft als hilfsbereit – man kann sich angeblich sogar Geschirr von ihnen leihen, wenn man ein großes Fest auszurichten hat. In Regionen, wo sich die Orang-Bunian derart offenherzig prä-

---

Plischke: Ist in gewisser Hinsicht auch gar nicht so weit weg, und Kollege Wolf hat anscheinend auch die Schreibweise entsprechend angeglichen. »Orang-Utan« bedeutet übersetzt in etwa so viel wie Waldmensch. »Orang-Bunian« heißt ungefähr »versteckter Mensch« oder auch »pfeifender Mensch«. Letztere Deutung finde ich besonders spannend, da sie mir auf die melodiöse, nahezu musikalische Sprache zu verweisen scheint, die man den Elfen nachsagt.

sentieren, hört man auch davon, dass Menschenmänner Orang-Bunian-Frauen geheiratet haben sollen – und daraufhin unsichtbar wurden, als sie bei ihren Gattinnen einzogen. Es ist in diesem Zusammenhang dann auch von den hinlänglich bekannten Zeitverzerrungseffekt im Elfenreich die Rede: Ehemänner von Orang-Bunian-Frauen, die ihre Daheimgebliebenen zu sehr vermissten und in ihre alte Heimat zurückkehrten, mussten oft feststellen, dass inzwischen Jahrzehnte vergangen waren und keiner ihrer alten Verwandten mehr unter den Lebenden weilte.[205]

Die Orang-Bunian teilen offenbar auch die Musikalität der Elfen, denn ihr Erscheinen wird oft durch angenehme Klänge – und hier offenbar insbesondere Trommelrhythmen angekündigt.[206] Auch in sonstigen Stilfragen zeigen sich die Orang-Bunian offenkundig sehr sicher: Ihre Kleidung wird als traditionell, aber prunkvoll beschrieben.

*Verwandtschaftsgrad mit den »klassischen« Elfen:* Für die Orang-Bunian gilt in weiten Teilen dasselbe wie für die Diwata – viele ihrer Eigenschaften sind deckungsgleich mit denen jener Elfen, die Tolkien so umfassend beschrieben hat. Insofern ist es beinahe nur konsequent, dass das Bild von den Orang-Bunian sich in den vergangenen Jahren immer mehr dem unserer europäischen Elfen angenähert hat – einschließlich der Tatsache, dass es mittlerweile in den Beschreibungen der Einheimischen auch heißt, die Orang-Bunian hätten die charakteristischen spitzen Elfenohren.

---

205 Christiansen: Ich frage mich immer, ob das einem diese Elfenschönheiten im Vorfeld verraten. Wahrscheinlich nicht.
Plischke: Vielleicht vergessen sie auch nur, es zu erwähnen, weil sie Zeit generell anders wahrnehmen.

206 Christiansen: Das ist doch Schönfärberei. Wenn ich es nachts im stockfinsteren Dschungel plötzlich von irgendwoher trommeln hören würde, würde ich mich darüber jedenfalls nicht freuen …

*Peri*

*Verbreitungsgebiet:* Persien.

Auch in jener Region der Welt, die gemeinhin der Orient genannt wird, finden sich elfen- oder feengleiche Wesen. Die Peris beispielsweise sind anmutige, geflügelte Frauen von einer geradezu zerbrechlichen Schönheit. Im Zuge der Verbreitung monotheistischer Religionen wurden die Peris von »echten« Elfen zu gefallenen Engeln umgedeutet, denen der Weg ins Paradies respektive den Himmel verwehrt bleibt.[207] Ungeachtet dieser Verbannung treten die Peris nach wie vor als Überbringerinnen göttlicher Botschaften in Erscheinung – so heftig kann der Groll eines angenommenen Weltenschöpfers, der im Alleingang gehandelt hat, also doch wieder nicht ausgefallen sein. Dieses Changieren zwischen Gut und Böse in der Wahrnehmung durch uns Menschen ist allerdings augenscheinlich so etwas wie eine Grundkonstante in unseren Einstellungen gegenüber Elfen und Feen. Bei einer Herangehensweise, die das wahre Alter der Peris berücksichtigt, ist es vielleicht fruchtbarer, die Peris der großen Gruppe der Dschinnen zuzuordnen – und nein, die kommen nicht alle aus einer Flasche, an der man kräftig reibt.

Peris zählen im Übrigen zu jenen außereuropäischen Elfenverwandten, von denen man auch hierzulande relativ früh Notiz nahm. So weiß schon das eine oder andere Konversationslexikon aus dem frühen 19. Jahrhundert einiges über sie zu berichten: Unter anderem ihre Ernährungsweise dürfte gerade Elfenhasser in Wallung versetzen, denn die Peris sättigen sich angeblich nur an Blüten-

[207] Plischke: Das ist gar nicht so weit weg von Tolkiens Auffassung, die Elfen repräsentierten quasi den Menschen vor seiner Vertreibung aus dem Garten Eden.

duft.[208] Zu jener Zeit wird auch darauf verwiesen, dass die Peris in einer eigenen Welt leben – selbstverständlich eine magische, mit Städten aus Juwelen oder Ambra.[209]

Peris waren im vorvergangenen Jahrhundert ausreichend beliebt, um in gleich zwei bis heute nicht in Vergessenheit geratenen musikalischen Werken eine Titelrolle zu ergattern: Robert Schumanns Oratorium *Das Paradies und die Peri* von 1843 quillt wenig überraschend vor christlicher Spiritualität schier über.[210] Hier ist die Peri eine Fee, die das Ergebnis einer Tändelei zwischen einer Sterblichen und einem gefallenen Engel ist.[211] Die Peri versucht, Einlass ins Paradies zu erhalten, was ihr letzten Endes dadurch gelingt – Vorsicht Spoiler! –, den vor den Toren Wache hal-

---

208 Christiansen: Das ist ja noch eine Ecke schräger, als den Morgentau von Blumen zu lecken oder nur Löwenzahnsalat und ähnliche Grässlichkeiten zu verspeisen. Das ist ja so, als würde man behaupten, Zwerge würden sich mit Kohlenstaub und dem Funkeln von Gold und Edelsteinen ihren charakteristischen Ranzen anfressen.

209 Christiansen: Wer würde denn in einer Stadt wohnen wollen, die aus vergammelten Klumpen eines Sekrets gebaut ist, das aus dem Magen-Darm-Trakt eines Pottwals stammt und mit dem die unverdaulichen Bestandteile der Nahrung, wie etwa Krakenschnäbel, umhüllt werden?
Plischke: Die Legende entstand vermutlich zu einer Zeit, in der man noch nicht wusste, woher das Ambra eigentlich kommt. Und riechen tut es ja gut …

210 Plischke: Die ganze Nummer beruht allerdings auf einem höfischen Roman von Thomas Moore namens *Lalla Rookh* aus dem Jahr 1817. Streng genommen ist es eine Sammlung von vier Versdichtungen, die durch eine Rahmenhandlung miteinander verknüpft sind. Selbige spielt am Hofe des Khanats von Buchara (grob gesprochen im heutigen Usbekistan). Wir haben ja bereits schon davon erfahren, dass Erzählungen aus dem Orient maßgeblich zum Elfenbild des 18. und 19. Jahrhunderts beigetragen haben.

211 Christiansen: Entgegen vieler anderslautender Darstellungen gibt es eine ganze Menge Hinweise darauf, dass Engel unterhalb der Gürtellinie anatomisch wesentlich korrekter gebaut sind als eine Ken-Puppe.
Plischke: Vielleicht sprießt dort aber auch erst etwas, sobald ein Engel fällt?

tenden Engel mit Tränen zu bestechen, die einem Verbrecher über die Wangen gekullert sind, welcher beim Anblick eines betenden Jungen gewissermaßen zurück zu Gott fand.

Etwas heiterer geht es vierzig Jahre später in der Oper *Iolanthe; or The Peer and the Peri* von Gilbert und Sullivan zu. Für Dramatik ist natürlich auch hier gesorgt: Es wird das Ihnen inzwischen hinlänglich bekannte Motiv aufgegriffen, wonach es für eine Elfe keine kluge Entscheidung ist, sich mit einem Menschen einzulassen – in diesem Fall ist es sogar ausdrücklich verboten, und dieses Gesetz gilt auch und insbesondere für die Titelheldin des Stücks, die Feenkönigin Iolanthe. Da sie dagegen verstößt, wird sie folgerichtig verstoßen, und die Handlung dreht sich im Wesentlichen dann darum, ob und wie sie es schaffen kann, in ihre alte Heimat zurückzukehren. Interessant ist hierbei, dass Iolanthe am Ende von mehreren Menschen begleitet wird, denen Feenflügel wachsen, als sie zu ihrem großen Aufzug aufbrechen – an winzige Elfen mit Schmetterlingsflügeln besteht in der Viktorianik kein Mangel, aber menschengroße Flatterlinge sind dann doch eher die Ausnahme.

*Verwandtschaftsgrad mit den »klassischen« Elfen:* An dieser Stelle scheint mir ein kurzes Zitat aus einem Damenkonversationslexikon von 1834 angebracht: »Sie sind elfenähnlich an Leichtigkeit und Lustigkeit, und doch sind sie hoch über die Elfennatur erhaben.« Das ist vielleicht ein bisschen dick aufgetragen, aber im Kern lässt sich dieser Behauptung nur schwer widersprechen.

### *Tennin*

*Verbreitung:* Japan.

Die etymologische Wurzel des Namens dieser – ja, Sie ahnen es sicher schon – unfassbar liebreizenden Geschöpfe bedeutet ungefähr so viel wie »Botschafter des Himmels«.

Der Umstand, dass sie sich offenbar nach Bedarf Schwingen wachsen lassen können, um sich nach getaner Botentätigkeit wieder in die Lüfte zu erheben, erinnert in vielem an Engel. Bevor man die Tennin allerdings allzu schnell dort einsortiert, sei darauf hingewiesen, dass auch die Elfen Europas früher oft in einer Rolle als Mittler zwischen Menschen und Göttern in Erscheinung traten.[212]

Aus elfologischer Sicht nicht minder spannend ist die Tatsache, dass die Tennin traditionelle Kleidung aus längst vergangenen Tagen tragen sollen, wenn sie sich uns Sterblichen zeigen – Assoziationen zu den höfischen Elfen Tolkiens drängen sich an dieser Stelle geradezu auf!

Noch dazu ist eines der Symbole, das oft mit den Tennin in Verbindung gebracht wird, eine Pflanze – eine Lotosblüte, die für Erleuchtung steht. Dass auch die europäischen Elfen als Blumenliebhaber gelten und noch dazu in dem Ruf stehen, besonders tiefe Einblicke in die wahre Beschaffenheit unserer Welt zu besitzen, ist auch kein sonderlich großes Geheimnis.

Was übrigens dem oben erwähnten Engelvergleich ein wenig entgegensteht, ist die Möglichkeit für einen Menschen, einen Tennin nötigenfalls auch selbst aufzusuchen. Das Motto ist hier: »Kommt der Tennin nicht zum Menschen, dann kommt der Mensch eben zum Berge.« Angeblich kann man Tennin begegnen, wenn man es auf sich nimmt, den Gipfel bestimmter hoher Berge zu erklimmen. Oder anders gesagt: Man muss sich auf den Weg in eine Anderswelt oder doch zumindest an einen sehr abgeschie-

---

212 Christiansen: Ja, das würde dem Kollegen Wolf gefallen – einfach auch noch so mir nichts, dir nichts alle Engel den Elfen zurechnen. Warum nicht gleich alle *Götter* auf der ganzen Welt zu Elfen erheben?
Plischke: Jetzt bringen Sie ihn mal bitte nicht auf dumme Ideen, Christiansen.

denen Ort machen – und beides sind ja auch gern »Siedlungsgebiete« von Elfen.

Auch in Sachen Lieblingszeitvertreib stehen die Tennin den Elfen nahe: Wo sie auftauchen, ist Musik nicht weit, und singen können sie selbstverständlich ebenfalls betörend.[213]

*Verwandtschaftsgrad mit den »klassischen« Elfen:* Ich war lange unschlüssig, ob die Tennin Aufnahme in dieses Buch finden sollten. Überzeugt hat mich letzten Endes eine kleine Geschichte, die in ganz vertrauter Manier das alte Motiv aufgreift, wonach es für eine Elfe Unglück bringt, sich mit einem Menschen einzulassen. In diesem Fall ist es ein Fischer, der eine Tennin beim Baden im Meer beobachtet und heimlich ihren Kimono entwendet, den sie braucht, um wieder davonfliegen zu können.[214] Die beiden heiraten, damit sie Aufnahme in seinem Haus findet, und erst Jahre später gesteht er ihr, wie ihre Ehe zustande kam. Ich finde, man kann es ihr nicht so recht übel nehmen, dass sie ihn nach diesem Geständnis prompt verlässt.

---

213 Plischke: Zugegebenermaßen gibt es aber auch Feste, bei denen man sich quasi die Gunst der Tennin und ihren Schutz vor bösen Geistern sichert, indem man als Mensch so viel Lärm veranstaltet wie irgend möglich – Klangqualität und Melodik sind ihnen offenbar nicht so wichtig wie Lautstärke.
Christiansen: Dann war ich aber schon auf Konzerten diverser Bands, auf denen es vor Tennin geradezu hätte wimmeln müssen.
Plischke: Wann waren Sie denn schon mal in Japan, Herr Kollege?

214 Christiansen: Zwei Dinge. Erstens: Warum werden wir Menschen eigentlich immer als ein Volk von hoffnungslosen Spannern und Voyeuren hingestellt? Und zweitens: Die Tante braucht den Kimono zum Fliegen? Ich dachte, die können sich Flügel sprießen lassen?
Plischke: Zu ihrer ersten Frage – wir *sind* ein Volk von Schaulustigen. Zu Ihrer zweiten Frage: Schon mal darüber nachgedacht, dass das ein magischer Kimono sein könnte, der die Zaubermacht der Tennin verstärkt? (So was wie eine Flugrobe +3. Vielleicht verstehen Sie das besser, Sie Nerd!)

## Europa

Ich verkünde an dieser Stelle gewiss keine sensationellen Neuigkeiten, wenn ich Ihnen Folgendes mitteile: Auch in Europa stößt man auf die eine oder andere elfenähnliche Gestalt aus Sagen und Legenden. Alles andere wäre auch regelrecht bizarr, wenn man bedenkt, wie sehr das moderne Elfenbild inzwischen – und wie wir gesehen haben tatsächlich überall auf der Welt – von jenen Mythen beeinflusst wurde, auf die Tolkien bei seiner umfassenden Beschreibung des Schönen Volkes immer wieder zurückgegriffen hat. Insofern sollten Ihnen die Geschöpfe, die ich Ihnen auf den folgenden Seiten vorstellen möchte, insgesamt ein klein wenig vertrauter erscheinen.

*Anjana*

*Verbreitungsgebiet:* Die Provinz Kantabrien in Nordspanien.

Wo wir es eben gerade von Engeln hatten: Auch der Anjana wird gern nachgesagt, sie sei im Auftrag himmlischer Mächte auf Erden unterwegs. Dabei wären die meisten Leute sicher fürbass erstaunt, wenn sie einer Anjana begegneten, die tatsächlich von sich behaupten würde, ein Engel zu sein. Wieso? Ich möchte Ihnen gern die äußere Erscheinung der Anjana kurz umreißen, und Sie können sich derweil selbst so Ihre Gedanken machen, woran Sie das alles erinnert. Fangen wir an:

- Die Anjana ist ungefähr handspannengroß.
- Sie trägt ihr langes Haar, das entweder pechschwarz oder goldblond ist, zu Zöpfen geflochten und eine Krone aus Wildblüten auf dem Kopf.
- Ihre Augen sind leicht schräg gestellt.

- Ihre Haut ist schneeweiß.
- Sie führt eine kleine Weiden- oder Weißdornrute mit sich, die an jedem Tag der Woche in einer anderen bunten Farbe erstrahlt.
- Sie hat winzige, durchscheinende Flügel auf dem Rücken.

Ich möchte Ihnen ja wirklich nichts einreden. Aber müssen Sie bei alldem nicht auch eher an eine der geschrumpften Varianten des Schönen Volkes denken, die man hierzulande gerne mal Feen (und vor Tolkiens multimedialem Siegeszug eben auch Elfen) nannte? Oder sieht für Sie so der typische Engel aus? Insofern beruhigt es mich persönlich sehr, dass die Anjanas in anderen Legenden als Baumgeister bezeichnet werden, was mir deutlich näher an der Wahrheit zu liegen scheint.

Die Anjana sind zudem musikalisch, wobei sie das Singen dem Spielen von Instrumenten vorziehen. Ihre Stimmen werden in den Erzählungen über sie in der Regel mit verschiedensten angenehmen natürlichen Klängen verglichen – beispielsweise Vogelgezwitscher.

Man begegnet ihnen vorwiegend in Wäldern, und dort am Ufer von Bächlein und Quellen. Sie kümmern sich um kranke Tiere und Bäume, beseitigen Sturmschäden, helfen verirrten Liebespaaren zurück auf sichere Pfade, und wenn sie menschlichen Ansiedlungen einen ihrer heimlichen Besuche abstatten, lassen sie Geschenke für die Bedürftigen zurück. Ihre positive Zaubermacht ist gewaltig: Zur Tagundnachtgleiche im Frühling versammeln sie sich zu einem gewaltigen Reigen, bei dem sie bunte Rosen zum Erblühen bringen. Wer eine dieser kostbaren Blüten findet, bleibt bis ans Ende seiner Tage kräftig und gesund. Aber Vorsicht: Falls Sie jetzt meinen, Sie könnten sich den Anjanas gegenüber irgendwie rüpelhaft aufführen, ohne Konsequenzen fürchten zu müssen, sind Sie schief gewickelt. Neben ihren wohltätigen Aufgaben sind die Anjanas nämlich auch dazu da, bösartige Vertreter unserer Art mit den üblichen Mitteln (schädliche Zauber, Flüche und so weiter) in die Schranken zu weisen.

*Verwandtschaftsgrad mit den »klassischen« Elfen:* Die Anjanas sind für mich ein perfektes Beispiel für einen Ableger des Schönen Volkes, der jenem bedauerlichen Schrumpfungsprozess zum Opfer gefallen ist, der an und für sich stolze Geschöpfe über Gebühr verniedlicht hat.

### *Dryaden, Nymphen, Sirenen und Undinen*

*Verbreitungsgebiet:* Ganz Europa.

»Gleich vier Geschöpfe auf einmal? Wieso denn das?«, fragen Sie sich jetzt vielleicht. Ich will Sie hier ganz bestimmt nicht mit Begriffen totwerfen. Andererseits möchte ich Sie auch nicht mit feinsten Unterscheidungen quälen. Was diese vier Geschöpfe nämlich gemein haben, ist, dass sie – mit einer Ausnahme – elfenähnliche Naturgeister aus der griechisch-römischen Mythologie sind, die sich sehr gut in einem Rutsch abhandeln lassen.

Fangen wir doch am besten mit der Ausnahme an. Die *Undine* stammt ursprünglich aus germanischen Volkssagen und gelangte durch den Universalgelehrten und Alchemisten Paracelsus zu besonderer Berühmtheit. In seinem System, in dem er bestimmte Naturgeister als Verkörperungen der vier Elemente auslegt, steht die Undine für das Wasser. Das deckt sich insofern mit den wesentlich älteren Berichten über Undinen, als dass man ihnen dort vornehmlich an kleineren und größeren Wasserläufen begegnet – im Grunde genommen also vorrangig in Auwäldern. Als Elfologe wird man vor allem auch bei der berühmtesten Undineerzählung hellhörig, die aus dem Mittelalter überliefert ist. Hier verliebt sich ein edler Ritter in eine der bezaubernden Wasserfrauen. Sie heiraten und bekommen ein Kind, was für die Undine mit einem immensen Nachteil verbunden ist – mit der Geburt des Nachwuchses büßt sie ihre ewige Jugend ein. Mit zunehmendem Alter verliert der treulose Ritter das Interesse an ihr und betrügt sie schließlich mit einer anderen. Die Undine entdeckt ihn schlafend – und schnarchend – in den Armen seiner Rivalin. Verständlicherweise ist sie darüber nicht sehr angetan, weckt ihn und belegt ihn mit einem Fluch: Er kann nur noch in wachem Zustand atmen, sobald er wieder einschläft, hört er damit auf und erstickt.

In dieser Geschichte spielen viele Motive eine Rolle, wie wir sie auch von den Elfen kennen: verlockende Schönheit, ewige Jugend, der Verlust selbiger durch den intimen Kontakt mit Sterblichen, die Möglichkeit der Fortpflanzung mit uns sowie beeindruckende magische Fähigkeiten.[215]

Ein Talent der Undinen klammert die obige Schilderung dabei sogar völlig aus: Vielen Geschichten zufolge singen die Undinen so schön, dass sie bei keiner Casting-Show Bedenken haben müssten, nicht in den Recall eingeladen zu werden. Fairerweise ist verlockender Gesang allerdings auch mehr der Zuständigkeitsbereich der *Sirenen.* Diese Augen- und Ohrenweiden sitzen auf Klippen oder Felsen im Wasser und locken Seeleute durch ihre süßen Melodien ins Verderben – blind vor Sehnsucht, den Schönheiten nahe zu sein, steuern die armen Kerle ihr Schiff ins Verder-

---

215 Plischke: Obwohl die gerne mal einen sehr düsteren Touch haben. So weiß eine Legende beispielsweise auch davon zu berichten, wie der Untergang von Vineta – einer mythischen Stadt, die in grauer Vorzeit in der Ostsee versunken ist – von einer Undine hellseherisch angekündigt wurde.

ben.[216] Dank der berühmten Geschichte von Odysseus, der seinen Gefährten die Ohren verstopft und sich dann am Mast festbinden lässt, um einmal gefahrlos Sirenengesang lauschen zu können, könnte man meinen, Sirenen wären nur im Mittelmeer zu Hause. Dabei kann der gute alte Vater Rhein mit seiner eigenen Sirene aufwarten: So saß die schöne Loreley lange Zeit auf jenem Felsen, der heute ihren Namen trägt, kämmte ihr güldenes Haar und sang vor sich hin. So brachte sie zahlreiche entsprechend abgelenkte Schiffer dazu, sich auf dem Rhein gewissermaßen grob zu verfahren und für diese Unachtsamkeit mit dem Leben zu bezahlen. Ganz gleich, wo sie auftaucht: Die Sirene versinnbildlicht die für viele Elfen (und Feen) geltende Maxime, dass Schönheit – ein an sich ja eher positiv belegter Wert – tödliche Gefahren bergen kann.[217]

---

216 Christiansen: Man braucht nicht viel Phantasie, um sich zusammenzureimen, *wovon* diese Damen da wohl singen mögen. Ich tippe mal nicht, dass es sich um keusche Balladen von reiner Liebe handelt …
Plischke: Ich finde es ehe ungerecht, dass wir den Begriff Sirenen in der Regel eher mit nervigen Warnapparaturen in Verbindung bringen, die ein unerträgliches Geheul ausstoßen. Das ist doch eine völlig fehlgeleitete Bezeichnung für die Dinger, denn bei solchem Katzenjammer würde man doch vor den echten Sirenen schleunigst das Weite suchen, anstatt unbeirrt und in erregter Vorfreude auf sie zuzuhalten …

217 Plischke: Tut mir leid. Ich muss jetzt hier mal kurz eingreifen, und zwar allen Vereinfachungsbestrebungen zum Trotz. Es kann nicht angehen, dass Kollege Wolf an dieser Stelle einfach die Nixen unterschlägt, wo er hier so umfassend über Wassergeister und ihre Nähe zu den Elfen schwadroniert.
Christiansen: Sind das die mit den Fischschwänzen?
Plischke: Eben nicht! Das sind die Meerjungfrauen. Zumindest, wenn man das alles ansatzweise sauber voneinander trennen will.
Christiansen: Tut das not?
Plischke: Ich finde schon. Allein deshalb, weil Nixen nämlich auch männliche Pendants haben und das ein ausgezeichnetes Argument dafür ist, sie als funktionierenden Ableger des Schönen Volkes zu betrachten. Vor allem, weil diese Nixen, Necker oder Nöcker – je nachdem, wie man sie nennen will und in welchem Dialektraum man sich gerade aufhält –

Schönheit ist denn auch eine Eigenschaft, die sämtliche *Nymphen* teilen. Wenn man so will, ist Nymphe in der griechisch-römischen Mythologie in letzter Konsequenz der Oberbegriff für alle Naturgeister, die sich uns Menschen in der Gestalt attraktiver junger Frauen zeigen. Viele von ihnen sind den antiken Überzeugungen nach an eine ganz konkrete Naturerscheinung gebunden – wie etwa an einen bestimmten Felsen, Fluss oder Busch –, doch es gab auch zahlreiche Erzählungen über »ortsungebundene« Nymphen. Üblicherweise sind diese Geschöpfe uns Menschen gegenüber nicht wirklich feindlich gesinnt. Im Gegenteil: In vielfacher Weise sind sie Natur- oder Umweltschützerinnen, und sie entspringen nicht nur der Natur, sondern beleben sie zugleich (in einem typischen Henne-und-Ei-Verhältnis). Sie dürften dabei insgesamt nicht ganz unschuldig am Image des Elfen als quasimilitantem Ökoterroristen sein, das bis heute fester Bestandteil des herkömmlichen Elfenbilds geblieben ist. Mehr noch – auch viele andere ihrer typischen Verhaltensweise sind ziemlich elfisch: Sie lieben Musik und Tanz, halten sich von Menschen meistens fern (weil diese ihnen zu laut und ungehobelt sind) und pflegen einen recht lockeren Umgang mit Nacktheit und Sexualität.[218] Der Nymphenglaube überlebte in Griechen-

---

eben auch ihre überwiegend weiblichen Opfer mit Harfengesängen unter Wasser locken, und zwar gern mal in eine Art Zauberreich. Oder sie bewahren die armen Seelen in großen Töpfen auf.
Christiansen: Haben Sie was geraucht? Und überhaupt: Sind solche Wassermänner nicht furchtbar hässlich?
Plischke: Kommt drauf an, wo man hinschaut. In Osteuropa tendenziell eher schon, aber ansonsten sind das gerne mal richtige Schlecksteine. Oder würden Sie mit einem glupschäugigen Typen ins Wasser gehen, dem Algen im ungepflegten Bart wachsen?

218 Christiansen: Der keusche Wolf schlägt wieder zu. Was meint er denn, wo das schöne Wörtchen nymphoman herrührt?

land übrigens bis ins 20. Jahrhundert hinein (ähnlich dem in Irland und Island nach wie vor recht weit verbreiteten Glauben an Feen). Was man genau glaubte, unterschied sich dabei jedoch offenbar je nach Geschlecht: Frauen pflegten viele kleine Rituale, um die Nymphen von allerlei Streichen abzuhalten, wohingegen die Männer sich lieber in der Wildnis herumtrieben, in der Hoffnung, dort auf eine einem Schäferstündchen nicht abgeneigte Nymphe zu treffen. Die Nymphen waren dann auch häufig unter dem Namen Nereiden bekannt, was streng genommen früher einmal nur eine Unterklasse der Nymphen darstellte, nämlich jene, die im Meer lebten.

In der Vorstellung der Griechen existierte nämlich eine schier unüberschaubare Zahl an Unterklassen von Nymphen mit ihren jeweils eigenen Zuständigkeitsbereichen als Naturgeister: Eine der bekanntesten dieser Untergruppierungen sind zweifelsohne die *Dryaden*. Warum Elfologen bei ihnen begeistert in Wallung geraten? Weil die Dryaden die Nymphen sind, die sich um die Pflanzenwelt kümmern und daher gern direkt in oder zumindest in unmittelbarer Nähe von Bäumen und Sträuchern wohnen.[219] Repräsentative Umfragen mögen zwar noch ausstehen, aber erkundigen Sie sich doch einmal in Ihrem Umfeld darüber, was die meisten Leute – ob nun Fachleute oder Laien – denken, wo Elfen denn so wohnen, und die Antworten dürften recht eindeutig ausfallen: im Wald.

---

Plischke: Und sie lassen sich auch mit dem einen oder anderen Gott, der ihnen nachsteigt, ganz gerne ein.

219 Plischke: Oder wie die Hamadryaden quasi fest mit einem Baum verwachsen sind.
Christiansen: Nerven Sie nicht schon wieder mit noch mehr Untergruppen. Außerdem bewegen wir uns doch bei diesen Hamadryaden doch eher auf Ent- und weniger auf Elfenterrain, oder?

*Verwandtschaftsgrad mit den »klassischen« Elfen:* Es wäre geradezu töricht, den Versuch zu unternehmen, irgendwie leugnen zu wollen, dass Nymphen & Co. das Elfenbild seit jeher maßgeblich beeinflusst haben. Nicht minder töricht wäre es, davon auszugehen, diese Geschöpfe wären nicht zumindest ausgesprochen nahe Verwandte des Schönen Volkes.

### *Iele*

*Verbreitungsgebiet*: Rumänien.

In der rumänischen Folklore wimmelt es geradezu von feen- und elfenähnlichen Geschöpfen, und je weiter man sich in die entlegeneren Regionen dieses Landes hineinbewegt, desto häufiger stößt man auf Einheimische, die Stein und Bein schwören, einmal oder mehrfach Elfen und Feen von Angesicht zu Angesicht begegnet zu sein.[220] Die meisten Eigenschaften dieser Iele dürften Ihnen inzwischen hinlänglich bekannt sein:

- Sie sind bildhübsch.
- Wo sie auftauchen, ist Licht nicht fern (und sei es nur, dass die Iele selbst brennende Kerzen tragen).
- Sie treffen sich, um gemeinsam nachts im Wald zu tanzen und zu singen.
- Sie können ihr Revier sehr eifersüchtig verteidigen, wenn ein Mensch es wagt, einen »ihrer« Bäume zu fällen oder aus einer »ihrer« Quellen zu trinken.
- Sie bewegen sich unglaublich schnell durch den Wald

---

220 Plischke: Nicht nur Einheimische. Auch das Team einer US-amerikanischen Fernsehserie namens *Destination Truth* will erst vor wenigen Jahren auf Iele gestoßen sein und diese sogar mit der Kamera festgehalten haben. Bei näherer Betrachtung sind auf der betreffenden Aufnahme allerdings nur ungewöhnliche Lichterscheinungen zu sehen.

(wobei sie manchmal in brennenden Streitwagen unterwegs sein sollen).

- Wer ungefragt an einem ihrer Tänze teilnimmt, verschwindet unter Umständen auf Nimmerwiedersehen, weil die Iele ihn in ihr Reich entführen.
- Sie können Eindringlinge mit schrecklichen Flüchen strafen, die Stummheit oder Taubheit verursachen.

Würde man die Iele einem Element zuordnen, wäre es nicht das Wasser, sondern das andere, dem die Elfen traditionell zugewiesen werden: die Luft. Denn sie bleiben – so sagen es die Legenden – die meiste Zeit über völlig unsichtbar, auch wenn sie womöglich direkt neben einem stehen.

Sie sind für derlei flüchtige Geschöpfe indes außerordentlich wehrhaft, und bei mancher Sichtung ist auch die Rede davon, dass sie Kettenpanzer tragen. Zudem schrecken sie nicht davor zurück, Menschen sichtbare Verletzungen zuzufügen, wenn sie sich zu sehr provoziert fühlen. So sollen sie zum Beispiel recht geschickt mit ihren Nägeln kratzen können. Wären dies die einzigen Wunden, die sie anbringen, könnte man vielleicht noch argumentieren, Iele wären nicht mehr als Geschichten von Betrunkenen, die nachts im Wald in eine Dornenhecke gestürzt sind. Doch da sind auch noch die merkwürdigen Verbrennungen, die Menschen davontragen, welche behaupten, mit Iele aneinandergeraten zu sein …

*Verwandtschaftsgrad mit den »klassischen« Elfen:* Die Iele könnten meiner Einschätzung nach nichts anderes sein als ein Stamm wilder Elfen, wie sie von so vielen modernen Elfologen nach Tolkien immer wieder beschrieben wurden. Schade nur, dass eine Annäherung an sie sich noch wesentlich schwieriger gestalten dürfte als an eine höfische Elfenkultur. Ich empfehle dringend, sich die Geduld eines erfahrenen Tierfilmers zuzulegen. Und für alle Fälle feuerfeste Kleidung …

*Huldra*

*Verbreitungsgebiet:* Skandinavien.

Sie können es wahrscheinlich nicht mehr hören: Huldras sind wunderschön. Zum Glück habe ich bei diesen scheuen Waldgeschöpfen eine kleine Überraschung parat: Huldras sind nur vor von vorne wunderschön. Betrachtet man sie von hinten, so sagen es die Legenden, sieht ihr Rücken erstens aus wie ein ausgehöhlter Baumstamm und zweitens wächst ihnen – je nach Region – ein Fuchs- oder Kuhschwanz aus dem Steiß. Süß, oder? Aber im Ernst: Die Sache mit der großen Baumähnlichkeit erinnert zweifelsohne an die Dryaden, mit denen wir uns eben kurz befasst haben. Und der Schwanz ruft uns allen sicherlich ins Gedächtnis, wie oft Vertreter des Schönen Volkes mit tierhaften körperlichen Eigenschaften ausgestattet sind – wie etwa bei den »gewöhnlichen« Elfen die spitzen Ohren und die schräg gestellten Augen.[221]

Im Gegensatz zu vielen anderen Waldgeschöpfen, die wir bislang kennengelernt haben, scheinen die Huldras nicht zwingend automatisch Beschützerinnen ihres Lebensraums zu sein. So erzählt man sich etwa, sie würden sich erstaunlich gut mit Köhlern anfreunden. Angeblich geben sie sogar auf die Kohlenmeiler acht, wenn der Köhler schläft. Dies

---

221 Christiansen: Ein Kuhschwanz? Ein Kuhschwanz?! Entschuldigung, ich kann ja noch verstehen, wenn man den Elfen Körperteile von Wildtieren andichtet, aber ein Kuhschwanz?!
Plischke: Wir kennen Kühe – also im Sinne von Rindern – nur noch als brave Milch- und Fleischlieferanten auf der Weide. Aber was, wenn die Huldra ihren Schwanz ursprünglich von Rindern wie Wisenten oder Auerochsen hatte, die früher wild lebten?

nahm aber in der Regel wohl die Form einer Geschäftsbeziehung an: Der Köhler konnte unbesorgt ein Nickerchen machen, sofern er der Huldra regelmäßig kleine Geschenke in Form von Nahrung oder Proviant an vorher vereinbarten Orten hinterließ.

Über eine andere Form der Beziehung zwischen Huldras und Menschenmännern lässt sich nur sprechen, wenn ich die Gepflogenheiten der höflichen Zurückhaltung einmal kurz außen vor lasse: Die Huldras nähern sich vielversprechenden Kandidaten gerne an, um sie zu einem Techtelmechtel in den nahen Wald zu locken. Gelingt es ihrem Auserwählten, ihre Bedürfnisse angemessen zu befriedigen, darf er auf eine Belohnung hoffen. Enttäuscht er die Huldra hingegen, bringt sie ihn um. Vielen Geschichten zufolge erwachsen aus solchen Arrangements bisweilen längere Partnerschaften, die sogar in Eheschließungen gemündet haben sollen. Sobald dabei jedoch ein christlicher Priester ins Spiel kommt, so heißt es, verliert die Huldra dadurch ihre Zaubermacht.[222]

*Verwandtschaftsgrad mit den »klassischen« Elfen:* Wie am eben genannten Beispiel leicht zu erkennen, ist es beileibe nicht nur ein außereuropäisches Phänomen, dass christliche Missionierungsarbeit die Forschungen eines Elfologen erheblich erschweren kann. Über die Huldras liegt zwar im Vergleich zu vielen anderen Wesen, die man dem Schönen Volk zurechnet, noch verhältnismäßig viel Material vor – doch vieles davon ist durch Einflüsse von außen gewissermaßen kontaminiert. Alles in allem denke ich, dass sich weitere Recherchen bezüglich der Huldras als fruchtbar

---

222 Plischke: In Norwegen funktioniert dieses Spielchen übrigens auch mit vertauschten Geschlechterrollen: Wenn ein Huldrekarl Gefallen an einer Menschenfrau findet, verführt er sie und holt sie bei entsprechender Begeisterung über ihre körperlichen Reize in sein unterirdisches Reich.

erweisen könnten. Allein schon aus dem Grund, weil man bis heute noch hier und da in Skandinavien sehr, sehr alten Männern begegnen soll, die sich in ihrer Jugend einmal auf eine Liebschaft mit einer Huldra eingelassen haben …

### *Pixie*

*Verbreitungsgebiet:* Cornwall.

Die Verniedlichung der Elfen, wie sie in der frühen Neuzeit ihren Anfang nahm und im beklagenswert kitschigen Elfenbild der Viktorianik gipfelte, ist für viele Elfologen nach wie vor ein rotes Tuch. Kaum ein anderes Geschöpf verkörpert diesen demütigenden Prozess eher als der Pixie. Macht man sich auf die Suche nach Illustrationen und Beschreibungen, stößt man immer wieder auf die gleichen Charakteristika:

- Der Pixie ist winzig genug, um Pilze oder Blätter bequem als Sonnenschutz zu benutzen.
- Er ist auf die Art und Weise niedlich, wie süße Kleinkinder den meisten Menschen ein heiteres Jauchzen entlocken, wenn sie sie sehen.
- Er trägt gerne einen albernen spitzen Hut.
- Er treibt mit Vorliebe völlig harmlosen Schabernack.
- Er hat absurd lange, spitze Ohren.
- Wenn er Pech hat, bekommt er auch noch zarte Flatterflügelchen verpasst.

Das wäre ja alles halb so schlimm, wenn die älteren und teilweise in Vergessenheit geratenen Geschichten über die Pixies nicht ein etwas anderes Bild von diesen Wesen zeichnen würden – eines, das noch dazu in so manchem Punkt deutlich an jene Vorstellungen von Elfen gemahnt, wie Tolkien sie wiederbelebt hat.

Das fängt schon einmal damit an, dass die Pixies als Besitzer und Bewohner der zahlreichen alten Felsmonumente gelten, die über die Landschaft ihrer Heimatregion verteilt sind – sie gehören also einem Volk an, das ein ganzes Stück älter ist als wir Menschen. Des Weiteren pflegen sie neben Singen und Tanzen bei ihren Zusammenkünften noch andere Formen des Zeitvertreibs, die als weitaus ehrenhafter gelten: Reiten und Ringen.[223] Manch ein Folklore-Experte des 19. Jahrhunderts sah die Pixies gar als Nachfahren der stolzen Pikten an, die sich die Haut blau bemalten, ehe sie in die Schlacht zogen – eine Tradition, die die Pixies auch in Friedenszeiten beibehalten haben sollen.[224]

Noch einmal zurück zur Schrumpfung: An den Pixies lässt sich zeigen, dass dieser Prozess durchaus wörtlich genommen werden kann. Noch in einer Legende aus Zeiten des englischen Bürgerkriegs versteckt sich ein Soldat vor feindlichen Truppen in einem Haus der Pixies – und damit ist nicht gemeint, dass sich der arme Kerl schlangenkünstlerartig in eine winzige Kiste hineinwindet oder so. Nein, damals ging man noch davon aus, dass die Pixies nicht wesentlich kleiner sind als wir Menschen.

*Verwandtschaftsgrad mit den »klassischen« Elfen:* Be-

---

223 Christiansen: Hat er tatsächlich gerade von Reiten und Ringen als besonders ehrenhaften Tätigkeiten gesprochen?
Plischke: Was soll man machen? Kollege Wolf ist verarmter Landadel, wenn ich mich nicht irre. Und mir scheint, er würde echt alles daran setzen wollen, zumindest die Ehre der Pixies zu retten.

224 Plischke: Wobei dieses Bemalen unter Historikern ein wenig umstritten ist – also bei den Pikten, meine ich –, ebenso wie die Annahme, der dafür aus Waid gewonnene Farbstoff besäße bei Hautkontakt eine stark berauschende Wirkung.
Christiansen: Obwohl mir dann wenigstens klar wäre, warum sich jemand bis heute noch damit einschmieren sollte …

trachtet man die Pixies in ihrer unverfälschten Form, bevor sie zum Opfer von wahren Kitschexzessen wurden, ist unübersehbar, dass sie ohne jeden Zweifel dem Schönen Volk zugerechnet werden müssen.

### *Rusalka*

*Verbreitungsgebiet:* Osteuropa.

Auch wenn es wie ein Klischee klingen mag: In Osteuropa haben viele Kreaturen aus Sagen und Legenden, die andernorts als freundlich oder in ihrer Einstellung uns Menschen gegenüber zumindest ambivalent wahrgenommen werden, einen deutlich düstereren Einschlag. So kennt man auch hier Geschichten über sonderbare Wesen, die an oder in Flüssen und Seen leben und darauf warten, sterbliche Männer zu verführen – nur tun sie dies allein über ihren verlockenden Gesang und weniger über ihr Aussehen. Letzteres wäre auch nur bei Personen mit ganz speziellen Vorlieben dazu geeignet, heißblütige Leidenschaft zu wecken – die Rusalki sind Untote.[225] Was den Umworbenen erwartet, wenn er von den Rusalki ins Wasser gezerrt wird, ist auch kein Ausflug in ein zauberhaftes Unterwasserreich, sondern lediglich ein nasses Grab.[226] Wenn das unglückliche Opfer nicht ertränkt wird, erleidet es einen weitaus

---

225 Plischke: Einer oft herangezogenen Erklärung nach handelt es sich bei ihnen um die auf unheilige Weise wiederbelebten Leichname junger Frauen, die aus Gram ob einer unglücklichen Liebe ins Wasser gegangen sind.

226 Christiansen: Kollege Wolf zeichnet hier wirklich ein sehr düsteres Bild. Es gibt durchaus Legenden, in denen die Rusalka nicht im eigentlichen Sinne böse ist. Sie ist nur verbittert und möchte, dass Rache an demjenigen geübt wird, der die Verantwortung für ihren Tod trägt. Und Rusalki sind auch nicht überall zwangsläufig hässlich – in Weißrussland beispielsweise ist ihre Erscheinung an den Zustand des Landes gekoppelt. Ist es fruchtbar, sind die Rusalki selbstverständlich hübsch anzusehen.

bizarreren und grausameren Tod: Es wird zu Tode gekitzelt.[227]

Was die Rusalki zu einem Kandidaten für ein Elfenvolk macht, das gegen ein ganz besonders schlechtes Image anzukämpfen hat, ist unter anderem der Umstand, dass sie bisweilen als Gattinnen oder Dienerinnen von Wodjanoi gehandelt werden – slawischen Wassermännern, mit denen sie sich neben dem Lebensraum auch Tisch und Bett teilen. Dabei gelten auch die Wodjanoi als nicht ausgesprochen ansehnlich – wenn sie Glück haben, werden sie als Kinder oder ältere Herren mit gewaltigem Hängebauch beschrieben. Ansonsten dichtet man ihnen wie ihren Frauen eher das Aussehen von Wasserleichen an. Der Hang zu fröhlichheiterem Vergnügen, den man den Elfen nachsagt, erfuhr gleichermaßen eine Umdeutung: Der Wodjanoi ist ein passionierter Kartenhai, aber dabei ausgesprochen grummelig und ein schlechter Verlierer. Wenn er nicht gerade diesem oder seinem anderen großen Laster – dem Tauchen – frönt, hockt er mit einem großen Knüppel bewaffnet am Ufer. Der Knüppel dient dabei einer wenig menschenfreundlichen Aufgabe – dem Erschlagen allzu naseweiser Kinder.

*Verwandtschaftsgrad mit den »klassischen« Elfen:* Ähnlich wie die Huldras wurden auch die Rusalki und ihre Gatten im Zuge der Ausbreitung des Christentums offenbar von mehr oder minder neutralen Schutzgeistern der Natur in die Rolle gefährlicher Dämonen hineingezwängt. Schönes Indiz: Wenn der Wodjanoi Karten drischt, vermeidet er die Farbe Kreuz wie der Teufel das Weihwasser. Ungeachtet der jahrhundertelangen Propaganda, die gegen sie gerichtet war, schimmern unter der Oberfläche noch immer die feen-

[227] Christiansen: *Das* wiederum würde gut zu dem schrägen Sinn für »Humor« der Elfen passen.

und elfengleichen Attribute dieser Geschöpfe durch. Andererseits ist es genau so denkbar, dass wir es hier mit einem besonders wilden Elfenstamm zu tun haben, der sich die ablehnende Haltung der menschlichen Bevölkerung in seinem Siedlungsgebiet durch zahlreiche Grausamkeiten redlich verdient hat.

### *Sidhe*

*Verbreitungsgebiet:* Die Britischen Inseln.

Ich muss leider mal kurz denglisch mit Ihnen reden. Der Grund: Ich verwende »Sidhe« hier als Catch-All-Begriff für eine an sich etwas differenziertere Gruppe von elfennahen Geschöpfen. Da wir uns aber sowieso auf den Britischen Inseln bewegen, verzeihen Sie mir dies hoffentlich.[228]

Noch eines gleich vorweg: In Anbetracht der Tatsache, wo Tolkien aufgewachsen ist, können wir stark davon ausgehen, dass die Elfen, mit denen er Kontakt hatte und die von ihm so umfangreich beschrieben wurden, höchstwahrscheinlich kulturell stark von den Sidhe beeinflusst waren.[229]

Eine ganz grundsätzliche Unterscheidung, die sich für die Feen und Elfen der Britischen Inseln im Laufe der Zeit etablierte, ist die zwischen *Seelie* und *Unseelie*. Kocht man es enorm vereinfacht herunter, sind die Seelie die guten und die Unseelie die bösen Feengeschöpfe. Näher an der Wahrheit und dem Wortstamm dieser beiden Bezeichnungen

---

228 Plischke: Warum sagt Kollege Wolf an dieser Stelle nicht Sammelbegriff?
Christiansen: Weil dann der laue Gag mit den Britischen Inseln noch weniger zündet.

229 Christiansen: Ist Tolkien nicht in Südafrika geboren?
Plischke: Doch, ist er. Er kam aber aufgrund diverser Familientragödien – einer Erkrankung der Mutter und dem Tod des Vaters – schon als Kleinkind nach England.

wäre es jedoch, die Seelie als die Feen zu begreifen, die mit ihrer Existenz glücklich sind, und die Unseelie als diejenigen, bei denen dies nicht Fall ist. Letzteres führt dann zu einem garstigeren Verhalten uns Menschen gegenüber – einschließlich solch unschöner Dinge wie Entführungsversuchen, nächtlichen Attacken, Flüchen und hartnäckigen Belästigungen. Die Seelie hingegen stehen den Menschen weitaus offenherziger gegenüber. Damit ist jedoch keinesfalls gemeint, dass ein Seelie Menschen prinzipiell und unter allen Umständen wohlgesonnen ist. Genau wie ein mürrischer Unseelie auch einmal einem verirrten Kind den Weg nach Hause zeigen oder einem Menschen auf andere Weise Unterstützung angedeihen lassen kann, kann ein Seelie – wenn er denn gerade übler Laune ist – einem gewöhnlichen Sterblichen durchaus schaden. Als lose Faustregel gilt: Ein Seelie spricht eine Warnung aus, ehe er Rache für eine empfundene Beleidigung nimmt, wohingegen ein Unseelie sich mit solchen Nettigkeiten nicht unbedingt lange aufhält.

Eine andere Übersetzung für Seelie und Unseelie ist »lichte« bzw. »dunkle« Feen, was nur weiter betont, was man auch als Elfologe zu Beginn seiner Karriere rasch bemerkt: Diese Einteilung erinnert generell stark an die in Licht- und Schwarz- bzw. Dunkelalben. Noch dazu kommt, dass in Bezug auf Seelie und Unseelie oft von »Höfen« gesprochen wird, worin natürlich jene feudalistische Grundstruktur des Schönen Volkes mitschwingt, wie sie von Tolkien beschrieben wurde.[230]

---

[230] Plischke: Worüber diese Höfe denn nun aber genau herrschen, variiert von Beschreibung zu Beschreibung: Mal ist der eine für den Tag und der andere für die Nacht oder die »lichten« Elfen für Frühling und Sommer und die »dunklen« für Herbst und Winter zuständig – um nur zwei der einfachsten Zuschreibungen zu nennen.

Noch deutlicher werden die Parallelen, wenn wir in die Geschichte der Sidhe eintauchen. In einer Vielzahl von Texten aus der gälischen Mythologie, die allerdings zum Teil erst lange nach der verhältnismäßig frühen Christianisierung Irlands im 4. Jahrhundert niedergeschrieben wurden, werden die Sidhe mit den *Tuatha dé Danann* in Verbindung gebracht – eines der mehreren alten Geschlechter, die vor den »heutigen« Iren die Insel besiedelten. Die Tuatha dé Danann waren mit beeindruckenden magischen Talenten ausgestattet und verstanden sich auf die Fertigung absolut atemberaubender Artefakte. So wird einem ihrer Könige beispielsweise ein voll funktionsfähiger Arm aus Silber gebaut, damit er überhaupt den Thron besteigen kann – körperliche Vollkommenheit war dafür eine Grundvoraussetzung. Später wird diese grässliche, aus einer Schlacht herrührende Verstümmelung sogar gänzlich geheilt, doch für mich bleibt der Silberarm die imposantere Errungenschaft – in ihr scheinen das handwerkliche Geschick und die beispiellose Zaubermacht der Elfen, wie sie Tolkien immer wieder hervorhebt, perfekt zusammenzuspielen.

Überhaupt ist es für einen Elfologen sehr fruchtbar, Tolkiens Variante der Geschichte des Elfenvolks mit der aus den gälischen Überlieferungen abzugleichen. Hier wie dort spielen sehr ähnliche Faktoren eine entscheidende Rolle:

- Abstammungs- und Thronfolgefragen, die nicht selten in Bruderzwiste münden,
- groß angelegte Auszüge aus alten Heimaten in neue, unerforschte Gebiete,
- magische Waffen und auf ausgeklügelten Zaubern basierende Listen sowie
- Schlachten, die über das Schicksal ganzer Völker, wenn nicht gar der bekannten Welt entscheiden.

Einer dieser Schlachten haben die Sidhe auch angeblich ihren Namen zu verdanken. Sie erklärten sich gegenüber ihren Gegnern als geschlagen und zogen sich – wohl um einer völligen Auslöschung zu entgehen – unterirdisch in die zahlreichen natürlichen sowie künstlichen Hügel zurück, die man in Irland allerorten findet. Selbige heißen nämlich Sidhe, und allem Anschein nach wurden die Bewohner dieser Hügel dann praktischerweise auch gleich so benannt wie ihre Wohnstätten selbst.[231]

Es wird Zeit, sich einen Vertreter der Sidhe einmal näher anzusehen. Ich habe mich für die *Leanan Sidhe* entschieden. Diese – ja, natürlich – wunderschöne Frau, die ihr Zuhause in einem Grabhügel hat, bietet eine interessante Spielart des altbekannten Motivs »Junge Elfe verliebt sich hoffnungslos in schönen Sterblichen, verliert darüber ihre ewige Jugend und führt dafür ein für ihr Volk sehr kurzes, aber umso erfüllteres Leben« (man könnte es auch das Arwen-Motiv nennen). Bei der Leanan Sidhe wird dies alles auf den Kopf gestellt: Der Jungspund, der ihr verfällt, muss sich keine großartigen Gedanken mehr um seine Altersvorsorge machen. Ihm ist nur eine kurze Lebenszeit beschieden, doch in dieser fungiert die Leanan Sidhe als eine Inspirationsquelle von echter Musenqualität, die ihn zu immer neuen Höchstleistungen anspornt. So lange, bis

---

231 Christiansen: Tolles Prinzip. Wir sollten uns Menschen fortan Häuser nennen. Das macht doch alles viel leichter für die Spezies, die uns irgendwann ersetzt. »Wer hat in all diesen alten Häusern gelebt?« – »Häuser.« Plischke: Heute spricht man von den Sidhe in Irland in ihrer Gesamtheit öfter auch als die Aos Sì, aber das ist wohl alles nur eine Frage der genauen Transkription, denn Aos Sì heißt letztlich nichts anderes als »Leute aus den Grabhügeln«. An dieser Stelle sei auf ihre sehr elfische Eigenschaft verwiesen, parallel zu uns Menschen in einer Zauberwelt zu existieren, wobei die Grenzen zu selbiger bisweilen erstaunlich durchlässig sind.

auf dieses »Höher, schneller, weiter« dann rasch der Absturz in Form eines jähen Dahinscheidens folgt. Eine kleine Warnung an alle Kreativen unter Ihnen, die in nächster Zeit eine Irlandreise planen: Überlegen Sie sich gut, wen Sie wann und wo küssen – und wenn's irgendwie modrig nach Erde schmeckt, nehmen Sie am besten sofort die Beine in die Hand. Oder Sie bleiben, schaffen mit Unterstützung Ihrer Leanan Sidhe einen modernen Klassiker, der aber zugleich zu Ihrem Schwanengesang wird. Ihre Entscheidung …

Falls Sie generell mehr auf Männer stehen, ist vor dem *Gancanagh* Vorsicht angebracht. Als Gegenstück zur Leanan Sidhe sondert die Haut dieses Wesens angeblich eine Substanz ab, die dafür sorgt, dass man zu ihm in leidenschaftlicher und bedingungsloser Liebe entbrennt.[232] Darüber hinaus wird man von diesem Sekret abhängig, was also bedeutet, dass man möglichst oft und großflächig Hautkontakt zum Gancanagh aufnehmen will – wofür sich natürlich Sexualakte besonders gut eignen. Auch hier also die Warnung für Irlandtouristen: Obacht, mit wem Sie sich einlassen! Der Legende nach erkennt man einen Gancanagh daran, dass er eine Tonpfeife mit sich führt, die er allerdings nie anzündet, weil man den irischen Feen andichtet, sie würden keinen Rauch vertragen.[233] In modernen Zeiten könnte dies heißen, dass Sie besonders auf Gestalten achten müssen, die diese neumodischen E-Zigaretten rauchen – gegen Wasserdampf haben Feen und Elfen meines Wissens nach keine besonderen Aversionen.

---

232 Plischke: Ein bisschen so wie bei jeder x-beliebigen Deodorantwerbung, die sich für besonders gelungen und innovativ hält.

233 Christiansen: Interessante Frage am Rande, die man später mal vielleicht klären könnte – rauchen Gandalf und Bilbo eigentlich in Elronds Haus oder andernorts, wo Elben wohnen?

Ein weiterer Beweis, dass nicht alle Elfen und Feen, die einem im Wald begegnen können, automatisch für Frauen gehalten werden, ist der *Ghillie Du.* Dieser »Junge mit den dunklen Haaren« – so die ungefähre Übersetzung – gilt in Schottland als Schutzgeist des Waldes. Zu Kindern ist er zwar in der Regel freundlich, wobei seine Erscheinung gewiss auch dazu geeignet ist, dem einen oder anderen Kind einen gehörigen Schrecken einzujagen: Der Ghillie Du ist über und über von Laub und Zweigen bedeckt. Zum Glück – oder zum Pech für uns Elfologen – zeigt er sich nur sehr selten, und wenn, dann mit Vorliebe nachts und in der Nähe von Birken.[234] Wie sich das Wissen um Elfen und Feen bisweilen in unserer Welt an unerwarteten Orten manifestiert, zeigt sich am sogenannten Ghillie-Anzug. Zwar hört man oft die Erklärung, der Name dieses Tarnanzugs, der äußerlich einem Haufen Vegetation nachempfunden ist, rühre von schottischen Jagdaufsehern her, die diese Technik verwendet hätten, um sich an Wild anzupirschen. Ich gehe allerdings davon aus, dass der Ghillie Du dafür zumindest in Teilen Pate stand – denn solche Anzüge heißen in Australien auch Yowie-Anzüge, und der Yowie ist – Trommelwirbel – eine Gestalt aus den Mythen und Legenden der australischen Ureinwohner.[235]

*Verwandtschaftsgrad mit den »klassischen« Elfen:* Da sich auch Tolkien als Vater unserer wissenschaftlichen Disziplin intensiv mit den Sidhe beschäftigt hat, wer wäre dann ich, daran zu zweifeln, dass diese Geschöpfe engstens mit den klassischen Elfen verwandt sein müssen?

---

[234] Christiansen: Wer lässt denn seine Kinder nachts allein im Wald herumstromern? Das ist doch ein Fall fürs Jugendamt!
Plischke: Waren Sie nie in einem Zeltlager, Herr Kollege?

[235] Christiansen: Um etwas genauer zu sein, der Bigfoot from Down Under, wenn man so will.

## Ozeanien

Ich hatte Ihnen versprochen, dass uns unsere Reise um die Welt führen würde, und dieses Versprechen möchte ich gerne halten. Machen wir uns also für die letzte Station zu den Antipoden auf. Leider wurden gerade in Australien durch die europäischen Eindringlinge viele Legenden zusammen mit jenen Menschen ausgerottet, die sie uns hätten erzählen können – nur ein Aspekt eines durch und durch schändlichen Verbrechens. Minimal besser stellt sich die Lage im »benachbarten« Neuseeland dar, und genau dort begegnen wir den letzten Vertretern des Schönen Volkes aus alten Mythen und Sagen, die ich Ihnen vorstellen möchte.

### *Patupaiarehe*

*Verbreitungsgebiet:* Neuseeland.

Ob die Maori die Patupaiarehe ihrem Verständnis nach als »schön« empfinden, darf berechtigterweise angezweifelt werden: Über blondes oder rotes Haar mag man aus Maorisicht noch hinwegsehen, aber bleiche und noch dazu völlig untätowierte Haut? Wenn, dann fallen die Patupaiarehe eher in die Kategorie »exotische Schönheit«.

Nichtsdestominder ist es schlichtweg erstaunlich, wie auffällig die Parallelen zwischen Elfen und Patupaiarehe sind. Das fängt schon bei der Größe an, oder eher der Uneinigkeit darüber: Sind sie nun gerade einmal so groß wie Halbwüchsige, so in etwa von durchschnittlicher menschlicher Größe oder am Ende doch eher Riesen, die einen von uns um mindestens ein, zwei Köpfe überragen? Sie leben isoliert an recht unzugänglichen Orten wie von Bergen abgeschotteten Hochwäldern, die die meiste Zeit des Jahres von Nebel verhangen sind. Sie verstehen sich als Hüter dieser Orte und der umliegenden Natur, was selbstverständlich bedeutet, dass sie jederzeit bereit sind, sie nötigenfalls mit allen gebotenen Mitteln zu verteidigen. Sie schätzen Musik sehr und nutzen Flötenklänge, um böswillige Störenfriede damit in ihren Bann zu ziehen und in die Irre zu führen. Wer jetzt noch die erstaunliche magische Begabung in dieser Aufzählung vermisst, kann sich beruhigt zurücklehnen: Die Patupaiarehe können zaubern, und das auch noch richtig gut – Heil-, Elementar- und Illusionsmagie inklusive.

Es gibt allerdings auch etwas spezifischere Informationen über sie, die das Bild schön abrunden. Einige davon rücken sie zumindest gefühlt in die Nähe von Schwarzalben – beispielsweise ihre große Scheu vor grellem Licht, weshalb sie auch nacht- respektive nebelaktiv sind. Andere erinnern eher an wilde Elfenstämme, die mit zivilisatorischen Annehmlichkeiten wenig bis gar nichts am Hut haben – wie etwa ihr Ekel vor jeder Form von gekochter oder gebratener Nahrung. Wieder andere sind einfach nette, faszinierende Details: dass sie in Festungen leben sollen, die an hölzerne Forts gemahnen.[236] Dass man von ganz konkreten Tieren und Pflanzen weiß, die man besser in Ruhe lassen sollte, wenn man nicht den Zorn ihrer Hüter auf sich ziehen will: Albinovögel und -aale, roter Flachs und rote Aale. Und dass sie ihre Kleidung wohl vorrangig aus dem eben erwähnten Flachs herstellen.[237]

Die Beziehung zwischen Maoris und Patupaiarehe ist –

---

236 Plischke: Ehrlich gesagt finde ich die Berichte faszinierender, in denen es heißt, die Patupaiarehe würden sich ihre Unterkünfte aus Nebel errichten.
Christiansen: Ist das nicht ein etwas unpraktisches Baumaterial?
Plischke: Sicher nicht, wenn Magie im Spiel ist!

237 Plischke: Biologisch voll abbaubare Kleidung. Sehr löblich!

wie so viele zwischen uns Menschen und dem Schönen Volk – ziemlich ambivalent: So setzen männliche Patupaiarehe dem Vernehmen nach ihre Zauberflöten ab und an ein, um Menschenmädchen anzulocken und zu missbrauchen. Kinder, die aus solchen magisch herbeigeführten Gewaltakten hervorgehen, haben rotes oder blondes Haar und werden von ihren abergläubischeren menschlichen Verwandten als Unglücksboten betrachtet. Andererseits existieren auch Erzählungen, in denen Patupaiarehe völlig gewaltfrei um Menschen werben, bis diese einer Vermählung zustimmen, und auch den Fischfang mit Netzen sollen die Maori manchen Sagen nach von ihren lichtscheuen Nachbarn gelernt haben.[238]

*Verwandtschaftsgrad mit den »klassischen« Elfen:* Neuseeland ist augenscheinlich ein wichtiger Zwischenstopp für jeden, der sich für die Forschung über sogenannte Fabelgeschöpfe begeistern kann. Nicht nur, dass die Zahl der Hobbitsichtungen dort im letzten Jahrzehnt stetig gestiegen ist. Wer die Wanderschuhe einpackt und dramatische Bergtouren nicht scheut, kommt vielleicht in den unvergleichlichen Genuss, Kontakt zu einem sehr scheuen Stamm wilder Elfen aufzunehmen. Nur gute Ohrstöpsel sollte man nicht vergessen, es sei denn, man hat Lust darauf, als Sexsklave der Patupaiarehe zu enden …

---

238 Christiansen: Fischfang? In Hochwäldern?
Plischke: Erstens sind Hochwälder keine trockenen Wüsten (sonst hießen sie ja auch Hochwüsten), zweitens haben Sie als Flachlandbewohner trotzdem schon einmal etwas von Gebirgsseen gehört, und drittens sollten Sie inzwischen wissen, dass Kollege Wolf hin und wieder zum Schludern neigt: Die Patupaiarehe gibt es auch in einer im Meer lebenden Variante.

# Dunkle Elfen, hohe Elfen und Elfen aus dem All – Variationen einer bittersüßen Melodie

Das vorangegangene Kapitel könnte womöglich einen falschen Eindruck bei Ihnen hinterlassen haben: Nicht jeder Elfologe ist ein begeisterter Feldforscher, der seine Erfüllung in wagemutigen Expeditionen an schwer zu erreichende Orte findet. Um ehrlich zu sein, sind viele Vertreter unserer Zunft passionierte Stubenhocker – wenn man es einmal freundlich ausdrückt. Andere teilen sich ihre Zeit auf zwischen Arbeitszimmer und Exkursion nach einem peniblen, selbst erarbeiteten Schema, das sich an den Mondphasen, dem persönlichen Biorhythmus oder noch obskureren Richtlinien orientiert. Wieder andere machen einfach, worauf sie gerade Lust haben, oder spezialisieren sich auf ganz bestimmte und zum Teil randständig scheinende Aspekte wie elfische Küche, elfische Haarpflege oder elfische Ansichten über Sinn und Zweck der Dualität von Gut und Böse als Ordnungsprinzip des Kosmos.

Worauf ich hinauswill, ist, dass die Elfologen ein sehr buntes, gemischtes Völkchen sind – und das wiederum haben sie mit ihrem Forschungsgegenstand gemein, denn die Elfen sind unvorstellbar varianten- und facettenreiche Wesen. Hinzu kommt, dass viele Elfologen ihre Erkenntnisse nicht in Form wissenschaftlicher Abhandlungen einer breiteren Öffentlichkeit vorstellen. Tragischerweise nimmt selbige nämlich von fundierten und empirisch einigermaßen sauber belegten Studien in der Regel so gut wie keine Notiz. Auch Gedankenspielen in Essayform wie »Wir sind nicht allein – Die Möglichkeit der Existenz außerirdischen elfischen Lebens« stehen die meisten Menschen eher indifferent gegenüber. Infolgedessen wenden sich zahlreiche Elfologen der Unterhaltungsindustrie zu und verschleiern ihre Forschungsergebnisse beziehungsweise introspektiv gewonnenen Erkenntnisse als reine Fiktion. Was als Abhandlung zum Thema »Magieausübung oder Pheromonkompatibilität? – Einige Gedanken zur gesteigerten Anziehungskraft der Vertreter des Schönen Volkes auf den Homo Sapiens« in den Regalen von Fachbibliotheken vor sich hin stauben würde, findet als reißerisch aufbereitete Fantasyliebesschmonzette mit dem nichtssagenden, aber dennoch verheißungsvollen Titel »Lamandrion Samtmund – Das Geheimnis des Elbenprinzen« urplötzlich vergleichsweise reißenden Absatz. Also gilt: Wer gehört werden will, muss den Leuten das geben, was sie hören wollen – oder zumindest etwas, dass sich nicht allzu sperrig in ihrem Innenohr verkantet.

Das ist im Übrigen kein Problem der Moderne. Hier greift der Spruch »Früher war alles besser und aus Holz« ausnahmsweise einmal nicht. Bestes Beispiel dafür ist der »Pate« aller Elfologen selbst: Hätte Tolkien die vielen Informationen, die er über Elfen (und zahlreiche andere Völker) gewann, nicht in Form von Erzählungen veröffentlicht, wer weiß, ob sich dann heute überhaupt irgendjemand etwas anderes unter einem Elfen vorstellen könnte als die verharmloste Schrumpfversion mit den niedlichen Flügeln.

Inzwischen bedienen Elfologen sämtliche Medien – von Romanen über Comics bis hin zu Filmen und Computerspielen. Eine Entwicklung, die ich insofern begrüße, als diese Strategie absolut garantiert, dass das Interesse an Elfen auf absehbare Zeit ungebrochen bleiben wird. Daher will ich in diesem Kapitel nicht nur einen Blick auf die etwas abseitigeren Quertriebe des großen Elfenstammes werfen, sondern damit einhergehend auch einige Beispiele für die Verbreitung elfologischen Schaffens über diverse populäre Medienformen hinweg anführen.

## Besser geht immer – Die Hochelfen

Ausgemachte Elfenhasser, denen dieses Buch in die Hände gefallen ist und die sich aus unerfindlichen Gründen entschieden haben, es auch tatsächlich zu lesen, müssen jetzt ganz, ganz stark sein. In vielen elfologischen Schriften sind die gewöhnlichen Wald-und-Wiesen-Elfen, auf die sich ihre Abneigung fokussiert, nicht die Krone der Schöpfung. Diese Ehre gebührt in den allermeisten Fällen den sogenannten Hochelfen.[239]

Hochelfen zeichnen sich für gewöhnlich dadurch aus, dass sie so etwas wie die noch einmal »aufgebohrte« Version gewöhnlicher Elfen darstellen. Das fängt schon bei der äußerlichen Erscheinung an: Hochelfen werden vielfach als größer und noch attraktiver beschrieben als andere Angehörige des Schönen Volkes.[240]

---

239 Plischke: Es gibt einige auffällige Ausnahmen, bei denen die Hochelfen quasi die »alltäglichen« Standardelfen darstellen und alle anderen Varianten von ihnen abgeleitet werden. Ich halte das für eine etwas verwirrende Definition, da der Begriff »hoch« in der Regel mit etwas Außergewöhnlichem und Besonderem assoziiert wird – wie zum Beispiel bei dem Wort »Hohepriesterin«. Diese Verwendung des Begriffs Hochelfen erscheint mir etwas irreführend und wenig intuitiv – ungefähr so, als hieße sämtliches Fußvolk einer Armee Generäle und die Befehlshaber würden Soldaten genannt.

240 Christiansen: Wahrscheinlich, damit auch wirklich jeder zu ihnen aufblicken muss. Aber, liebe Hochelfen, Hochmut kommt bekanntlich vor dem Fall.

Auch ihr präferierter Lebensraum ist eine anderer: Wo viele Elfen in organisch gewachsenen Strukturen heimisch sind (will meinen: ihre Behausungen aus lebendem Material heranzüchten), errichten die Hochelfen Städte aus Stein oder anderem festen Material. Zwei Dinge sind dabei jedoch dringend zu beachten:

1. Der Hochelf kleckert nicht, er klotzt. Daher baut er auch Metropolen und keine malerischen Kleinstädte. Orte, an denen Türme aus gesponnenem Glas bis in die Wolken hineinreichen oder deren Parklandschaften sich über ganze Inselketten ziehen.
2. Das gefühlte Technologie- bzw. Magieniveau ist noch höher als in anderen Elfenstädten. Millionen von Lichtern, deren Farbe und Intensität sich optimal an die Tages- und Jahreszeit anpassen? Kein Problem. Schwebende Plattformen, die einen sicher von A nach B transportieren, während sie dabei melodiöse Klänge erzeugen, die einem die Fahrt versüßen? Aber sicher doch. Und machen Sie sich dabei keine Gedanken über Fallwinde oder ähnliche Gefahren, denn in einer Hochelfenstadt, die etwas auf sich hält, herrscht immer ein angenehmes Klima.

Hinzu kommt Folgendes: So perfekt zahlreichen Menschen jene Gesellschaften erscheinen mögen, die die höfischen Elfen Tolkiens hervorgebracht haben, ist das Zusammenleben der Hochelfen in aller Regel noch optimaler arrangiert. Armut und Mangel sind gänzlich abgeschafft und damit (zumindest oberflächlich) auch alle negativen Gemütsregungen wie Neid, Hass und Missgunst. Von außen betrachtet wirkt es oft so, als fände in jeder Hochelfengesellschaft jedes Mitglied mühelos einen Platz, an dem es sich nach seinen eigenen Wünschen und Bedürfnissen frei entfalten kann, wobei die meisten sich uneingeschränkt allerlei Genüssen hingeben oder sich auf irgendeine Weise künstlerisch-kreativ betätigen.[241]

Ermöglicht wird all dies entweder durch den bereits angesprochenen Umstand, dass die Hochelfen über derart mächtige Magie gebieten, dass sie in der Lage sind, nahezu jeden nur erdenklichen Wunsch mehr oder minder umgehend wahr werden zu lassen. Oder – und auch das ist ein oft auftauchendes Motiv – sie stehen in der besonderen Gunst jener noch weitaus mächtigeren Wesenheiten, die angeblich die gesamte Welt erschaffen haben sollen. Mit solcher Verstärkung im Rücken ist natürlich so gut wie nichts unmöglich.

Kurzum: Die allermeisten Hochelfengesellschaften sind Utopien. Und da Utopien per Definition keinen Bestand haben dürfen, sind sie in der Regel auch nur noch in den Träumen, Erinnerungen und Sehnsüchten ihrer Nachfahren lebendig – jenen Vertretern des Schönen Volkes, denen wir heute noch mit viel Glück von Angesicht zu Angesicht begegnen dürfen. Ich möchte einmal kurz eine noch etwas symbolischere Ebene anschneiden: Aus unserer Warte leben viele Elfen in einer Art Wunderland oder Goldenem Zeitalter. Aus Warte der Elfen wiederum sind es die Hochelfen, die in einem derart verklärten Zustand leben respektive gelebt haben.[242]

Was genau bringt nun aber Hochelfengesellschaften zu

---

241 Christiansen: Klingt, als müsste man sich das vorstellen wie eine Hippiekommune, die irgendwie zu unermesslichem Reichtum gelangt ist. Plischke: Für mich hört sich das eher nach einer unterschwellig gruseligen Mischung aus Universitätscampus und Freizeitpark an.

242 Plischke: Stellen Sie sie sich als eine Art Weihnachtsmänner vor, die dem Weihnachtsmann Geschenke bringen, oder als Engel für Engel.

Fall, wo sie doch vermeintlich so perfekt sind? Darauf kennen die Geschichten teils unterschiedliche Antworten:

- *Hybris.* Die Hochelfen gehen bei ihrem Bestreben, die Welt mit magischen Mitteln nach ihrem Willen zu formen, den entscheidenden Schritt zu weit (»Lasst uns den Lauf der Gestirne anhalten/die Zeit selbst einfrieren/jeden bösen Gedanken völlig unmöglich machen!«). Der Kosmos dankt ihnen diese an sich gut gemeinte Einmischung mit einem Kataklysmus ungeahnten Ausmaßes.[243]
- *Langeweile.* Spötter, die in stark biologistischen Mustern denken, würden hier vielleicht auch von Degeneration sprechen. Letzten Endes versteigen sich in diesen Fällen ein einzelner Hochelf oder eine ganze Gruppe von ihnen zu einem der oben umrissenen fragwürdigen Experimente, weil sie schlicht nichts Besseres mit sich anzufangen wissen. Wahlweise brechen sie auch einen alles verheerenden Krieg unter Geschwistern vom Zaun, der sich an einer geradezu hanebüchenen Kleinigkeit entzündet (»Ich hatte Inriel doch ausdrücklich gesagt, dass ich heute als Erster in den warmen Teichen im Rosengarten baden möchte! Dafür wird er noch büßen!«). Auch jene Varianten, bei denen ein Elf gegen die an und für sich lockeren Regeln seiner Gesellschaft aus reinem Trotz aufbegehrt, können unter diesem Punkt zusammengefasst werden (»Wie bitte? Man darf den Kessel der

243 Plischke: Irgendwann reißt eben selbst das beste Gummiband, wenn man nur kräftig genug daran zieht.
Christiansen: Und wer darf es dann wieder mit ausbaden, wenn so ein hirnrissiges Unterfangen danebengeht? Richtig: Alle anderen!

gezähmten Stürme auf keinen Fall anrühren? Ich lasse mir gar nichts verbieten!«).

- *Stille Implosion.* Manchmal *ver*gehen Hochelfengesellschaften auch mehr, als dass sie spektakulär *unter*gehen. Sei es, weil ihre Mitglieder aufgrund ihrer sorgenfreien Umgebung gleichsam zu Wesen reinen Geistes mutieren und ihre Städte zerfallen; sei es, weil es keiner mehr für nötig befindet, sich um die Bewahrung der eigenen Kultur zu kümmern (»Muss der Kessel der gezähmten Stürme nicht mal wieder poliert werden?« – »Keine Ahnung! Oh, schau mal da vorn! Glondravion hat ein Schmetterlingseinhorn gezähmt!«)
- *Das Übel von außen.* Es kann natürlich auch vorkommen, dass irgendwo auf der Welt ein mächtiges Übel sein hässliches Haupt erhebt und die Hochelfen mehr oder weniger überrumpelt, die sich entweder zu sehr auf ihre magischen Verteidigungsanlagen verlassen oder von ihrer Grundeinstellung her viel zu pazifistisch sind, um sich vorstellen zu können, dass jemand den Versuch unternehmen könnte, sie tatsächlich mit Stumpf und Stiel auszurotten. So oder so führt diese Variante dann für gewöhnlich zu einer Art Exodus der letzten Überlebenden, deren Nachfahren dann schließlich zu »gewöhnlicheren« Elfen werden.

Im letztgenannten Fall ist eines dabei nicht zwingend gewährleistet: Es steht nirgendwo geschrieben, dass die Nachfahren heimatvertriebener Hochelfen uns Menschen gegenüber wohlmeinend und freundlich sein müssen. Oder auch nur, dass sie unbedingt danach streben, die meist friedlichen Ideale ihrer Ahnen weiterhin hochzuhalten. Manche werden in der Folge – und gerne angeblich auch über den Verlauf von Jahrhunderten oder gar Jahrtausenden – zu einer Elfenvariante, deren Name gut geeignet ist, um Angst und Schrecken zu verbreiten: die Dunkelelfen.[244]

## Wo Licht ist, ist auch Schatten – Dunkelelfen

Wie wir bereits eingangs unserer historischen Betrachtung des Elfenbildes erfahren haben, ist die Vorstellung, dass sich Elfen in zwei große Gruppen einteilen lassen, sehr alt. Heute spricht man nur noch selten von Licht- und Schwarzalben. Die, die einmal die Lichtalben genannt wurden, sind nun schlicht die »normalen« Elfen, und aus den Schwarzalben wurden die Dunkelelfen.

Die Dunkelelfen fristeten im Vergleich zu ihren lichten Verwandten in der Moderne lange Zeit ein Schattendasein. Daraus befreit wurden sie maßgeblich vom bekanntesten Fantasyrollenspiel der Welt: Dungeons & Dragons. Ende der 1970er finden sie in Publikationen dieser Spielreihe erstmals wieder Erwähnung – und zwar unter der Bezeichnung *Drow*.[245] Nicht zuletzt dank zahlreicher Romane aus der Feder R.A. Salvatores um den Antihelden Drizzt Do'Urden – den Drow-Waldläufer mit dem Herzen aus Gold – sind die Drow zum absoluten Archetypen des Dunkelelfen in der Populärkultur geworden. Sie gehören damit

---

244 Christiansen: na endlich!

245 Plischke: Machen Sie sich bitte keine Gedanken über die Aussprache. Das ist unter Rollenspielern durchaus ein gewisses Streitthema. Die einen sagen »Droo« (mit einem sehr langen O wie in »hohl«), die anderen »Drau« (so, dass es sich auf »Tau« reimt). Letzten Endes weiß aber jeder so oder so immer, was gemeint ist. Ursprünglich stammt der Name aus dem Schottischen, wo er eine alternative Schreibweise von »trow« darstellt, womit allerlei böse Geister bezeichnet werden. Noch einen etymologischen Schritt zurück landen wir beim altnordischen »dökkálfar« – Dunkelalb eben.

übrigens zu den wenigen Geschöpfen aus D&D, die den Sprung aus dem Rollenspielbereich als Nischenhobby für Enthusiasten in eine breitere Öffentlichkeit geschafft haben (zumindest im angelsächsischen Raum). So wie Tolkiens Elfen uns als Schablone für unsere Betrachtung der lichten Vertreter des Schönen Volkes gedient haben, kommen wir an dieser Stelle nicht umhin, die Drow als Standard heranzuziehen, wenn wir uns eingehender mit Dunkelelfen befassen wollen.

### *Grausig schön in aufreizender Kleidung*

Drow sind von exotischer Erscheinung – sie mit einem Menschen zu verwechseln, ist eher unwahrscheinlich.[246] Nichtsdestominder – oder vielleicht gerade deshalb – ist ihre Anziehungskraft nur umso größer. Ihre Haut ist nachtschwarz, ihr Haar schneeweiß (bisweilen auch platinblond oder silbergrau). Was die Augenfarbe angeht, wird es dann noch etwas ungewöhnlicher: Von Weiß über Gold und Grün bis hin zu Rot und Purpur reicht hier die Palette. In vielen visuellen Darstellungen von Drow tragen sie Kleidung, die der Phantasie des Betrachters kaum noch Spielraum lässt. Ein bevorzugtes Material ist dunkles Leder, oft an den vielversprechendsten Stellen sehr hochgeschlitzt und mit Dornen oder Nieten verziert (Netzmuster spielen auch eine klar erkennbare Rolle).[247] In Wahrheit – so wurde mir von führenden Drow-Experten versichert – kleiden sich

246 Plischke: Es sei denn, der menschliche Betrachter käme irgendwie auf die Idee, es bei dem Drow mit dem aufwändig kostümierten Besucher eines Maskenballs oder einer ähnlichen Veranstaltung zu tun zu haben.

247 Christiansen: Dass Kollege Wolf nie was beim Namen nennen kann! Die Drow tragen offenbar gerne Klamotten, wie man sie unter uns in ausnehmend gut sortierten Fachgeschäften für Fetischkleidung käuflich erwerben kann.

nicht alle Drow derart freizügig. Viele, die keine perfekten Körper aufweisen, verhüllen ihre Schandflecken tunlichst – wobei ich ehrlich gesagt nicht die geringste Ahnung habe, ab wann bei den Drow eine Körperpartie als unansehnlich gilt. Ich fürchte jedoch, dass die Kriterien strenger sind als bei so mancher Casting-Show für verirrte Jungmodels.

### *Wo die dunklen Kerle wohnen*

Das Schöne Volk lebt bekanntermaßen gerne in Anderswelten oder doch wenigstens in Regionen, in denen nicht alle fünf Minuten ein menschlicher Wanderer in ihr Revier spaziert. Bei allen Unterschieden zu anderen Elfen unterscheiden sich die Drow in diesem Punkt nicht von ihren Verwandten. In ihrem speziellen Fall haben sie sich unter die Erde zurückgezogen. Wer nun jedoch enge, stickige Tunnel erwartet, tut den Drow unrecht. Sie leben in einem gewaltigen Höhlensystem, dem sogenannten Unterreich, das nahezu ihren gesamten Heimatkontinent Faerûn durchzieht. Zugegebenermaßen sind sie nicht die einzigen Bewohner dort, aber ihre prächtigen Städte müssen sie gewiss nicht verstecken. Ihre größte und bekannteste Stadt Menzoberranzan etwa ist in riesige Tropfsteine hineingebaut, in einer Höhle, deren Deckenhöhe bei über 300 Metern liegt. Noch dazu sind diese steinernen Wolken – Verzeihung – Erdkratzer ständig auf magische Weise in ein purpurnes Licht getaucht.

Generell sind die Drow an ihr Leben unter der Erde hervorragend angepasst. Sie sehen im Dunkeln ausgezeichnet und verfügen zusätzlich über ein ungemein scharfes Gehör. Darüber hinaus haben sie die magische Fähigkeit, andere Personen mit einem Lichtzauber zu belegen, der diese im Dunkeln leuchten lässt – was die Jagd auf Beute erheblich erleichtert. Und für feindliche Eindringlinge (also im

Grunde fast jeden außer den Drow selbst) muss es ein wahrer Albtraum sein, sich erst durch völlige Finsternis voranzutasten, nur um dann plötzlich für Angreifer, die irgendwo vor oder hinter oder um einen herum lauern, nicht nur gut sichtbar zu sein, sondern im übertragenen Sinne die ganze Zeit über zu schreien: »Hier bin ich! Hier bin ich!«

### *Nur die Harten kommen in den (Pilz-)Garten*

Viele Elfenkritiker unterstellen dem Schönen Volk eine grausame, skrupellose Ader. Auf die Drow trifft dieser Vorwurf unumschränkt zu. Sie kämen nicht einmal auf die Idee, sich dagegen zu verteidigen. Unter ihresgleichen handelt es sich bei Grausamkeit um eine nützliche Tugend. Im Grunde handelt es sich bei den Drow um überzeugte radikale Sozialdarwinisten: Nur die Starken überleben (beziehungsweise nur wer überlebt, beweist damit seine Stärke). Innerhalb der Drow ist somit jedes Mittel opportun, die eigene Macht – also die für alle erfahrbare Manifestation der eigenen Stärke – zu mehren. Gewalt wird dabei in beide Richtungen ausgeübt: Es spricht ebenso wenig dagegen, Untergebene brutal zu misshandeln wie Mordanschläge auf Höhergestellte zu verüben. Ersteres hat einen erzieherischen Effekt, denn es untermauert das bestehende Machtverhältnis, und für Letzteres gilt: Wer nicht auf sich selbst aufpasst und die Zügel schleifen lässt, ist selbst schuld, wenn einem so etwas widerfährt – am Ende hat sich eben doch der Stärkere durchgesetzt.

Diese Prinzipien werden den kleinen Drow schon recht früh eingebläut: Bis sie das Alter eines Jugendlichen erreichen,[248] werden sie kommunal in größeren Gruppen

---

248 Plischke: Für Elfen unverhältnismäßig früh schon nach etwa zwanzig Jahren.

erzogen. Man muss hier von einer Kita des Grauens sprechen, denn die Kleinen werden beständig dazu angehalten, jeden Konflikt unter sich gewaltsam auszutragen. Wer dabei auf der Strecke bleibt – und die Kindersterblichkeit unter Drow ist erschreckend hoch –, ist eben einer ganz natürlichen Auslese zum Opfer gefallen.[249]

### *Du bist nichts, dein Volk ist alles*

Dieser Super-Egoismus, der den Drow eingeimpft wird, ist dabei zusätzlich mit einem – man kann es leider nicht anders sagen – unverhohlenen Rassismus verknüpft. Die Drow definieren sich selbst allen anderen Völkern als überlegen. Damit einher geht allerdings auch, dass das Individuum letztlich im Vergleich zum Kollektiv nichts zählt. Jede Tat, die ein Drow begeht, sollte im Optimalfall zugleich die »Tugenden« seines Volkes als Ganzes verkörpern *und* seine Macht und seinen Ruhm mehren. Durch diese Einschränkung soll wahrscheinlich verhindert werden, dass sich die Drow in einer einzigen Orgie aus Blut und Intrigen auf einen Schlag wechselseitig auslöschen – denn ein Volk, das sich selbst vernichtet, kann natürlich schwerlich Anspruch darauf erheben, alle anderen Wesen in sämtlichen Belangen zu überstrahlen.

Eine ähnliche Treue wird von jedem Drow auch gegenüber seinem sogenannten Haus erwartet – sprich, dem Clan, in den er hineingeboren wird. Nur, dass hier keine Missverständnisse entstehen: Diese Loyalität ist im Grunde

---

249 Christiansen: Ich würde gern mal heimlich Mäuschen spielen, wenn der Streit um das schönste Schippchen im Sandkasten so richtig eskaliert. Plischke: Es sei angemerkt, dass die Drow sich diese drakonischen Erziehungsmethoden auch deshalb leisten können, weil Kinder unter ihnen kein so seltenes Ereignis sind wie bei anderen Elfen. Eine zynische Art, mit einer hohen Geburtenquote umzugehen …

*nicht* auf konkrete Personen gerichtet, sondern auf das Haus als Institution. Oder anders gesagt: Auch hausinterne Komplotte aller Art sind unter den Drow an der Tagesordnung.

### *Spinnenphobie? Unerhört!*

Elfen wird ja im Allgemeinen eine besonders enge Beziehung zu Tieren nachgesagt. Die tierischen Freunde der Elfen fallen dabei für gewöhnlich in die Kategorien niedlich (wie etwa Singvögel oder kleine flauschige Nagetiere), wildromantisch (zum Beispiel Wölfe) oder majestätisch (Adler und andere ähnlich symbolbeladene Geschöpfe). Das Tier, das unter den Drow kulturell eine immens wichtige Rolle spielt, lässt sich keiner dieser Gruppen zuordnen – sofern man nicht ein ausgeprägtes Faible für Spinnengezücht hat.

Ungewöhnlicherweise hat die Faszination der Drow in Sachen Spinnen einen religiösen Hintergrund: Ihrer Göttin Lolth, die man völlig zu Recht als treibende Kraft hinter ihrer gesamten Gesellschaft werten kann, zeigt sich ihren Anbetern entweder als verführerisch schöne Drow oder als garstig anzusehendes Mischwesen aus Dunkelelfe und Spinne. Man kann sich schlecht des Eindrucks erwehren, dass Lolth die Drow als Werkzeug zur Durchsetzung ihrer eigenen Pläne missbraucht – doch die Drow wiederum sehen dies nicht als schlimmes Problem, da die Weberin der Netze ihren Auserwählten große Macht in Form besonderer Magie verleihen kann.[250] Von Lolth persönlich stammt auch die Doktrin, dass das Individuum niemals seine persönlichen Belange über die der Drow als Volk stellen

---

250 Christiansen: Man könnte es auch so formulieren, dass sich ein komplettes Volk von Spitzohren willentlich auf einen ganz schön fiesen Teufelspakt eingelassen hat.

darf – aus ihrer Warte betrachtet wäre nämlich ein Werkzeug, das sich selbst vernichtet, eher unbrauchbar.

### *Das starke Geschlecht*

Geschlechterfragen sind unter Elfen immer spannend. Die Drow bilden da keine Ausnahme. Bei ihnen besetzen Frauen die wichtigsten gesellschaftlichen Positionen: als Priesterinnen und Klerikerinnen Lolths. Männer werden in allen Bereichen als minderwertig angesehen, körperlich wie intellektuell. Um diese Unterdrückung aufrechtzuerhalten, schadet es natürlich nicht, dass die weiblichen Drow ein ganzes Stück kräftiger als ihre männlichen Pendants sind.[251] Letztlich jedoch beruht sie auf kulturellen Geboten: Lolth schenkt ihre Gunst eben nur Frauen, und welchen anderen Beweis bräuchte man dann noch, dass Männer mit viel Glück nur zu einfacheren Tätigkeiten geeignet sind? Auch den Familienclans steht eine Matrone vor, die zugleich in Personalunion auch die ranghöchste Priesterin ihres Hauses ist.

Bedeutet das nun, dass die Drowmänner ihren Alltag mit Arbeit im Haushalt verbringen? Nicht zwingend. Als Krieger kann man sie selbstverständlich einsetzen – jedes autoritäre Regime braucht schließlich Kanonenfutter –, und den Begabteren unter ihnen steht sogar noch eine einigermaßen angesehene Karriereoption offen: als Magier, die eine grundsätzlich andere Form der Magie praktizieren, wie sie den Priesterinnen Lolths zuteil wird.

### *Der Held, der aus dem Dunkel kam*

Aller weiblichen Dominanz in der Drow-Gesellschaft zum Trotz ist ihr berühmtester Repräsentant ein Mann: der bereits erwähnte Drizzt Do'Urden. In Anbetracht der Erzie-

---

251 Christiansen: Wie bei vielen Spinnenarten …

hungsmethoden der Drow ist es nicht sonderlich schockierend, dass Drizzt eine alles andere als glückliche Kindheit hatte. Als dritter Sohn der Mutter Oberin seines Hauses könnte man zwar meinen, er wäre in eine privilegierte Position hineingeboren, doch weit gefehlt: Eigentlich hätte er Lolth geopfert werden sollen. Dieses traurige Los blieb ihm indes erspart, weil einer seiner Brüder den anderen hinterrücks erstach und somit Lolths Blutdurst als gestillt gewertet wurde – ein beeindruckendes Beispiel für die verkehrte Welt der Drow, wo eine Familientragödie auch ein glückliches Ereignis darstellen kann. Apropos Glück: Drizzt, der zum Krieger auserkoren war, ging bei seinem Vater in die Lehre, welcher ungeachtet aller Indoktrination vernünftige Zweifel an der Sinnhaftigkeit der drowschen Gesellschaftsordnung hegte. Diese ketzerischen Gedanken behielt er jedoch lange Zeit schön für sich und kompensierte seine Frustration durch grimmige Freude an Gewaltexzessen, ehe er seine Kritik an den herrschenden Umständen an seinen Sohn weitergab. Aus der Sicht korrekt sozialisierter Drow trug sich die eigentliche Tragödie in Drizzts Leben erst im Anschluss zu: Bei einem Angriff auf benachbarte Elfen verschonte Drizzt einen seiner Feinde – ein peinlicher Affront für seine Frau Mama, die jetzt insbesondere vor der Spinnengöttin Lolth ganz schön bedröppelt dastand. Logische Konsequenz: Dieser missratene Kerl muss sterben! Drizzt kann sich jedoch an die Oberfläche retten, gewinnt dort sogar Gefährten,[252] durchlebt zahllose Abenteuer und entwickelt sich nach und nach zu einem Streiter für das Gute.

---

252 Plischke: Einschließlich einer wirklich praktischen Raubkatze, die seinen Auftritten noch mehr Dramatik verleiht und unkaputtbar ist, weil sie eigentlich in einer anderen Daseinsebene beheimatet ist und mittels einer magischen Statuette herbeigerufen wird!
Christiansen: Das ideale Geschenk für Katzenliebhaber!

Was Drizzt für mich zu einer spannenden Figur macht, ist nicht sein Auszug in eine unbekannte Welt, wo er Prüfung um Prüfung ablegen muss – diese Reise muss jeder Held auf sich nehmen. Es ist der erstaunlich viel Hoffnung spendende Aspekt seiner Geschichte: Er ist in einem grauenhaften, unterdrückerischen System aufgewachsen, in dem Solidarität und persönliche Freiheit nahezu völlig ausgemerzt sind. Dennoch gelingt es ihm, sich zu einer Person zu entwickeln, die für genau diese Werte einsteht. Eine naive Verklärung? Vielleicht. Doch das schmälert ihre Funktion als tröstliche Parabel in keiner Weise.

*Aber die Drow sind doch nicht alles, oder?*

Nein, sind sie nicht. Selbstredend gibt es noch andere Dunkelelfen. So hat sich in Deutschland insbesondere Markus Heitz als Elfologe mit einer Vorliebe für die finstereren und bizarreren Blüten des Elfentums hervorgetan.[253] Drei

---

253 Plischke: Ihm verdanken wir auch den schönen Ausdruck »Geisterbahneffekt«, was die nähere Auseinandersetzung mit Dunkelelfen anbelangt. Viele Menschen schrecken instinktiv vor Dunkelelfen zurück, da schon bei der bloßen Erwähnung ihres Namens allerlei Schreckensvisionen ausgelöst werden. Fasst man jedoch den nötigen Mut, sich näher mit den Dunkelelfen zu befassen, stellt man oft genug fest, dass die Wahrheit nicht gar so schauerlich ausfällt, wie man eigentlich befürchtet hatte. Die Folge sind ein erleichtertes Aufatmen und ein lapidares »So schlimm war es nun auch wieder nicht«.
Christiansen: Wobei man allerdings schon sagen muss, dass die Dunkelelfen wirklich sehr viel Abstoßendes und Verdammungswürdiges treiben.
Plischke: Absolut. Nichtsdestominder muss auch das Abstoßende und Verdammungswürdige gründlich erforscht werden, wenn man neue und zuverlässige Erkenntnisse gewinnen will, die auf mehr beruhen als auf Hörensagen und Aberglauben. Wer in dieser Hinsicht als deutscher Elfologe in Bezug auf die »lichten« Elfen wahrlich Herausragendes geleistet hat, ist ohne jede Frage Bernhard Hennen. Er orientiert sich dabei zwar stark an Tolkiens Bild von den höfischen Elfen, doch das in einem inzwischen so beeindruckenden Umfang, dass es schlichtweg unmöglich ist,

Aspekte seiner *Albae* sind dabei aus meiner Perspektive besonders erwähnenswert:

1. Heitz legt immer wieder großen Wert darauf, die Kunstfertigkeit der Albae zu betonen. Im Gegensatz zu Tolkiens Elfen, die einem sehr traditionellen Ästhetik- und Kunstbegriff verpflichtet scheinen, beantworten die Albae die Frage »Was darf Kunst?« mit einem beherzten »Alles!«. Dabei verstoßen sie aus menschlicher Sicht häufig nicht nur gegen den »guten Geschmack«, sondern in erster Linie auch gegen sämtliche moralischen Konventionen. Wenn ein Künstler der Albae der Auffassung ist, dass für die Umsetzung seiner Ambitionen und Visionen gewisse Opfer gebracht werden müssen, erlegt er sich bei diesen Überlegungen keinerlei Schranken auf. Wenn sich die schönste Querflöte eben nur aus einem menschlichen Oberschenkelknochen fertigen lässt oder die Farben seines geplanten Gemäldes nur auf frisch abgezogener Haut am wirkungsvollsten erstrahlen, dann braucht er eben einen Oberschenkelknochen respektive eine frisch abgezogene Haut. Bei dieser Auffassung der Albae scheint es sich mir um eine ins Groteske übersteigerte Version der legendären Feinsinnigkeit zu handeln, die man den Elfen generell nachsagt – anstatt nur »das Schöne« an sich zu erkennen, haben sie es sich offenbar zur Aufgabe gemacht, das Schöne im Sinne des ästhetisch Ansprechenden auch und gerade dort heraus-

sich hier näher mit seinem Werk zu befassen, ohne den Rahmen des vorliegenden Buches endgültig zu sprengen.

zuarbeiten, wo andere nur Abstoßendes und Grausames sehen.[254]

2. Auch in Sachen Sexualität folgen die Albae offenkundig weitaus weniger strengen Regeln als Tolkiens Elfen, für die Sex etwas darstellt, das sich im angestrebten Idealfall nur zwischen Ehepartnern abspielt. Ich möchte an dieser Stelle gar nicht den voyeuristischen Scheinwerfer auf jene Praktiken richten, die bei den Albae – ähnlich wie bei den Drow – in der Regel das meiste neugierige Interesse bei Betrachtern von außen wecken. Der Erkenntnisgewinn wäre auch zugegebenermaßen vernachlässigbar, da Spielarten der Sexualität aus dem breiten Spektrum namens BDSM heutzutage auch unter uns Menschen kein Tabu mehr darstellen – zumindest nicht insofern, als dass die breite Öffentlichkeit nichts von ihrer Existenz wüsste (wenn im Spätprogramm diverser TV-Sender Reportagen mit Titeln wie »Bondage, Lack und Leder!« oder »Herren und Diener« laufen, kann von einem echten Tabu kaum mehr die Rede sein). Ergiebiger finde ich, auf einen ganz konkreten Aspekt der Kultur der Albae einzugehen, der unter uns Menschen weitverbreitete Annahmen über mit bestimmten sexuellen Orientierungen verbundene Eigenschaften und Verhaltensmuster infrage stellt: Männliche Homosexualität wird oft mit Weichheit

[254] Christiansen: Ich würde an dieser Stelle einfach den etwas altmodischen Begriff »Dekadenz« ins Spiel bringen. In einer Gesellschaft, die sich ihrer eigenen Überlegenheit gegenüber anderen derart sicher ist, ist es meines Erachtens nach eine zwangsläufige, aber nichtsdestoweniger erschreckende Konsequenz, dass über kurz oder lang andere denkende und fühlende Wesen zu Rohmaterial für als Kunst verschleierte sadistische Exzesse missbraucht werden.

und Schwäche verbunden.[255] Bei den Albae liegt der Fall gänzlich anders: Zu ihren gefürchtetsten Elitekriegern zählt eine Einheit, die sich vollständig aus männlichen Liebespaaren rekrutiert. Die dahinterstehende Idee ist offenbar, dass diese Soldaten im Einsatz besonders hingebungsvoll kämpfen, weil ja nicht nur jeweils ihr eigenes Leben, sondern auch das ihres Geliebten auf dem Spiel steht.[256] Ob dem tatsächlich so ist, sei einmal dahingestellt. Was diese »Spezialeinheit« aber ohne Zweifel vor Augen führt, ist die Tatsache, dass Geschlechterrollen auch bei den Albae in mancherlei Hinsicht wesentlich loser gefasst sind als bei uns Menschen.

3. Sollten sich die Albae im Nachgang einer großen internen gesellschaftlichen Umwälzung jemals fragen, woher ihr negatives Image denn nun genau rührte, brauchen sie sich eigentlich nur ihre Reittiere anzuschauen: schwarze Rösser mit spitzen Zähnen. Wenn man nicht weiß, wie diese Nachtmahre erschaffen werden, besitzen sie durchaus eine gewisse düstere Anziehungskraft.[257] Da sich aber das Einhorn in der menschlichen Kultur entgegen seiner ursprünglichen Ambiguität zu einem durch und durch positiv belegten Geschöpf gewandelt hat, würde man

---

255 Plischke: Wehren Sie sich nicht dagegen – Sie wissen, wovon Kollege Wolf spricht. Der typische Schwule ist von schmalbrüstigem, zierlichem Wuchs, tätigt all seine Äußerungen in einem hohen, näselnden Singsang und interessiert sich prinzipiell intensiv für Mode und Stars.

256 Plischke: Und bevor jetzt jemand an Sparta denkt: Die Vorstellung, die komplette spartanische Armee könnte nach demselben Prinzip aufgebaut gewesen sein, ist in der Geschichtswissenschaft höchst umstritten – um es einmal sehr, sehr freundlich auszudrücken.

257 Plischke: Ich nenne so etwas gerne Metal-Coolness, weil es sich auf den Covern entsprechender Bands ganz gut machen würde.

> sich selbst als von Grund auf reformierter Alb keine Freunde machen, sobald man erklärt, wie man zu seinen Nachtmahren gekommen ist: Dazu wird laut Heitz nämlich einem gewöhnlichen Einhorn das Horn abgesägt, um anschließend Albaeblut in den Stumpf zu geben. Der Lebenssaft der Albae ist zaubermächtig und führt die oben genannten Veränderungen in der Erscheinung des so be- oder eher misshandelten Einhorns herbei – und macht es zudem noch sehr aggressiv. Wer Einhörner verstümmelt, ist vermutlich zu allem fähig.

Ob wir nun über Drow, Albae oder Dunkelelfen sprechen, so hat sich eines gezeigt: Im Umgang mit ihnen ist noch wesentlich mehr Vorsicht geboten als mit ihren lichten Vettern. Dabei sind sie keine völlig unberechenbaren Geschöpfe, aber solange wir noch keine Gelegenheit hatten, sie umfassender zu studieren – die Datenlage ist hier ja vergleichsweise dürftig –, ist jeder Kontakt mit ihnen ein Tanz auf Messers Schneide.

Um die Elfen insgesamt zu verstehen, ist es dennoch wichtig, auch die exotischeren Vertreter des Schönen Volkes in die Betrachtung mit einzubeziehen. Und sei es nur, um in Zukunft unschuldige Menschen davor zu bewahren, sich auf allzu naive Begegnungen mit gefährlichen Gruppen wie etwa den Dunkelelfen einzulassen, weil sie dem trügerischen Motto »Alle Elfen sind doch im Herzen eigentlich edel, hilfreich und gut« anhängen.[258] Und manche dieser exotischeren Vertreter findet man womöglich

---

258 Christiansen: Wer so naiv ist, hat es auch nicht anders verdient, als von einem Dunkelelf zu Pilzdünger verarbeitet, von einem Drow versklavt oder von einem Alb zum Musikinstrument umfunktioniert zu werden.

erst, wenn man an Orte vordringt, die noch nie ein Mensch zuvor gesehen hat …

## Elfen im Weltraum? – Was Mister Spock und Legolas gemeinsam haben

Gene Roddenberry – den geistigen Vater des *Star Trek*-Universums – haben wahrscheinlich die wenigsten als Elfologen auf dem Schirm. Ungeachtet dessen hat er sich sehr darum verdient gemacht, die Horizonte unserer Forschungsdisziplin maßgeblich zu erweitern: Er hat Elfen zu einer gesamtkosmischen Angelegenheit gemacht, indem er seine Elfenvariante in einem genialen Kniff als außerirdisches Volk ausgab.[259]

Nun mag nicht unbedingt jeder sofort wissen, was ein Vulkanier so genau ist und was es beispielsweise mit ihren ungewöhnlichen Hochzeitsriten so auf sich hat, aber trotzdem kennt beinahe jeder einen Vertreter dieses Volkes: Mister Spock, der kühle Wissenschaftsoffizier, der im Gegensatz zu seinem doch eher impulshaft handelnden Vorgesetzten Captain Kirk in nahezu jeder Situation auf Logik und Vernunft pocht. Das ist auch schon die erste und vielleicht wichtigste Gemeinsamkeit zwischen Legolas und

---

259 Plischke: Mit dieser Verlegung von Elfen ins Weltall ist Roddenberry allerdings inzwischen nicht allein. Die Bandbreite reicht hier von den Eldar aus dem beliebten Tabletop-Spiel *Warhammer 40.000* bis zu den Na'vi aus James Camerons Megablockbuster *Avatar*. Erstere sind dabei im Grunde eine Art zur Weltraumsupermacht aufgebohrte Version von an ihrer eigenen Hybris gescheiterten Hochelfen (mit einem Schuss Dunkelelfentum zum Gruseln), Letztere hingegen ein wilder Elfenstamm im Riesenformat (in der Trendfarbe Schlumpfblau und mit einem schicken Schwanz und einem in der Haartracht verborgenen Super-USB-Stecker zum ökologisch bewussten Einstöpseln in alles Organische versehen).

Spock: Sie stehen jeweils ikonisch für ihr komplettes Völkchen.[260]

Natürlich weisen sie auch rein äußerlich gewisse Gemeinsamkeiten auf: Da ist die auffällige Frisur – der eine mit einer Langhaar-Zopf-Kombination, der andere mit einem … nun … nüchternen Topfschnitt – und selbstverständlich die spitzen Ohren.

Es ist auffällig, dass Spock aufgrund seiner äußeren Erscheinung immer wieder mit dem Teufel in Verbindung gebracht wird – eine Verleumdung, die auch die Elfen lange über sich ergehen lassen mussten, weil sie im wahrscheinlich düstersten Kapitel ihrer Geschichte mit wachsender Ausbreitung des Christentums weniger als neutrale Naturgeister denn als bösartige dämonische Wesenheiten erachtet wurden.

Nun sind Äußerlichkeiten ja nicht alles. Es sind die inneren Werte, die zählen. Damit sind nun nicht die anatomischen Eigenheiten der Vulkanier gemeint – wie etwa ihr grünes arterielles Blut, ihre zusätzlichen Zähne, die ungewöhnlich tiefe Lage ihres Herzens im Brustkorb, der fehlende Blinddarm. Die Weltanschauung ist das, was einen Vulkanier jenseits seiner äußerlichen Hülle am ehesten auszeichnet. Dahingehend wird den Vulkaniern von unwissender Seite gerne etwas unterstellt, was sich auch viele Elfen – insbesondere solche aus höfisch strukturierten Kulturen – sehr oft anhören müssen: an grausame Teilnahms-

---

260 Christiansen: Was in Spocks Fall nicht einer gewissen Ironie entbehrt, wenn man bedenkt, dass es sich bei ihm »nur« um einen Halbvulkanier handelt.
Plischke: Andererseits ist auch das etwas, was Elfen und Vulkanier teilen: Bei aller scheinbaren Fremdartigkeit sind sie uns näher, als man auf den ersten Blick vielleicht vermutet, denn sie können sich mit Menschen paaren und Nachwuchs zeugen.

losigkeit grenzende Gefühlskälte. Beim Elfen wie beim Vulkanier stellt sich die Wahrheit dabei jedoch völlig anders dar: Selbstverständlich sind beide keine emotionslosen Klötze mit Herzen aus Stein. Im Gegenteil: In beiden brodelt es eigentlich oft ganz gewaltig, nur dass sie bestimmte Methoden entwickelt haben, ihre intensiven Gefühlsaufwallungen zu unterdrücken, um sich nicht von ihren Regungen zu unvernünftigen und letztlich für alle Beteiligten schädlichen Entscheidungen hinreißen zu lassen. Der Vulkanier verlässt sich dabei ganz auf die Gesetze der Logik, was unter Umständen zu Situationen führen kann, in denen sein Verhalten einem Menschen als ausgesprochen kaltblütig erscheinen kann. Ein Beispiel: Eine Raumfähre ist auf einem unwirtlichen Planeten in einer Grenzregion zu einer galaktischen Großmacht abgestürzt, zu der die Beziehungen deutlich angespannt sind und die schon seit Längerem mit den Säbeln beziehungsweise den Photonentorpedos rasselt. Die Rettung der Besatzung würde bedeuten, dieses aggressive Imperium auf sich aufmerksam zu machen und wahrscheinlich einen Krieg zu provozieren, der Millionen von Leben kosten könnte. Für den Vulkanier ist der Fall damit recht klar: Die Leute aus der Fähre müssen geopfert werden, um größeres Unheil abzuwenden – eine Ansicht, die unter entsprechend angepasster Kulisse auch so mancher Elf vertreten könnte.

Dabei hielten sich die Vulkanier in ihrer langen Geschichte nicht immer an derlei Prinzipien. Genauer gesagt waren sie über weite Teile ihrer Existenz ein angriffslustiges, streitbares Volk, das seinen Leidenschaften freien Lauf ließ. Erst eine geradezu mythologisch verklärte Gründerfigur namens Sarduk lehrte sie die Regeln, nach denen sie ihr Zusammenleben inzwischen organisieren. Dieser Übergang ging – vergleichbar zu vielen Umwälzungen in der elfischen Geschichte, von denen wir aus unterschiedlichsten Quellen wissen – nicht reibungslos vonstatten. Man darf sich diesen Prozess auf keinen Fall so vorstellen, dass ein pazifistischer Guru gemeinsam mit seinen Jüngern auszog, um allerorten Blumen in Gewehrläufe zu stecken, und alle kriegerischen Vulkanier sofort sagten: »Frieden? Auf logischen Grundsätzen basierend? Spitzenidee! Da sind wir dabei, das ist prima!« Viele von Sarduks Gesandten fanden den Tod. Nicht nur das: Auch Sarduk selbst kam ums Leben, in einer letzten Schlacht, in deren Nachgang die Vulkanier, die seinen Lehren besonders ablehnend gegenüberstanden, ihren Heimatplaneten verließen.[261]

Auch in diesem Exodusmotiv, das uns vom Schönen Volk generell vertraut ist, finden wir im Übrigen einen weiteren Hinweis darauf, dass Roddenberry sehr klug als geschickt getarnter Elfologe operierte. Man könnte sogar so weit gehen zu behaupten, die Geschichte der Vulkanier zeichne die Entwicklung eines wilden Elfenstamms hin zu jener Gesellschaftsordnung nach, wie sie Tolkien für seine Elben umrissen hat. Es verhält sich indes nicht so, als wäre das wilde Erbe der Vulkanier nach Sarduks Wirken gänzlich verschwunden. So schwingt es beispielsweise im Bereich der Sexualität erheblich nach. Auch wenn vulkanische Ehen hin und wieder sehr früh von den Eltern arrangiert werden, indem bereits im Kindesalter eine telepathische Verknüpfung zwischen den späteren Eheleuten geschaffen wird, stellt dies keinerlei zuverlässigen Schutz vor den Auswirkungen der vulkanischen Brunftzeit dar. Sobald der *Pon Farr* alle sieben Jahre zuschlägt, wird ein Vulkanier regelrecht liebestoll. Dieser Paarungsdrang muss dann binnen

---

261 Christiansen: Um dann zu den allseits beliebten und ganz und gar nicht friedliebenden Romulanern zu werden.

acht Tagen ausgelebt werden; ansonsten droht dem Vulkanier sogar der Tod. Noch schlimmer wird die ganze Angelegenheit, wenn während des Pon Farr eine telepathische Verschmelzung mit einem Partner als einleitende Vorbereitung für das Liebesspiel vorgenommen wurde und selbiges dann aus irgendwelchen Gründen nicht stattfinden kann. Dann wird dieser Unglücksrabe vom *Plak Tow,* dem Blutfieber, gepackt. Abgesehen von der erhöhten Körpertemperatur wird aus dem sonst so kontrollierten Vulkanier ein stammelnder, gewaltbereiter Irrer, der an nichts anderes mehr denken kann, als den Liebesakt zu vollziehen. Allerlei tragische Liebesgeschichten im typischen Elfenstil sind angesichts dieser Umstände quasi vorprogrammiert. Ich darf Sie allerdings ein Stück weit beruhigen, was die arrangierten Ehen angeht. Wenn eine früh als Braut versprochene Vulkanierin später Einwände gegen ihre Ehe hat, darf sie diese durchaus zum Ausdruck bringen. Falls Sie nun an eine Art schlichtendes Gespräch denken, bei dem man dem Bräutigam höflich, aber bestimmt klarmacht, dass man lieber nicht seine Angetraute werden möchte, muss ich Sie enttäuschen. Die Auflösung des Eheversprechens erfolgt über einen rituellen Zweikampf namens *Koon-ut-kal-if-fee,* bei dem die Braut einen Streiter, den sie selbst benennen kann, an ihrer Stelle gegen ihren Zukünftigen antreten lässt. Wird ihr Vorkämpfer besiegt, tja, dann hat es sich mit der Selbstbestimmung.

Kommen wir lieber wieder zu Erfreulicherem, mit dem sich die These stützen lässt, dass Vulkanier und Elfen gar nicht so weit voneinander entfernt sind. Die Liste der besonderen Talente der Vulkanier, die auffällig an Elfen erinnern, ist nämlich erstaunlich lang:

- Ihre Lebenserwartung ist höher als die von uns Menschen.
- Sie brauchen weniger Nahrung.[262]
- Ihr Schlafbedürfnis ist so gering, dass sie im Extremfall wochenlang damit zurechtkommen, kein Auge zuzumachen.
- Sie sind Weinfreunde.
- Ihre telepathischen Fähigkeiten erscheinen von außen betrachtet nicht minder übernatürlich als elfische Magie. Ihre berühmte Gedankenverschmelzung wirkt in diesem Zusammenhang zwar geheimnisvoll, aber letzten Endes unbedrohlich, da sie in den meisten Schilderungen dazu eingesetzt wird, irgendein neurologisches und/oder psychopathologisches Problem zu beheben (und wäre damit so etwas wie Heilmagie). Dass manche Vulkanier auch dazu in der Lage sind, fremden Personen neue Gedanken oder den Antrieb zu einem bestimmten Verhalten einzupflanzen, bleibt da vergleichsweise oft unberücksichtigt.
- Vulkanier sind Menschen auch im Kampf überlegen. Man denke nur an Spocks vulkanischen »Todesgriff«, mit dem er durch eine bloße Berührung Gegner betäuben und ausschalten kann.

Auch auf einer ganz konkreten symbolischen Ebene – nämlich der, welche besondere Funktion sie für uns Menschen als Ganzes erfüllen – stehen sich Vulkanier und Elfen nahe. Wir erinnern uns: Elfen sind die Hüter und Wächter einer Anderswelt, von deren Existenz wir lediglich dumpfe

---

262 Christiansen: Und ich kann mich auch nicht daran erinnern, jemals einen übergewichtigen Vulkanier gesehen zu haben.

Ahnungen erfahren, bis die Mitglieder des Schönen Volkes uns den Weg dorthin eröffnen.[263] Die Vulkanier übernehmen in der Geschichte des *Star Trek*-Universums eine sehr ähnliche Rolle: Sie sind das erste außerirdische Volk, mit dem die Menschen Kontakt haben, und sie sind es auch, die uns behutsam in die größere Gemeinschaft der raumfahrenden Zivilisationen einführen.

Ich hoffe sehr, ich konnte Ihnen mit diesen Betrachtungen zu den Vulkaniern einige Denkanstöße liefern, auch im All die Augen nach dem Schönen Volk offen zu halten. Wem dieser Schlenker ein wenig zu weit ging, kann sich nun wieder auf vertrauteres Terrain freuen: Die nächste von emsigen Elfologen entworfene Welt machte nie einen Hehl daraus, wer oder was die spitzohrigen Stars dort sind.

## Eine ganze Elfenwelt in bunten Bildchen – Elfquest

Seit Ende der Siebzigerjahre des vergangenen Jahrhunderts bereichert ein Elfologenpaar – ja, ja, auch in der Wissenschaft finden Liebende zueinander – unser Forschungsgebiet um beeindruckende Erkenntnisse. Noch dazu geschieht dies in einem Medium, das sich erst vor relativ kurzer Zeit von seinem Image als Zeitvertreib für Kinder und schlichte Geister befreit hat: der Comic. *Elfquest – Abenteuer in der Elfenwelt,* so der etwas sperrige, aber durchaus auf die richtige Fährte verweisende Titel der ersten deutschen Übersetzung, zeichnet dabei eines der vielleicht umfassendsten Bilder einer elfischen Kultur, die es in dieser Form jemals gegeben hat.

---

263 Christiansen: Wobei wir aber mal auch nicht unter den Teppich kehren sollten, dass diese »Eröffnung« nicht immer die Einwilligung des Betroffenen voraussetzt – viele von ihnen sind doch wohl nichts anderes als Opfer von Entführungen.

Kurz zum grafischen Stil: Wendy Pini nennt als eine ihrer frühesten Inspirationen zwar Arthur Rackham, der seine Gemälde von Feenreigen oft sehr düster inszenierte, doch ungeachtet dessen ist Pinis Elfenwelt eher eine bunte.[264] Das wirklich Faszinierendste am Schaffen der Pinis ist, dass es ihnen gelang, einen Großteil des bisher vorhandenen Wissens über Elfen in einen weitestgehend in sich stimmigen und dabei auch noch größtenteils unterhaltsamen Rahmen zu setzen. Als da wären:

### *Spitze Ohren*

Der Überraschungsfaktor liegt hier wohl bei null, wobei die Ohrmuscheln derart in die Läge gezogen sind, dass sie beinahe links und rechts über den Schädel hinausragen. Aber wo wir schon bei schnöder Anatomie sind: Die Elfen der Pinis könnte man auch durch einen einfachen Blick auf die Hände von uns Menschen unterscheiden, denn sie haben nur vier Finger an jeder Hand.[265]

### *Wilde Elfen*

Das kleine Grüppchen Elfen, um die sich die Haupthandlung der Comics zunächst dreht, lebt als Jäger und Sammler in einer größeren Waldregion. Konflikte mit den benach-

---

264 Plischke: Wobei die frühesten Elfquest-Comics und auch viele späteren Publikationen zunächst in Schwarz-Weiß erschienen und erst in der Folge nachkoloriert wurden. Insgesamt sollte hier auf keinen Fall der Eindruck entstehen, die Pinis wären fanatisch darauf versessen, Elfen knallbunt anzupinseln. In ihrer Welt gibt es sehr wohl viele finstere Aspekte, und für Kinder ist ihr Schaffen aufgrund doch recht expliziter Darstellungen von Sex und Gewalt eher ungeeignet.

265 Plischke: Also drei Finger zuzüglich eines Daumens, nur um hier seltsame Bilder in Ihrem Kopf zu vermeiden.
Christiansen: Ein Daumen ist ein Finger.
Plischke: Schon klar. Aber nicht jeder Finger ist ein Daumen.
Christiansen: Sind Sie jetzt unter die Vulkanier gegangen, oder wie?

barten Menschenstämmen, die ebenfalls auf einem steinzeitähnlichen Entwicklungsstand angesiedelt sind, sind vorprogrammiert. Die Elfen gelten als böse Waldmonster (was einem der örtliche Schamane nicht einmal eigens predigen müsste, denn das merkt man ja auch schon an ihren raubkatzenhaft quer gestellten Augen), und als besonders mutiger Krieger gilt, wer den Kopf eines Elfen ergattern kann, um ihn dann in die stammeseigene Schädelsammlung im Stile von *Predator* zu integrieren. Umgekehrt verteidigen die Elfen nur ihren angestammten Lebensraum – man könnte also einfach nur von einem gewaltigen Missverständnis sprechen. Angeführt wird die Elfengruppe von einem Häuptling, der nach Rücksprache mit den anderen Mitgliedern des Stammes am Ende alle wichtigen Entscheidungen trifft. Dieses Amt kann von Elfen jeden Geschlechts bekleidet werden, und es wird – erstes Indiz für die Herausbildung eines Adels wie bei Tolkien? – vom jeweiligen Inhaber an sein erstgeborenes Kind weitervererbt.

### *Liebesbande*

Tragische Romanzen dürfen erwartungsgemäß auch nicht fehlen. Die Pinis definieren Liebe auf den ersten Blick als eine Art telepathisch-magischen Vorgang – das sogenannte Erkennen.[266] Allerdings müsste es präziser »sexuelle Anziehung« auf den ersten Blick heißen, denn das Erkennen – dieses unberechenbare Ekel – kettet auch gern einmal Elfen aneinander, die sich eigentlich nicht ausstehen können, aber eben doch füreinander bestimmt sind. Im Optimalfall erwächst dann daraus irgendwann eine echte Liebesbeziehung – so wie zwischen dem Häuptling des Waldstamms

---

266 Plischke: Jetzt dürfen Sie mir mit Ihren Vulkaniern kommen, Herr Kollege.

und einer wesentlich älteren Elfendame aus den Reihen einer anderen Elfengruppierung, die an einer Wüstenoase sesshaft ist und dort Ackerbau und Viehzucht betreibt.[267] Halten Sie die pinischen Elfen aber bitte nicht für brave Mauerblümchen, die unschuldig und keusch darauf warten, dass das Erkennen ihnen den Partner fürs Leben enthüllt. Sie treiben es vielmehr so wild durcheinander, dass es jedem Missionar, der sich zu ihnen verirren sollte, die Schamesröte ins Gesicht triebe – einschließlich »Festen«, bei denen sich alle Mitglieder eines Stammes samt Gästen miteinander vergnügen.

### *Tierliebe*

Nahezu alle Elfenvölker oder -gruppierungen, die die Pinis hier vorstellen, leben eng mit einer bestimmten Tierart zusammen, die meistens auch als Reittier dient. So gibt es Elfen, die auf riesigen Falken, auf rentierartigen Hirschen und auf pferdeähnlichen Geschöpfen reiten. Auch der kleine Stamm, von dem hier nun schon mehrfach die Rede war, trägt den schönen Namen Wolfsreiter. Die Verbindung zwischen Elf und Wolf fällt hier indes noch etwas inniger aus: Die mythische Gründerin des Stammes, die eine große Gestaltwandlerin war, soll sich in Form einer Wölfin einen pelzigen vierbeinigen Gefährten gesucht haben, mit dem sie dann zusammen den ersten Wurf zeugte, aus dem die Wolfsreiter hervorgingen.[268]

---

267 Christiansen: Das Motiv ist hier also »Junger, schneidiger Barbar verführt widerspenstiges Bauernmädchen«?
Plischke: Eher »widerspenstige Dorfheilerin im besten Alter«.

268 Plischke: Sicherlich ein Extremfall und nicht jedermanns Geschmack, aber es existieren in der Mythologie generell viele Beispiele dafür, wie sich Götter in Tierform mit Menschen paaren (man denke an Leda, die sich von Zeus in Schwanengestalt beiwohnen lässt) oder sogar eigens

*Magie*

Abgesehen von ihren telepathischen Fähigkeiten – das Erkennen ist eine Ausprägung, die wir ja bereits behandelt haben – verfügen die pinischen Elfen über viele weitere magische Talente: Manche können levitieren oder langsam schwebend ohne jeglichen Bodenkontakt dahingleiten oder bringen kraft ihrer Gedanken Pflanzen zum Wachsen. Wieder andere sind Heiler, die selbst bei schlimmsten Bauchverletzungen auf Nadel und Faden verzichten können, um grässliche Wunden ohne Narben zu schließen, und die Pinis wissen zudem von Elfen, die nach Belieben Stein oder gar das Fleisch lebender Geschöpfe formen können (für den Empfänger alles andere als ein schmerzfreier Prozess, der auch nicht immer zu Ergebnissen führt, die man aus menschlichem Blickwinkel als ästhetisch ansprechend begreifen würde). Diese magischen Eigenschaften sind dabei nicht gleichmäßig verteilt. Will meinen: Nicht jeder Elf beherrscht auch nur ansatzweise all diese genannten Disziplinen. Vielmehr verhält es sich offenbar so, dass die genaue Ausprägung der zaubertechnischen Befähigungen in engem Zusammenhang mit den Charakterzügen eines Elfen stehen – so wird ein Elf, der sich von seinem Naturell her leicht ablenken lässt, wahrscheinlich nie die Kunst lernen, ein in sich ja eher beständiges und festes Material wie Stein zu formen.[269]

---

Tierform annehmen, um sich mit Tieren paaren zu können (so verwandelt sich der nordische Gott Loki in eine Stute, damit er nach einer entsprechenden Vereinigung für seinen Bruder Odin dessen achtbeinigen Hengst Sleipnir gebären kann).

269 Christiansen: Das ist ja nun nichts spektakulär Ungewöhnliches, dass man die Talente fördert, die den eigenen Wesenszügen entsprechen. Das ist ja unter uns Menschen im Grunde genauso.

*Alte Sünden*

Viele Geschichten über Elfen jüngeren Datums haben auch häufig einen mahnenden Charakter: Magie ist zwar schön und gut, aber man sollte es damit auch nicht übertreiben, denn sonst bezahlen unter Umständen die eigenen Nachfahren einen schrecklichen Preis für die Überheblichkeit und/oder Gedankenlosigkeit ihrer Ahnen. Dies gilt auch für das Schaffen der Pinis: Ein grauenhaftes Monstrum, das den Wolfsreitern in ihrem Wald immer wieder Probleme bereitet, ist das Produkt einer solchen Nachlässigkeit in Sachen Magie. Es entstand, als an einem Ort, der gleichsam auf magische Weise verseucht wurde, in einem morastigen Tümpel eine riesige Würgeschlange und eine Wildkatze miteinander kämpften. Als dann auch noch der Blitz einschlug – schicksalhaft, schicksalhaft – verschmolzen diese beiden Raubtiere miteinander, und der Zorn und die Zerstörungswut dieses neuen Geschöpfs wurden maßgeblich von dem wechselseitigen Hass des Wolfsreiterhäuptlings und des Anführers des benachbarten Menschenstammes aufeinander genährt. Die moralische Lektion ist somit gleich eine doppelte: »Haltet eure Umwelt magisch sauber und seid nett zueinander, sonst frisst euch eine Monsterkatzenschlange.«

*Höfische Elfen*

Eine Gruppe von Elfen, die die Pinis beschreiben, steht unmittelbar davor, eine eigene höfische Struktur zu entwickeln – sie wohnen an einem festen Ort (einer palastähnlichen Bergfeste), halten sich von den Menschen und deren Belangen so fern wie nur irgend möglich und folgen den Anweisungen eines alten, weisen Herrschers (Intrigen bei Hofe natürlich inklusive). Das dynastische Prinzip, das man bei Tolkien in der Regel findet, wird hier allerdings dadurch ausgehebelt, dass die Geburtenrate bei diesen Elfen extrem niedrig ist. Die Pinis beziehen hier also eine klare Position, welche Form des Zusammenlebens für Elfen die scheinbar natürlichere ist: Diejenigen, die allzu starre Regeln für das gesellschaftliche Miteinander festlegen und sich von der Welt abwenden, werden zwangsläufig zu einem sterbenden Volk, wohingegen diejenigen, die stärker auf persönliche Freiheiten setzen und aktiv *in* statt nur *auf* der Welt leben, wachsen und gedeihen und sich selbst von schlimmsten Katastrophen wie gewaltigen Waldbränden und Ähnlichem erstaunlich rasch wieder erholen.

### *Hochelfen*

Auch die Pinis propagieren, dass jene Elfen, die wir heute beobachten und erforschen können, letztlich Abkömmlinge einer noch viel, viel älteren Variante des Schönen Volkes sind. In ihrem Fall tauchten selbige vor langer, langer Zeit in einem höchst merkwürdigen Konstrukt in der Welt auf, das mit seinen vielen Türmen und Zinnen an einen Palast gemahnte. Angeblich kamen sie von weit, weit her, und ihr Erstkontakt mit den Bewohnern der Welt – also uns Menschen – verlief für sie nicht sonderlich glücklich. Um genau zu sein, schlugen wir einem Großteil von ihnen aus Angst vor allem Fremden den Schädel ein. Der Rest musste aus seinem Palast fliehen, verstreute sich in alle Himmelsrichtungen und wurde so zu den Ahnen der heute lebenden Elfen.

Rein äußerlich haben sich diese »Hohen« ihren Namen redlich verdient: Sie sind sehr groß, sehr schlank und in fließende, glitzernde Gewänder gehüllt, die bei dem einen oder anderen Assoziationen zu Science-Fiction-Filmen der frühen Siebzigerjahre wecken könnten. Diese Assoziationen sind alles andere als unbegründet, denn die Pinis machen keinen Hehl daraus, dass sie den Palast der Hohen als eine Art Raumschiff interpretieren.[270] Die Pinis greifen damit eine Theorie auf, die gewissermaßen eine Schnittmenge zwischen Ufologen und Elfologen darstellt: Was, wenn die Elfen, wie wir sie kennen, in Wahrheit Besucher aus fernen Welten sind? Verdrehen Sie bitte nicht sofort die Augen. Ich bin von dieser Theorie zwar nicht überzeugt, muss aber einräumen, dass sie nicht ganz von der Hand zu weisen ist. Lassen Sie mich einige Phänomene anführen, von denen Menschen berichten, die angeblich zum Opfer von Entführungen durch Außerirdische geworden sind:

- seltsame Lichterscheinungen
- telepathische Kontaktaufnahmen
- unerklärliche Zeit- oder Gedächtnisverluste nach der Rückkehr der Opfer in ihr gewohntes Umfeld
- ungewöhnliche medizinische Experimente mit starken sexuellen Anklängen[271]
- Warnungen seitens der Entführer vor einer anstehenden weltumspannenden Katastrophe, sofern wir Menschen unser Verhalten nicht radikal ändern und zu einer insgesamt für alle verträglicheren Gesellschaftsform finden

Ich könnte noch ein bisschen weitermachen, aber Sie erkennen bestimmt schon, dass hier gewisse Ähnlichkeiten

---

270 Plischke: Es könnte sich auch streng genommen um ein Gefährt handeln, mit dem man die Grenzen zwischen verschiedenen Dimensionen überqueren kann, aber wir sollten an dieser Stelle nicht zu krittelig werden.

271 Christiansen: Unser schüchterner Kollege meint die Sonden.
Plischke: Nicht nur. Sie würden sich wundern, wie viele Entführungsopfer davon berichten, dass die Aliens auf irgendeine Weise Sex mit ihnen haben wollten.

zu den Berichten festzustellen sind, die uns seit alters her aus Schilderungen von Begegnungen zwischen Menschen und Vertretern des Schönen Volkes geläufig sind. Letzten Endes ändert sich dadurch für uns Elfologen allerdings kaum etwas: Für unsere Aufgabe, die Kultur und die Lebensweise der Elfen gründlich zu erforschen, spielt es angesichts der vielen noch zu klärenden Fragen eigentlich kaum eine Rolle, ob unsere Untersuchungsgegenstände eine Reise von vielen Lichtjahren auf sich nehmen, um uns zu erreichen, oder ob sie nur vorzüglich getarnt vergleichsweise um die Ecke wohnen.

### *Dunkelelfen*

Definiert man Dunkelelfen recht verkürzt, aber nicht ganz unfairerweise als »pervertierte, skrupellose Elfen mit einem Hang zu Selbstüberschätzung und Größenwahn«, wird man auch in dieser Hinsicht in den Werken der Pinis fündig. Teile der oben erwähnten proto-höfischen Kultur scheinen nämlich auf dem allerbesten Wege, zu genau solch sympathischen Geschöpfen zu werden (einschließlich Fetischkleidung). Sei es, weil sie den Wunsch eines der Ihren, ganz ohne Riesenfalken zu fliegen, dadurch erfüllen, dass sie ihn per schmerzhafter Fleischformung dahingehend umbauen, dass er zwar Gleitflügel erhält, aber dafür wie ein kruder Hybrid aus nackter Fledermaus und Elf erscheint. Oder weil sie einen anderen Elfen so umfunktionierten, dass sein einziger Lebenszweck darin bestand, in ihrer Heimstatt auf magischem Weg Türen zu öffnen. Ich würde schätzen, dass man einer solchen Gesellschaft nur noch ein oder zwei Generationen geben muss, bis sie anfängt, Einhörner zu malträtieren oder Tamburine aus Menschenhaut herzustellen.

*Schwarzalben*

Die Pinis tragen auch jenem Umstand Rechnung, dass unsere Vorfahren dem großen Volk der Alben solche Geschöpfe zurechneten, die mit unserem modernen Bild vom Elfen als schlankem, anmutigem Geschöpf von … nun ja … elfengleicher Schönheit nur sehr wenig zu tun hatten. Bei den Pinis verhält es sich so, dass neben den eben erwähnten Hohen ursprünglich noch andere vernunftbegabte Wesen in ihrem Palast zu Hause waren. Hierbei handelt es sich unter anderem um gedrungene Geschöpfe mit starkem Haar- und Bartwuchs sowie großen Pickelnasen, die am liebsten unter der Erde wohnen, wo sie große, weitverzweigte Tunnelanlagen schaffen und ihrem Häuptling huldigen, indem sie Gold und Geschmeide für ihn anhäufen. Sie pflegen raue Sitten und neigen im Umgang mit sich und anderen zu einer gewissen Rauflust (um es einmal vorsichtig auszudrücken). Kurzum: In der pinischen Elfenwelt tummeln sich auch Zwerge.

*Blütenfeen*

Ebenfalls mit »an Bord« des Palasts der Hohen waren die sogenannten Bewahrer. Ein klangvoller, seriöser Name für handspannengroße Wesen mit Schmetterlingsflügeln und kindlich-albernem Gemüt. Ich unterstellte den Pinis einen gewissen Hang zur Ironie, dass sie ausgerechnet diesen Geschöpfen die Fähigkeit zugeschrieben haben, andere vor dem Zahn der Zeit und den Schrecken des Alters zu behüten – allerdings dergestalt, dass die Bewahrer eine klebrige Substanz spucken und daraus einen Kokon weben können, in dem die darin Eingewobenen in einen tiefen Schlaf verfallen. Wer würde nicht davon träumen, wohlbehalten in Feenrotz für die Ewigkeit dahinzuschlummern?

Ich halte also noch einmal ausdrücklich fest: Wem dicke Romane zu anstrengend sind, der findet bei aufmerksamer Lektüre in den grafischen Erzählungen der Pinis eine erstaunlich vollständige Zusammenfassung des derzeitigen Stands der Elfologie.

## Die erste Ikone elfischer Niedlichkeit: Glöckchen (alias Tinker Bell)

Wir leben in einer Gesellschaft, die immens von visuellen Eindrücken geprägt ist – und zwar spätestens seit dem Siegeszug der bewegten Bilder in Film und Fernsehen. Dass Legolas aus der Adaption von Tolkiens *Herr der Ringe* zum »Standardelf« geworden ist, hängt ja klar ersichtlich mit diesem Sachverhalt zusammen. Darüber sollte man jedoch nicht vergessen, dass sich der Elf in seiner Inkarnation als kleine, niedliche Fee hartnäckig im öffentlichen Bewusstsein hält. Eine Figur, die daran nicht ganz unschuldig ist, schaffte – ganz ähnlich wie Legolas – den Sprung aus einem Buch auf die große Leinwand, wenn auch viele Jahrzehnte früher. Die Rede ist von Tinker Bell (im Deutschen oft auch Glöckchen oder seltener Naseweis und Klingklang genannt), der Begleiterin von Peter Pan.[272] Ich mag den englischen Namen ehrlich gesagt lieber, weil in ihm das Elfische deutlicher mitschwingt – das »Tinker« bezieht sich nämlich darauf, dass Tinker Bell bei aller emotionalen Sprunghaftigkeit und Wankelmütigkeit Menschen bisweilen auch dadurch Gutes tut, dass sie ihnen Töpfe und Pfan-

272 Plischke: Tinker Bell hat genau genommen zwei mediale Sprünge hingelegt – die Urform von Peter Pan ist ein Theaterstück aus dem Jahr 1904, das von seinem Verfasser John M. Barrie erst eine Weile später in Romanform weiterverarbeitet wurde.

nen repariert.[273] Zugegebenermaßen kann man sie sich beim Kesselflicken nur schwer vorstellen, wenn man ihre berühmteste visuelle Umsetzung vor Augen hat – die aus dem Disneyfilm aus dem Jahr 1953. Im knappen grünen Glitzerkostümchen umflattert sie mit ihren Libellenflügeln Peter Pan als – Pardon – Prototyp des blonden Dummchens. Ich befürchte, wenn Tolkien nicht gewesen wäre, wäre sie bis heute genau das geblieben, was die meisten Leute unter einer Fee oder einer Elfe verstünden. Ein schauderhafter Gedanke.

Historisch betrachtet ist Tinker Bell selbstverständlich ein Zeugnis jener Auffassung, wie eine ordentliche, familienfreundliche Elfe im viktorianischen England nun einmal zu sein hatte: verspielt, harmlos und liebreizend anzusehen. Insofern muss man der Disneyproduktion zumindest zugestehen, dass sie es schafft, die in den Elfen angelegte (und auch im Original bereits vorhandene) Ambiguität geschickt zum Ausdruck zu bringen: Immerhin ist Tinker Bell dort so eifersüchtig auf Wendy – das Menschenmädchen, das Peter zu sich nach Nimmerland holt –, dass sie sich anfangs eifrig darum bemüht, für Wendys Ableben zu sorgen.[274] Andererseits unterstützt sie Peter, den sie geradezu abgöttisch liebt, nach besten Kräften – ihr also einen generellen Menschenhass zu unterstellen, wäre fehl am Platz.[275]

---

273 Plischke: Das »Bell« wiederum rührt daher, dass sie eine Elfensprache spricht, die sich für ungeübte Ohren wie das Klingen kleiner Glöckchen anhört.

274 Christiansen: Wenn ich mich recht entsinne, bringt sie auch schon im Theaterstück welche der »verlorenen Jungs« dazu, Pfeile auf Wendy zu schießen. Harmlos. Dass ich nicht lache. Sie ist eben insgeheim genauso verschlagen wie alle Elfen.

275 Plischke: Barrie erklärt dieses wechselhafte Verhalten übrigens dadurch, dass Feen aufgrund ihrer geringen Größe nicht dazu in der Lage sind,

Bei aller Verniedlichung behält Tinker Bell auch eine andere wichtige Eigenschaft, die sie klar als in der Nähe von Elfen stehend kennzeichnet: Nur die Kinder, auf den sie ihren Feenstaub herabrieseln lässt, können fliegen und schaffen so den Übergang von ihrer gewohnten Umgebung in die Anderswelt (in diesem Fall die Insel Nimmerland).[276]

Möglicherweise bin ich J. M. Barrie gegenüber auch viel zu ungerecht, denn Tinker Bell ist ja eben »nur« Beiwerk zu seiner berühmtesten Figur: Peter Pan. Peter selbst trägt nämlich ebenfalls klar erkennbare Züge eines Angehörigen des Schönen Volkes, und vielleicht haben wir es bei ihm sogar mit einer besonders behutsamen und interessanten Auseinandersetzung mit elfischen Charakteristika zu tun.

Und ich meine nicht derlei banale Dinge wie seine grüne Blätterkleidung und sein musikalisches Talent an der Flöte. Nehmen wir nur einmal Peters Wunsch, niemals erwachsen werden zu wollen. Handelt es sich hierbei eventuell um eine kluge Aussage darüber, dass ewige Jugend nicht zwingend immer mit großer Weisheit einhergeht?

Oder bedenken wir doch einmal den Umstand, dass Peter nur nachts erscheint, um Wendy aus ihrem eher tristen Umfeld zu befreien. Ist das etwa kein kluger Kommentar zur Funktion des Elfenprinzen als naiver Wunschtraum? Als herbeigesehnter Retter in der Not, der es einem abnimmt, sich den Realitäten zu stellen?

Bei allem Groll, den man als Elfologe gegenüber Tinker Bell und ihrem Beitrag zur (vorübergehenden) weltweiten

---

mehr als ein Gefühl auf einmal in sich zu bergen. Eine etwas kühne These, wenn ich mir dieses Urteil erlauben darf.

276 Christiansen: »Hier, da hast du ein bisschen was von meinem Feenstaub, und schon kannst du fliegen.« Hört sich für mich verdächtig nach Drogen an.

Verfestigung des Elfenbilds als »süßes Blumenkind« hegen kann, sollte man zugleich nie vergessen, dass Barries Schaffen selbst ausreichend Ansatzpunkte für äußerst spannende, ernsthafte Forschungen zum Verständnis des Elfen im Allgemeinen in sich birgt. Wer nichts für Flatterfeen übrig hat und sich darüber enervieren möchte, dem bieten diverse Medienerzeugnisse jüngeren Datums nämlich eine noch wesentlich größere Reibungsfläche.

## Zuckersüße Feen für die Allerkleinsten – Prinzessin Lillifee und Mia and Me

Ich hätte diesen Abschnitt genauso gut »Das Kitschimperium schlägt zurück« nennen können. Der Kampf um das Elfenbild in der modernen Gesellschaft ist nämlich auch nach Peter Jacksons Verfilmungen der Werke Tolkiens noch lange nicht entschieden. Nach wie vor besteht die reelle und greifbare Gefahr, dass kommende Generationen den Elfen nicht in seinem gesamten faszinierenden Facettenreichtum wahrnehmen werden, sondern lediglich als niedliches Merchandising-Produkt, das alles von der Brotdose über den Anspitzer bis zur Bettwäsche zieren kann.

Ich sprach eben davon, Dunkelelfen wären »pervertierte« Elfen. Nicht anders verhält es sich mit der Blütenfee Lillifee, einem wahren Dämon in Rosa, der multimedial sein Unwesen treibt.[277] Ganz abgesehen davon, dass Lillifees bester Freund ein Schwein namens Pupsi ist (in Rosa, wie sich versteht, und wenn seine Flatulenzen sichtbar wären, wären sie auch rosa), wird hier das wenige altehrwürdige Elfenwissen, worüber wir Menschen verfügen, dazu missbraucht,

---

[277] Plischke: Sogar ins Kino hat er es geschafft!

völlig überkommene Geschlechterrollen zu zementieren und generell hanebüchenen Unsinn zu verbreiten. Sie wollen eine Kostprobe? Bitte schön, aber auf eigene Gefahr:

- Unmut in Rosarien (der Heimat Lillifees) bekämpft man am besten durch die Aufführung eines Musicals.
- Böse Hexen zeichnen sich dadurch aus, dass sie unschuldige Rehkitze gefangen halten.
- Wie gewinnt man Tanzwettbewerbe im Feenreich? Mit Ballett.
- Eine wichtige Kunst, die jede Feenprinzessin beherrschen muss, ist das Backen.
- Nur was glitzert und funkelt, ist auch richtig schön.

Eigentlich ist es eine Schande, auch nur ein Wort über diesen Albtraum für Elfologen verlieren zu müssen, weil man damit letztlich doch nur Werbung für ihn macht.[278]

Einen kleinen Tick besser macht es da schon *Mia and Me*. In dieser internationalen Koproduktion bleibt wenigstens der Gedanke von den Elfen als Grenzgänger zwischen den Welten erhalten: Die Eltern der Titelheldin gelten als vermisst, und sie wird bis auf Weiteres in einem Internat in Florenz »zwischengeparkt«. Mit Hilfe eines magischen Armreifs aus dem Vermächtnis ihrer Eltern kann Mia in das Elfenreich Centopia wechseln, wo sie dann diverse Abenteuer zu bestehen hat.[279] Die Elfen sind selbstverständ-

---

278 Christiansen: Ich finde, man sollte noch erwähnen, dass es zu Lillifees Aufgaben gehört, morgens die Blumen wachzuküssen.

279 Plischke: Das ist sogar in künstlerisch-technischer Hinsicht einigermaßen ansprechend gelöst – die Teile der Serie, die im Internat spielen, sind Spielszenen mit echten Schauspielern, wohingegen das Elfenreich und alle Geschöpfe in ihm computeranimiert sind.
Christiansen: Grässlich bunt ist es trotzdem!

lich gut, und ganz besonders der Elfenprinz, dessen Vater natürlich ein außerordentlich weiser, kluger und kampferprobter Herrscher ist.[280] Die große Gegenspielerin ist eine böse Königin, die es in fiesester Wilderermanier auf das Elfenbein von Einhörnern abgesehen hat. Abgesehen davon tummelt sich allerlei anderes Fantasygezücht im Elfenreich – von Knuddelsatyren (die Pane heißen und wenig überraschend niemandem so richtig lüstern nachstellen) bis hin zu Babydrachen. Wem das immer noch zu kitschig erscheint, möge einen Blick auf Prinzessin Lillifee werfen – danach kann man hoffentlich nachvollziehen, weshalb mein Urteil über Mia and Me da wesentlich gnädiger ausfällt.

Zudem sollte man nicht vergessen, dass es sich dabei um Medienmaterial handelt, das für den Konsum durch Kinder gedacht ist. Meine Kritik zielt nicht darauf ab, dass es mir hier zu wenig komplex zuginge (die Figurenfülle ist bei beiden Produktionen inzwischen sogar recht beachtlich) oder ich erwachsene Inhalte vermisste. Meine Sorge gilt allein der durch solche Darstellungen gebotenen Möglichkeit, dass meine Elfologenkollegen und ich in zwanzig Jahren einer ganzen Generation noch einmal neu erklären müssen, warum Elfen nicht per se heiter und ausgelassen als freundlicher Insektenersatz durch Rosengärten schwirren. Doch besteht ja noch Hoffnung, wenn auch in anderen Medien …

---

280 Christiansen: Wie beruhigend, dass man unseren Kindern über die Spitzohren vermittelt, dass nicht-demokratische Systeme so unglaublich toll für alle sind.

## Von wegen technikfeindlich – Elfen in digitalen Welten

Taucht ein junger Mensch zum ersten Mal in die wunderbare Welt der Computer- und Videospiele ein, stehen die Chancen recht günstig, dass einer der ersten großen Helden, denen er auf seiner Erkundungsreise begegnet, seiner Erscheinung und vieler seiner Eigenschaften nach ein Angehöriger des Schönen Volkes ist. Und selbst falls Sie noch nie von Link aus der berühmten *Legend of Zelda*-Reihe gehört haben sollten, ginge ich jede Wette ein, dass Sie sofort »Ach schau mal einer an – ein Elf!« denken, sobald Sie Link zum ersten Mal zu Gesicht bekommen. Warum ich mir da so sicher bin?

Nun, zuvörderst ist Links Äußeres für das geschulte Auge unverkennbar elfisch: Er tritt meist in grüner oder graugrüner Kleidung auf, und auch wenn seine genaue Körpergröße von Teil zu Teil der Spielreihe immer etwas schwanken mag, behält er doch stets seine spitzen Ohren. In Links Heimatwelt stellen die Elfen die Mehrheit der Bevölkerung. Sie heißen dort Hylianer und sind zugleich das älteste Volk ihrer Welt. Unklar ist, ob sie ihre spitzen Ohren deshalb haben, um die Botschaften der Götter besser hören zu können; unstrittig ist jedoch, dass sie eine besondere Affinität zur Magie haben – sie liegt ihnen gewissermaßen im Blut. Daher überrascht es auch nicht, dass in allen Spielen der Reihe Link mit fortlaufender Handlung immer neue magische Fähigkeiten erlernt – welche in einem Fall direkt an das Musizieren auf einer Okarina gekoppelt sind (ein weiteres elfisches Merkmal). Nicht minder spannend ist, dass die Schöpfer des Spiels ihre »großen« Elfen quasi parallel zu »kleinen« Feen existieren lassen: In zwei Teilen wird Link auf seiner Quest von einer Fee begleitet, die wenig mehr als ein winziger Lichtball mit Flügeln ist und ihm mit Rat und Tat zur Seite steht. Ungeachtet der Tatsache, dass es bisweilen zusätzlich auch noch größere Feenexemplare gibt, die weniger an Tinker Bell als an die guten oder bösen Feen aus den alten Märchen erinnern, wird in der Spielreihe nur sehr bedingt auf diese kulturellen Ausprägungen näher eingegangen. In elfologischer Hinsicht ist sie also nur sehr begrenzt ergiebig.

Grundsätzlich gilt jedoch für alle Computer- und Videospiele, die sich bei Motiven aus der klassischen Fantasy à la Tolkien bedienen, dass irgendeine Form von Schönem Volk nicht fehlen darf. Das ist bei dem beliebtesten Online-Rollenspiel der Welt – *World of Warcraft* – nicht anders. Hier gibt es gleich mehrere Elfenvölker – auch das im Übrigen keine Seltenheit. In Sachen Anatomie weisen sie eine erwähnenswerte Eigentümlichkeit auf. Der Umstand, dass auch diese Elfen spitze Ohren besitzen, rechtfertigt keine aufgebauschte Eilmeldung, ihre Augenbrauen hingegen schon: Sie wachsen fühlerartig zur Seite bis über den Rand des Gesichts hinaus weiter, was für ein sehr charakteristisches und unverwechselbares Erscheinungsbild von *WoW*-Elfen sorgt. Fragen Sie mich allerdings nicht, ob das auf tatsächlichen Beobachtungen in der echten Welt beruht.[281] Was für gewisse elfologische Kreise – nennen wir sie einmal die Puristen – indes regelrecht empörend ist, ist der Schöpfungsmythos der Elfen bei *World of Warcraft*. Wo sie andernorts vielfach als altes Vorgängervolk der Menschen gelten (und den Puristen zufolge auch nur sehr, sehr weit-

---

[281] Christiansen: Wieso nicht? Wäre Ihnen das peinlich? Oder ist das etwa das am besten gehütete Geheimnis der Leute, die Sie ständig das Schöne Volk nennen? Haben die nicht nur doofe Ohren, sondern auch noch doofe Augenbrauen? Ich lach mich scheckig!

läufig mit uns verwandt sind), ist ihre Herkunft hier ein wenig anders und nicht unbedingt glorreich: Vor langer Zeit ließ sich ein Stamm von Urmenschen an den Ufern eines verwunschenen Sees nieder. Im Lauf der Zeit nahm die Zaubermacht dieses Gewässers Einfluss auf die weitere Entwicklung dieses Stamms und verwandelte ihn nach und nach in jenes Volk, das man als die Elfen kennt.[282]

Doch genug über *WoW*. Um Ihnen ein Bild davon zu vermitteln, welche ausgeklügelten theoretischen Modelle von engagierten Elfologen in Computerspielen entworfen werden, habe ich mich nämlich für ein anderes Universum aus Bits und Bytes entschieden: die Welt von *Elder Scrolls*. Mich fasziniert dabei vor allem der ganzheitliche Ansatz, der hier offenbar gefahren wurde. Damit meine ich, dass ähnlich wie bei Elfquest im Bereich traditionellerer Erzählformen ein Versuch stattfand, möglichst viele Aspekte des modernen Elfenwissens in die Spielwelt zu integrieren. Das zeigt sich am deutlichsten, wenn man nur die vielen verschiedenen Elfenvölker kurz präsentiert, die es bei *Elder Scrolls* nach und nach spielerisch zu entdecken gibt.

### *Die Altmer*

Fangen wir doch am besten mit den »normalen« Elfen an. Denen entsprechen die Altmer nämlich am ehesten, auch wenn sie spielintern auch als Hochelfen bezeichnet werden. Der wirklich überraschende Twist dabei ist, dass sie kleiner als Menschen sind und sich das »hoch« in ihrem Namen auch eher auf ihren ausgeprägten Hochmut gegen-

---

282 Christiansen: Da haben wir es doch schwarz auf weiß – Elfen sind magisch mutierte Freaks! Als ob wir das nicht schon immer geahnt hätten …

über anderen Völkern bezieht.[283] Sie sehen sich gegenüber anderen allerdings auch als hochkultiviert, und diese Behauptung ist nicht gänzlich unbegründet – und sie schotten sich gegenüber der Außenwelt auf einem Inselarchipel ab, das man für die Verhältnisse der Spielwelt (ein klassisches quasi-mittelalterliches Fantasysetting) durchaus als Utopia betrachten kann.

### *Die Bosmer*

Wo die Altmer die Rolle der höfischen Elfen übernehmen, schlüpfen die Bosmer in den Part der extrem naturverbundenen Waldelfen, die sich tendenziell eher wie ein Zusammenschluss mehrerer wilder Elfenstämme mit einer gemeinsamen Kultur verstehen lassen. Die Bosmer gelten – völlig zu Recht – als Kannibalen, was Elfologen, die von einer vegetarischen Ernährungsweise des Schönen Volkes ausgehen, als üblen Affront empfinden dürften. Dabei ist die absolute Dominanz auf dem Speiseplan der Bosmer durch ihre spirituellen Überzeugungen abgesichert: Sie sehen sich als eine Art Kinder des Grüns – grob gesprochen eine Art Personifikation des Waldes –, und folglich ist es ihnen schlicht verboten, Pflanzen zu schaden, und den allermeisten Pflanzen schadet es nun einmal, wenn man Teile von ihnen isst.

### *Die Dunmer*

Die Dunmer sind nichts anderes als die Dunkelelfen bei *Elder Scrolls*. Das »dunkel« spielt dabei sowohl auf ihre aschgraue Hautfarbe als auch auf die düsteren Aspekte ihrer Kultur an. Sie sind Diener lebendiger, fassbarer Gotthei-

283 Christiansen: Ist es nicht schön, wie der Herr Kollege sich um den Begriff »hochnäsig« herumwindet?

ten, die bisweilen recht grausame Dinge von ihnen verlangen. Noch dazu sind die Dunmer – vergleichbar mit den Drow – in großen Adelshäusern organisiert, die sich zum einen oft für bestimmte Aspekte des Handels- und Wirtschaftswesens zuständig fühlen und zudem untereinander in schier endlosen Blutfehden bekriegen. Das schlechte Image der Dunmer rührt außerdem auch daher, dass sie bis vor Kurzem nicht das geringste Problem damit hatten, andere Völker, die ihnen als minderwertig erschienen, komplett zu versklaven.[284] Diese Sklaverei erstreckt sich sogar bis in den Tod: Die Dunmer praktizieren mit großer Begeisterung Nekromantie an den Leichen von Mitgliedern anderer Völker.

*Die Maormer*

Auch diese Meereselfen genießen nicht den besten Ruf. Dieses bleichhäutige Volk entstand, als seine »Gründungsmitglieder« nach einer gescheiterten Rebellion zu Zwecken der persönlichen Bereicherung aus der ursprünglichen Heimat der Elfen auf eine eigene Insel im Meer verbannt wurden. Sie praktizieren eine ziemlich verstörende Form von Magie, bei der Schlangen und widerliche Opferrituale eine entscheidende Rolle spielen – und mit Hilfe derer sie dem Vernehmen nach allerlei gefährliche Seeungeheuer bändigen und ihrem Willen unterwerfen können.[285]

---

284 Plischke: Und rot glühende Augen wirken nun von Natur aus nicht sehr sympathisch. Ich erlaube mir die kleine Ergänzung, dass es auch »wild lebende« Dunmer gibt, die in einem eher unwirtlichen Ödland ein Nomadendasein führen – ein Schicksal, das angeblich von einem Fluch aus der Vergangenheit herrührt.

285 Plischke: Ein sehr gutes Beispiel, dass nirgendwo in Stein gemeißelt ist, dass die Tiere, die Elfen zu zähmen verstehen, samt und sonders kuschelige Geschöpfe sein müssen.

### *Die Falmer*

Die Falmer, die einst Schneeelfen waren,[286] sind der Beweis dafür, dass man als Teil des Schönen Volkes allen Geschichten über Hybris zum Trotz auch mehr oder minder unverschuldet in schlimmste Schwierigkeiten geraten kann. Nach einem verlorenen Krieg fanden die Falmer Aufnahme bei einem anderen, unterirdisch lebenden Volk, dem sie fortan als willfährige Knechte und Schocktruppen zu Diensten waren. Sie passten sich in der Folge so sehr an ihre neue Umgebung und ihre Unterdrückung an, dass sie zunehmend tierhafter wurden und sich ihre Augen vollkommen zurückentwickelten. Der einzige Trost in dieser ansonsten recht traurigen Geschichte besteht darin, dass sie die Auslöschung ihrer vermeintlichen Retter überdauerten.

### *Die Aldmer, die Chimer und die Ayleïden*

Apropos ausgestorbene Elfenvölker: Davon gibt es in *Elder Scrolls* eine ganze Reihe. Die Aldmer[287] sind dabei aus elfologischer Perspektive die unspektakulärsten: Sie sind schlicht das Volk, von dem alle heute existierenden Elfen ihre Herkunft ableiten – die Wurzel des Stammbaums sozusagen. Dass sie furchtbar rein und edel und so weiter waren, braucht uns nicht weiter zu interessieren, denn das wird ja von so gut wie jeder aus der Welt geschiedenen Elfengruppierung behauptet. Spannend wird es bei den Chimer und

286 Christiansen: Meint er das wie in »Elfen aus Schnee«?
Plischke: Nein, er meint das wie in »Elfen, die an einem Ort leben, wo die meiste Zeit des Jahres viel Schnee liegt«.

287 Christiansen: Moment! Hatten wir die nicht schon?
Plischke: Nein, wir hatten die Altmer. Jetzt sind die Aldmer dran.
Christiansen: Spitzohren und ihre Namen! Da wird ja kein Mensch schlau draus.
Plischke: Vermutlich soll das so …

den Ayleïden: Erstere sind nämlich angeblich die Vorläufer der Dunmer, die für den hinterhältigen Verrat an ihrem ersten gemeinsamen Anführer von einer enttäuschten Göttin oder Dämonin (alles wahrscheinlich nur eine Frage der Definition) mit einem Fluch belegt wurden, der sie in Dunkelelfen verwandelte. Letztere wiederum waren ein Zusammenschluss verschiedener »wilder Stämme«, die gemeinsam ein Reich errichteten und dunkle Götter oder Dämonen (siehe oben) anbeteten. Zu allem Übel waren sie auch noch Sklavenhalter und frönten – so hört man – Perversionen, gegen die sich die Umtriebe heutiger Dunkelelfen wie unschuldige Spiele bei Kindergeburtstagen ausnehmen. Ihre gerechte Strafe erhielten sie, als es zu einem Aufstand der von ihnen unterdrückten Geschöpfe kam und sie beinahe restlos ausgelöscht wurden (man munkelt, dass bis heute kleinere Kolonien von ihnen diesen Umsturz überlebt hätten).[288]

### *Die Dwemer*

Auch die Dwemer zählen zu den untergegangenen Elfenvölkern. Ich nenne Ihnen mal ein paar ihrer Eigenschaften: Sie trugen prächtige Vollbärte. Sie bauten gigantische unterirdische Städte. Sie waren als Handwerker derart begabt, dass sie neben prächtigen Rüstungen und Waffen unglaublich leistungsfähiges Kriegsgerät wie mechanisch betriebene Golems herstellen konnten. Klingt nicht sehr elfisch, sagen Sie? Stimmt. Die Dwemer waren Zwerge. Damit gin-

---

288 Christiansen: Wir sollten es genauso machen und das Joch elfischer Unterdrückung endlich abstreifen!
Plischke: Wo fühlen Sie sich denn von Elfen unterdrückt?
Christiansen: Das ist ja das Heimtückische! Wir merken doch gar nicht, wie sehr wir von ihnen unterdrückt werden!
Plischke: Ach so. Verstehe …

gen die Schöpfer von *Elder Scrolls* den ausgesprochen mutigen Schritt, in der von ihnen geschilderten Welt wieder das zusammenwachsen zu lassen, was auch in unserer Welt untrennbar zusammengehörte. Im Ansatz vielleicht ein wenig zu radikal für die breite Masse, aber insgesamt sehr begrüßenswert.

### *Die Bretonen*[289]

Auch mit diesem Volk setzten die Macher von *Elder Scrolls* ein Zeichen in Sachen Inklusion und hinsichtlich ihrer Bereitschaft, auch vor umstrittenen Thesen nicht zurückzuschrecken. Denn die Bretonen sind nichts anderes als ein Volk von Menschen, in dessen Adern noch klar erkennbar ein ordentlicher Schuss Elfenblut fließt. Möglicherweise ist das ein Denkansatz, der in der Elfologie noch nicht genügend berücksichtigt wurde. Ist es nicht möglich, dass weite Teile des Schönen Volkes in unserer Welt gar nicht so spurlos verschwunden sind, wie wir immer glauben? Kann es nicht sein, dass die Elfen weitestgehend in uns Menschen aufgegangen sind? Müssten wir auf der Suche nach ihnen unseren Blick dann vielleicht nicht nach außen, sondern in unser Innerstes richten?[290]

---

[289] Plischke: Noch so eine unglückliche Namensgebung. Ich würde Sie bitten, bei Ihrem nächsten Urlaub in der Bretagne keinen der Einheimischen auf seine elfische Abstammung anzusprechen.

[290] Christiansen: Jetzt wird's aber esoterisch.
Plischke: Hm. Andererseits könnte das erklären, warum manche Menschen noch in hohem Alter verdächtig jung aussehen. Und warum manche Leute von Natur aus schlanker sind und weniger Körperbehaarung haben als andere. Und warum –
Christiansen: Ach du Schande, Plischke! Er hat Sie bereits infiziert!

*Die Orsimer*

Auch dieses letzte Elfenvolk hält eine kleine Überraschung bereit. Wo Tolkien noch etwas unentschlossen wirkte, was die Abstammung der Orks anbelangt, legt man sich bei *Elder Scrolls* unmissverständlich fest: Die grünhäutigen, kräftigen Spitzohren waren einmal Elfen. Nun wären die Elfen aber wiederum keine Elfen, wenn nicht auch der Entstehungsgeschichte der Orks etwas Tragisches anhaftete: Der Stammvater der Orks stellte sich dereinst als gewöhnlicher Elf dem großen Propheten der Chimer entgegen, der sein auserwähltes Volk in eine neue Heimat zu führen gedachte. Zur Strafe wurde er von einem Gott/Dämon verschlungen und in einer grässlich veränderten Gestalt wieder ausgeschieden. Und weil besagter Gott/Dämon Sippenhaft augenscheinlich als opportune Abschreckungsmaßnahme sah, wurden auch die Getreuen des ersten Orks in dessen neue Form gezwungen. Hier gilt offenkundig: Wähle deine Freunde mit Bedacht …[291]

Ich hoffe, ich konnte Ihnen auf den zurückliegenden Seiten ansatzweise veranschaulichen, wie produktiv und fruchtbar die Arbeit im Geheimen operierender Elfologen ist, die sowohl uralte als auch verhältnismäßig junge Formen des Erzählens nutzen, um ihre Erkenntnisse über das Schöne Volk in quasi getarnter Form zu verbreiten. Und wer weiß? Vielleicht ist auch in Ihnen der Wunsch erwachsen, einige Ihrer eigenen kleinen Theorien einem größeren Publikum vorzustellen. Ich jedenfalls freue mich über jedes elfologische Experiment!

---

291 Christiansen: Wenigstens blieb ihnen der Weg durch den Enddarm dieses Dämonenfuzzis erspart.
Plischke: Schön, dass Sie es schaffen, überall das Positive zu sehen.

# Bin ich dein Traum oder du der meine? – Die elfische Sicht der Dinge

Soweit uns das in Bezug auf Elfen überhaupt möglich ist, beruhten all unsere Betrachtungen bis zu diesem Punkt auf einigermaßen zuverlässigen Quellen. Immerhin haben wir uns vorrangig mit Dingen auseinandergesetzt, die von außen noch verhältnismäßig leicht zu beobachten und zu klassifizieren sind: die äußere Erscheinung der Elfen und ihr sichtbares Verhalten. Ich würde dieses sichere Terrain nun gerne verlassen und etwas tiefer in die elfische Psyche eintauchen. So paradox es zunächst klingen mag, müssen wir uns dafür aber zunächst eine recht unbequeme Frage stellen, die sich um unsere eigene Weltanschauung dreht. Sie lautet:

*Was, wenn es die Elfen gar nicht gibt und sie nur ein Produkt unserer Vorstellungskraft sind?*

## Die Elfen als Symbol für unsere Wünsche, Ängste und Hoffnungen

Tun wir also für einen Augenblick so, als wäre sämtliche elfologische Forschung eine besondere Art der Selbsttäuschung. Elfen existieren nicht. Zumindest nicht jenseits der Grenzen unserer eigenen Phantasie. Würde das alle elfologischen Bestrebungen rundweg als pure Spinnerei disqualifizieren?

Ich denke nicht. Selbst falls die Elfen tatsächlich nur eine bloße Idee sein sollten, bleibt doch festzuhalten, dass diese Idee uns Menschen seit Jahrtausenden ungemein fasziniert. Sie ist sozusagen eine *fixe* Idee, und es ist mehr als berechtigt, den genauen Gründen für diese Faszination nachzuspüren. Denn wenn uns die Elfen im wahrsten Sinne des Wortes nichts bedeuteten, würden wir uns auch nicht so viele Gedanken um sie machen.

Anders formuliert: Lassen Sie uns auf den folgenden Seiten einmal darüber sinnieren, welche psychologische Funktion das Schöne Volk für uns erfüllt und weshalb wir anscheinend einfach nicht von ihm lassen können. Wir werden dabei rasch feststellen, dass es nicht die eine Rolle gibt, in der wir Elfen wahrnehmen. Sie ist vielmehr mindestens zwiespältig, und vielleicht liefert genau diese Zwiespältigkeit die Erklärung, warum die Elfen in den einen so viel Ehrfurcht und Bewunderung auslösen, während sie bei den anderen zu Ablehnung und Hass führt.

### *Die Elfen als leuchtendes Vorbild*

Was die meisten Menschen relativ schnell begreifen, ist ihre eigene Fehlbarkeit. Wir treffen nicht immer die richtigen Entscheidungen. Wir tun Dinge, die wir im Nachgang bereuen. Wir fügen anderen Leid zu, ob nun gewollt oder ungewollt. Unsere Neugier ist oft grenzenlos, unser Wissen jedoch nicht, und so führen wir oft schmerzhafte Situationen herbei, die wir eigentlich lieber vermieden hätten.

Wäre es nun nicht schön, wenn es außer uns noch andere vernunftbegabte Wesen auf dieser Erde gäbe, die weiser handelten als wir? Die ein tieferes Verständnis für die wahren Regeln besäßen, die der Beschaffenheit der Welt zugrunde liegen? Die sich ein Reich geschaffen haben, in dem die Dinge für alle besser stehen?

Diese Lücke ist es, die die Elfen auszufüllen vermögen.

Dank ihnen sind wir als Menschen nicht allein in die Welt hineingeworfen. Sie sind so etwas wie unsere älteren Geschwister, die uns helfen können, die Welt verstehen zu lernen. Sie sind noch dazu in unserer Vorstellung nicht umsonst oftmals unsterbliche Geschöpfe. Nicht nur, weil sie damit dem Tod trotzen und uns damit auch ein Stück die Angst vor unserer eigenen Endlichkeit nehmen. Ein zeitloses Geschöpf hat zugleich alle Zeit der Welt. Sämtliche Fehler, die wir Menschen jemals begehen könnten, haben die Elfen bereits begangen. Jede schmerzliche Erfahrung, die uns quält und ausweglos erscheint, haben sie bereits überwunden. Alle Rätsel, die auf uns unlösbar wirken, haben sie bereits ergründet. Wie könnte man da nicht versuchen, den Rat der Elfen einzuholen, wenn man einmal nicht weiter weiß? Sie durch kleine Geschenke gnädig zu stimmen? Ihnen in der Hoffnung nachzueifern, einmal selbst so werden zu können wie sie?

Wenn wir uns daran zurückerinnern, was die Elfen für unsere Vorfahren angeblich taten, wird diese Funktion des Schönen Volkes als Vermittler von Heilsversprechen noch deutlicher. Als unsere Fürsprecher bei Fruchtbarkeitsgöttern sorgen sie dafür, dass die Natur uns gewogen bleibt und unsere Felder immer die Ernte bringen, die wir zum Überleben brauchen. Als Hüter des Waldes strafen sie all jene, die aus reiner Selbstsucht und Gier das natürliche Gleichgewicht der Welt und die den Dingen innewohnende Ordnung stören.

Und selbst später – zu jener Zeit, da wir aufhörten, ihnen Opfer darzubringen – haben wir die Elfen nie vergessen. Je mehr wir uns die Welt untertan machten, desto mehr erkannten wir, dass dieser Prozess des Wandels in vielen Belangen unumkehrbar war – und dass er seinen Preis hatte. Angesichts der umwälzenden und immer schneller eintretenden Veränderungen, die wir als Menschen erleben, erwuchs in uns eine große Nostalgie, die Sehnsucht nach Beständigkeit und Unwandelbarkeit. Die Elfen wurden dabei zu einem Symbol der »guten alten Zeit« – jener wehmütig verklärten Ära, in der man noch im Einklang mit der Natur lebte.

### *Die Elfen als Mahnung*

Umgekehrt fungieren die Elfen auch als eine Art Warnung für uns Menschen. Ungeachtet ihrer scheinbaren Unsterblichkeit sind sie eben nicht vollkommen unvergänglich. Alle Dinge haben ihre Zeit, und die Zeit der Elfen ist vorüber. Was bedeutet das für uns? Die etwas bedrückende Erkenntnis, dass auch wir Menschen eines Tages womöglich nur noch in den Mythen und Legenden jener Geschöpfe weiterexistieren, die uns nachfolgen werden, sobald unsere Zeit abgelaufen ist.

Ein weiterer mahnender Aspekt der Elfen ist der, dass einen selbst schier unvorstellbare Zaubermacht nicht davor feit, sich gleichsam der Arroganz der eigenen Macht hinzugeben und so die eigene Auslöschung herbeizuführen. Viele der Dinge, die uns in alten Geschichten über Elfen als wundersam und zauberhaft erscheinen, sind Teil unserer eigenen Alltagswelt geworden. Wir haben Türen, die sich von alleine öffnen und schließen. Wir können nahezu überall helle Lichter erstrahlen und fröhliche Musik erklingen lassen. Wir haben die technischen Möglichkeiten, an Orten zu leben, an denen menschliches Leben eigentlich nicht möglich ist. Wir können Krankheiten und Verletzungen heilen, die noch vor wenigen Generationen tödlich gewesen wären. Doch wir verfügen zugleich über die Mittel, unsere gesamte Art binnen kürzester Zeit vollständig auszurotten. Wir sind dazu gezwungen, darauf zu vertrauen, dass niemals jemand diese Mittel auch tatsächlich zum Einsatz bringen wird. Aber wenn selbst manche Elfen nicht weise genug waren, ihre eigene Hybris zu zügeln, was verheißt das dann für uns Menschen?

Und so sind die Elfen beides: Mahnung und Vorbild. Falls wir sie denn wirklich nur erträumt haben sollten, verkörpern sie nichts anderes als unser eigenes widerstreitendes Wesen. Wir alle hegen den Wunsch nach einem sorgenfreien Dasein in einer Gesellschaft, in der all unsere materiellen und emotionalen Bedürfnisse befriedigt werden. Und wir spüren alle zugleich die Furcht, dass dieser Wunsch niemals wahr werden könnte und am Ende doch alles vergänglich und damit auch von vornherein dem Untergang geweiht ist.

Eines sollten wir darüber jedoch nicht vergessen: Wenn es uns gelungen ist, solche Geschöpfe wie die Elfen zu erschaffen, was hält uns dann davon ab, die Träume, für die sie stehen, wahr werden zu lassen? Und noch viel wichtiger: Wer zieht die Grenzen zwischen Wirklichkeit und Traum, wenn nicht wir?[292]

## Wachen und Träumen – Die Elfen als Hüter der Schwelle des Fassbaren

Eine durch und durch faszinierende Möglichkeit, um die Elfen und ihre besondere Sicht auf die Welt zu erklären, die

---

292 Plischke: Ich bin ganz gerührt. So viel echtes Gefühl hätte ich ihm gar nicht zugetraut.
Christiansen: Für mich ist die tröstliche Aussage hier, dass die Spitzohren lange nicht so perfekt sind, wie nur zu gern behauptet wird. Ach ja, und natürlich, dass es sie womöglich gar nicht gibt. Das wäre natürlich die allertröstlichste Variante.

an dieser Stelle noch dringend erörtert werden muss, ist folgende: Unter Umständen leben die Elfen nur in unseren Träumen.

Nun könnte man berechtigterweise fragen, wo da der Unterschied dazu liegt, dass Elfen nur Produkte der menschlichen Vorstellungskraft sind. Ich werde versuchen, das einmal auseinanderzuklamüsern. Die Idee hier ist, dass es Elfen gibt, aber ihre Heimat in einer Daseinsebene liegt, zu der wir Menschen in wachem Zustand niemals gelangen können. Nur im Schlaf – oder genauer gesagt – im Traum ist es uns möglich, in Kontakt mit den Elfen zu treten. Klingt ein wenig nach zu viel LSD, aber wir finden schon bei Altmeister Tolkien dezente Hinweise darauf, dass er diese Möglichkeit zumindest nicht ganz ausgeschlossen hat:

- Der Hobbit Pippin kommt sich bei den Elfen nach eigenen Angaben vor wie in einem Wachtraum.
- Einer seiner Halblingkollegen fühlt sich beim Lauschen des Elfengesangs immer mehr in einen traumartigen Zustand versetzt.
- Und von einem weiteren Hobbit erfahren wir, dass er sich bei den Elfen die Augen reibt, als ob er sichergehen wolle, auch ganz wach zu sein.

Auch wenn wir uns bestimmte Teile unseres Wissens über Elfen und Träume vergegenwärtigen, tritt hier eine auffällige Verbindung zutage:

- Erstbegegnungen mit Elfen finden häufig nachts statt – also zu jener Tageszeit, da die meisten Menschen eigentlich schlafen und es bisweilen etwas schwierig ist, zwischen Wachen und Träumen zu unterscheiden.

- All die Dinge, die einem in einem Elfenreich sonderbar oder wundersam dünken, wären in einem Traum nichts wirklich Außergewöhnliches.
- Das Gefühl eines großen Zeitverlusts nach einem Aufenthalt in einem Elfenreich ließe sich ebenfalls durch das Hochschrecken aus einem Traum erklären. Oder ist es Ihnen noch nie passiert, dass Sie nach dem Aufwachen überrascht festgestellt haben, wie viel oder wenig Zeit seit Ihrem Einschlafen verstrichen ist?
- Elfenkontakte gehen oft mit unerklärlichen Licht- und Klangerscheinungen einher. Auch das sind Phänomene, wie man sie aus besonders lebhaften Träumen kennt.[293]

Nur, damit wir uns da richtig verstehen: Ich behaupte damit nicht, dass es den Elfen nicht möglich wäre, in unsere stofflich fassbare Welt vorzudringen. Die Verbindung zwischen unserer Welt und ihrer ist ja keine Einbahnstraße, denn sonst wüssten wir nicht das Geringste über Elfenreiche, weil nämlich kein Mensch je von dort zurückgekehrt wäre.

Diese These hilft auch dabei, das Verhalten der Elfen nachvollziehbarer zu machen: Ausflüge in unsere Welt sind für sie quasi Expeditionen ins Unbekannte – und das in jeder Hinsicht. Unter Umständen finden sie daher besonderes Interesse an Dingen, die wir gar nicht mehr als auffällig wahrnehmen. Für sie könnte jeder Baum und jede Blüte, jeder Vogel und jede Wolke unserer Welt ein wahres Faszinosum darstellen, das es durch entsprechend genaue Beobachtung zu würdigen gilt.[294]

---

293 Christiansen: Oder vom Konsum von Rauschmitteln.

294 Christiansen: Erfindet er gerade eine Ausrede für die Spitzohren, warum sie an jeder Blume schnüffeln müssen und manchmal einfach nur leer in den Himmel hinaufstarren?

Vielleicht fällt es Ihnen etwas leichter, sich das Ganze so vorzustellen, dass diese Anderswelt des Traums eine Art Paralleldimension ist, in der zum Teil völlig andere Naturgesetze gelten als in unserer Welt. Beispielsweise könnte dort die Zeit völlig anders ablaufen, was unter anderem die Langlebigkeit der Elfen erklären würde. Wenn die Elfen uns zu sich holen, versetzen sie die allerkleinsten Bausteine unseres Körpers womöglich nur in die nötigen Schwingungen, um diesen Weltenwechsel sicher zu vollziehen.

Wenn man Tolkien vertrauen kann – und wer würde das nicht tun? –, begreifen die Elfen die gesamte Welt (oder auch eben alle *Welten*) ohnehin nur als eine spezifische Form von Schwingung. Sie sehen die Schöpfung als Lied, und was ist ein Lied anderes als eine bestimmte Anordnung von Klängen, die wiederum im Kern nichts anderes sind als Schwingungen. Die zwei entscheidenden Schlüsselwörter hier, um ihre Weltsicht nachzuvollziehen, sind Ordnung und Lied. Das eine bedeutet, dass das Dasein für sie kein Zustand ist, über den das Chaos herrscht. Das andere belegt, dass die Schwingungen der Existenz in ihrer Gesamtheit keinen Missklang, sondern eine Harmonie erzeugen. Von diesen beiden Grundüberzeugungen lässt sich der Rest der elfischen Weltsicht ableiten. Und um nun den Bogen zurück zum Traum zu schlagen: Gäbe es ein schöneres Lied als eines, das einen sanft in den Schlaf wiegt, hin und hinein in eine Welt der Ruhe und der Seligkeit?

## Sei ein Freund der Welt – Die Prinzipien elfischen Handelns

Es mag vermessen wirken, angesichts der lückenhaften Quellenlage in Sachen elfischer Philosophie ein umfassendes Rahmenwerk an Ge- und Verboten zu postulieren, an die sich alle Vertreter des Schönen Volkes halten. Ungeachtet dessen bin ich der festen Überzeugung, dass die vorhandenen Schriften, auf die wir uns stützen können, genügend Anhaltspunkte bieten, um einige Grundprinzipien elfischer Verhaltensvorgaben zu definieren. Als da wären:

### *Respektiere das Leben*

Das hört sich womöglich banal an, ist aber für ein Volk wie die Elfen von zentraler Bedeutung. Wer über so viel magische Macht wie das Schöne Volk verfügt, sieht sich zwangsläufig der Versuchung ausgesetzt, diese Macht immer und überall zum eigenen Vorteil einzusetzen. Und der Schritt von »Ich versetze diesen Menschen jetzt in Schlaf, um mich ungesehen bewegen zu können« zu »Ich versetze diesen Menschen jetzt in Schlaf und schneide ihm anschließend die Kehle durch, um mich ungesehen bewegen zu können« ist in mancherlei Situationen womöglich kleiner, als man denkt.[295]

Generell ist den Elfen nichts ein größeres Gräuel als sinnlose Zerstörungswut. Vielerorts verstehen sie sich als Bewahrer und Beschützer des Lebens – vor allem jener Lebensformen, die sich selbst nicht zu wehren vermögen. Daher rührt wahrscheinlich auch ihr starker – und für viele Menschen befremdlicher – Beschützerinstinkt gegenüber Flora und Fauna. Dabei zeigt sich genau daran, dass die Elfen keiner Form des Lebens per se automatisch einen höheren Wert beimessen als einer anderen. Das kann unter gewissen Umständen auf uns ausgesprochen grausam wirken, zum Beispiel dann, wenn das Leben eines Menschen und das eines größeren Gehölzes auf dem Spiel stehen –

---

295 Christiansen: Erinnern Sie mich bitte daran, in Anwesenheit des Kollegen Wolf nie, nie, nie ein Nickerchen zu machen.

und ein Elf sich dann womöglich dazu entscheidet, das Wäldchen anstelle des Menschen zu retten.

Man sollte des Weiteren nie davon ausgehen, dass alle Elfen ausgemachte Pazifisten wären. Das Leben zu achten, bedeutet nicht, jeden Bösewicht tun und machen zu lassen, was er will, nur weil er eben auch zufällig ein Lebewesen ist. Es mag von Elf zu Elf Unterschiede geben, ab wann er zum Eingreifen bereit ist, um das Treiben eines Übeltäters zu unterbinden, doch spätestens ab dem Augenblick, in dem sich ein Elf entschlossen hat, genau das zu tun, wird er mit aller gebotenen Härte gegen Unrecht vorgehen.

*Sei dir der Gründe deines Handelns bewusst*

Dieses Gebot trägt maßgeblich zu dem Gerücht bei, Elfen würden viel zu lange zögern und zaudern, ehe sie sich zu irgendetwas Wichtigem entscheiden. Von außen betrachtet mag es so aussehen, als würde ein Elf in einer heiklen Situation einfach nur untätig in der Gegend herumstehen. In Wahrheit jedoch horcht er meist nur intensiv in sich hinein, um herauszufinden, von welcher Regung er im Begriff ist, sich leiten zu lassen. Je unüberschaubarer die Lage, desto länger kann es dauern, bis der Elf zu einem Urteil gelangt ist. Will man es etwas negativer formulieren, könnte man auch sagen: Elfen hassen es, sich zu irren. Versetzen Sie sich doch einmal in die Lage eines Elfen, der mit seinen Gefährten durch einen dunklen Wald reitet. Plötzlich springen fünf kreischende Gestalten auf den Weg. Wo wir Menschen hier dazu neigen, sofort zur Waffe zu greifen, hält der Elf einen Augenblick inne – nichts wäre für ihn schockierender, als die fünf Personen rasch niederzustrecken und dann hinterher feststellen zu müssen, dass ihn nichts als seine eigene Erschrockenheit dazu verleitet hat, fünf Jugendliche aus dem nächsten Dorf abgeschlachtet zu haben, die lediglich einer Gruppe Reisender einen harmlosen Streich spielen wollten.[296] Diese Maßgabe ist auch unter weniger dramatischen Maßgaben für die Elfen sinnvoll. Ich möchte daran erinnern, dass sie keineswegs so gefühlskalt sind, wie man ihnen oft unterstellt. In ihnen können Leidenschaften entfesselt werden, die denen von uns Menschen in nichts nachstehen. Häufig ist es jedoch unklug, sich diesen Leidenschaften wehrlos hinzugeben. Auch hierfür ein kleines Beispiel: Ein Elf beobachtet, wie jemand, den er auf den Tod nicht ausstehen kann, mit seinem geliebten Wesen durch einen Garten lustwandelt. Impulsivere Gemüter – wie sie unter uns Menschen nicht selten sind – würden sofort lautstark dazwischengehen, um Schlimmeres zu verhindern. Ein Elf hingegen würde einen Augenblick darauf verwenden, sich zu fragen, ob es sich lohnt, aus reiner Eifersucht ein Gespräch zu stören, das sein geliebtes Wesen gerade womöglich in vollen Zügen genießt.[297]

### *Bedenke die Folgen jeder Handlung*

Was in die eine Richtung gilt, gilt auch in die andere. So wie die Elfen davon überzeugt sind, dass letztlich nichts ohne Grund geschieht, sind sie zugleich der Auffassung, dass jede Handlung Konsequenzen nach sich zieht. Insofern spiegelt sich hier ihre Sicht der Welt als geordnetes, in sich geschlossenes System wider. Elfen lernen früh, dass der Weg ins

---

296 Plischke: Und ihr anfängliches Zögern machen Elfen in der Regel auch durch ihre Schnelligkeit wieder wett, falls es wirklich hart auf hart kommen sollte.
Christiansen: Wovon ich als Begleiter des Spitzohrs aber nichts habe, wenn ich armer, langsamer Kerl bis dahin schon die Säbel von zehn Banditen im Leib stecken habe.

297 Christiansen: Weichei! Das »geliebte Wesen« soll sich gefälligst mit mir unterhalten!

Unheil mit guten Absichten gepflastert ist. Wer handelt, ohne die Folgen einigermaßen zuverlässig abschätzen zu können, riskiert, letzten Endes mehr Schaden anzurichten, als er eigentlich verhindern wollte.

Die hohe Schule der elfischen Weisheit besteht nun darin, die Dinge ausreichend zu *be*denken, ohne sie dabei zu *zer*denken. Theoretisch kann schließlich jede noch so unschuldige Handlung in eine Katastrophe münden: Ein Elf nimmt bei einer Feier den letzten großen Schluck von seinem Wein – und Sekundenbruchteile später ruft der König einen Trinkspruch aus. Unser Elf greift allzu hastig nach einem anderen Becher und stößt dabei ein Kohlebecken um. Die glühenden Kohlen stecken die ganze Festlaube in Brand. Unter den Verletzten ist der Abgesandte eines anderen Elfenhofes, der hinter dem Feuer einen Anschlag auf sein Leben vermutet, was er als Beweis für die finsteren, betrügerischen Absichten des hiesigen Königs wertet. Die anstehenden Verhandlungen über ein Friedensabkommen sind gescheitert, und wenige Tage später bricht ein blutiger Krieg zwischen den beiden Höfen aus. Alles nur wegen eines Schlucks Wein …

Die absolut sicherste Alternative in vielen Situationen wäre also völlige Tatenlosigkeit – doch entgegen aller anderslautenden Behauptungen wird sie so gut wie nie gewählt. Trotzdem kann es eine Weile dauern – gerade bei Entscheidungen, die nicht innerhalb kürzester Zeit getroffen werden müssen –, bis sich Elfen zu einem Urteil über ihr weiteres Handeln durchgerungen haben.

### *Erkenne deine Bestimmung und erfülle sie*

Ein so langes Leben wie das eines Elfen muss sinnvoll gefüllt werden. Der Propaganda der Elfenhasser zufolge verbringen die Elfen einen Großteil ihres Daseins mit süßem

Müßiggang – singen, spielen, lachen, tanzen, musizieren. Dieses Missverständnis entsteht meines Erachtens dadurch, dass die Elfen sehr viel toleranter sind, was sie alles als sinnvolle Berufungen erachten. In den Gesellschaften, die sie geschaffen haben, herrscht in der Regel kaum spürbare materielle Not. Folglich stehen ihren Mitgliedern auch Wege offen, die für Angehörige anderer Völker nicht so leicht zu beschreiten sind. Entschließt sich ein Elf beispielsweise dazu, der beste Lautenschläger seines Volkes werden zu wollen, löst das bei seinem Umfeld wahrscheinlich kaum mehr als ein Achselzucken aus. Auch eine Ansage wie »Ich möchte ganz durchdringen, wie ein Falke Beute macht und seine Brut großzieht« dürfte kaum für Verwunderung sorgen.[298] In letzter Konsequenz steht es jedem frei, die Unendlichkeit mit dem zuzubringen, was er für das Beste hält.

Der negative Aspekt dieser Überzeugung besteht darin, dass viele Elfen irgendwann tendenziell einen gewissen Fatalismus entwickeln, gemäß dem Motto »Wenn es aber nun einmal meine Bestimmung ist, zu den Letzten meiner Art zu gehören und traurige Lieder über mein Schicksal zu schreiben, dann lässt sich daran nichts ändern«. Gleichermaßen gefährlich kann diese Haltung zudem schon in jungen Jahren sein. (»Bislang ist zwar noch niemand aus dem Hain der Zehntausend Schreie zurückgekehrt, aber ich *weiß*, dass ich dazu ausersehen bin.«)

---

298 Plischke: Ich befürchte, jetzt romantisiert der Herr Kollege aber ein wenig. Ich nehme an, das alles mag für den Elfenadel seine Richtigkeit haben. Bei einem Elfenstamm in einer harscheren Region gehe ich davon aus, dass der Entscheidungsspielraum da etwas enger ist. Obwohl man auch unter diesen Elfen wahrscheinlich nicht dazu gezwungen wird, ein großer Jäger zu werden, wenn man lieber töpfert oder Pelze schneidert.

### *Verzweifle nicht an dem, was sich nicht ändern lässt*

Viele Außenstehende sagen den Elfen eine gewisse Larmoyanz nach, was im Einzelfall sicher nicht ganz grundlos ist (siehe oben). In der Regel verstehen die meisten Elfen jedoch, ein recht vernünftiges Maß an Schicksalsergebenheit zu entwickeln. Vergessen Sie nicht: Die Elfen glauben an eine Ordnung hinter der Welt und auch daran, dass es weder ihnen noch sonst irgendjemandem zusteht, an diesen Grundfesten zu rütteln. Das bedeutet für sie nicht, dass nicht auch guten Elfen Schlechtes widerfahren kann – so ist der Lauf der Dinge. Alles wird und vergeht. Mehr noch: Alles wird, *um* wieder zu vergehen. Die Elfen erwarten dabei von ihresgleichen allerdings nicht, als absolute Stoiker durchs Leben zu gehen, die jede Tragödie und jeden Schicksalsschlag höchstens mit einem pikierten Naserümpfen und einem »War ja klar, dass so was passieren muss« quittieren. Leid und Trauer sind durchaus zulässige Gemütsregungen – sie sollten nur nicht zum Dauerzustand werden, aufgrund dessen man an der Welt zu verzweifeln beginnt. Um einmal aus einem Asterix-Band zu zitieren: »Auf Regen folgt Sonnenschein.« Manche Elfologen sind der Meinung, dass sich diese grundsätzlich optimistische Weltanschauung selbst für Elfen nicht unbegrenzte Zeit aufrechterhalten lässt und dass sie deshalb ab einem bestimmten Punkt buchstäblich lebensmüde werden und vergehen. Wenn man erst einmal ein paar Tausend Jahre auf dem Buckel hat, gibt es zwar wahrscheinlich nichts mehr, was einen bis ins Mark erschüttern könnte. Man gelangt aber unter Umständen zu einer Gemütslage, in der man sich fragt, ob man tatsächlich noch *Lust* darauf hat, den gerade herabprasselnden Regen in Erwartung des darauf folgenden Sonnenscheins zu erdulden. Alte Elfen würden wohl argumentieren, dass es sich dabei nicht im

Mindesten um Verzweiflung, sondern vielmehr um eine besondere Form der vollkommenen Gelassenheit handelt – eine, die so weit reicht, dass man schließlich sogar ohne größeren Trennungsschmerz vom Leben lassen kann.

### *Erfreue dich am Schönen*

Das ist gewissermaßen die andere Seite der Vorwurfsmedaille in Sachen Larmoyanz – wenn die Elfen nicht mit Jammern und Greinen beschäftigt sind, sind sie sinnenlüsterne Hedonisten. Diese Unterstellung ist natürlich genauso haltlos wie viele andere. Die Elfen denken hier meines Erachtens nach eher unfassbar pragmatisch: Wenn man verstanden hat, dass das Unschöne ein ebenso fester Bestandteil des Lebens ist wie das Schöne, welchem dieser Bestandteile sollte man innerhalb des Rahmens, in dem man überhaupt darauf einen direkten Einfluss hat, dann mehr Zeit widmen? Die Antwort liegt auf der Hand. Singe, wenn dir danach ist. Lache, wenn dir danach ist. Strebe danach, die Welt mit immer neuen schönen Dingen zu füllen.[299]

Die Elfen legen großen Wert darauf, *aktiv* nach dieser Schönheit der Welt zu suchen. Was sie von vielen Menschen unterscheidet, ist ihre Fähigkeit, dabei auch in kleinerem und kleinstem Maßstab fündig zu werden. Ein Tautropfen, der zitternd an der Spitze eines Tannenzapfens hängt; das Säuseln des Windes, der mit zarten Fingern durch eine Baumkrone streicht; der Glanz der Morgensonne auf den spiegelglatten Wassern eines Bergsees, der von verschneiten Hängen umrahmt ist – all das sind für einen Elfen Sinneseindrücke, die es zu genießen lohnt.

Natürlich ist stille Versenkung in ein natürliches Idyll nur eine Facette elfischer Vergnügungen. Selbstverständ-

---

299 Christiansen: Oder dem, was du für schön hältst, sollte das wohl heißen.

lich feiern sie auch gerne ausgelassen, und ich habe nie ganz verstanden, wie man ihnen ihren Hang zu Wein, Musik und Tanz ernsthaft als negativen Charakterzug ankreiden kann.

*Halte Maß in allen Dingen*

Diese Regel ist so etwas wie eine moralisch-ethische Notbremse für die Elfen. Dass sie existiert, zeigt, wie anfällig die Elfen potenziell dafür sind, sich in alles Mögliche zu verrennen: Jemand hat mich beleidigt – schön, ich habe Jahrhunderte, um meine Rache zu planen. Dieses Wildbret ist so köstlich – toll, ich werde nie wieder etwas anderes essen. Die ersten beiden Menschen, denen ich begegnet bin, waren laut und unausstehlich – das kann nur heißen, dass *alle* Menschen so sind, und womöglich wäre es besser, sie vom Antlitz der Welt zu tilgen.

Wir müssen den Elfen wirklich sehr dankbar dafür sein, dass Zurückhaltung und Rücksichtnahme in ihrer Gesellschaft eine derart große Rolle spielen. Was geschieht, wenn sie diese Tugenden aufgeben, sieht man in aller erschreckenden Klarheit bei jenen Teilen des Schönen Volkes, die den Dunkelelfen zugerechnet werden. »Die Dosis macht's, ob's wohl tut oder wehe« mag nach einer simplen Lektion klingen, doch sie ist in Wahrheit ziemlich schwer zu meistern.

## Was würde ein Elf tun? – Praktische Tipps für verschiedenste Lebenslagen

Genug der grauen Theorie. In der Praxis werden die oben genannten Regeln nicht von allen Elfen immer sauber umgesetzt – wenn dem so wäre, würden wir nicht so viele tragische Geschichten über das Schöne Volk kennen, in denen persönliche Eitelkeiten und falsch getroffene Entscheidungen den Untergang ganzer Reiche besiegelt haben.

Nichtsdestominder kann es auch für Menschen lohnenswert sein, sich die eben erläuterten Gebote zu Herzen zu nehmen. Im Folgenden möchte ich am Beispiel von fünf Situationen, wie sie in unserem täglichen Leben oft eintreten (können), einmal darlegen, wie sich ein Elf in einer solch kniffligen Lage verhalten würde. Da nun nicht alle Elfen gleich sind, unterscheide ich dabei zwischen zwei großen Gruppen, die sich innerhalb jeder elfischen Kultur finden lassen: die jungen Elfen, die die Regeln noch lange nicht vollkommen verinnerlicht haben, und die alten Elfen, denen das Ungestüm ihrer Jugend inzwischen vergleichsweise ein wenig peinlich sein dürfte.

**Situation 1: Der Drängler**

*Sie stehen im Supermarkt an der Kasse und legen brav Ihre Einkäufe aufs Band. Von hinten schiebt sich jemand an Ihnen vorbei und verschafft sich dreist Platz zwischen Ihrem Warentrenner und dem Ihres Vordermanns, um seine Sachen dazwischenzupacken.*

*Der Weg des jungen Elfen:* Sie beurteilen blitzschnell die genaue Lage. Wer ist dieser Drängler? Finden Sie dieses Geschöpf sympathisch und/oder attraktiv? Dann lächeln Sie ihm freundlich zu, gehen ihm beim Ausräumen seines Einkaufswagens zur Hand und verwickeln es in einen kurzen Plausch über die Qualität der von ihm ausgewählten Produkte und das letzte schöne Tier, das Sie gesehen haben. Finden Sie diese Kreatur hingegen vollkommen widerlich? Räuspern Sie sich laut, stimmen Sie ein Spottlied über ihre abstoßendste Eigenschaft an und wappnen Sie sich innerlich für einen Faustkampf. Wahlweise können Sie auch den vom Drängler platzierten Warentrenner entfernen und Ihre

Sachen näher an seine schieben und sagen: »Nett, dass Sie für mich mitbezahlen wollen.«

*Der Weg des alten Elfen:* Sie bleiben gelassen. Sie wissen, dass in wenigen Augenblicken eine neue Kasse aufmachen wird. Gleich gegenüber, damit Sie ohne große Probleme mit Ihren Einkäufen umziehen können. Wenn Sie möchten, murmeln Sie – ungeachtet des tatsächlichen Alters des Dränglers – so etwas wie »Als ich noch so jung war, hatte ich es auch immer schrecklich eilig« oder »Man sollte jeden Einkauf genießen, als ob es der letzte wäre, den man je tätigt«.

**Situation 2: Die schwierige Entscheidung**

*Sie haben sich mit ein paar Freunden zu einem netten Kinoabend getroffen. Beim Lichtspielhaus angekommen, erweist es sich, dass etwas Uneinigkeit darüber besteht, welchen Film man ansehen möchte: den Hollywood-Blockbuster mit viel Bums und Schepper, die romantische Liebeskomödie aus heimischen Gefilden oder den argentinischen Arthouse-Streifen.*

*Der Weg des jungen Elfen:* Sie lassen sich in aller Schnelle das Für und Wider der drei zur Wahl stehenden Filme durch den Kopf gehen. Dann teilen Sie den anderen mit, welche Entscheidung Sie für sich getroffen haben, und fordern Ihre Begleiter auf, sich doch einfach das anzusehen, worauf sie gerade Lust haben. Hinterher kann man sich immer noch nett in irgendeiner Bar auf einen Absacker treffen und sich wechselseitig erzählen, wie der jeweilige Film so war.

*Der Weg des alten Elfen:* Diese Entscheidung darf auf keinen Fall überstürzt werden, und zwar für niemanden aus der Gruppe. Sie horchen bei jedem Ihrer Begleiter nach, was er sich für den heutigen Abend versprochen hat, und geben ihm dann einen ehrlichen, gut gemeinten Rat, welcher Film wahrscheinlich der beste für ihn ist. Sobald die anderen sich an der Kasse anstellen, fahren Sie heimlich nach Hause und lesen ein gutes Buch oder üben ein wenig auf der Querflöte. Alles, was in diesem Kino läuft, haben Sie so oder leicht anders sowieso schon früher einmal gesehen.

**Situation 3: Der Geldfund**

*Sie gehen mutterseelenallein eine einsame Landstraße hinunter und entdecken im Graben eine mysteriöse Plastiktüte. Sie schauen nach, was sich darin befindet, und entdecken 500 Euro in kleinen Scheinen.*

*Der Weg des jungen Elfen:* Sie sehen sich rasch um, ob irgendwo jemand zu sehen ist, dem das Geld gehören könnte. Falls dem nicht so ist, nehmen Sie die komplette Tüte an sich und setzen Ihre Wanderung fort. Am nächsten Gasthaus überkommt Sie urplötzlich ein brennender Durst. Sie stillen ihn und bezahlen mit dem Geld, das Sie gefunden haben. Den Rest tragen Sie brav zur nächsten Polizeistation. Auf die Frage des Beamten, ob etwas von dem Geld fehlt, antworten Sie mit einem ehrlichen Nein – »fehlen« würde ja einen Mangel implizieren, und Sie haben ja genug übrig gelassen und außerdem nur ein natürliches Bedürfnis gestillt.

*Der Weg des alten Elfen:* Sie suchen die komplette Umgebung in einem großzügigen Radius nach etwaigen Spuren des möglichen Besitzers ab. Falls Sie welche finden, gehen Sie ihnen nach, bis das Geld wieder dort ist, wo es hingehört. Ansonsten tragen Sie es brav zur nächsten Polizeistation. Auf die Frage des Beamten, ob etwas von dem Geld fehlt, antworten Sie mit einem ehrlichen Nein. Sie erkundigen sich fortan täglich, ob das Geld inzwischen abgeholt wurde, und suchen auch immer wieder die Stelle auf, an der Sie es gefunden haben, um der Person, die es verloren hat, nötigenfalls weiterhelfen zu können. Nach Ablauf der Frist, nach der das Geld in Ihren Besitz übergeht, spenden Sie es für einen guten Zweck.

**Situation 4: Der Betrug**

*Sie finden zufällig heraus, dass einer Ihrer Freunde seinen Partner betrügt.*

*Der Weg des jungen Elfen:* Solches Unrecht darf nicht ungestraft bleiben! Sie stellen Ihren Freund in einer möglichst dramatischen Szene zur Rede (im Restaurant vor seinem Partner oder besser noch im Rahmen einer Fernsehtalkshow). Betonen Sie, wie unbegreiflich enttäuscht Sie von seinem Verhalten sind und wie schrecklich hintergangen sich jetzt alle fühlen. Schildern Sie in schillernden Farben den Aufruhr in Ihrem Herzen. Gibt Ihr Freund sich nicht zerknirscht genug, fordern Sie ihn umgehend zum Duell. Sobald Sie ihn beseitigt haben, trösten Sie seinen Partner nach besten Kräften und schwören ihm ewige Treue und Unterstützung. Falls Sie allerdings den Partner Ihres Freundes noch nie leiden konnten, ignorieren Sie die ganze Angelegenheit einfach und lassen dem Schicksal seinen Lauf.

*Der Weg des alten Elfen:* Sie behalten die ganze Sache zunächst einmal für sich, führen aber sowohl mit dem Partner Ihres Freundes als auch Ihrem Freund selbst intensive, tiefsinnige Gespräche, um herauszufinden, woran ihre Beziehung krankt, dass es überhaupt so weit kommen konnte. Erscheint Ihnen das Problem lösbar, schubsen Sie die beiden sanft in die richtige Richtung (romantischer Urlaub zu zweit, Paartherapie, Swingerclub). Kommen Ihnen die Differenzen unüberbrückbar vor, eröffnen Sie beiden Ihr geheimes Wissen und führen überzeugend aus, warum das alles keine Katastrophe und ohnehin nicht für die Ewigkeit ist. Falls Sie allerdings den Partner Ihres Freundes noch nie leiden konnten, ignorieren Sie die ganze Angelegenheit einfach und lassen dem Schicksal seinen Lauf.

**Situation 5: Der Wettbewerb**

*Im Freundeskreis findet spontan ein kleiner Wettbewerb statt, von dem Sie von vornherein wissen, dass alle anderen Teilnehmer nicht den Hauch einer Chance gegen Sie haben. Sollten Sie sich absichtlich ein Stück zurücknehmen, damit alle Spaß an dieser Veranstaltung haben?*

*Der Weg des jungen Elfen:* Können ist nichts, wofür man sich schämen müsste! Sie geben natürlich Vollgas und haben für jeden, den Sie schlagen, einen versöhnlichen Spruch wie »Nächstes Mal klappt's besser« oder »Man kann ja nicht alles können« auf den Lippen. Nach dem Wettbewerb feiern Sie ausgiebig Ihren Triumph mit Jubelgesängen und fragen schon mal, wann die nächste Runde stattfindet. Als Sie die genervten Gesichter Ihrer Freunde bemerken, tut Ihnen das alles schrecklich leid, und Sie entschädigen sie mit Blumen, selbst geschriebenen Gedichten und einer guten Flasche Wein.

*Der Weg des alten Elfen:* Sie strengen sich nicht sonderlich an. Wenn alles glattgeht, gewinnen Sie trotzdem, und alle sind zufrieden (besonders Sie). Falls Ihnen klar wird, dass Sie es mit dem Untertreiben übertrieben haben, holen Sie das Letzte aus sich heraus, um das Ding doch noch zu drehen. Gelingt das, bedanken Sie sich würdevoll für einen spannenden Wettkampf und geben eine Runde Sekt aus. Versagen Sie, haben Sie zwei Optionen: Entweder Sie brechen in heiteres Gelächter aus, um allen zu zeigen, wie sehr Ihnen diese Niederlage am Allerwertesten vorbeigeht, oder

Sie ziehen schweigend von dannen und verarbeiten Ihre Schmach in einer epischen Erzählung nicht unter 1200 Versen.

# Das Lied der Losen Blätter

Wir sind fast am Ende unserer gemeinsamen Reise angelangt. Die Lektüre dieses Buches hat Ihnen bis hierhin hoffentlich ein wenig Vergnügen bereitet, und mit etwas Glück haben Sie auch das eine oder andere über Elfen erfahren, was Sie nicht schon vorher wussten oder ahnten.

Nun sind wissenschaftliche Betrachtungen ja schön und gut, aber es war mir von Beginn an ein großes Anliegen, dass dieses Buch auch einen praktischen Nutzen für Sie besitzen sollte. Daher möchte ich Sie nun zum Schluss gründlich auf Ihre erste (oder nächste?) persönliche Begegnung mit Elfen vorbereiten. Dafür beschäftigen wir uns zunächst mit ein paar absoluten Grundlagen: Wo findet ein solches Treffen am besten statt? Was zieht man dafür an? Welche Musik sorgt für ein angemessenes Klangambiente? Welche Deko ist sinnvoll? Was bietet man an Speisen und Getränken an? Wie sorgt man für Kurzweil unter den Gästen?

In einem gesonderten Abschnitt wenden wir uns danach dem schwierigen Thema Small Talk zu. Das zwanglose Plaudern mit Elfen kann eine echte Herausforderung sein, und ich würde Ihnen sehr gern dabei helfen, selbige zu meistern.

Zu guter Letzt haben die Kollegen Christiansen und Plischke sowie meine Wenigkeit noch einen kleinen Test zusammengestellt, anhand dessen Sie überprüfen können, ob Sie tatsächlich bereit für eine Begegnung mit Elfen sind.

Wir drücken die Daumen für ein zufriedenstellendes Ergebnis!

## Haltung wahren und Stil beweisen – Wie man eine gelungene Zusammenkunft mit dem Schönen Volk ausrichtet

Treffen mit Elfen sind eine heikle Angelegenheit, die leicht in für beide Seiten äußerst peinliche Situationen münden kann.[300] Ich werde Ihnen im Folgenden die nötigen Navigationswerkzeuge an die Hand geben, um derlei Klippen sicher zu umschiffen. Sehen Sie diese Vorschläge aber keinesfalls als das Ja und Amen im distinguierten Umgang mit Elfen an – das Schöne Volk hält selbst für den vermeintlich optimal vorbereiteten Gastgeber immer wieder Überraschungen parat, bei denen von Ihrer Seite ein bisschen Improvisationskunst gefragt ist (beispielsweise wenn die Elfen unerwartet ein Einhorn mitbringen sollten). Aber genau das macht die ganze Angelegenheit ja so ungemein spannend …

### *Bei Mondenschein auf grüner Wiese – Das Wann und Wo*

Grundsätzlich würde ich empfehlen, das Treffen auf einen Termin zu legen, an dem die Grenzen zwischen den Welten traditionell etwas durchlässiger sind, um den Elfen die Anreise zu erleichtern. Ideal dürfte daher in hiesigen Brei-

---

300 Plischke: Ich weiß beispielsweise von einem Kollegen, der bei einer solchen Gelegenheit eine unschuldige Aufforderung zum Tanz mit einem … ähem … wesentlich weiterführenden Angebot verwechselt hat.
Christiansen: Fängt der Name dieses mysteriösen Kollegen zufällig mit P an und hört mit Lischke auf?
Plischke: Das tut nichts zur Sache!

ten die Walpurgisnacht vom 30. April auf den 1. Mai sein,[301] denn an Halloween ist das Wetter dann doch meist etwas zu frisch. Ein möglicher Ausweichtermin wäre sicherlich auch die Sommersonnenwende am 21. Juni.[302] Was die Uhrzeit anbelangt, bietet sich die einsetzende Dämmerung an: Es ist hell genug, damit Sie Ihre Gäste noch gut erkennen können, und noch nicht zu dunkel, als dass Sie gleich bei der Begrüßung über ein vor lauter Aufregung übersehenes Hindernis stolpern.

Nun zum Wo: Hier haben Sie die Auswahl zwischen einem öffentlich zugänglichen Ort wie etwa einer nahe gelegenen Waldlichtung oder einer privateren Location. Ich würde dringend jederzeit zu Letzterem raten, insbesondere wenn Sie über einen eigenen Garten verfügen oder jemanden kennen, auf dessen Grundstück Sie feiern können. Die Erfahrung lehrt, dass öffentliche Orte das Risiko fördern, dass die Zusammenkunft unerwartet gestört wird – glauben Sie mir bitte, wenn ich Ihnen sage, dass man auf plötzlich in Erscheinung tretende Schulklassen auf Nachtwanderung und ähnlich chaotische Gruppierungen bei einem Treffen mit dem Schönen Volk gut verzichten kann.[303] Empfehlenswert wäre des Weiteren, dass Ihr Garten vor den Blicken neugieriger Nachbarn gut geschützt ist, wobei Hecken oder Bäume auf Ihre elfischen Besucher etwas heimeliger wirken als ein drei Meter hoher Lattenzaun oder die Seiten-

---

301 Plischke: Die in bestimmten Regionen auch Hexennacht genannt wird.

302 Christiansen: Aber bitte Vorsicht vor völkisch gesinnten Parallelveranstaltungen!

303 Plischke: Betrachten Sie das Ganze so, als ob Sie einen hochrangigen Würdenträger einlüden – und wenn Sie sich mit dem Papst träfen, könnten Sie auch keine stark alkoholisierten Überraschungsgäste gebrauchen, die den Heiligen Vater mit einem herzlichen »Voll krass, der Kuttenopa!« begrüßen.

wand einer Garage. Falls irgendwie möglich, sollte ein Teil des Gartens durch eine Pergola oder Ähnliches überdacht sein, um bei einem etwaigen Regenguss rasch einen trockenen Unterschlupf bieten zu können. Alternativ können Sie im Fachhandel auch recht preisgünstige Faltpavillons erwerben.[304]

*Schlichte Eleganz oder volle Pracht? – Die Deko*

Ich weiß, dass die Versuchung groß ist, alles an schönen Dingen herzuzeigen, was Sie so zu bieten haben, aber Sie sollten die Begegnungsstätte auf keinen Fall überfrachten. Ihre Oma mag noch so viele hübsche Vasen getöpfert haben, aber wenn Sie drei Dutzend davon über den Garten verteilen, sieht es am Ende aus wie bei einer verunglückten Keramikmesse.

Setzen Sie lieber auf Altbewährtes: Blumen, Blumen und noch mal Blumen! Der eine oder andere dezent dazwischen platzierte Lampion sorgt für angenehmes Licht, und wenn Sie hier und da noch ein paar Glitzersteine auslegen, haben Sie eigentlich auch schon alles richtig gemacht.

Als besondere Note kann es prinzipiell nicht schaden, ein paar lebende Tiere umherstreunen zu lassen. Doch in diesem Zusammenhang ist besondere Vorsicht geboten:

- Wählen Sie keine Tiere aus, die in der Lage sind, größere Mengen Losung abzusondern! So reizvoll die Idee auch sein mag, eine Handvoll prächtig herausgeputzter Schimmel zu präsentieren, so gibt es kaum etwas Würdeloseres als sich im Beisein Ihrer elfischen

---

304 Christiansen: Wozu der ganze Bohei? Ich wäre davon ausgegangen, dass sich die Spitzohren beim ersten Regentropfen nackig machen, um wild durch die Botanik zu tollen und ihr Treiben als Tanz zu Ehren des Himmelswassers auszugeben.

Gäste um die Entsorgung einer Schubkarrenladung Pferdeäpfel kümmern zu müssen.[305]

- Verzichten Sie auch auf Singvögel in Käfigen! Letztere werden von den Elfen nur flugs geöffnet werden, weil sie es nicht mögen, wenn man Geschöpfe einsperrt. Falls Sie einen Albinopfau zur Hand haben, darf der aber ruhig über den Rasen stolzieren – und schöne Geräusche macht er auch noch.
- Keine Kleintiere! Hasen, Meersäue und Co. stellen im Halbdunkel Ihrer Veranstaltung nur potenzielle Stolpersteine dar – und wenn Sie einen empfindlichen Elfen in Tränen ausbrechen sehen wollen, brauchen Sie nur versehentlich etwas zu heftig auf einen Chihuahua zu treten. Lassen Sie sich das aus berufenem Munde gesagt sein!

*Wohlfeile Klänge – Die richtige Musikauswahl*

Es dürfte Sie nicht überraschen, dass Sie bei der musikalischen Untermalung des Treffens behutsam vorgehen müssen. Erinnern Sie sich bitte daran, was wir über die entsprechenden Vorlieben der Elfen erfahren haben: Das Schöne Volk schätzt mehrheitlich sanfte Klänge. Das heißt nun aber nicht, dass getragene Musik wie bei einem Staatsbegräbnis opportun wäre. Es darf ruhig heiter und auch vom Tempo her recht zügig hergehen. Nur zu krachig und hart sollte es eben nicht werden.[306]

---

305 Christiansen: Wie groß ist denn bitte schön der Garten, von dem der Herr Kollege da redet?
Plischke: Sie waren wohl noch nie auf seinem Anwesen, oder?
Christiansen: Ich kann mich an keine Einladung seinerseits erinnern!

306 Christiansen: Heißt das, dass ich die Spitzohren mit einem fetten Gitarrenbrett und einer knackigen Doublebass rasch wieder verscheuchen kann?

Ein guter Ausgangspunkt ist klassische Musik. Falls Sie auf diesem Feld bedauerlicherweise nicht ausreichend bewandert sein sollten, können Sie eventuell auf Soundtracks ausweichen.

Wenn Sie Livemusik anbieten wollen, ist ein gut eingespieltes Streichquartett oder ein streng geführter Knabenchor das Mittel der Wahl – sortieren Sie aber bei letztgenannter Option unbedingt die etwas unansehnlicheren Kinder aus. Sie tun sich keinen Gefallen damit, die Ohren der Elfen zu erfreuen und gleichzeitig ihre Augen zu beleidigen.

Eine andere Möglichkeit stellt der kurze Auftritt eines Liedermachers dar. Vergewissern Sie sich jedoch im Vorfeld, ob dessen stimmliche Qualitäten den hohen Anforderungen genügen und – noch wichtiger – dass er in seinen Versen nicht allzu viel Sozialkritisches verarbeitet, mit dem er Ihre Gäste verschrecken könnte.

Stimmen die Elfen ihrerseits ein Lied an, summen Sie an den passenden Stellen höflich mit und setzen ein verzücktes Lächeln auf. Sich dem Gesang aus voller Brust anzuschließen, halte ich nur dann für ein sinnvolles Unterfangen, wenn Sie eine so umfangreiche Gesangsausbildung genossen haben, dass sich die besten Opernhäuser der Welt um Sie reißen.

### *Mit Pannésamt und Schellenschuh? – Die passende Kleidung*

Ich gehe eigentlich davon aus, dass Sie wissen, wie Sie optisch das Beste aus sich machen. Also quasi nur zur Erinnerung: Betonen Sie Ihre Stärken und lenken Sie von

---

Plischke: Bei dem Lärm, den Sie unter Musik verstehen, ergreifen nicht nur Elfen schleunigst die Flucht, Herr Kollege!

Ihren Schwächen ab. Sie haben Hammerzehen? Dann um Himmels willen keine Sandalen (und auf überhaupt gar keinen Fall Sandalen in Socken). Sie fanden Ihre Kopfform schon immer irgendwie merkwürdig? Tragen Sie einen Hut oder einen Fascinator, der die Asymmetrie Ihres Schädels ausgleicht. Sie finden, Sie haben ein paar Pfunde zu viel? Ein Anzug streckt generell ungemein (auch die Damen – die Elfen sehen das mit eng abgesteckten Geschlechterrollen sowieso nicht zu eng).

Es gibt modisch einige Fallen, in die Sie besser nicht tappen sollten:

- Seien Sie nicht zu extravagant! Möglicherweise denken Sie, Sie müssten sich irgendwie ganz besonders ausgefallen kleiden, um mit den Elfen mitzuhalten. Vergessen Sie es. Elfen können vielleicht einen meterhohen Kopfputz aus Perlen und sonstigem Geschmeide oder eine Sieben-Meter-Schleppe tragen und darin immer noch unglaublich anmutig erscheinen. Sofern Sie nicht ständig von neutralen Dritten das Kompliment bekommen, Sie hätten etwas Elfenhaftes, wirken Sie in so etwas bestenfalls ehrlich bemüht, einen guten Eindruck zu machen.
- Biedern Sie sich nicht bei Ihren Gästen an! Mittelalterliche Gewandungen haben sicherlich Ihre Daseinsberechtigung,[307] aber Sie sollten sich einmal in die Lage der Elfen hineinversetzen: Wenn Sie tatsächlich bei Ihnen erscheinen, spricht das für ein ehrliches Interesse an uns Menschen und unserer Kultur. Sie dann in einer Kleidung willkommen zu heißen, die im ausgehenden 13. Jahrhundert der letzte Schrei für

307 Christiansen: Da kann man geteilter Meinung sein.

das Burgfräulein oder den Rittersmann von Welt war, ist da schlicht und ergreifend irreführend.

- Meiden Sie zu Bieder-Praktisches! Als Gastgeber neigt man eventuell dazu, ein Outfit zu wählen, indem man seinen zahlreichen Pflichten möglichst bequem nachkommen kann. Das mag sogar gerade noch in Ordnung gehen, wenn man einen Kindergeburtstag ausrichtet, aber bitte nicht, wenn Elfen vor der (Garten-)Tür stehen. Die patentierte deutsche Übergangsjacke in Beige bleibt also tunlichst im Schrank (so sie denn eine solche Grässlichkeit tatsächlich besitzen sollten)!

### *Woher Lembas nehmen und nicht stehlen? – Speisen und Getränke*

Machen wir uns nichts vor: Mit den Errungenschaften der elfischen Küche können wir alle wahrscheinlich niemals mithalten.[308] Also versuchen wir es am besten erst gar nicht. Seine Gäste mit leerem Magen auf dem Trockenen sitzen zu lassen, ist allerdings auch kein zulässiges Ausweichmanöver. Ich würde vorschlagen, Sie befolgen eine simple Regel:

Einfachheit gewinnt.

Stellen Sie ein paar Schalen mit frischem Obst auf und reichen Sie dazu irgendeine Form von herzhaftem Gebäck – Käsecracker beispielsweise oder schmackhafte Laugenstangen mit reichlich Körnern. So sind Sie auf der sicheren Seite, falls sich Ihre elfischen Gäste doch als Vegetarier entpuppen sollten.[309] Wenn Sie mutig sind, stellen Sie auch

---

308 Plischke: Ich kenne Leute, die für ein schnödes Lembas-Rezept bereit wären, ihre eigene Mutter an die Elfen zu verkaufen.

309 Christiansen: Und wenn sie sich vegan ernähren?

noch einen leckeren Salat bereit. Manche Kollegen berichten, Sie hätten beachtliche Erfolge damit erzielt, ihren Grünzeugkreationen auch essbare Blüten beizumengen; andere haben mir jedoch gebeichtet, dass die Vertreter des Schönen Volkes, die sie zu Gast hatten, von der Vorstellung, »unschuldige Blumenköpfe« zu verspeisen, regelrecht entsetzt waren. Entscheiden Sie also selbst, ob Sie dieses Risiko eingehen wollen.

In Sachen Getränke verlassen Sie sich auf stilles Mineralwasser (aus einer schicken Glasflasche!) und ausgewählte Fruchtsäfte. Abgesehen davon ist ein Elfenbesuch eine der wenigen Gelegenheiten, bei denen es sich lohnt, einen lieblichen Weißwein aus dem Keller zu holen, der einem sonst vor lauter Süße an den Zähnen beißt. Seien Sie schlau und verzichten Sie auf härteren Stoff – ich weiß doch, wie es einem dann geht: Die Nervosität treibt einen dazu, selbst am ausgiebigsten davon zu kosten, und am Ende ruft man panisch nach einem nassen Lappen, um den hässlichen Fleck zu entfernen, den man einer Elfenprinzessin ins Dekolleté gespuckt hat.

Für alles, was Sie Ihren Gästen kredenzen, sollte natürlich gelten: nur aus kontrolliert ökologischem Anbau![310]

---

Plischke: Dann hat man ein Problem, es sei denn, man greift von Anfang an auf veganes Gebäck zurück. Soll es Gerüchten zufolge ja auch geben.
Christiansen: Und wer sollte so was essen wollen?
Plischke: Veganer.

310 Plischke: Verirrt sich aus tragischen Gründen doch ein künstliches Aroma in Speis und Trank, das von Ihren Gästen bemerkt wird, greifen Sie zu einer kleinen Notlüge und preisen sie die Herstellung künstlicher Geschmacksstoffe als renommierte Kunstform unter uns Menschen.

*Finger weg vom Bogen! – Elfengefällige Kurzweil*

Sie müssen bei Ihrer Veranstaltung selbstverständlich auch für ein gewisses Amüsement sorgen. Es gilt, um jeden Preis zu verhindern, dass Ihre Gäste sich zu langweilen beginnen – Elfen, die wie beiläufig Lichtzauber an den Nachthimmel werfen, um die Bahn vorüberziehender Flugzeuge nachzuzeichnen, sind ebenso wenig Anzeichen für einen gelungenen Abend wie Vertreter des Schönen Volkes, die um Kämme und Bürsten bitten, weil sie sich dringend noch das Haar pflegen wollen.

Die wichtigste Regel ist: Keine Trinkspiele! Sie können nur verlieren. Denken Sie immer daran: Elfen mögen zwar aussehen, als würden Sie spätestens nach zwei Gläschen Prosecco unterm Tisch liegen, doch in Wahrheit braucht es dafür wahrscheinlich eher zwei bis drei Kisten.

Und kommen Sie auch bloß nicht auf den Gedanken, Ihren Gästen zuliebe in einer Art folkloristischen Verirrung ein Wettschießen mit Pfeil und Bogen anzubieten. Das ist für die Elfen nämlich ungefähr so spannend und herausfordernd wie ein Buchstabierwettbewerb mit einem Dreijährigen oder ein Wettlauf gegen eine altersschwache Schnecke. Kommen die Elfen von allein auf die Idee, ein Wettschießen zu veranstalten, halten Sie sich diskret zurück und entgegnen bei einer Nachfrage, warum Sie nicht teilnehmen möchten, mit einem beherzten »Mein Bogen und ich haben uns leider der Liebe wegen zerstritten« – kein anständiger Elf würde bei einer so intimen Angelegenheit noch weiter nachbohren.

Womit können Sie nun aber in Entertainment-Dingen glänzen? Mein Tipp: Lernen Sie ein halbes Dutzend Gedichte auswendig und tragen Sie diese in passenden Momenten mit einem Höchstmaß an Verve und vollem Körpereinsatz vor. Ich betone ausdrücklich, dass diese Gedichte *nicht* aus ihrer eigenen Feder stammen müssen – bedienen Sie sich bei einigen echten Klassikern, die Sie schon zu Schulzeiten zu Tränen gerührt haben.[311] Und für den unwahrscheinlichen Fall, dass einer Ihrer Gäste Rilke als Rilke oder Goethe als Goethe erkennt, behaupten Sie, der Verfasser wäre ein entfernter Verwandter von Ihnen – Elfen sind weitverzweigte Stammbäume gewohnt.

Wenn wirklich alle Stricke reißen, holen Sie Ihre Eurhythmierobe vom Dachboden und tanzen beschwingt Ihren Namen. Das zieht immer!

## Small Talk mit dem Schönen Volk

Ich würde Sie jetzt gern beruhigen und Ihnen mitteilen, dass sie ganz locker parlieren können, weil Ihre Gäste sicherlich ähnlich aufgeregt sein werden wie Sie selbst, doch das wäre leider eine Lüge. Erstens sehen die Elfen die ganze Veranstaltung aller Voraussicht nach wesentlich gelassener, und zweitens können Unterhaltungen mit ihnen wie ein Spaziergang mit verbundenen Augen über ein verbales Tretminenfeld sein. Um zu verhindern, dass Ihnen ein schrecklicher Fehltritt unterläuft, liste ich an dieser Stelle zunächst ein paar Themen auf, die Sie weiträumig meiden sollten:

- *Unsterblichkeit und Tod.* Es ist immer unhöflich, jemanden nach seinem Alter zu fragen, und wenn Sie diesen Themenkomplex ansprechen, erinnern Sie Ihr Gegenüber nur daran, wie schnell es auch schon wieder mit Ihnen vorbei sein wird. Das löst dann entwe-

---

311 Christiansen: Und welche sollten das bitte sein?
Plischke: Sie sind und bleiben ein Klotz, Christiansen!

der Trauer aus (falls der Elf bereits Gefallen an Ihnen gefunden hat) oder Desinteresse (weil es sich dann aus Sicht des Elfen womöglich gar nicht lohnt, sich weiter mit Ihnen zu unterhalten – wie oft führen Sie denn schon Gespräche mit Eintagsfliegen?).

- *Heilmagie.* Wenn Sie Pech haben, erwecken Sie damit nur den Eindruck, Sie würden von hinten durch die Brust ins Auge darum bitten, dass der Elf Sie eben auf die Schnelle von einem kleineren Leiden befreit. Sie wollen wirklich nicht wie ein Schnorrer dastehen.[312]
- *Arrangierte Ehen.* Unter uns Menschen mag es eine zulässige Frage sein, wo sich ein Pärchen kennengelernt hat; unter höfischen Elfen – und ich gehe einmal davon aus, dass Sie nicht so verrückt sind, einen wilden Elfenstamm zu sich einzuladen – kann diese Frage alles andere als unverfänglich sein. Sobald Sie also erfahren, dass eine Ehe zwischen zweien Ihrer Gäste von deren Eltern arrangiert wurde, schickt es sich nicht, nachzuhaken, ob die beiden denn nun auch glücklich zusammen sind. Sie wollen auf keinen Fall eine Fehde zwischen zwei Häusern auslösen, die sich erst unlängst dank einer politischen Ehe ansatzweise ausgesöhnt haben!
- *Menschlicher Humor.* Versuchen Sie sich bitte nicht als Possenreißer. Elfischer Humor kann derart feinsinnig sein, dass sich unser Verständnis von Komik dagegen geradezu grotesk primitiv ausnimmt. Lassen

---

312 Plischke: Kennen Sie diese Leute bei Partys, denen einfällt, dass sie ja zufällig auch gerade ein Haus bauen wollen, sobald ihnen sich jemand als Architekt zu erkennen gibt? Oder die fragen, ob sich da nicht ein kleiner Interkontinentalflug zu günstigen Konditionen einrichten ließe, wenn jemand erzählt, sie wäre Pilotin? Genauso würden Sie bei einem Elf rüberkommen, wenn Sie anfangen, von Heilmagie zu reden.

Sie es lieber nicht darauf ankommen, sich zu verhalten wie ein Rüpel, der anlässlich eines Leichenschmauses Furz- und Peniswitze zum Besten gibt.[313]

Zum Glück gibt es aber auch eine Reihe sicherer Themengebiete, auf denen Sie sich weitgehend unbefangen bewegen können:

- *Kunst.* Die Elfen reden gern über schöne Dinge, und jede künstlerische oder kunsthandwerkliche Disziplin vom Tanztheater bis zum Buddelschiffbau ist prinzipiell erlaubt. Womit Sie sich allerdings unter Umständen werden abfinden müssen, ist, dass der Elf menschliche Kreativbemühungen mit einer vergleichbaren Brille beurteilt wie ein snobistischer Museumsbesucher, der bei allem, was nicht aus seinem eigenen Kulturkreis stammt, sofort etwas von »primitiver Kunst« und einem »naiven, geradezu kindlichen Blick auf die Welt« daherfaselt.[314]
- *Tiere und Pflanzen.* Elfen fühlen sich allen lebenden Dingen verbunden. Auch hier kann man im Grunde also nichts falsch machen, es sei denn, zu Ihren Lieblingshobbys zählen Welpenquälen oder die rücksichtslose Ausrottung von jedem Hälmchen Unkraut in Ihrem oder fremden Gärten.
- *Naturschauspiele.* Achten Sie in diesem Zusammenhang aber darauf, nicht über gewaltige Vulkanausbrüche, verheerende Flutkatastrophen oder ver-

313 Christiansen: Okay. Was er uns hier also wirklich sagen will, ist: Elfen sind Langweiler ohne echten Sinn für Humor.

314 Christiansen: Und genau deshalb sieht man mich so selten in Kunstmuseen und noch seltener auf Feiern, zu denen Elfen eingeladen sind.

gleichbar tragische Ereignisse ins Schwärmen zu geraten. Elfen müssen nicht eigens ans Leid in der Welt erinnert werden. Erzählen Sie lieber vom letzten schönen Sonnenaufgang, den Sie gesehen haben.

- *Haar.* Wenn nichts mehr geht, geht immer dieses Thema – solange Sie nicht vergessen, das Haar Ihres Gesprächspartners angemessen zu preisen. Verfallen Sie dabei bitte nicht in die widerliche Angewohnheit, jemand anderem unaufgefordert in den Haaren herumzufummeln. Und wenn ich »Haar« sage, meine ich einzig und allein das *Haupt*haar. Alles andere ist tabu, bis der Elf dieses Thema zuerst anschneidet.

Eine weitere Hürde, die man im Gespräch mit Elfen nehmen muss, ist ihre ungewöhnliche Ausdrucksweise. Das Schöne Volk besitzt den Hang, sich bisweilen etwas kryptisch auszudrücken, und jede Äußerung eines Elfen ist potenziell mehrdeutig. Ehe ich Sie dem Test überlasse, den meine Kommentatoren und ich für Sie ausbaldowert haben, will ich noch anhand einiger Beispielsätze erläutern, dass Sie im Umgang mit Elfen nicht zaudern sollten, auch solche Interpretationen ihrer Wortmeldungen zuzulassen, die Ihnen womöglich etwas randständig erscheinen mögen:

*Mich plagt der Hunger der Welt.*

Es wäre völlig legitim, auf diesen Satz mit einem »Worauf genau hast du Hunger?« zu antworten, denn er kann sehr wohl bedeuten, dass der Elf im Moment einfach nur großen Appetit hat. Andererseits könnte er damit genauso gut meinen, dass es ihn dauert, wie viele Geschöpfe in der Welt augenblicklich Hunger leiden müssen. Ist der Elf besonders alt – was von außen nun ja nicht gerade leicht zu beurteilen ist –, spielt er aber vielleicht auch darauf an, dass er der Welt überdrüssig geworden ist, die seine Seele mit ihrem Hunger nach allem Stofflichen zu verschlingen droht.[315]

*Das Feuer brennt.*
Hier könnte ein Elf sich auf das Feuer der Leidenschaft beziehen (wenn Sie Glück haben) oder auf einen plötzlich ausgebrochenen Rachedurst für irgendeine Schmähung (wenn Sie Pech haben). Fällt dieser Satz bei einem ansonsten eher neutralen Zusammentreffen, das Sie organisiert haben, möchte er Sie vielleicht auch nur kurz darüber in Kenntnis setzen, dass einer Ihrer Lampions den Faltpavillon in Brand gesetzt hat, in dem Sie gerade stehen.

*Fellschweif ist müde.*
Oh, knifflig. Entweder der Elf heißt Fellschweif und ist müde. Oder er hat einen tierischen Freund, der Fellschweif heißt und müde ist. Oder er hat gerade auf irgendeinem Baum ein x-beliebiges müdes Eichhörnchen gesehen. Oder er hat zum Nachthimmel hinaufgeblickt und einen vorbeiziehenden Kometen entdeckt.

*Geh und steck deine Zunge einem Ork ins Gesicht.*
Auch hier sind zwei diametral entgegengesetzte Deutungen denkbar. Entweder Sie fallen dem Elfen unfassbar auf die Nerven und er wünscht Sie sozusagen zum Teufel bzw. Ihnen die Pest an den Hals. Oder er fordert Sie auf, Ihre unerschrockene Tapferkeit unter Beweis zu stellen, indem Sie losziehen und sich einen Ork suchen, dem Sie einen Zungenkuss verpassen können.[316]

---

315 Christiansen: Hilfe! Das ist ja wie bei der Gedichtanalyse!
Plischke: Ja. Schön, nicht wahr?

316 Plischke: Na lecker.

*Hörst du nicht der Worte Klang, wie sie den Wind in mir wecken?*

Noch so ein heikles Ding. Es könnte sein, dass der Elf voller Tatendrang ist, nachdem er einer begeisternden Rede gelauscht hat. Es könnte aber auch eine Art Abschiedsgruß sein (weil sein innerer Wind ihn forttreibt). Für Sie am wenigsten schmeichelhaft ist die Interpretation, dass Sie ihm mit Ihrem Gerede Blähungen bereiten.

# Test: Sind Sie bereit für eine Begegnung mit Elfen?

Keine Angst, dieser Test ist ausgesprochen simpel. Beantworten Sie einfach so ehrlich wie möglich die folgenden 25 Fragen und zählen Sie die Punkte für die Optionen zusammen, für die Sie sich entschieden haben. Die Auflösung (also unsere professionelle Einschätzung Ihrer derzeitigen Eignung für einen Elfenkontakt) finden Sie – o Wunder! – ganz am Ende.

*1. Was empfinden Sie bei dem Gedanken daran, einmal einem echten Elfen zu begegnen?*

- Tiefe Abscheu und brennenden Hass. (0 Punkte)
- Absolute Gleichgültigkeit. (1 Punkt)
- Ein wenig Angst vor dem Unbekannten. (2 Punkte)
- Eine sonderbare Erregung. (3 Punkte)
- Begeisterte Neugier. (4 Punkte)
- Die inbrünstige Hoffnung, dass dieser Traum hoffentlich bald in Erfüllung geht. (5 Punkte)

*2. Wie steht es um Ihre Bildung in Sachen Kunstgeschichte?*

- Ich besuche jede Ausstellung in der örtlichen Kunsthalle und führe manchmal ehrenamtlich Besuchergruppen. (4 Punkte)
- Ich bin im Kunstunterricht nur in 25 % der Stunden eingeschlafen. (2 Punkte)

- Ich bin schon einmal in einem entsprechenden Museum gewesen (in der vierten Klasse). (1 Punkt)
- Ich würde mir zutrauen, einen Monet von einem Manet zu unterscheiden. (3 Punkte)
- Kunst kommt von Wollen, oder? (0 Punkte)
- Zweifelt hier irgendjemand meinen Doktortitel an? (5 Punkte)

*3. Wie ist Ihr Verhältnis zu Schlankheit?*

- Es hat sich niemand selbst gemacht. (1 Punkt)
- Es stört mich nicht, solange ich noch nicht die Rippen zählen kann. (2 Punkte)
- Ich finde es toll, wenn sich Leute in einer ästhetisch ansprechenden Form halten. (4 Punkte)
- Ich finde schlank sein widernatürlich. (0 Punkte)
- Nur wer schlank ist, ist wirklich schön. (5 Punkte)
- Schlank sein steht den meisten Menschen sehr gut. (3 Punkte)

*4. Was halten Sie von Atomstrom?*

- An dem Tag, an dem das letzte AKW vom Netz geht, schmeiße ich eine Riesenparty. (4 Punkte)
- Darüber habe ich mir noch nie irgendwelche Gedanken gemacht. (1 Punkt)
- Die Nutzung der Atomenergie ist ein gefährlicher Irrweg, der uns allen vor Augen führt, wie vermessen der Mensch doch sein kann. (5 Punkte)
- Er ist eine unverzichtbare Ressource, um unseren Energiebedarf zu decken. (0 Punkte)
- Ich fände es zum Wohle unserer Nachfahren besser, wenn wir möglichst bald vollständig auf die Gewinnung von Kernenergie verzichten würden. (3 Punkte)

- Ich finde, dass man mit Kernenergie extrem vorsichtig umgehen muss, weil die Risiken ihrer Nutzung immens sind. (2 Punkte)

*5. Wie gerne sprechen Sie über Ihre Gefühle?*

- Ach, im Moment fühle ich mich eigentlich ganz entspannt, und vielen Dank der Nachfrage. (5 Punkte)
- Es kann schon vorkommen, dass ich an der Supermarktkasse wildfremden Leuten erzähle, wenn ich nicht so gut drauf bin. (4 Punkte)
- Ich mache regelmäßige Status-Updates bei Facebook, was mein Seelenleben angeht. (3 Punkte)
- Meine Freunde und Bekannten wissen immer alle, ob es mir gerade gut oder schlecht geht. (2 Punkte)
- Nur mit sehr guten Freunden, denen ich komplett vertraue. (1 Punkt)
- Ungefähr so gern, wie ich mir einen Harnröhrenabstrich machen lasse. (0 Punkte)

*6. Wie würden Sie Ihre tänzerischen Qualitäten am ehesten beurteilen?*

- Ich habe vor Ewigkeiten mal einen Tanzkurs gemacht. (2 Punkte)
- Ich kann nirgendwo tanzen, ohne sofort angebaggert zu werden. (4 Punkte)
- Ich tanze so begnadet wie ein Kühlschrank. (0 Punkte)
- Können Sie das noch mal wiederholen? Ich verstehe Sie so schlecht über dem Geklacker meiner Steppschuhe. (5 Punkte)
- Wenn die Musik passt, wippe ich schon mal mit dem Fuß mit. (1 Punkt)

- Wenn ich abends weggehe, dann wird auch öfter mal getanzt, aber nicht gleich bis zum Umfallen. (3 Punkte)

*7. Mögen Sie Musik?*

- Ich habe schon so meine Handvoll Lieblingsmusiker. (3 Punkte)
- Ich höre im Radio die Charts hoch und runter, damit mir bei der Arbeit nicht langweilig wird. (2 Punkte)
- Ich nehme Musik meistens nur als Begleitgeräusch wahr. (1 Punkt)
- Musik ist organisierter Lärm. (0 Punkte)
- Ohne Kopfhörer verlasse ich prinzipiell nie das Haus. (4 Punkte)
- Ohne Musik wäre die Welt ein grauenhaft leerer Ort. (5 Punkte)

*8. Wie reagieren Sie auf einen Witz, den Sie nicht verstanden haben?*

- Gar nicht. (1 Punkt)
- Ich ärgere mich über mich selbst und befürchte, insgeheim gerade verarscht zu werden. (0 Punkte)
- Ich lache trotzdem laut und herzhaft, weil Lachen immer guttut. (5 Punkte)
- Ich lächle breit und erzähle selbst einen Witz. (4 Punkte)
- Ich lasse ihn mir sofort erklären und entscheide dann, ob ich darüber lachen kann. (3 Punkte)
- Ich schmunzele höflich. (2 Punkte)

*9. Wie gut können Sie damit umgehen, wie ein Kind behandelt zu werden?*

- Das darf höchstens meine Mama. (1 Punkt)
- Das gibt definitiv Ärger. (0 Punkte)

- Einigermaßen okay, solange ich mich dadurch nicht bedroht fühle. (3 Punkte)
- Ganz ausgezeichnet, weil es nämlich schön ist, ein Kind zu sein. (5 Punkte)
- Im richtigen Augenblick genieße ich das ein bisschen. (4 Punkte)
- Kommt ganz darauf an, von wem. (2 Punkte)

*10. Wie ist Ihr Umgang mit Nacktheit?*

- Ich dusche nur im Dunkeln. (0 Punkte)
- Ich habe sogar schon dem Briefträger nackt die Tür aufgemacht, weil da nun wirklich nichts dabei ist. (5 Punkte)
- Ich kann unbefangen eine Gemeinschaftsdusche benutzen. (2 Punkte)
- Ich sonne mich ab und zu nackt in meinem Garten, wenn ich sicher bin, dass die Nachbarn außer Haus sind. (3 Punkte)
- Ich trage in der Sauna Badesachen. (1 Punkt)
- Im Sommer gehe ich prinzipiell nur an den Nacktbadestrand. (4 Punkte)

*11. Wie lange dürfen Sie jemanden anschauen, ohne dass es der Person unangenehm wird?*

- Das entscheide ja wohl noch immer ich. (0 Punkte)
- Ich beherrsche die geheime Kunst der verstohlenen Blicke und der genauen Beobachtung, denn *ich* bin der Augenninja. (5 Punkte)
- Ich erwische immer den richtigen Moment, um wegzuschauen, bevor es peinlich werden könnte. (3 Punkte)
- Solange die Person es gar nicht erst mitbekommt, sehe ich da kein Problem. (4 Punkte)

- So lange, bis die betreffende Person mich ausdrücklich darauf hinweist, dass sie nicht mehr angestarrt werden möchte. (1 Punkt)
- So lange, bis ich an der Körpersprache der betroffenen Person merke, dass sie meine Blicke stören. (2 Punkte)

*12. Was halten Sie von Männern mit langem Haar?*

- Auf dem richtigen Kopf ist das schon ziemlich sexy. (3 Punkte)
- Ein echter Mann hat langes Haar. (5 Punkte)
- Ich finde das weibisch. (0 Punkte)
- Ich habe nichts gegen langes Haar, aber gepflegt muss es sein. (1 Punkt)
- Ich wünschte, mehr Männer würden sich das trauen. (4 Punkte)
- Manchen steht es gut, manchen eben nicht. (2 Punkte)

*13. Wie gut können Sie mit Tieren umgehen?*

- Bei meinen Waldspaziergängen kommen die Rehe aus dem Unterholz und die Vögel landen auf mir. (5 Punkte)
- Bestens, sofern sie nur gegrillt auf meinem Teller liegen. (0 Punkte)
- Ich betreibe ein Tierasyl. (4 Punkte)
- Ich habe ein Haustier, das sich gerne um mich kümmert. (3 Punkte)
- Ich habe ein Haustier, um das ich mich gerne kümmere. (2 Punkte)
- Tiere mögen mich nicht, und ich mag sie nicht. (1 Punkt)

*14. Erschreckt Sie die Aussicht, bei einem rauschenden Fest die Besinnung zu verlieren und später an einem völlig anderen Ort wieder zu sich zu kommen, ohne zu wissen, wie viel Zeit inzwischen verstrichen ist?*

- Klingt ganz nach einem meiner normalen Wochenenden. (5 Punkte)
- Solange ich nicht alleine aufwache, eigentlich nicht. (4 Punkte)
- Das ist mein absoluter Albtraum! (0 Punkte)
- Unter den richtigen Umständen könnte das recht spannend sein. (3 Punkte)
- Solange ich dabei nicht auch noch blutüberströmt bin, käme ich damit schon irgendwie zurecht. (2 Punkte)
- Natürlich – wen würde das nicht erschrecken? (1 Punkt)

*15. Wie oft halten Sie sich in der freien Natur auf?*

- Gar nicht, wenn es sich irgendwie vermeiden lässt. (0 Punkte)
- Ich mache Extrem-Trekkingtouren in die entlegensten Wildnisgebiete der Erde. (5 Punkte)
- Ich mache mehrfach im Jahr Wanderurlaub. (4 Punkte)
- Ich mache regelmäßig Spaziergänge im Park. (2 Punkte)
- Ich mache regelmäßig Spaziergänge im Wald. (3 Punkte)
- Zählt der Weg von mir zu Hause zum Bäcker schon als freie Natur? (1 Punkt)

*16. Wenn Ihnen jemand sagt, dass Sie einen bestimmten Ort im Wald nicht betreten dürfen, weil es dort angeblich sehr gefährlich ist, wie verhalten Sie sich dann am ehesten?*

- Ich erzähle allen, denen ich begegne, von der Warnung, die ich erhalten habe. (2 Punkte)
- Ich gehe gleich mal nachschauen, ob mich da wer verscheißern will. (0 Punkte)
- Ich hole eine zweite Meinung ein, um zu überprüfen, ob an dieser Geschichte von wegen Gefahr und so auch wirklich etwas dran ist. (1 Punkt)
- Ich mache einen möglichst großen Bogen um diesen Ort, weil es schon seine Gründe haben wird, warum er so gefährlich ist. (5 Punkte)
- Ich schare meine treuesten Freunde um mich und ziehe gemeinsam mit ihnen los, um diesen Ort von dem Unheil zu befreien, das auf ihm lastet. (4 Punkte)
- Ich wage mich mit höchster Vorsicht an die äußerste Grenze dieses Gebiets und nehme beim kleinsten Anzeichen einer Bedrohung sofort Reißaus. (3 Punkte)

*17. Wie sehr mögen Sie Lyrik und Poesie?*

- Als Kind hatte ich mal ein Poesiealbum. (1 Punkt)
- Ich habe Dutzende von Lieblingsgedichten, die ich auswendig aufsagen kann. (4 Punkte)
- Ich habe ein Lieblingsgedicht, das ich auswendig aufsagen kann. (2 Punkte)
- Ich habe Hunderte von Lieblingsgedichten, die ich auswendig aufsagen kann – alle selbst verfasst. (5 Punkte)

- Ich habe zehn Lieblingsgedichte, die ich auswendig aufsagen kann. (3 Punkte)
- Lyrik und Poe-was? (0 Punkte)

*18. Wie groß ist Ihre Angst davor, mit einem Zauber belegt zu werden?*

- Also, wenn ich mir den Zauber aussuchen könnte, hätte ich da nichts dagegen. (3 Punkte)
- Ich würde mich nur freiwillig verzaubern lassen, wenn man mir glaubwürdig versichern kann, dass es nicht wehtut. (2 Punkte)
- Immens, weil ich nämlich schon mit mehreren Flüchen belegt wurde! (0 Punkte)
- Meine Angst davor hält sich sehr in Grenzen, weil ich selbst schon so meine ersten Gehversuche in Sachen Magie hinter mir habe. (4 Punkte)
- Minimal. Selbst wenn ich unter einen üblen magischen Einfluss gerate, bin ich mir sicher, dass es irgendwo jemanden gibt, der mich auch mittels Magie wieder davon befreien kann. (5 Punkte)
- Wohl ist mir bei dem Gedanken nun nicht gerade. (1 Punkt)

*19. Könnten Sie sich vorstellen, von einem König regiert zu werden?*

- Die Monarchie hat zwar auf dem Papier ihren Reiz, ist aber eine überholte Regierungsform. (1 Punkt)
- Haben wir denn hierzulande keinen König? (2 Punkte)
- Ich bin lupenreiner Demokrat! (0 Punkte)
- Man müsste das vielleicht einfach mal wieder ausprobieren und auf das Beste hoffen. (4 Punkte)

- Solange es ein weiser und gerechter König ist, kann ich mir keine bessere Form der Herrschaft vorstellen. (5 Punkte)
- Von der Sache her ist das gar keine so schlechte Idee, solange man diesen König vielleicht regelmäßig neu wählen würde. (3 Punkte)

*20. Wie haben Sie Ihren derzeitigen Partner kennengelernt?*

- Das war inmitten einer riesigen Menschenmenge, wo wir uns zufällig über den Weg gelaufen sind, aber ich wusste schon, dass wir füreinander bestimmt sind, als sich unsere Blicke da zum ersten Mal trafen. (5 Punkte)
- Ich habe zurzeit keinen Partner und will auch keinen, weil Liebe sowieso nur eine Illusion ist. (0 Punkte)
- Ich habe zurzeit keinen Partner, aber ich bin mir ganz sicher, dass meine große Liebe irgendwo da draußen auf mich wartet und es nur eine Frage der Zeit ist, bis wir zueinanderfinden. (3 Punkte)
- Meine Eltern haben sich mit seinen Eltern unterhalten, und sie fanden, wir würden gut zueinanderpassen. (4 Punkte)
- Über eine Kontaktanzeige. (1 Punkt)
- Wie man sich eben so kennenlernt – bei einer Party von gemeinsamen Bekannten oder am Arbeitsplatz. (2 Punkte)

*21. Wenn Sie traurig sind, dann …*

- rufe ich einen lieben Menschen an und schütte ihm mein Herz aus. (3 Punkte)
- schreibe ich ein Lied darüber, das ich bei nächstbester

Gelegenheit vor möglichst vielen Leuten zum Besten gebe. (5 Punkte)

- trommle ich all meine Freunde zusammen und unternehme gemeinsam mit ihnen etwas Schönes. (4 Punkte)
- tue ich mir was Gutes, um meine seelischen Wunden zu lindern. (2 Punkte)
- werde ich wütend! (0 Punkte)
- ziehe ich mich in mein Schneckenhaus zurück und warte, dass es vorbeigeht. (1 Punkt)

*22. Wenn Sie fröhlich sind, dann …*

- freue ich mich klammheimlich darüber und genieße diesen Moment ganz allein für mich. (1 Punkt)
- hüpfe ich munter vor mich hinsummend durch die Straßen. (3 Punkte)
- Ich bin nie fröhlich! Wie kann man in so einer Welt auch nur an Fröhlichkeit denken? (0 Punkte)
- lade ich all meine Freunde zu mir ein, und wir singen und lachen und tanzen, als ob es kein Morgen gäbe. (4 Punkte)
- schreibe ich ein Lied darüber, das ich bei nächstbester Gelegenheit vor möglichst vielen Leuten zum Besten gebe. (5 Punkte)
- unternehme ich mit meinem geliebten Wesen etwas Tolles, um mein Glück mit ihm zu teilen. (2 Punkte)

*23. Mögen Sie Blumen?*

- An einem schönen Strauß Rosen kann ich mich immer erfreuen. (2 Punkte)
- Ich gehe jedes Frühjahr eigens los, um mich an der wilden Blütenpracht einer Wiese zu berauschen. (4 Punkte)

- Ich züchte mit großer Begeisterung auf meiner Fensterbank Orchideen. (3 Punkte)
- Meine Freunde sagen, ich würde in einem Gewächshaus wohnen – und sie haben recht! (5 Punkte)
- Tut mir leid, nein. Zu viele Allergien … (0 Punkte)
- Wenn sie nicht zu aufdringlich duften. (1 Punkt)

*24. Wie sehr achten Sie auf Ihr Äußeres?*
- Es sind doch die inneren Werte, die zählen. (2 Punkte)
- Hä? Ich pule mir mal eben schnell den Schmalz aus den Ohren, damit ich Sie besser verstehe. (0 Punkte)
- Ich benutze täglich diverse Pflegeprodukte, und mein Kleiderschrank ist so etwas wie mein Allerheiligstes. (4 Punkte)
- Ich habe das große Glück, rein gar nichts für meine natürlich schöne Erscheinung tun zu müssen. (5 Punkte)
- Ich putze mir täglich die Zähne und kämme mir die Haare, bevor ich aus dem Haus gehe. (1 Punkt)
- Spiegel sind eine der besten Erfindungen, die der Mensch je gemacht hat. (3 Punkte)

*25. Wie gut können Sie damit umgehen, wenn Sie einer Person begegnen, deren Geschlecht Sie nicht auf den ersten Blick einschätzen können?*
- Das macht mir Angst, denn man sollte doch wohl bitte schön wissen, woran man ist, um unliebsamen Überraschungen vorzubeugen. (0 Punkte)
- Finde ich alles nicht so schlimm, weil ich generell Schwierigkeiten damit habe, Leute nur anhand ihrer äußeren Erscheinung in irgendwelche Schubladen zu stecken. (3 Punkte)

- Geschlecht ist nur eine willkürliche Zuschreibung, die bestenfalls etwas über unseren Körper, aber niemals über unser wahres Empfinden auszusagen vermag. (5 Punkte)
- Ich finde das hochspannend und möchte unbedingt mehr über diese faszinierende Person herausfinden. (4 Punkte)
- Ich wüsste nicht, was daran beängstigend oder auch nur weiter bemerkenswert wäre. (2 Punkte)
- Ist mir noch nie passiert, denn ich weiß immer ganz genau, was ich gerade vor mir habe. (1 Punkt)

## Testauswertung

**0 – 40 Punkte:**
Es scheint auf der Hand zu liegen, dass Sie nicht die geringste Lust und/oder Eignung haben, jemals näher mit einem Elfen in Kontakt zu treten. Falls dem nicht so sein sollte und Sie wider Erwarten nichts dringlicher herbeisehnen, empfehlen wir Ihnen, sich mit einem fachkundigen Elfologen in Ihrer Nähe in Verbindung setzen, der Sie mindestens einige Jahre lang intensiv schult und Sie bei Ihren ersten Expeditionen ins Elfenreich begleitet.

**41 – 100 Punkte:**
Sie beweisen ein gewisses Grundinteresse an näheren Kontakten mit dem Schönen Volk. Versuchen Sie es ruhig einmal, aber seien Sie bitte nicht zu enttäuscht, wenn die ersten paar Begegnungen nicht ganz so laufen, wie Sie sich das vorstellen (und solange Sie nicht im Kochtopf eines wilden Elfenstamms landen, haben Sie ja dabei auch eigentlich nichts zu verlieren). Und wer weiß? Womöglich verliebt sich die eine Elfe oder der andere Elf sogar in Sie – man hat schon von schrägeren Kombinationen gehört …

**101 – 150 Punkte:**
Sie sind für die Elfologie geboren! In Ihrem Fall machen wir uns nicht den Hauch einer Sorge, dass jeder Elf, der Ihnen in freier Wildbahn begegnet, sich glücklich schätzen kann, auf einen so interessierten und toleranten

Menschen zu treffen. Sie sollten nur vorsichtig sein, dass Sie nicht vor lauter Forscherdrang im Elfenreich verloren gehen …

# Nachwort

Wenn eine gewisse Wehmut Ihr Herz umweht, weil Sie nicht alles über das Schöne Volk erfahren haben, was Ihren Wissensdurst endgültig hätte stillen können, so bedauere ich das zutiefst. Zugleich möchte ich Sie aber darum bitten, nicht zu vergessen, dass die Elfologie eine lebendige Wissenschaft ist, und jeder, der sie betreibt, setzt seine eigenen Schwerpunkte. Wenn ich denn wenigstens Ihr Interesse an meinem Forschungsgegenstand noch einmal steigern konnte, dann sehe ich meine Aufgabe bereits als erfüllt an. Und wer weiß? Womöglich entschließen Sie sich sogar, Ihre eigenen Studien voranzutreiben.

Ich würde mich sehr freuen, wenn Sie mir Ihre eigenen Erkenntnisse zum wahren Wesen der Elfen zukommen ließen: entweder als E-Mail an jonas@im-plischke.de oder auf facebook.com/JonasWolfAuthor. Nur durch regen Gedankenaustausch können wir unsere Disziplin vollkommen ausloten – bis an die Grenzen unserer Vorstellungskraft und vielleicht sogar darüber hinaus …[317]

Jonas Wolf (und seine beiden Kommentatoren)
Hamburg im Sommer 2013

---

317 Christiansen: Und warum hat er hier mit keinem Wort erwähnt, dass er zurzeit intensive Feldforschungen über mein Lieblingsvolk – die stolzen Zwerge – durchführt? Ich wittere ein Komplott.

**Richard Schwartz**

***Das Erste Horn***

*Das Geheimnis von Askir 1.*
*400 Seiten. Piper Taschenbuch*

Ein verschneiter Gasthof im hohen Norden: Havald, ein Krieger aus dem Reich Letasan, kehrt in dem abgeschiedenen Wirtshaus »Zum Hammerkopf« ein. Auch die undurchsichtige Magierin Leandra verschlägt es hierher. Die beiden ahnen nicht, dass sich unter dem Gasthof uralte Kraftlinien kreuzen. Als der eisige Winter das Gebäude vollständig von der Außenwelt abschneidet, bricht Entsetzen aus: Ein blutiger Mord deutet darauf hin, dass im Verborgenen eine Bestie lauert. Doch wem können Havald und Leandra trauen? Die Spuren führen in das sagenhafte, untergegangene Reich Askir …

Ein sensationelles Debüt mit einer intensiven, beklemmenden Atmosphäre, die in der Fantasy ihresgleichen sucht.

05/2032/03/L

**Richard Schwartz**

***Die Eule von Askir***

*Roman. 432 Seiten.*
*Piper Taschenbuch*

Am Hafen der altehrwürdigen Stadt Askir wird ein bestialisch zugerichteter Toter gefunden. Es ist der Botschaftsdiener Jenks, der in diesem zwielichtigen Viertel eigentlich nichts zu suchen hatte. Stabsleutnant Santer wird mit den Ermittlungen betraut, unterstützt durch die faszinierende Magierin Desina. Diese hat die Gabe, die Vergangenheit vor ihren Augen neu erstehen zu lassen. Doch was Desina in der Nacht des Mordes erblickt, bedeutet für ganz Askir eine unberechenbare Bedrohung. Denn der Feind beherrscht schwarze Magie, gegen die alle Mittel Desinas machtlos sind.

05/2436/01/R

SEI UNSER
HELD!
PIPER FANTASY
Gleich mitmachen und die magische
Welt der Piper Fantasy erleben! Neugierig?
Dann auf zu www.piper-fantasy.de!
Piper-Fantasy.de
PIPER